THE
LISTENER

听者有心

[美] 罗伯特·麦卡蒙　著
刘壮　译

译林出版社

图书在版编目（CIP）数据

听者有心 /（美）罗伯特·麦卡蒙（Robert R. McCammon）著；刘壮译. -- 南京：译林出版社，2025.4. -- ISBN 978-7-5753-0635-5

Ⅰ. I712.45

中国国家版本馆CIP数据核字第20258FK438号

The Listener
by Robert McCammon
Copyright © 2018 by The McCammon Corporation.
Published by agreement with Donald Maass Literary Agency through The Grayhawk Agency Ltd.
Simplified Chinese edition copyright © 2025 by Yilin Press, Ltd

著作权合同登记号　图字：10-2021-256 号

听者有心　[美] 罗伯特·R.麦卡蒙／著　刘　壮／译

责任编辑	竺文治　吕雅坤
装帧设计	韦　枫
校　　对	王　敏
责任印制	闻媛媛

原文出版	Cemetery Dance Publications, 2018
出版发行	译林出版社
地　　址	南京市湖南路 1 号 A 楼
邮　　箱	yilin@yilin.com
网　　址	www.yilin.com
市场热线	025-86633278
排　　版	南京展望文化发展有限公司
印　　刷	江苏凤凰通达印刷有限公司
开　　本	880 毫米 × 1240 毫米　1/32
印　　张	12.375
版　　次	2025 年 4 月第 1 版
印　　次	2025 年 4 月第 1 次印刷
书　　号	ISBN 978-7-5753-0635-5
定　　价	65.00 元

版权所有·侵权必究

译林版图书若有印装错误可向出版社调换　质量热线：025-83658316

目　录

第一部　某人的天使　　001

第二部　奥尔奇德与铁头乔的儿子　　099

第三部　湖边小屋　　217

第四部　血知道　　295

第五部　听　　381

第 一 部
某人的天使

第一章

　　魔鬼可以是男人也可以是女人。魔鬼可以是汽车座位上的一根硬弹簧，眼前飞过的蚊蚋，也可以是木质警棍划过牢房铁栏杆的哗哗声。魔鬼可以是一道闪电，一口劣质威士忌，也可以是一个让一整筐好苹果都烂掉的烂苹果。魔鬼可以是抽打在孩子背上的皮带，也可以是塞在一辆开了八年、快要散架、颜色斑驳、长满铁锈的绿色奥克兰双门轿车滚烫的后座下面，几乎要把座位顶起来的一纸箱子廉价平装本《圣经》。

　　而今天，魔鬼就是这般模样。

　　轿车方向盘后面的男人看起来就像是某个人的天使。他三十二岁，长相英俊，像个迷路的小天使，嘴角撑起两道忧伤的线条。他有一头金色的鬈发，剪得很短，眼睛是夏日的烟色。他穿着一条白色的西装裤和一件领子簇新、胸前有褶子的衬衣，细细的黑色领带被一个双手交握造型的银色领带夹固定住。他身旁皱皱巴巴的皮制车座上放着一顶系着一圈黑色饰带的绅士草帽，和一件叠好的白色西装外套。他的双手柔软，握在方向盘上。如今很多人都在靠着挖水沟来赚一天的活命钱，可他并不是那种靠卖力气维生的人。因为他一向厌恶得克萨斯州东南部夏季毒辣的太阳——能把人晒成干巴巴的人皮棍子，要熬过这个艰难的时代，他靠的是自己的聪明才智。

问题是，他就没有见过不艰难的时代。

他开着这辆破车，行驶在针叶松林间一条车辙满地、尘土飞扬的小路上。他的右胳膊肘正下方有一张手绘地图，画的正是他此刻所在的乡间地形。地图上，几个墨水洇开的叉号分布在一条小路沿线，这条路则连通着散布在灼热大地上的众多小镇子和农场。他离这个镇子不远了，不过今天还有很多路要走。他的衬衣被汗水湿透了。吹进车里的风简直让人喘不过气来，而且有一股淡淡的烂桃子味。这股味道搅起他心里的记忆，不过他不太确定那究竟是什么，于是他并不想试着回忆起来。不管是什么，那都是过去的事情了。他是个专注于未来的人，而未来正在一分一秒地变成现在。他心想在这个艰难的旧世界里，要想活下去，就得像蛇一样，蜕掉旧皮，然后从一块石头的阴影下前进到另一块石头的影子里——*前进，前进，一刻不停地前进*——因为别的蛇也在前进，而且它们永远都饥肠辘辘。

这是1934年7月的第一周。不到五年前，那个10月的黑色星期二，这个国家的经济崩溃了。股市崩盘，全国的银行开始一家接着一家地倒闭。华尔街的窗户纷纷打开，让那些发现自己一夜之间变成穷光蛋的有钱人随着命运一起，跌落到现实坚硬的人行道上。现金流在关闭的出纳柜台前戛然而止，成百上千家公司随之倒闭。债务暴增，抵押合同大量违约。在股票和银行崩溃的余波中，冬天似乎从来没有这么寒冷过，夏季也从未如此炎热。大风席卷大平原，吹走干旱农场的表层土壤，变成翻腾的沙尘暴，横扫饱受摧残的大地。领取面包的队伍在曾经充满活力的美国城市里越拉越长。成千上万的无业游民坐着火车四处寻找工作，更多的人则或徒步，或乘坐轿车和卡车，在大地上四处游荡，而这些汽车又像是随时都会车轴断裂、汽缸垫烧坏。

那是个苦难的时代，既看不到尽头，也没有停歇。广播节目——《鲍斯少校的业余时间》[1]、《国家谷仓舞》[2]、《阿莫斯与安迪》[3]、《独行侠》[4] 和《25 世纪的巴克·罗杰斯》[5]——所带来的安慰广受欢迎，可那只是个短暂的瞬间。在那些由没有实体的声音和收音机电子管让人愉悦的金色光辉所组成的娱乐时光之外，仍然是严酷的真实世界，是就连富兰克林·罗斯福总统沉稳而真诚的"炉边谈话"也无力改变的现实。美国——实际上几乎是整个世界——已经支离破碎，而且直到现在，未来的碎片仍旧在不断落入俄国的斯大林和德国一个名叫希特勒的狂妄恶棍之手，并任由他们重新拼装。

1　美国 20 世纪三四十年代的广播才艺节目。——本书注释均为译注
2　美国最早的乡村音乐广播节目之一，始播于 1924 年。
3　美国广播情景喜剧。该剧虽然以黑人为主角，其创作者和配音者却是两个白人。
4　1933 年开始播出的美国广播剧。剧中的"独行侠"角色后来成为经久不衰的美国文化标志。
5　美国 20 世纪三四十年代播出的科幻广播剧，根据科幻小说和漫画"巴克·罗杰斯"系列改编而来。

可是今天，尽管天气热得让人可以在这辆褪色的绿色奥克兰顶棚上煎鸡蛋，但车里的人仍然一副悠然自得的样子。他昨天过得不错，赚了将近三十美元。昨晚他在休斯敦一家咖啡馆里吃了一顿牛排薯条大餐，吃饭时还跟一个衬衣旅行推销员聊到联邦的执法部门究竟能不能查出来是谁绑架并杀死了林德伯格家的婴儿。[1]这件案子被称作"世纪大案"，去年五月孩子的尸体被发现了，头骨粉碎，从那以后，所有能听广播、会看报纸的人都在关心案子的最新进展。

这个长相堪比天使的人并不在乎他们能不能找到杀死婴儿的真凶。世道如此，这种事情难免发生。林德伯格家富得流油，他们会没事的，而且那个孩子死后，他们已经又生了一个。如今是个绝望的时代，人们总会做些绝望的事情。

轮胎碾过火车铁轨，车子一跳一跳的。他经过一个路牌，路牌上散布着几个弹孔，弹孔边缘锈迹斑斑。"弗里霍尔德"，他看见路牌上这样写道。他没有停下，从刺眼的太阳地开进松树荫下，又开出来，周而复始。

子弹孔让他想起另一件事。这件事在他看来比林德伯格家孩子的遭遇更有趣，当然也更值得玩味。是邦妮·派克和克莱德·巴罗[2]的事情——他们把一台照相机落在了密苏里州，相机里面有这两人拿着手枪和霰弹枪招摇过市的照片。自从这些照片被人发现，并且登上所有报纸杂志后，他就一直在追踪有关这两人的最新消息。太

---

1 指发生在1932年3月1日的"林德伯格绑架案"，美国历史上最著名的绑架案之一。
2 美国经济大萧条时期著名的鸳鸯大盗，他们的帮派活跃于美国中部，以抢银行而闻名。1934年5月23日，两人在路易斯安那州被警方设伏击毙。

可惜了，不到两个月前，在路易斯安那州一条偏僻的公路上，邦妮和克莱德被六个警察组成的队伍开枪打死了。报纸上说，两人尸体上的弹孔太多了，血水止不住地往外流，连装殓师都无能为力；还说开枪的警察耳朵都震聋了。

他讨厌这个新闻，因为这样一来，他以后再也不会听到巴罗团伙的消息了——他们抢了谁，又杀了谁，如此种种。没错，他们过的就是脑袋别在腰上的生活，可是国家都成这样了，自食其力总归是有些好处吧，哪怕这意味着要用到一些震天响的玩意儿。跟上等人作对，普通人的赢面本来就不大，而且他们总是想把你困在灰沉沉的水泥监牢里，这时候除了炸出一条路来，还能有什么好主意呢？

不过，总还是可以关注约翰·迪林杰[1]的。他们还没抓到那个恶棍杂种，而且从四月开始他就一直在保持低调，不过他大概很快就该在什么地方现身了。他的枪战新闻一向都很耸动人心。

出了松树林，经过一座红色的石头教堂和一片小墓园——墓园正中间有一座张开双臂的耶稣雕像——就是弗里霍尔德小镇。这个人开着破破烂烂的奥克兰轿车进了镇子，驶向右前方一座看起来孤零零的德士古[2]加油站。尽管他不需要加油——他在休斯敦加过油了，而且他总是在后备箱里放一桶备用汽油，但他还是开进了加油站。他把车子开到乙基[3]油泵旁，开着发动机等待着。过了一会儿，

1　大萧条时期活跃于美国中西部的银行抢匪和黑帮成员，一度被当时的美国调查局（后来改组为联邦调查局）冠上"头号公敌"的称号。
2　美国一家石油公司，1901年成立于得克萨斯州，后被雪佛龙公司收购。
3　这里指的是一家生产燃油添加剂的公司，由通用汽车公司和标准石油公司创立，生产四乙基铅。

一个一条腿长一条腿短、短腿的脚上穿着增高鞋的年轻人,一边用一块油乎乎的抹布擦着手,一边从小屋里走出来。

"早上好。得关掉发动机,先生。要加多少?"年轻人嘴里叼着牙签问,又补充道,"我们刚进了那个新出的救火队长牌汽油[1]。"

"不加油。"这个司机用柔和安静的语气说道。他的语调里带有近乎音乐的南方口音,曾经被人形容是既优雅又华贵。"我要打听点消息。你知道怎么去埃德森家吗?"

"托比·埃德森家?"

"应该是了。"

"呃……知道。沿着前街走,过了瓦侯马街在下一个路口右转,就上了六十号州际公路。你开出去一英里……一又四分之一英里,我估计,你就能在路左边看见一个邮箱了,上面写着埃德森。"

"谢谢你的好心。给你添麻烦了。"这个人从裤兜里掏出一枚亮闪闪的硬币,把它放到油乎乎的手掌上。

"多谢。"年轻人回答,他皱起眉头,"要是你找埃德森先生有事,那我得告诉你,他上周过世了。周四已下葬。他的心脏不行了。"

"哦。"现在轮到司机皱起眉头了,"听到这个消息我很难过。不过……我去埃德森家的确有事情要谈,而且或许我能给他们一点安慰。祝你愉快。"他冲着年轻人一点头,把车子挂上挡,又出发了。

弗里霍尔德是一个尘土飞扬的小镇,有几家关着门的店面。前

---

[1] 德士古公司的汽油品牌,1932年在全美推广。

街有一个农夫,赶着一辆装满西瓜的大车。他开车超了过去。几辆旧车和一辆破破烂烂、后面焊着一个铁质车斗的福特A型车停在一处店铺前面,店铺招牌上写着"贝琪咖啡馆"。在那附近,两位穿着长罩衣、戴着草帽的老先生坐在长椅上,看着这个人开着褪色的绿色奥克兰从旁经过;他向两人招手,只是表达邻里间的友好态度,当然那两人也挥手致意。

他右转,上了六十号州际公路,离开镇子范围,加快了一点速度。一又四分之一英里过去了。他看见路左边的"埃德森"邮箱。他下了公路,开到一条土路上,在车后卷起滚滚尘土。路两边种着松树和灌木丛。又过了一会儿,他下了土路,来到一片空地上。那里有一栋刷着白漆的房子,位于一棵枝繁叶茂的巨大橡树下面。几头牛正在一片有围栏的牧场里吃草,距离房子五十码处,有一座饱经风霜的谷仓。他在房子前停下车,关掉发动机,拿起白色外套和绅士帽,把汗湿的后背从皮制车座上揭下来,下了车,戴上帽子,穿上衣服。他理了理领带,调整了一下衣领,好让外套穿得尽量熨帖一些。他看见橡树低处的一根树枝上挂着一个轮胎做的秋千,想象托比·埃德森的两个孩子杰斯和乔迪在那片凉爽的树荫下玩耍的样子。

带门帘的正门吱呀一声打开了。"早上好。"女人说。她的声音既疲惫又警惕。"要帮忙吗?"

"是的,夫人,我想是的。这里是埃德森家,我没弄错吧?"

"是的。"

他已经迈步绕到车子的另一边了。路上的尘土腾起来,在阳光下闪着星星点点的金光。"我这里有样东西给你和孩子们。"他说。

"什么？"

"有样东西给你和孩子们。"他重复道。他打开副驾驶车门，拉起车座，伸手从车子后面的箱子里拿出一本《圣经》。这本《圣经》上贴着一个标签，上面写着数字"1"，意思是说这是今天要送的第一份快递。他撕下标签，把它扔到车子地板上，然后把《圣经》装进一个白色纸盒子里，动作轻快熟练。纸盒子刚好能把《圣经》妥帖地装进去，并且做工看起来像皮革的。盒子正面用金色墨水压印出"圣经"两个字。他随后关上车门，做出既有遗憾又充满期待的表情，朝埃德森的寡妇转过身去。"请您节哀，夫人，"他微微一低头，说道，"我在镇子上的加油站听说您的丈夫最近刚刚过世。"

"托比是上周四下葬的。"她说。她一头金发，脸色苍白，长下巴，尖鼻子，眼神麻木。从奥克兰轿车里出来的男人注意到，她用右手扶着敞开的门，左手却在屋里，看不见，于是他心想她会不会正握着一把手枪或者霰弹枪。"你想干什么？"她问，同时准备随时让这个陌生人消失。

他停了几秒，这才回答："哦……眼下对您来说正是艰难时刻，我知道，不过——"

他的话被打断了。两个孩子从屋子里出来，站在母亲裙子旁边，他们全都头发金黄、皮肤白皙，像这个女人；男孩杰斯差不多八岁大，女孩乔迪则在十一岁上下。他们长得干净，穿得也干净，却是一副骨瘦如柴的样子，就跟那些遭受生活毒打的孩子一样。两人都盯着他，仿佛他刚刚从另一颗星球上降落下来。

"我能过去吗，夫人？"他问。

"你拿的什么？我已经付清了这个月该付的钱，我跟银行两清了。"

"我相信这一点。而且你跟耶稣和圣父也两清了。"

她眨眨眼。"什么？"

"请容我……"他举起装在白色礼盒里的《圣经》，等待女人示意他上前来。当他走向女人和她的孩子时，他听见谷仓方向传来半吠半呜咽的狗叫声。

"点点想要回它的宝宝，"女人对孩子们说，尽管她的眼睛一刻也没有离开这个男人手上的白盒子，"去吧，把它们拿过去。"

"妈，我们刚刚把它们——"小男孩刚开口，女人就嘘声让他闭嘴。男人礼貌地微笑着，等待这出小小的家庭剧演完。这时他才看见男孩和女孩手上各拿着一只蜷作一团的狗崽子，一只是深棕色的，另一只颜色浅一些，两眼之间有一块奶油色的斑点。

"刚出生的，"男人说，他的脸上一直挂着温和的笑容，"小狗狗真好看。"

"一共有六只，"杰斯把他那只举起来，凑到男人面前给他看，"新出炉的。"

"别说了，"埃德森的寡妇厉声说道，从奥克兰车上下来的男人心想这也许是她丈夫生前用过的表达方式，"去吧，听话。"

男孩走开了，尽管有些不情不愿。乔迪说："杰斯，把多利也带上。"她在小狗的鼻子上飞快地亲了一下，然后把它交给她的弟弟，男孩一手捧着一只小狗，费力地朝谷仓走去，与此同时，狗妈妈继续可怜巴巴地呜咽着。然后小女孩站到母亲身边，面无表情却牙关紧咬，她的蓝色眼睛像是能穿透这个模样仿佛某人的天使的男人的颅骨。

"你有东西给我们？"女人提醒道。

"一点儿没错。"他朝小女孩笑了笑，女孩却没有任何表示，于是他转而把他那假惺惺的魅力尽数用到了寡妇身上，"首先，夫人，请让我给您看一下我的名片。"他把手伸进外套内兜，把名片拿出来，一张干净的白色卡片，昨晚在旅店房间里刚做出来的。新鲜出炉，托比·埃德森也许会这么说。他递上名片，女人像是往后躲了躲，于是小女孩把它接过来。

"说他的名字叫约翰·帕特纳，妈妈，"乔迪看过名片，说，"说他是休斯敦圣帕特纳圣经公司的董事长。"

"正是在下。"约翰·帕特纳收回名片，把它装好。他想这个女人不识字，所以她得依靠这个孩子。哎呀，这就有意思了。"就像我说的，我知道眼下对您来说正是艰难时刻，可是也许我今天的来访能给您带来些许安慰。我这里有您丈夫上个月订购的金版《圣经》。"

"什么？"

"哦……抱歉。您不知道这件事？"

"你要把话说清楚，董事长先生，"女人近乎恼怒地说道，"我现在真的很难受。"

"您的丈夫，"约翰·帕特纳说，"上个月在我们公司订了一本金版《圣经》。他照规定寄来一美元作为订金。题赠文字照他的要求，已经做好了，于是我说我会亲自把东西送来。"他把帽檐往后一推，从口袋里掏出一条白色手帕，擦了擦额头，因为天气实在是太热了，尽管这会儿才刚过九点钟，"我……猜他完全没有跟您说过？"

"一本金版《圣经》，"女人说，她的眼睛已经泛红了，"没有。没有，他一个字都没说过。你是说……他给你寄了整整一美元？邮寄的？"

"是的，夫人。他一定是在县报纸上看到了我的广告。"他胃里一紧。如果托比·埃德森也不识字，那这个游戏也许就彻底玩砸了。可是女人一直沉默着，尽管她的痛苦表情说明了很多事情，于是约翰·帕特纳在这块人类苦难的沃土上继续耕耘，"我猜测，埃德森夫人……您的丈夫是想把这当成一份惊喜。也许是一份生日——或者结婚周年纪念日——的礼物？"她没有回答，于是他从自己趁手的情感工具箱里挑出另一样工具，让声音更柔和些，把它递了出去，"或者，也许是……他早就料到自己时日不多。很多人都会这样。是上帝的声音在和他们对话。至少我相信是这样。但说到底，这都是爱呀，埃德森夫人。上帝的爱让人温和地意识到自己时日不多了，还有丈夫——和父亲——对妻儿的爱。您要看一看他让我做的题词吗？"

"我不……"她不得不停下来，深深地吸一口气，仿佛她的肚子上凭空挨了一记重拳，一时缓不过劲来，"我识字不多，先生。你能读给我听吗？"

"当然。"他发现谷仓里的狗因为狗崽被送回来而心满意足，于是不叫了，不过杰斯显然打算在里面多待一会儿。小姑娘坚定地、毫不含糊地瞪着他，这让约翰·帕特纳有一丝不自在，他真希望她也去了谷仓,不过他的本领和天赋之一,就是让自己镇定的举止表现得无懈可击。他从盒子里取出《圣经》,翻到题词页——叠好的收据就夹在那里——然后用恰当的沉痛语调读了起来:"送给我亲爱的家人,我的妻子爱迪丝,我的孩子乔迪和杰斯,爱你们的丈夫和父亲。"他把那张纸递给女人,"这是收据,得克萨斯州弗里霍尔德的托比·埃德森支付一美元。您会注意到日期是六月十二日,不过我相信是我的秘书写错了,日期前后差了几天。"

寡妇埃德森接过收据,展开,茫然地看着它;然后她把收据递给女儿,女儿专注地读了起来,约翰·帕特纳觉得那种专注堪比精明的律师看止赎通知单。

"我真是……我不知道该说什么。"女人告诉他。

"我明白。"他摆出一副随意却又仔细地检视这座房子的架势,仿佛他是前来收走抵押品的银行高级职员。"那个,"他说,"通常还要支付五美元,货到付款,不过——"

"还要五美元?"她说话的语气,仿佛那是五百美元。

"我们的金版《圣经》定价六美元。您明白的,夫人,这是家庭珍藏版,能传好几代人。收据上写着,待付五美元。"

"哦……是的先生,可是……这可是一大笔钱。"

"先生?"小女孩说,"我能看看题词吗?"

"当然。不过请注意,这不是您父亲手写的。它是我们用专门工序印上去的,所用的墨水得到过休斯敦第一浸会教堂的温斯顿·卡特牧师的祝福。"他把《圣经》交给女孩,把注意力放回到心烦意乱的女人身上,"现在,埃德森夫人,不要烦躁,"他温和地说,"我不是唯利是图的人，我们亲爱的耶稣和天上的父不会希望您亡夫给您的礼物被抢走。不过，成本还是要考虑的。这就是在恺撒的世界里生活的惩罚。不过咱们可以这样：圣帕特纳圣经公司将为这个特别版本收取四美元，然后咱们就算——"

"妈妈，"乔迪打断他，"一分钱也别给他。"

约翰·帕特纳打住话头，嘴却一直张着。

"什么？"女人说，"别这么不礼貌——"

"这上面写的字，"女孩接着说，"的确是他念的内容，可是……妈妈……他把我的名字拼错了。"

一时间，约翰·帕特纳的喉咙里像是卡住了一块石头。当他又能出声时，那声音在一片寂静里听起来既单薄又刺耳。"拼错了？怎么回事？"

"我的名字，"小女孩说，同时用她那双挑衅的蓝色眼睛烧穿他的颅骨，"结尾是字母 i，而不是 y。爸爸绝不会犯这种错误。"

牧场上方的某个地方，一只乌鸦哇哇叫着，另一只则在约翰·帕特纳身后的树上应和着。除此之外，整个世界就像是停了下来，没有任何动作，也没有一点声响，除了他耳朵里开始越来越响的尖啸声。他突然好奇，在一番枪战打死邦妮和克莱德之后，那些警官们听到的会不会也是这种声响。

"她的名字的确写作 J-o-d-i[1]，"爱迪丝·埃德森眯起眼睛说，"显然托比不可能告诉你别的拼法。"

---

1 前文乔迪的名字一直写作 Jody。

他只花了三秒钟就恢复镇静。他强忍住从女孩手中抢回《圣经》的冲动，因为他很清楚自己是怎么拼写的，那个名字在县里公告栏上那个该死的讣告上就是这么拼的。他调整一下肩膀，嘴硬地回答道："要是我们真的拼写错了，我们很乐意修改。"

"我的名字拼错了，"女孩一边说，一边指给他看，"看见没？就在那儿。"

她的食指指着那个让人恼火的"y"。然后她指给她母亲看，她母亲就算别的字都不认识，至少也认得出自己孩子的名字。

"四美元，"埃德森夫人说，"仍然是一大笔钱，先生。咱们要怎么修正这个错误呢？"

不等约翰·帕特纳回应，那孩子就说："我想他应该把这本好书免费送给咱们，妈妈。就这么定了。爸爸很可能会觉得这很有意思。我能看见他这会儿正在哈哈大笑。"

"没错，"女人点点头，同时似乎有一抹笑意划过她的嘴角，"我也能看见。"她把《圣经》从她女儿手里拿过来，一只手的手指抚过封面，封面已经热得有些变形了，"这似乎就是托比送给咱们的好礼物，不过我的男人可不是那种随便为别人的错误买单的人。他会感谢你所付出的全部努力的，而且他会说，这真是一本漂亮的《圣经》，可是……他会让我付你一美元，然后像乔迪说的那样，就这么定了。你看合适吗？"见约翰·帕特纳没有立刻回应，于是她进一步说，"我不觉得你能把这本书再卖给别的什么人——你能吗？"

他脸色一僵。仿佛过了很久，像是隔着很远的距离，他才听见自己说："好吧。一美元。"

女人从他手中拿过那个做得像皮革的白色纸板礼盒，把金版《圣经》塞进去，然后走进屋里去拿钱。他被晾在那里，盯着小女孩，后者则一言不发地瞪回去，不过她那指责的眼神像是在向他传递一个信息：我知道你是个什么东西。

拿到钱后，他攥紧那一美元，给了女人一个冷冰冰的微笑，并祝她生活愉快。然后他转过身去，背对着女人和小孩，朝他的汽车走去，在这对母女的注视下，用帝王的威仪脱掉外套和绅士帽，然后钻进车里。随着一串震耳的轰隆声和一声尖厉的声响，发动机启动了。他开出去时正好经过从谷仓出来的小男孩，后者像招呼邻居一样向他挥手致意，约翰·帕特纳却没有回应。

他开车走了，身后卷起一团团的尘土。

他照着地图的指引继续他的旅程，那上面的叉号代表的是最近这些镇子上死去的人。这一天可说是喜忧参半。两本金版《圣经》卖出去六美元，一本卖了三美元，因为那位老太太的饼干罐子里只有那么多钱。快到中午时，他在一个人家泥泞的湖边停下车，吃了点薄脆饼干，喝了一瓶尼嗨[1]橙子汽水。他的下一站没去成，因为那栋房子门口停着一辆得州的州警汽车，而再下一站是一座空房子，门上钉着一块抵押房屋止赎的牌子。

不过这一整天里，他一直在想那个小女孩瞪着自己的样子，还有她那句"一分钱也别给他"多么伤人。

长久以来，他一直觉得人们并不知道他为了挣钱付出了多少努

---

1 美国饮料品牌，创立于1924年。它的水果味汽水曾经大受欢迎。

力。在他看来，这和挖水沟一样辛苦。仔细研究各个县公告栏上的讣告，记下名字、地址和一切他能弄到的信息，然后用那台可以改变字体和图章的小型橡皮印章机，把需要的内容用金色墨水印在书页上。《圣经》和礼盒加在一起，从位于沃斯堡[1]的公司拿货只需要四分之一美元，可是墨水是真他妈贵，一瓶就要七十五美分，而且要一路从新奥尔良运过来。

他觉得自己卖的明明是一种有价值的商品，可人们并不认可，法律并不认可。他卖的是一份长久保存的回忆，一个美梦，从某种程度上说，他卖的是一根金线，收拢起人生所有的遗憾。他在为社会和悲伤的家庭提供良好的服务。

一分钱也别给他。

这话真是让他难受。它啃噬着他的肚肠，让饼干和尼嗨橙子汽水在他胃里翻腾。距离沃顿镇还有几英里时，他不得不停下车，在路边呕吐起来。

等他觉得舒服点儿也冷静了些，他知道自己该干什么了。他坐在车里，卷了根烟，用银色的打火机点着。打火机上有两只手交握着作祈祷状的图案，和他的领带夹一模一样。然后他继续开车，进入沃顿镇，在镇上的廉价商店里买了一根儿童尺寸的棒球棒。

他惊讶地发现沃顿居然有家电影院，下午上映《金刚》。去年电影刚上映时他就看过了，不过他很喜欢这部电影，于是心想不妨再看一遍。当他从昏暗的电影院里出来时，天刚擦黑，还有时间，于

---

[1] 美国得克萨斯州东北部的一座城市，位于达拉斯以西。

是他来到一家跟电影院隔着一个街区的小咖啡馆，吃了一盘猪肉香肠、奶油玉米配芜菁。他又抽了一根烟，把一杯咖啡喝得一滴不剩，还跟红头发的女招待调了一会儿情，服务员则偷偷给他拿了一块胡桃馅饼。然后他付了账，离开了。

到了下一个州际公路的路口，在星星和半个月亮朦胧的月光下，他掉转车头，驶向弗里霍尔德。

一分钱也别给他。

这句话里包含的不公正让他想哭。可是他的脸上没有一丝表情，除了决绝。他的双眼也干得像美洲大草原上的岩石。

距离通往埃德森家的那条土路还有三十码，约翰·帕特纳把车从六十号州际公路上开下来，此时他的手表显示已经九点多了。他心想自己得抓紧时间，以防有州警察在四处巡逻，不过他今天已经注意到这条路上车辆不多。离埃德森家最近的房子在西边四分之一英里处。他拿着那根儿童尺寸的棒球棒，还有车上装满汽油的油桶，出发了。

埃德森家里有几盏灯亮着。看起来像油灯，灯光很暗。这里不通电。约翰·帕特纳走向谷仓。门本来就开着一道缝，这样更好。

他走进谷仓，点着打火机。他脚边的干草堆上，躺在一块红黑方格毯子上的狗妈妈立刻发出了低吼。它挣扎着想要站起来，可是六只正在吃奶的狗崽子拖住了它。不等这只狗叫出声来，约翰·帕特纳便用棒球棒一下子敲中它的脑袋。

他又敲了一棍，使出全力，以防万一。

接着他检查一下工作成果，然后继续做剩下的事情。他抓了几把干草盖住狗崽子。倒上汽油。

打火机火光摇曳。

在红色的火光中,约翰·帕特纳再也不像是谁的天使了。一瞬间,这火光仿佛照亮了他的脸后面的那张脸,而这张脸绝不是约翰·帕特纳想让世人看见的脸。

他抓起最后一把干草,把它凑到火上。

"J-o-d-i。"他静静地说。他眼中无神。

他把点着的干草朝母狗尸体旁,浸透汽油的毯子上满身汽油的狗崽子丢去。他还没来得及退后一步,干草便随着一股轻轻的热浪,呼地一下蹿上来,差点儿燎到他的眉毛和金色鬈发。

尽管他很想待在这里看着谷仓燃烧,可是现在该出去了。

不过他把棒球棒留在那里。杰斯也许能用得着它。

约翰·帕特纳回到车上,感觉像是卸去了一副重担,或者说纠正了一个巨大的错误。他放好油桶,载着一车金版《圣经》,驶入夜色,越走越远。

第二章

"你打算在我们这儿住多久呢,帕特娄先生?"

"还不知道。万一运气好呢。"

"哦?怎么说?"

约翰·帕特娄看着眼镜后面的那双灰色眼睛。老人有一张线条硬朗的脸,额头上长了些老人斑,灰色的眉毛像高粱一样粗。"修车厂的机械师——名叫亨利——跟我说,他会尽快把车上必要的零件从什里夫波特弄过来,顺利的话,要不了三天。"

"我认识亨利·布拉德。手艺不错,不过他总是过于乐观。我看你要在这儿住上好一阵子了——这要看你需要换什么零件。"

"一个新的化油器,真倒霉。我在离这儿五英里的地方抛锚了,只能把车拖过来。要不是拦下一辆运干草的卡车,我这会儿大概还在外面呢。"

"嗯。"寄宿舍[1]的老板说。老板名叫格洛弗·内文斯，他身边是他的妻子希尔达，两人都站在漆成黑色、齐腰高的桌子后面，约翰·帕特娄刚刚做完登记。"化油器不行了，"他挑起两根粗大的眉毛，接着说，"我看你得跟我们住一个星期了。"

"也许吧，不过我希望你不介意我按天支付房钱。"

"一点儿也不。我们不是那种要把别人榨干的人。"

"只要你每天上午十点整之前付账就行。"女人说道。她说话时，皱巴巴的嘴几乎一动不动。她有一双像猫头鹰一样的大眼睛，鬓角的灰色发卷拢到耳后。"十点整，"她重复道，"我们是好心人，可我们受不了占便宜的。"她的眼睛已经盯上了双手交握的领带夹，"当然，"她补充道，"我猜对你来说不是问题。"

"我感谢您的信任，夫人。我从来都不愿意让别人因为我而受苦，"他回答道，天使般温和的微笑伴随着悦耳的语调，"如果我不得不在这里待上一段时间，那我肯定会过得相当不舒服，因为我连换洗的内裤都没有。"他直直地对着女人的脸说，所以他能注意到她蜡黄色的脸颊上泛出了一点颜色。他把注意力集中到男人身上，"这个小镇子似乎很安静。我希望能有个地方吃点儿晚餐？还是说我的房钱至少能在你们厨房里买一块三明治加一杯咖啡？"

"我不给房客弄吃的，帕特娄先生，"女人皮肤松弛的下巴一扬，"如今东西太贵了。"

"斯通菲尔德咖啡馆在南边，隔着两条街，"内文斯告诉他，"他

---

[1] 收费提供客人膳宿的房屋。

们一直开到八点钟。炸鸡很不错。"

"谢谢。"斯通菲尔德镇在路易斯安那州,这家寄宿舍在镇子二街和三街的路口上,顺着机械师布拉德的指引来到这里,约翰·帕特娄——化名帕特纳,不过所有名片和身份证件几周前就被彻底销毁了——一进门就打量过屋内黑沉沉的墙板、严重磨损的地毯和架子上的陶瓷小铃铛、顶针、陶马和其他诸如此类的小玩意儿,于是断定这两人应该很容易接触,不论这个女人多么自以为精明能干。这里的秩序感让他想要动手砸烂点儿啥。他想攥紧他们那可怜的控制感,当着这两人的面把它拧出血来。他们对这个世界一无所知,而他对世界了如指掌。他能想象出自己抓起一只陶马,把它的蹄子扎进希尔达·内文斯眼睛里的场面。

他听见楼上传来一个声音,像是女人在叫喊。声音转瞬即逝。像是一句骂人的话,不过一下子就没了,他分辨不出究竟喊的是什么。不管怎样,听起来就像是一声咆哮。

"啊,"他说,同时又露出那种温和的微笑,"我以为今晚只有我一个人呢。"

"别理会他们俩。"女人说。她全然不知道和她说话的这个男人正在想象她两眼变成血窟窿的样子。她压低声音,密谋般耳语道:"一个叫霍尼卡特医生的,还有他的……唉……我都不知道算什么,反正不是他的妻子。"

"有意思。"约翰·帕特娄评价道。他歪着头,抿着嘴唇,像是在说,*多告诉我一些*。

"他们昨天下午来这儿,男的只想订一间房。不过女人坚决不同意,说要自己单独一间。"

"希尔达,"内文斯说,"我想我们不应该——"

"今晚在麋鹿会[1]支部开了一场讲座,在礼堂里,"女人接着说,约翰·帕特娄心想她显然很高兴能找到一双耳朵愿意听她絮叨,"知道是讲什么的吗?"

"不知道,夫人。"

"他们把招贴画贴得满镇子都是。格洛弗带了一张给我看,可我只想把它塞进垃圾桶里去。"

"希尔达!"男人的脸色开始变得阴云密布,"快得了吧,咱们——"

"性讲座,"女人说着,朝楼梯口飞快地瞥了一眼,确保没有人偷听,"题目叫'更好地理解生命的真相',其实根本是在讲性。我都不知道他们是怎么获准去讲这恶心的东西的,我也没时间把教会的人组织起来把他们赶出去。"

"我们不想把他们赶出去,"内文斯长叹一口气,在约翰·帕特娄听来就像是一种在今天之内做过很多次的表态,因为这个男人像是已经厌倦这么说了,"我们需要钱,而且我猜麋鹿会也不想拒绝一晚上的租金。而且尤金很可能也能拿到一份。"

"尤金?"

"我们这里屁用没有的治安官。"寄宿舍的女主人此时做好了对他大肆羞辱一番的准备,"他几年前才用贩卖私酒的钱买到这份工

---

[1] 美国一个右翼保守的白人互助会组织,成立于1868年。

作,现在还不想退休呢。"

"希尔达,"内文斯说,他的声音里几乎带着哭腔,"求你别说了。"

"好吧,"她粗暴地回答,"好吧,我不说了。这会儿不说了。我只是想说,咱们这儿有麻烦了。"她的目光回到约翰·帕特娄的领带夹上,"你是个传教士吗,先生?"

"我不是,不过我的确是不论走到哪里都在努力传播福音。我感谢您的称赞。"

"你看起来像个传教的。你有一张非常和善的脸。"

约翰·帕特娄微微一点头,仿佛她的观察让人谦恭。"现在……我想我该去咖啡馆了,对吗?"他原本期待女人会邀请他去厨房,可是这个老长舌妇的善心显然仅止于称赞。

"那里的炸鸡很不错,"内文斯重复道,"告诉奥利你住我们这儿,能给你便宜一些。四号房间。"他把钥匙递过来,"我们十点半锁正门。"

"十点半整。"女人补充道。

约翰·帕特娄拿过钥匙,把它装进白色西装外套的口袋里,然后谢过两位主人的热情。他离开寄宿舍,脑子里想着要是格洛弗和希尔达被癌症折磨得半死,他们的脸会变成什么模样。他穿过一条条街道,大致朝南走去。这座小镇看起来像是受到了大萧条的严重冲击。他疑心就算在银行还没有纷纷倒闭时,斯通菲尔德其实也算不上繁荣,不过夕阳余晖之下,西南方天空中有一道光,像是有座磨坊或者工厂尚在运作。在他那辆奥克兰抛锚熄火前,他经过了大片的农场,路上有许多牧场和棉花田,所以他猜想附近有这么多农场小子,对于霍尼卡特医生和他那位声音尖细的女伴来说,这个地方或许的确是一片值得他们深耕细作的宝地。性讲座。一点儿没错,他心想。一门不错的赚钱小生意,干得好的话。

夜幕降临,街上静悄悄的。空荡荡的镇中心,除了隔壁街区的一家理发馆,大部分店面都关着门。八月初的知了在树上叫个不停,空气安静而湿润。理发馆里的灯光透出来,照在人行道上,约翰·帕特娄朝那边走过去,看见前窗上贴着一张霍尼卡特华丽表演的海报。海报上画的是丘比特拉弓对准一颗爱心,画工十分粗糙。画面上方是希尔达·内文斯跟他说过的演讲题目:更好地理解生命的真相。画面下方印的是威廉·霍尼卡特医生和他能力出众的助手金吉尔·拉弗朗斯,任何男人都不容错过。然后在最下面,用约翰·帕特娄自己也很熟悉的便携橡皮图章装置印着红字:8月2日星期四,八点钟,麋鹿会大礼堂,门票25美分。

约翰·帕特娄微微一笑。他能力出众的助手金吉尔·拉弗朗斯。没错,能把方圆几英里内的农场小子都招来。不过二十五美分?妈的,他们真是看得起自己!

他继续向南,朝斯通菲尔德咖啡馆走去,发现咖啡馆在一节老旧的红色火车乘务员车厢里,车厢停在穿过镇中心的铁路边上。他穿过小木门,经过那块"只招待白人"的牌子,坐进卡座的木条座位上,看着墙上的一块黑板考虑主菜,在炸鸡、炸牛排和一个叫"米妮肉卷"的东西之间犹豫不决。店里有六个男人和两个女人,一个矮胖的女招待已经给他们上过菜了。他的到来吸引了他们好奇的目光,不过他们已经习惯看到旅行推销员了,尽管他的白色西装和绅士草帽表明他的身份高于一般人。

他摘下帽子,点了一份五十美分特价大餐——炸鸡、黑眼豆、宽叶羽衣甘蓝、一块玉米面包和一杯冰茶("能做多甜就做多甜,亲爱的。"他对女招待说)——然后发现自己正在盯着挂在柜台后面的镜子里自己的镜像。

早在几周前,他就意识到,回埃德森家那一趟太鲁莽了。这个举动意味着他失去了一整个县的活动空间。要是那个叫埃德森的女人报了警,他们很可能正在附近搜捕他,他们一眼就能认出他的车。所以把那个县从名单上彻底画掉吧,去他娘的。然后,七月中旬,他遭到了粗暴的对待,这让他下定决心,另寻出路。当时他开车来到伯利森县一个刚过世的男人的农舍前,拿出了死去的老约拿订购的金版《圣经》,结果一个皮肤干皱的老寡妇用猎枪指着他的脑袋,说他是个骗子,因为她已经买下了约拿在休斯敦圣心圣经公司为她准备的这本"天使抚过的好书"。

所以……经过各方面考虑,是时候结束这桩生意,换个活路了。向东还是向西?扔硬币决定吧。你好,什里夫波特和迪克西花园旅馆。

他一边吃着晚餐,一边不停地看墙上镜子旁边的时钟。又喝了一杯甜冰茶,抽了一两根烟,然后……也许在镇子里四处走走会很有意思,看看这里有什么。

他问女招待麋鹿会在哪儿,女招待给了他一个会心的眼神,让他想要用力扇她一耳光,把她的大门牙都打烂了。"那地方就在东边的隔壁街区,"女招待说,"经过一个小公园和本地的南方军英雄塞缪尔·皮特里·布兰肯希普的雕像就到了。那雕像的眼睛,"她骄傲地说,"每当有黑鬼从旁经过,就会流下血色的泪滴。"

他让女招待去通知奥利,他住在内文斯那儿,于是真的比账单上少收了十美分。他把那个十美分硬币放在桌子上他洒出来的一摊茶水里,留给了女招待,然后他戴上帽子,扯了扯领带,站起身来。他感到脚下的地板一阵震动,然后听见呼啸的汽笛声,震得窗玻璃在窗框里一阵抖动。他穿过小木门出来,货运火车刚好擦着咖啡馆,轰隆隆地穿过镇子,一路上发出一连串咣啷啷、丁零零、呼呼和嘶嘶的响声,搅起一团团打着旋的尘土和细沙粒,在街上飞腾。几条狗龇牙咧嘴地追着火车,它们的叫声却被刺耳的声响吞没。

火车开过后,约翰·帕特娄拨掉落到西装翻领上的几点沙粒,看向麋鹿会的方向。

一走进五街上的这座褐砂石建筑,他就被眼前所见惊呆了:一个金发女人正坐在一张桌子后面,桌子旁边,他猜想就是礼堂大门。她一边卖票,一边把钱收进一个雪茄盒里,桌子上垂下来的白布上贴着几张霍尼卡特"生命的真相"海报。她面前簇拥着五个男人,身材、块头和年龄各不相同,都在准备用他们辛苦挣来的钱换一点粗俗下流的教育。这一幕之所以让约翰·帕特娄吃惊,是因为这个女人穿了一件医院里的那种白色长袖外套,扣子一直扣到脖子上,这身衣服的端庄和她脸上的浓妆与嘴唇上的深红色口红完全不搭调。实际上,她看起来就像是戴着一副洋娃娃似的面具,看不出一丝表情,这让约翰·帕特娄心里一动,因为隐藏真实自我,或者说自己的真实面孔,这和他的做事动机一向相差不远。他来到这群本地男人的后面。这些人大声谈笑着,既紧张又期待,在女人冷冰冰的注视下瑟瑟发抖,仿佛她是来自远方一个更为世俗的世界的女性,当然她也的确如此。约翰·帕特娄来到她面前,他第一眼瞥向雪茄盒,想看看这个团伙今晚收成如何。他简单估算一下,他们今晚似乎卖出了二十五到三十张票。

"哎呀呀。"他看着女人的眼睛说道。

这双眼睛是香槟色的。他想。一瞬间,他觉得自己像是灌下了满满一杯气泡酒——也许是好几杯,足够让他感到头晕目眩。这双香槟色的眼仁——像猫一样,带一点杏仁的形状——似乎在上下打量他。她的脸上看不出一丝表情。她长着个扁鼻子,鼻尖微翘,嘴巴很宽,脑门太高,下巴又太宽;她不是那种绝世美人,然而在约翰·帕特娄眼里,她有一种独特的——而且让他晕眩的——吸引力。她的脸既精致又粗糙。他觉得她的杯子上层是香槟,最底层却是劣酒。她把真正的自己隐藏起来,秘不示人,和他一样。她的头发——显然是染成金色的,因为发根处露出了深棕色——前面是一团鬈发,用红黑两色的漆质梳子紧贴着头皮拢到脑后。他闻了闻她的香水味,觉得有一股摄人心魄的甜丝丝的麝香味,让他想到烧焦了的玫瑰。

有好几秒钟,两人都没有说话。最后,约翰·帕特娄一咧嘴,露出一个狡诈的笑容,说:"你在看什么?"

"小题大做。"她回答,还是面无表情。她说话带南方口音,不过很有格调,是那种大种植园女主人的口音,而不是偏远地区的农妇的。她微微眯起眼睛,目光在双手交握的领带夹、带褶子的白色衬衣和香草冰淇淋色的外套之间游移。"你为什么穿得这么珠光宝气的?"

"为了你。"他一边说,一边在这个滑不溜丢的舞池里重新站稳脚跟,"我可不想一副淫棍扮相来聆听生命的真相,对吧?"

她的脸色仍然没有一丝变化。"花二十五美分就能进去,跟那些淫棍一样。"她用一根食指点了点雪茄盒的边缘,仔细修理过的指甲映着血红色的光。

"我从什里夫波特来的,住在内文斯家。"

"好样的。休想蹭票,珠光宝气先生。"女人的目光从他身上飘走,因为又有两个男人——都是农民,穿着他们最漂亮的背带裤——刚刚走进麋鹿会。她想把他打发走,说,"要进去还是走开,都随你。"

约翰·帕特娄心中的火炉里,一小块煤已然开始燃烧;他并不习惯被人打发走,当然也不习惯被一个头发染成金色、三十来岁还自以为光滑得像一块皮革的家庭主妇打发走。换作平时,他或许会耸耸肩,转身离开。可是从专业角度看,这一招激起了他的兴趣。他把一枚二十五美分的硬币扔进盒子里,接过她递来的门票。然后他走进礼堂,由着她温和地对着这群乡巴佬微笑。

礼堂不大,大概能容纳五十人坐在木质长椅上。观众席对面的舞台被酒红色的幕布遮挡着。天花板上的玻璃球发出微微泛黄的光,照亮这个地方。舞台上方,一个铸铁的大角麋鹿脑袋钉在墙上,因为年岁已久而变得黑乎乎的。香烟的烟雾早就飘到了屋顶,上升过程中仅有的轻微干扰来自礼堂里唯一一台电扇——它在徒劳地尝试把烟雾吹走。约翰·帕特娄看见自己的确是这场背带裤、领结和鼻烟盒的聚会的第二十七位出席者,所以包括在他后面进来的两个农民在内,门票收入共计七美元二十五美分,这不论放在哪个行当里都是一大笔收获了。

他猜想这其中一定还有别的猫腻。他走到礼堂左侧坐下,那里只有四个人。他摘下帽子,把它放到身边的长椅上,等待演出开始。

又进来五个人,观众人数达到了三十四个。约翰·帕特娄坐下来十五分钟后,身穿医院白色大褂的金发售票员穿过过道,她目不斜视,丰满的屁股慢悠悠地摇晃着,惹人垂涎。她走进舞台右侧的一道门。然后所有人都坐好,抽着烟,嚼着烟叶,吸着鼻烟,又等了一会儿,其间一个上了岁数的男人咳嗽起来,听声音就好像他的肺里堵着一块路易斯安那州的泥巴。

幕布无声无息地拉开了。几个人满怀期待地鼓起掌来,约翰·帕特娄环顾四周,看着那些咧嘴傻笑的脸,心想让他们都去死吧。

金发女郎站在舞台中央的讲台后面,周围萦绕着一团香烟的烟雾。她右边有一张桌子,上面放着一个纸板箱子,左边则是一块安着轱辘的小黑板。她手里拿着一根正经八百的教鞭,是那种小学老师用来指点蠢蛋学生二加二等于四、单词"猫"的第一个字母不是"k"[1]的工具。不过约翰·帕特娄觉得,她握着教鞭的姿势,还有她

---

1 猫的英文写作"cat"。

看向观众时微微翘起的上嘴唇说明，她恨不得这是一根长鞭子。她的脸上唐突地绽放出笑容，可是约翰·帕特娄注意到她那警惕的眼神里没有一丝笑意。她说："晚上好，先生们。"三分之一的观众也向她问好，有几个人喊的是他们的土话"好啊"[1]，听起来醉醺醺的。"我们在等霍尼卡特医生，"她宣布道，"他随时都会到。"

"在这座房子里可不需要医生！"有人喊道，引起一阵紧张兮兮的笑声。

约翰·帕特娄将双手叠放在大腿上。这将是一个有趣的夏初娱乐节目，在这样一个土得掉渣的地方遇到真是出人意料。

"给我们跳支舞吧，宝贝儿！"一个穿着背带裤的黑胡子男人催促道。他坐在约翰·帕特娄前面两排的地方。

"哦，我可不为陌生人跳舞，"女人回答道，脸上一直挂着微笑，"不过……我想等医生的讲座结束时，咱们就是好朋友了。另外，我应该让自己舒服一点。"说着，她从讲台后面走出来，解开古板的医院白大褂的扣子，动作顺滑得就像一条蛇游过草地。白大褂里面的火红裙子让观众席里所有的调笑和起哄瞬间平息下来。她脱掉白大褂，把它叠好，挨着纸箱放在桌面上。约翰·帕特娄好奇女人是怎么把自己塞进裙子里的。白大褂被浆洗得硬邦邦的，遮挡住了金发女人的曲线，而她的身材曲线夸张得让人窒息。此时舞台上站着的是一个火辣的性感尤物，她抚平裙子，双手缓慢拂过身体上充满肉欲、几乎没有掩盖的地带。一瞬间，麋鹿会礼堂的主导权就从观众

---

[1] 原文"howdies"，是非正式的打招呼方式。

席来到了台上女人的手里，在随之而来的沉默中，烟雾缭绕的空气中弥漫着——约翰·帕特娄只能称之为放肆的情欲，以及一点毫不掩饰的震惊。他怀疑镇子上的本地女性敢不敢公开袒露这么大面积的大腿和胸脯。不过，就这样，菜上齐了。

她拿捏住他们了，约翰·帕特娄想。这样一来，无论如何都不会有人要求退票了。

"有请霍尼卡特医生！"她愉快地说，可是语调里带着一丝恶狠狠的咬牙切齿。

沿着中间过道走来的人脚步踉踉跄跄——他醉得太厉害了。这个留着银色小胡子、自诩医生的家伙穿着灰色西装马甲，系着黑色领结，被自己的双色皮鞋绊得东倒西歪，约翰·帕特娄看着这一幕，越发觉得有趣了。今晚这位醉醺醺的教育家走到舞台右侧的门口，却死活拧不动门把手，仿佛那是一条活蹦乱跳满身都是机油的鲇鱼。

"快上来，医生！"金发女人催促道，这回真的能听出她牙关紧咬了，"打开门，赶快上来！请各位原谅医生，"她对观众说，"他刚刚做完一台大手术，所以忍不住喝了满满一瓶威士忌。"这话引来一阵笑声。她进一步说："看来他没准儿是把酒瓶塞子也塞进屁眼儿里了。威廉，亲爱的？弯起胳膊肘，再来一次，用力，拧开那个小破把手！快点儿，为了金吉尔！"

有人起身准备去帮助医生，可就在这时，屡试屡败的霍尼卡特终于把门打开了，然后走进门里。他转身，做作地冲着看他热闹的人鞠了一躬。刚才这一幕，所有人都看得乐在其中，仿佛猎狗享受追猎浣熊的过程。约翰·帕特娄看透了这个人的真面目：如今是个落拓的废物，四十年前年轻时却很可能是个精明的家伙，也许是个有些舞台表演经验的骗子，因为就算喝得酩酊大醉，他那一身行头和一部大胡子也仍然一丝不乱。约翰·帕特娄思忖，或许这就是所有招摇撞骗之人的宿命吧：睿智机敏不再，慢慢滑进酒瓶子里，因为远大的梦想只有在酒里才仍然生动，而失去了远大梦想，骗子也就失去了生活的目标。在约翰·帕特娄看来，霍尼卡特医生的日子很快就要到头了，因为这个"生命的真相"讲座的主意和这个人一样落拓。

不过……他觉得金吉尔·拉弗朗斯还是很有潜力。她知道自己在做什么，怎样用身体主导注意力，他猜想这个女人早就是霍尼卡特最有价值的道具了……很早就是了，大概早到她已经对他感到腻味和反感了。

此时霍尼卡特站在台上，努力让自己站直，尽管他的双腿似乎已经不堪重负，想要瘫倒了。他那一头灰发需要梳理，野草一样的眉毛也需要修剪。他朝金吉尔点点头，在讲台后面站好，金吉尔把教鞭交给他，自己步伐轻盈地朝黑板走去。霍尼卡特虽然因为喝多了威士忌而口齿不清，不过声音还是足够洪亮。他对着台下的人说道："先生们！你们这些明智而勇敢，来自——"这里停顿了一瞬间，仿佛他忘记他们这会儿在哪儿，"——斯通菲尔德的男人们！"他接着说，"我说你们明智是因为你们渴望知晓生命的真相，而勇敢是因为你们能来，很可能是顶住了那些企图束缚你们的力量！然而你们将在这里获得知识，有了这些知识，你们将会勇敢地回到你们各自的家中，并且——请容我直言——因为今晚来过这里，而赢得你们妻子毕生的感激！你们将凭借焕然一新的气魄和表现让你们的妻子浑身颤抖。如果在你们当中的某些人看来二十五美分是一大笔开销，那么，请放宽心，当你们离开时，你们将感觉像国王一样富有，而从今往后，你们的妻子一定也将视你们为床上的王。现在，首先，让我们……"他像是又大脑空白了几秒钟；他的嘴在动，却发不出一点声音，他的眼中闪过一丝恐慌。然后他又回过神来，那一瞬间的忧惧便消失了。他说："让我们向我可爱的助手金吉尔·拉弗朗斯小姐表示感谢，我相信你们这些小伙子一定不会吝惜你们的掌声。"

约翰·帕特娄和大家一起鼓掌，不过更多是为了霍尼卡特的表现。即便已经烂醉如泥，这位老医生仍然能够坚持演说。也许他已经太多次在舞台上对着这些土包子侃侃而谈，所以每一句话、每一处停顿都已经可以自动冒出来了。掌声过后，真正的表演开始了。约翰·帕特娄带着专业的兴趣看着两位骗子继续工作。这场表演的内容包括霍尼卡特用夸张唬人的鬼话胡扯一通"婚姻实践"，同时金吉尔专攻下三路，用黄色的粉笔在黑板上画一些下流的图画。这个女人画出阴茎、乳房和阴道的示意图，然后擦掉，然后再画一遍，同时她的两瓣屁股用非常挑逗的姿势扭来扭去。与之相比，霍尼卡特的讲解纯粹是一些噪声。约翰·帕特娄注意到，她每重新画一次，阴茎和乳房都会画得更大一些，阴道也画得更有内容。这一屋子乡巴佬猥亵的安静表明，她所表达的信息正在冲击着他们裤腰以下的部位。这种情况持续了迷人的二十来分钟。医生的讲授中途停顿了好几次，而且他似乎已经有些迷茫了，可是女人仍旧装得很轻松。过了四五秒，医生回过神来。然后他一换挡，开始直奔下三路，其中包括一张示意图,画的是在墨西哥的蒂瓦纳[1],在西班牙苍蝇[2]的帮助下发生的事情——你可以在那个臭名昭著的镇子上找性病专科医生购买。与此同时,金吉尔在黑板上画的阴茎越来越大,也越来越狂野。

到最后,约翰·帕特娄自己都不太能并得拢腿了。要不是早就知道那是个什么东西,恐怕连他都要以为西班牙苍蝇是自夏娃诞生以来专为男人发明的最好的东西。毫不意外地,金吉尔打开纸箱子,摆出一个性感撩人的姿势,露出一副什么都懂的微笑,向这群乡巴佬展示里面的瓶装蒂瓦纳快乐水,价格是一美元一瓶。

约翰·帕特娄坐看这些男人手里拿着钱,一窝蜂扑上舞台。他们想要的不仅仅是让这快乐水点亮自己——效果可疑,因为这些瓶子里装的很可能只是一些变质可乐,里面掺一点可卡因——他们还想要金吉尔用她那慢悠悠、火辣辣的媚眼看看他们,或者闻一闻她身上的香味,或者稍稍碰触到她的肉体。反正,不是所有土包子都花得起一美元来买上一瓶,不过大部分人还是不情不愿地交钱了。约翰·帕特娄估计金吉尔和医生还能再骗到手三十美元,这收成不错。

然后就到了小团队工作最困难的部分了:把这些钱带出礼堂,收拾东西开溜。金吉尔的活儿做得太漂亮了,有几个穿背带裤的农场小子手里攥着蒂瓦纳快乐水,觉得自己只差一口烟叶唾沫的距离,

---

[1] 墨西哥西北边境城市,旅游业发达,被誉为"美国人的后花园"。
[2] 实际是指西班牙芫菁,一种鞘翅目昆虫。其可以产生一种毒性很强的斑蝥素,摄入斑蝥素的男性会因泌尿道发炎而出现"持续勃起"的症状,故其常被误认为是催情剂。

就能轻松勾搭上一个红衣娘们儿快活一番。他们像个小屁孩儿一样咧嘴傻笑，吸吮着他们肮脏想象中的棒棒糖。有几个人一直在喊金吉尔的名字，金吉尔却忙着封装纸箱准备搬走，医生则努力集中精力数钱。于是约翰·帕特娄瞅准机会，快步走上舞台，大声说道："金吉尔，亲爱的，要帮忙收拾吗？看起来做老公的应该来搭把手，而不是光坐在这儿看他妻子忙活。"

金吉尔一下子心领神会。

"好呀，宝贝儿，"她一边回答，一边用眼角飞快地做了个赞许的眼神，"你把这个搬到车上去，就齐活儿啦。"

约翰·帕特娄点点头。齐活儿。他心想。诈骗行当里的黑话，意思是帮人摆脱被骗的蠢蛋。"没问题。"他说着，抬手接过金吉尔递过来的箱子。他周围的一圈男人一哄而散，忙自己的去了，因为显然就算他们自己有着乡土气息浓郁的俊朗面容，还有这么多瓶快乐水，他们也还是没办法和这个一身白西装的城里家伙相媲美，何况这家伙长得像是某人的天使……而且显然，他就是人家的天使。

"车子在后面。"她一边说，一边和医生从舞台上下来。霍尼卡特抓着她的胳膊保持平衡，他用发红的双眼看着约翰·帕特娄，厉声问道："你是谁？"

"这是我的新任丈夫珀利[1]，"金吉尔说，"你不知道我在诺克斯

---

[1] 珀利的原文"Pearly"意为"珍珠似的"，前文形容约翰·帕特娄"珠光宝气"用的就是这个词。

维尔[1]跟人好上了吗?"

"什么?"医生脚下一个趔趄。

"我在逗你呢。他是个魔术师,仅此而已。走吧,留神脚下。"

他们从一个进来打扫的黑人身旁经过。天已经黑透了,仅有的光亮来自街灯的灯光和西南方向那座磨坊在夜色映衬下的灯光。约翰·帕特娄跟着金吉尔和霍尼卡特带着装有没卖完的快乐水的箱子,绕到麋鹿会的后面。一片又小又脏的停车场里停着一辆金属蓝色帕卡德轿车,车子上坑坑洼洼的,不过除此之外看起来车况不错,比老旧的奥克兰好多了。

"你从内维尔店里走过来的?"金吉尔问。

"是的。"

"钥匙。"她对医生说。

"我来开车,"霍尼卡特回答,满是褶子的下巴挑衅一扬,"感觉不错,可以——"

"钥匙。"金吉尔加重语气又说了一遍。她把手伸到霍尼卡特面前,"车钥匙,还有房间钥匙。"她稍一停顿,"别忘了在小石城的事。"

霍尼卡特想要抗议,可还是把两把钥匙从兜里拿出来,交到她手上。她打开后备箱,把不成形状的医院白大褂放进去,然后从里面取出纯黑色的钱包。她示意约翰·帕特娄把箱子装进后备箱,于是他照做了。后备箱里空空荡荡,只有另一个纸箱子,一条叠好的

---

[1] 美国田纳西州东部城市。

棕色床单和一桶汽油。金吉尔合上后备箱盖子,一侧大腿和肩膀贴到约翰·帕特娄身侧,他不由得感到一阵火热的电流窜过全身,牙齿似乎还打了个战。

"坐后面去。"金吉尔告诉他。霍尼卡特则一脸茫然地看着他,问道:"你是谁?"

三人上了车,金吉尔开车,霍尼卡特则把手伸到车座下面,掏出一个银色酒壶,赶紧打开盖子,喝了起来。威士忌浓烈的酒味刺激着约翰·帕特娄的鼻孔。他说:"你的声音真好听,医生。"

"嗯。"医生哼了一声,继续喝酒。

"你是卖什么的?"金吉尔一边问,一边把帕卡德的发动机打着火。

"我自己,"约翰·帕特娄说,"顺便卖点儿《圣经》。"

"追灵车的?"

他缓缓地说:"算是吧。"

"追灵车的。"她肯定地说,然后轻声笑了起来。

他们经过寄宿舍。金吉尔却并不减速。"嘿!"约翰·帕特娄说,"咱们刚刚——"

"别担心,珀利。咱们兜会儿风。"

他一阵口干舌燥,心脏也开始狂跳,不过他仍旧保持冷静,至少表面上如此。"听着,金吉尔……我可不值得你们这么大费周章。你想打劫我,那你会发现——"

"你话太多了。"她说。然后她用一只手从霍尼卡特嘴边抢过酒壶,把它递给后座的约翰·帕特娄。"喝一点儿,休息,珀利。我们不打劫。"

"珀利？"霍尼卡特皱起眉头，想要找到他的酒壶，仿佛它刚刚被胡迪尼[1]一下子变没了。"到底谁是珀利？"

"要杀你的人。"金吉尔·拉弗朗斯说道，同时帕卡德亮着大灯，冲进路易斯安那的黑夜。

---

1 美国传奇魔术师。

第三章

话一说完,金吉尔又发出一阵尖厉的笑声,醉醺醺的医生也咯咯笑了起来,不过后座上顶着"约翰·帕特娄"这个名字——他的众多假身份之一——的男人却不自主地身子一扭,因为他从女人的声音里听出了一丝坚硬的真实。

他们已经路过了亨利·布拉德的修车厂——那辆趴窝的奥克兰就停在那里——出了斯通菲尔德,行驶在镇子西边蜿蜒的乡村公路上。周围一片漆黑,除了偶尔从农舍窗户透出来的油灯灯光,还有夏日树顶上方的点点星光。"你可以把车停下来,让我在这儿下车,"追灵车的说,他突然间既不想跟追也不想跟灵车沾上半点关系,"我走回去。"

"那可不行,"女人说,"做妻子的把她的漂亮老公丢在路边?不行,不能这样。"

"你在玩什么把戏?"

"开车,"她回答,"只是开车,就这样。"

"我的酒在哪儿?"霍尼卡特一边问,一边又俯下身子,在车座下面摸索起来,"我的酒!我的酒在哪儿?"

约翰·帕特娄伸手用酒壶拍拍医生的肩膀。医生花了好几秒才认出是什么在拍他,然后又花了好几秒才用手抓住它。他对着酒壶,又咕咚咕咚地喝了起来。约翰·帕特娄心想霍尼卡特今后大概只能干得好一件事了,那就是站在舞台上反复背诵他那套烂熟于心的性讲座说辞;而这人脑子的其余部分,早就要么被威士忌、衰老,要么只是被艰难的生活,或者是这一切加在一块儿,给彻底毁掉了。

"丝黛拉?"霍尼卡特又喝下一大口酒,用手背一抹嘴,说,"咱们在哪儿?"

"我不是丝黛拉。我是金吉尔。"

"谁?"

"瞧见我都要忍受些什么了吗,珀利?白天我要像喂婴儿一样喂他吃的,到了晚上,我就要把酒瓶子给他,让他一直喝到不省人事。你说他声音好听?他说话声音是好。只不过如今他的嗓子就有些嘶哑了。"

"啊哈。我说,你随便在哪儿让我下车都行。"

"你是卖《圣经》的,"她说着,帕卡德轿车在两片树林间转了一个大弯,"你就靠干这个过活?"

"这份工作可不容易,一不小心就会出错。听我说……金吉尔……不论你打算去哪儿,想干什么,我都不想跟它有半点关系。"

听见了吗?"

"我喜欢有你陪着。我们俩都喜欢。不是吗,威利?"

"什么?我他妈不知道你在说什么。"

"我说对了吧?"金吉尔对约翰·帕特娄说,仿佛这句话就说明了一切,"我在找我们来时经过的一条路。应该在左边,马上就到。"

"我要撒尿,"医生说,"咱们还没回到那个鬼地方吗?"

"马上,"女人回答,"马上就到。"

约翰·帕特娄一动不动地坐着,他不喜欢这出戏的走向,可是他也没有一点办法去阻止这个进程。不论前面有什么,他意识到,他都已经被剥夺了一切掌控力,这唤起了他内心深处旧时的恐惧。

"就是这条路,"金吉尔一边说,一边降低车速,向左转弯下了公路,拐上一条很窄的土路,路两边是黑黢黢的树林,看起来就像一堵花岗岩石墙一样不可穿越。她开着车继续前进,轮胎后面扬起一片尘土的帷幕。"咱们就看看这条路通到哪儿。"她高兴地说。

"你的一个轮胎瘪了,你点儿背,扔出个蛇眼[1]。"约翰·帕特娄说,听到声音里那一丝紧张的颤抖让他赶到羞愧。

"哦,我喜欢赌博。我是个很厉害的赌徒。对不对呀,威利?"

医生的嘴凑近酒壶嘴,咕哝了一声。

又过了差不多一分钟,帕卡德的大灯扫过一片废墟。这里以前是一座农舍,如今已经破败不堪,到处杂草、灌木丛生,房顶也塌

---

[1] 指在赌博中用两个骰子扔出两个一点,由于这个点数通常对赌博者十分不利,所以"蛇眼"有倒霉、运气差的意思。

了。金吉尔把车速降到像爬行，经过一座同样破烂的巨大谷仓，前面又是一片茂盛的树林，土路也在这里到了头。

她停下车，关掉发动机，滚烫的发动机发出嘎嘎声，三个人一言不发地坐着。

"我猜，"女人说，"咱们最远只能开到这儿了。"

"让我出去，我走回去。"约翰·帕特娄说。

"把酒喝完，威利，"女人说，"然后咱们得自己走上一小段。"

医生放下酒壶。他迷惑地问："咱们的住处在哪儿？"

"咱们没到住处，"女人回答，"你说你要撒尿。出去尿吧，咱们得到马路上去。"

"听着，"约翰·帕特娄说，可是他并不知道接下来该说什么，于是重复了一遍，"听着。"

"出去撒尿，"女人告诉霍尼卡特，"那边的树林里。去吧，亲爱的。"

"真他妈黑，"医生说，"咱们到底在哪儿？"

"天哪天哪，"女人回答道，就像是在对一个吓坏了的小孩子说话，并且她已经失去了耐心，"好吧，我绕过去，扶着你的手，不过我可不会帮你扶着鸡巴。"她把车钥匙从点火器上拔下来，不过让大灯继续亮着。她下车时把手包一并带走，约翰·帕特娄看见她把手包放在了引擎盖上。然后她绕过车子来到车门旁——霍尼卡特正在费力地想要开门——替他把门打开，说："来吧，咱们把事情办了。珀利，我一会儿需要你搭把手。"

"不必了，夫人。"约翰·帕特娄说，然后他把霍尼卡特空出来的车座向前一推,好让自己从副驾驶这一边下车。他站在车边,回头沿着土路看出去,心里怦怦直跳。夜里的昆虫正在唧唧吱吱地上演着一支奏鸣曲。

"好了,来吧。"金吉尔说。她用右手扶着霍尼卡特的左手,约翰·帕特娄看见她把左手伸进手包里。抽出来时,她手里握着一把又小又丑的点三八口径转轮手枪。"来吧,威利,"她催促道,"咱们找个好地方。"

"我在这儿就能尿。"医生说。他的声音含混不清,不知为何还有些缥缈。他摸索起裤门拉链来,金吉尔却拖着他,朝车子右边的树林走去。

"你这是——"这句话梗在了喉咙里,于是约翰·帕特娄不得不重说一遍,"你这是要干什么?"他有一个疯狂的感觉。他觉得这是一场针对他的骗局,他们想让他做出某种反应,从而掉进陷阱,他应该转过身去,沿着土路一直跑上大道,然后他就能挥手拦下一辆车来——如果有车路过的话——除非,不等他跑出两步,那个娘们儿就对准他后背开枪了。

"我很好,丝黛拉。"霍尼卡特说,他刚刚一个趔趄扑到一截树干上稳住了身子。他痛苦地说:"有东西扎着我了。我不知道我在哪儿。"

"把它拔出来,尿尿,然后咱们还有正事要做。"金吉尔告诉他,然后她松开他的手,往后退去。

"上次我去了佐治亚州。"医生一边说,一边拉开拉链,把东西掏出来。他迷迷糊糊地四下张望,就着车灯的灯光,约翰·帕特娄觉得霍尼卡特的身形轮廓与演员巴里摩尔有几分相像，就像是变成了一个潇洒的年轻人。"咱们在哪儿？"医生仰着头问道，仿佛是在问星空。

金吉尔没有回答。"啪"的一声刺耳的枪响，手枪开火了，夜里的昆虫一齐没了声响，约翰·帕特娄差点儿没忍住尿在裤子里。可是即便是霍尼卡特惨叫着捂住身侧倒进灌木丛里，约翰·帕特娄仍然在想，毫无疑问，这就是一个圈套，想要拿捏住他，可是这究竟是个什么把戏，他还是看不明白。

医生倒在地上，想要爬过灌木丛，金吉尔则手里拿着还在冒烟的枪，反身走向车边。她来到后备箱旁，打开，在里面摸索一通，直到找到她要找的东西。她打开手电筒，伸手把它递给约翰·帕特娄。"拿着，"她说，"过来用它照着他。"

"跟我没关系。"约翰·帕特娄浑身颤抖着回答。

"真的？"金吉尔香槟色的双眼紧紧盯着他，"好吧，我本来还想把车给你，如果你想要的话，不过既然跟你没关系，那我猜就没必要了。"

"车？我为什么想要这辆车？"

"因为这是一辆好车，近乎全新，文件就在手套箱里。"霍尼卡特发出一阵骇人的呻吟声，她停顿片刻，回头看了看他，然后把注意力放回到这个追灵车的身上，"我想你是个聪明人，肯定有办法把自己的名字弄到那些文件上。你的真名叫什么？"

"约翰·帕特娄。"

"一听就是个假名字。换一个。"

"约翰·帕特纳。"

"哈,"她轻轻地说,"比第一个更假。再换一个?"

"约翰·帕尔。"

金吉尔默不作声地打量了他一会儿。"我想,"她说,"你的名字肯定比我还多。我以后就叫你珀利了,怎么样?那文件上随便你写什么名字。来吧,拿着灯,咱们把他的钱包拿出来,免得上面沾太多血。"

"你疯了吗?彻底失去理智了?你刚刚开枪打中了一个人!他很可能会躺在那儿死掉!"

金吉尔点点头。"对,这就是我想做的。"

"我看你是想坐电椅了!你一定是疯了,居然做出这种事来!"

金吉尔用点三八手枪的枪管抵着自己的下巴。"听着,珀利,故事是这样的:过去两年来,我一直和这位医生在一起,到处旅行,搞搞演出。我接替了上一个名叫丝黛拉的姑娘。她跟我说过医生的情况有多糟糕,说他即便是在当时也已经快不行了。不过我还是跟着他了,直到我想清楚了,我并不想给一个六十八岁、越来越疯癫的老头子当保姆。哦对了,他可以发表一通漂亮演讲,他当然可以。可是除此之外呢,他简直就是个瘆人的钟楼,里面的蝙蝠数量之多都能把德古拉吓出屎来。那么——我打赌你也是个四处奔波的人——你希望自己有个什么样的结局?你希望坐在一间屋子里,连喝口汤都要洒一半?尿床了也不知道自己躺在尿里,直到有人告诉你?你希望到死的时候像个傻子一样,连是哪一天都不知道,只知道时钟上的指针似乎从来也不动一下?还是说,你希望能死个痛快……就像……"她思索了一会儿,"就像邦妮和克莱德,"她说,"所到之处,一片火海。被人记住,"说着,她用枪指了指草丛里的人,"他没有家人。哦,有个女儿在加利福尼亚,不过她已经结婚了,有自己的生活,他从来没有收到过她的信。所以如果他脑子还清楚,那他一定会第一个表示要跟这个操蛋的世界断绝联系。摆脱一切,如果你相信那些传教士的说辞的话。你是个卖《圣经》的,还戴了那样一个领带夹,你肯定从那些买《圣经》的人的眼睛里看得出来,他们相信有些东西要胜过……"她看看周围的树林。霍尼卡特正在默默地啜泣。"这个。"金吉尔说完了,带着一丝嗤笑。

"哦,是的,"珀利也回以嗤笑,"去跟警察说,你是因为不忍才杀人,他们会跪下来把你当成圣人的。"

不可思议的是,金吉尔对着他微微一笑,眼睛里像是放着光。"警察怎么会知道这件事?"她问。

这是个温暖的夜晚。珀利感觉到汗水正顺着胳膊流淌下来。他感到他那顶白色草帽的帽檐下面,额头上泛起一层油光。昆虫又开始高高低低地叫了起来,在他听来,仿佛夜晚在问他一个问题:你有什么打算……打算……打算……算……?

"帮个忙。"金吉尔说着,再次把手电筒塞进他的右手里。

他记得自己接过它吗?或者说,他记得在那一瞬间金吉尔的脸看起来是什么样子吗?那个样子,就好像她早就对他的一切,他试图隐藏的一切,所有那些秘密,都了如指掌。她那双香槟色的猫眼看过来时,珀利觉得她似乎一眼就看穿了他的整个人生——初时他还是个所有人都听说过却没有人认得的弃婴,在礼拜日早祷开始前几个小时被装在篮子里丢在教堂的台阶上；后来陷入由一个接一个屁都不如的领养家庭组成的大旋涡，然后长成一个漂亮的小男孩，迎来一场没有尽头的风暴——被一些人利用，又被一些人拿来利用他人……如此循环往复，直到他有了一个懵懂而可怕的认知：这个世界上没有任何人站在你这边，没有人在乎你，也没有人会在你饿肚子时给你吃的，没有人会在你身陷连天使都不敢涉足的险境时握着你的手，所以妈妈一分钱也别给他，因为没有人值得信任，妈妈一分钱也别给他，因为名字的唯一价值就是一层伪装，所以他用过太多的名字，太多的伪装和太多的面具，于是在他灵魂最深处那饱受烈火焚烧而坍圮的庇护所里，在那余烬尚在闷燃的灰堆里，他为自己聪明伶俐、反应机敏，为自己是个彻头彻尾的生还者而感到心满意足。

他接过金吉尔的手电筒，把它握在自己手里，跟着她走到躺着等死的医生身旁——这样做不过是一种生存本能，从他刚刚长大到会偷雪茄烟时就有了，并在随后的日子里不断翻倍再翻倍地强化。那次他偷了一盒廉价雪茄，以两倍价格卖给其他孩子，用赚来的钱离开了那座位于佐治亚州韦克罗斯市的房子。住在那里的白胡子老头和咳嗽不停的老太婆把他打扮成一个架着一副小拐杖的瘸子，领着他从一个乡村教堂到另一个乡村教堂，求着人们捐钱给他们那个并不存在的"穷苦孤儿之家"。到了夜里，这个没牙的老太婆又会眼神癫狂地爬上他的床，而满嘴酒气的老头则用嘶哑的声音告诉他，如果他不动起来或者动得不好，那他就最少要断两条腿。

而且这老头说到做到。所以在那最后一个夜晚，那个男孩——

他当时的名字就叫"儿子"——趁老头睡觉时用熨斗砸了他的脑袋，老太婆醒来厉声尖叫，他就把一把盐撒进老太婆的眼睛里，因为他早就料到她会醒来。然后他在老太婆的脑门上猛砸几下就跑了出去，不去理会那两个人是死是活，不过他也没有时间去理会，没有时间，根本没有时间……

"六十二美元，两个二十五美分，三个十美分，三个五美分，还有十六个一美分，"金吉尔搜刮完霍尼卡特的钱包和口袋，说，"还不赖。"地上的医生还在努力爬开，可是他爬得如此费力，仿佛他是打算在泥塘子里游过一英里。

已经接受珀利这个名字的男人听见自己说："我要分一半。还有这辆车。"

"真离谱。他还欠我最近四场演出的钱呢，一场十美元。"

"我不管。我说我要分一半还有那辆车。"

金吉尔朝他一扬头。她的舌头舔了舔嘴唇，像是在品尝某个风味浓郁得出奇的东西。"你应该知道枪在我手里吧？"

"那可不敢忘。不过这是在上帝的一位真正圣徒施展仁慈之后的买卖，不是吗？所以把你的吗哪[1]分给异教徒吧，一半一半。"

金吉尔笑了。门牙闪闪发亮。"赚到了。"她说着，枪柄朝前，把手枪递给他。

珀利盯着枪，迟疑了。

"内文斯夫人说他们十点半关门，"金吉尔说，"我相信她的话。

---

[1] 《圣经》中以色列人出埃及后在旷野中生活的四十年里上帝赐给他们的粮食。

咱们还有事情要做，没有时间磨蹭。咱们可不希望进门时把人吵醒了，对吧？而且显然咱们也不能一起进去。"

"你疯了。我可不会对着人开枪。"

"不能把他活着丢在这里，珀利。你知道的。"

"你刚才干吗不对着他脑袋开枪？上帝啊，他没准儿还能缓过气来走着离开这里！"

"很可疑，不过也有可能。而我之所以不打他脑袋，"她说，"是因为我告诉过他，要杀他的人是你。而且你会这么做的，珀利。你要把这件事做完，而且要快，然后挣到你那一份钱，这样咱们就能在一小时内回到住处，咱们就不会被人注意到。"

"可是……干吗还要回去？"

"因为我想在内文斯夫妇睡觉前见到他们，我想告诉他们霍尼卡特医生喝得烂醉，一直在吐，所以今晚最好还是让他在车子后座上睡觉，因为他已经吐过一次了。他们不会过问他在哪儿，也不会溜达出去看车子的。"她低头瞥了一眼她的猎物，"会有人发现他的，而且很快。我只是希望他被发现得越晚越好。明白了？"

珀利没有回答。不过他意识到自己刚刚走进了一片沼泽，这片沼泽很可能会让他深陷其中无法自拔……不过，奇怪的是，他居然很享受这把枪在他手里的重量，还有眼前这个无助地倒在地上的人，和一身红装的诱惑女人——她身上的香水闻起来像烧焦的玫瑰——站在他身边所带来的沉重感。

"我要去后备箱拿点东西，稍等片刻。"她一边说，一边走开了。

金吉尔拿着一条毯子和一桶汽油回来。她把油桶放在地上，叠好毯子,把它盖在霍尼卡特的头上。"好了。一枪打穿脑袋。我可不想弄脏你这身漂亮的白色西装。"

"你以前干过这种事?"

"我读过《警察公报》。只能开一枪。多了,这附近的农民有可能会过来察看。"

"这真是……真是疯了……"

"却是必需的。这辆车,还有一半的钱。帮威利一个忙,真的。他其实很久以前就死了。"

"疯了。"珀利重复道,他觉得这一定是个骗局,一定是那种老式敲诈伎俩的变种,引诱别人做什么事,然后你能抓着他们的把柄,拿捏住他们的后半生。而就目前的情况看,枪里的子弹应该是空包弹,霍尼卡特刚才是捏碎了一个胶囊,把里面的红色染料洒在半边身子上。下一颗子弹一定也是空包弹,等他开了枪,霍尼卡特和金吉尔就会相视一笑,因为这个蠢货已经掉进了陷阱里,现在他们已经把他钓上钩,而他以后永远也无法摆脱——

珀利开了一枪,子弹穿透蒙在医生头上的毯子。

烟从毯子上的弹孔盘旋着升起。霍尼卡特的双腿踢蹬了几下,像是在逃离直扑而来的死亡,随后动作慢慢弱下来。烟从手枪枪管里蜿蜒着飘上来,飘到珀利的脸上,与此同时,夜里的昆虫急急忙忙地填满这片寂静。

他退后几步,金吉尔则从他手中接过手电筒,俯身拎起毯子。

"打中了。"她说着,猛地吐出了刚刚一直屏住的一口气,珀利隔着她的肩膀看向霍尼卡特脑袋上的黑窟窿,在手电筒冰冷的光线下，那个窟窿里正汩汩地冒出红色液体。他的心跳得厉害，让他担心它会穿过胸口跳出来；他感觉胃里抽搐翻滚，只好走开几步，走了好几圈，这才觉得呕吐感已经过去，他又没事了。

"咱们还有些工作要做，"金吉尔告诉他，"你最好把帽子和外套脱掉，放进车里。咱们得把尸体扒光。"

"什么？"

"把他的衣服脱掉，捆成一团，放进后备箱，然后把它丢到几英里外的什么地方。要小心别让血沾到咱们的手上或者车上。然后……你有打火机吗？如果没有，手套箱里有火柴。"

"我有打火机。怎么了？"

"咱们得把毯子盖在他脸上，倒上汽油，烧了它。"

"烧了它？为什么？"

她用手电筒照着两人中间的位置。有条狗在叫，不过是在很远的地方，隔着整片树林。"咱们得把他的脸烧掉，"她说，语气平静得仿佛是在说烧掉一堆垃圾，"你知道我在说什么，"见他没有反应，她又接着说，"把他的脸烧化，我是说。这样等到有人发现他的尸体时，他们也认不出他是谁。"

珀利低头盯着这个死人。他脑子里闪过那些小狗在浇透汽油的毯子里烧死的画面。他那样做是为了明确说明：他再也不是那个架着一副他根本不需要的拐杖假装瘸腿的无助小孩了。他说："早就把这整件事想周全了，嗯？你怎么知道我会一路跟来？我可能不是这种人。"

"可你就是这种人。我的一个天赋就是能识人。我能一眼就把人看穿。知道他们想要什么，他们会做什么、不会做什么。还知道他们的价码。你符合条件，时间也正好。"

珀利咕哝一声，说："我可真走运。"

"来吧，咱们先得把他脱光，你也肯定不想让衣服沾上血。这片树林太干燥，也不能让火烧得太大。"她指了指车子，"把帽子和外套脱了。"

"好吧。"珀利说，却仍然一动不动地站在原地看着尸体。这把枪握在手里，感觉那么自然，尽管他已经好几年没有摸过枪了，以前也从来没有对着人开过枪。这是一种力量感。他明白为什么克莱德·巴罗和邦妮·派克那么喜欢玩枪了，为了得到并留住那种力量感。为了能把一个人从这个世界上带走，或者用枪对准一个人然后决定让他们活着……这和上帝的权力毫无二致。

"时间紧迫，"金吉尔说，"咱们得行动了。"

咱们？珀尔心想。她一直在说：咱们。在这以前，他从不曾想过自己会和任何人一起成为一个咱们。他独自生活，独自吃饭，独自睡觉……而且，总是独自醒来。

在这以前。

咱们。她说。

他打了个寒战。不是因为有具尸体躺在他面前的灌木丛里——而且他能想象出它几天后的样子：树林里的动物循着气味赶来，对着他的肉大吃起来，而在这之前，苍蝇和大群昆虫早就把尸体分解成肉糊了——而是因为当下这个瞬间。有些东西已经改变了；新的东西已经来到，然而他还没有确切地理解那究竟是什么，不过他的寒战就像是一只爬行动物蜕皮时的第一个动作，它已经做好了准备，踏上前程。

"继续，"金吉尔说，不过这是一句温和的催促，"最好把袖子也挽起来。"

"好的。"他回答。他手里拿着枪，走向他的新帕卡德轿车。他心里有一种奇怪的宁静感，头脑中出现一个新的专注力，感觉自己真的好幸运，专注于从此时此地开始——很快就会开始，也许就从这一分钟开始——将要去完成的一大堆利润丰厚的工作。

第四章

他仰面躺在床上,抽着烟,盯着头顶有裂缝的天花板。一盏床头灯在床边桌上孤零零地亮着;他通常并不介意黑暗,可是今晚,黑暗似乎更暗了些。时间刚过午夜。他睡不着。他用那把手枪把一颗子弹送进了霍尼卡特的脑袋,那声枪响一直萦绕在他耳旁。

他还在思索从杀人现场回来的路上,自己和金吉尔——或者管她究竟叫什么呢——在帕卡德轿车里的对话。她可真是个冷血美人。他以前从没见过像她这样的女人——一个能如此自如地控制情绪,还能把谋杀说得像是受害者真的希望借此逃离他日渐衰老虚弱的身体似的。他刚刚为她杀了一个人,而在杀人之前,他认识她还不到三十分钟。

可是话说回来,他根本不认识她,他也觉得没有人认识她。

等他们查清楚死的是谁,在回来的路上,珀利手里牢牢抓着帕卡德的方向盘说，他们会来抓你的。到时候所有通缉令上写的都是你的名字。

那是金吉尔·拉弗朗斯的名字，她回答，他们不会去找拉娜·凯·赖利的。

这是你的真名？

不是，不过一样能用。

你的真名叫什么？

她发出一个声音，可能是一声轻轻的笑声，不过也很难分辨。她把车窗摇下来，胳膊肘伸到外面，捅了捅全世界的软肋。名字是什么，珀利？它是个贴在你身上的东西，这样别人就会觉得他们能有个把柄。你和我在这方面都很像，不是吗？

哪方面？

我们都不希望身上有把柄。她说。在他听来，这话大致上能清楚解释他这辈子听说过的所有事情。

所以，他还在继续消化这一点小小的真相时，她就接着说，等咱们到了，把车停在房子后面，那里有一片长满杂草的空地。你先进去，我在你后面，等十分钟再进去。

时间有点勉强。

足够了。明天早上只要载我一程，送我到什里夫波特，让我在得克萨斯街和爱德华街的路口下车，咱们就脱身了。

几秒钟过后，他问：就这么简单，嗯？

是的。就这么简单。她回答道，语气轻快，无忧无虑，仿佛在刚刚过去的半个小时里，她把整个世界的包袱都从肩膀上抖落了下来。

可是此刻，在他的小屋子里，香烟在手指间燃烧着，缭绕的烟雾对面，房门内侧贴着一张金丝雀黄色的标签，上面印着"严禁吸烟"，珀利躺在床上，能感受到一切，唯独没有光。帕卡德轿车的钥匙就放在柜子顶上，在他的钱包旁边。钱包里装着今晚刚挣到的那份钱。天亮后他只要告诉内文斯夫妇他要随霍尼卡特和这个女人一起回一趟什里夫波特，再到修车厂告诉亨利·布拉德他过几天再来取奥克兰，不过后备箱里有一箱《圣经》他要拿走，然后开着他的新帕卡德，和这个女人一起去什里夫波特，事情就结束啦。

就这么简单。真的吗？

他把烟灰掸进床边桌上的水杯里。那个老太婆大概会因为他在客房里吸烟而对他大发雷霆吧，不过谁在乎？反正，希尔达·内文斯肯定会很乐意看着他离开，就像她会很乐意看见医生和红衣女人当中还活着的那位把屁股挪出斯通菲尔德。珀利——他喜欢这个绰号，觉得可以用一阵子——再也不想来这儿了。布拉德可以留着那辆奥克兰，那车子还值半毛钱。

可是真见鬼，他没有一丝困意。不是因为他杀了人；那就像是帮一条病狗结束它的痛苦，而且金吉尔说这个骗子的一生早在他的脑袋被打成糨糊之前就已经完蛋了，这话里还是有很多真实的成分的。除了精明的头脑，这个骗子还能靠什么过活呢？当他的计谋被岁月消磨得千疮百孔，他活着还能剩下什么？没了，这是坠入遗忘——坠入空虚——的缓慢过程，珀利希望当——如果——他老到无法正常思考时，有个人像他对待霍尼卡特医生一样，将一颗子弹干净利落地送进他的脑袋里。唉……打在他身侧那一枪可不算太干净,也许正是这一点让珀利困扰;金吉尔本可以用枪砸医生的头,然后把他像那样放倒,而不是一枪打爆他的肋骨。她一下子就把事情推进到没有退路的程度,所以当时就算争论行刑方式也没什么用处了——也没有时间。

他们把尸体扔在土路旁,在回来的路上,金吉尔叫他开慢点儿,因为他们需要找个地方扔掉衣服。马路左边岔出去一条马车轧出来的小路,他们循着小路开进一片更加茂密的树林,周围没有一丝光亮,于是衣服被丢进灌木丛泼上汽油烧掉了。两个人都小心翼翼的,不让汽油沾到手上和他们自己的衣服上。不等火焰起得太高,金吉尔就叫他把火踩灭,于是他照做了。然后他们就按照计划一路开进斯通菲尔德,珀利躺在床上心想如果明天上午他在什里夫波特的得克萨斯街和爱德华街路口把金吉尔放下,那她跟自己在棉花大街的迪克西花园旅馆的藏身地只有几条街的距离。如果她也住在迪克西花园,那可真是个大大的惊喜了,不过她肯定不想让他知道自己住在哪儿,所以她才要在得克萨斯街和爱德华街的路口下车。他肯定没在什里夫波特见过她,除非她一直戴着假发,并且穿成农妇模样,这一点,珀利觉得也不是不可能。

窗外,远处传来一阵猫头鹰的叫声,声音孤苦伶仃却挥之不去,不知为何,这声音总让他对这些夜晚的猎手感到亲切。黑暗属于他们。这不是个让人开心的地方,却是个必要的、不可或缺的地方。他对此十分清楚。

一阵轻轻的敲门声传来。

嗒,嗒,嗒嗒。然后是她的声音,近乎耳语,刚刚够听见:

"开门。"

他上床点着烟之前只是脱了衬衣和鞋子，此时还算穿着衣服，于是他走到门边，只停了心跳一下的时间，就轻轻地拉开了插销。走廊天花板上有一盏红色的电灯泡，就着泛红的灯光，他从门缝里看着她的脸。她看起来很疲惫，眼睛浮肿，像是她也在跟那个滑不溜丢、名叫睡觉的魔鬼摔跤；原本被梳子拢紧扎好的金色染发松开了，松散的鬈发遮住前额，垂到修整过的眉毛上。她穿着一件淡紫色的睡袍，左胸上方绣着一朵用缎子做成的红色玫瑰。

"你打算就这么站着？"她问，声音仍然很安静。她抬起右手，手里是亲爱的死掉的医生的银色酒壶。

珀利后退一步，让她进来。她左手拿着手包。她把手包和酒壶都放在柜子顶上。然后她转过身，经过他身旁，来到门边，把门闩牢牢地插回去。做完这一切，她看着珀利，仿佛她暴露了自己是只猫的本性，而他则是一只耗子，刚刚泡了个猫薄荷澡。

"睡不着？"珀利问。

"屋里全都是烟，"她回答，"在走廊里就能闻到。"

"我需要抽根烟。"

"还需要喝酒吗？还剩了几口。"

他点点头。"当然。可以喝一点。"

"除非是傻子，谁又能拒绝呢？"金吉尔说。她把酒壶拿过来，拧开盖子，这时珀利知道她究竟为什么要来他的房间，也知道她准备压下引爆器了。其实并不需要特意"引爆"，因为尽管开枪杀人的记忆一直在他的脑海里盘旋，他的身体却对过往的喃喃低语充耳不闻,而且眼前这个女人,裹着一层薄薄的睡袍,主动向他投怀送抱,那个老骗子的死也就变得没那么值得在意了。

他从金吉尔的手中接过酒壶,喝了起来。金吉尔伸手握住他的手,他把酒壶给了她,她喝了一口,盯着他的眼睛,嘴角一歪,微微一笑,说:"你在想什么?"

他耸耸肩。他确信金吉尔知道,不过他并不打算连一点假意周旋都不做就束手就擒。"只是在想想。"他说。

"浪费时间,只是在想想。"她告诉他。

然后她扑了上来,不像猫扑向老鼠,倒更像是浪潮扑向没有遮拦的海滩;珀利心想如果她能穿透他的皮肤,用力扎向他的心脏、动脉和神经,那她大概也会这么做的。就算两人之间隔着血肉的屏障,有那么一瞬间,他还是被她澎湃的火热和激情所征服,她的手紧扣着他的身体,她的嘴用力吸着他的嘴,她的舌头搅动着他的舌头。她的浪潮与其说是水做的,倒不如说是岩浆,流淌进他的身体,漫过全身,带着两人来到床上,扣子被解开,衣服被扯下来扔掉,仿佛她还是龙卷风的女主人。在他们身下,床垫弹簧吱嘎作响,就像凯伯·凯洛威[1]吸多了可卡因吹出来的号声。珀利觉得弹簧声音之大,不仅能把内文斯夫妇和整个沉睡中的斯通菲尔德吵醒,还能搅得塞缪尔·皮特里·布兰肯希普从他长眠的坟墓中醒来。

她的嘴含着他时毫无温柔可言,她把自己压在他的嘴上也是如

---

[1] 美国爵士歌手。他擅长充满活力的拟声唱法,并带领了一支黑人大乐团,在20世纪三四十年代大受欢迎。

此。一瞬间她似乎变得大汗淋漓。她那烧焦的玫瑰般的体香变得更像是呛人的篝火。珀利唯一能做的只有努力避免因为把持不住而让这场出格的游戏草草结束。就在他们用尽全力彼此纠缠的中途,金吉尔抬起头来换一口气,然后气喘吁吁地说:"等等……等等……"

她从他身上起身,冲到柜子旁,拿起手包。

她从包里掏出那把又丑又小的点三八转轮手枪。

珀利直愣愣地看着金吉尔又从包里拿出一个装子弹的盒子。她从里面取出一颗子弹,把它装进弹巢,转动弹巢,扳下击锤。然后她纵身一跳,回到床上,脸上因为汗水而发亮,眼睛里闪着欲求的光。

"等等,"珀利声音嘶哑地说,"你要干——"

"拿着它。"金吉尔把枪塞进他的右手,"来吧!拿它对准我的脑袋,奍我!"

"什么?"

金吉尔一把抓住他的头发,骑在他身上。她用另一只手抓着珀利的右手腕,让转轮手枪顶在她的脑袋一侧。"我说奍我!马上!"

"我不能——"

"手指钩住扳机!照我说的做!快!"声音几乎像是不顾一切的哭喊。

珀利赶紧照做,免得她把自己的手指硬掰到扳机上,还有可能让枪走火,因为就在她叫他这么做的同时,她也在努力让他的手乖乖就范。她抓着珀利拿枪的手,让枪管顶住她的左侧太阳穴,她自己则像攻城锤一样,一上一下地撞击着他,按理说他的旗杆早该萎顿滑脱了，可是他也被这种狂热和迷乱所鞭打鼓舞着。他知道自己在一场疯狂的俄罗斯轮盘赌游戏里和她做爱——他在一个女人的身体里，而他的食指哪怕因为情绪高昂而不小心抽搐一下，这个女人的脑袋都有可能被轰开——这让他越发坚硬，死亡如此迫近的感觉竟然出人意料地刺激。他从未有过这样的体验，他有过的最离谱的性爱是在休斯敦的一家妓院里，那个妓女坚持要一边嚼同笑乐软糖[1]一边给他吸到高潮。可是一把子弹上膛的手枪顶在脑袋上，说不定手指一哆嗦就能把子弹打进她的脑子？

这对他来说是一种新体验，而这种体验让他感到前所未有地欲火难耐。

而且毫无疑问，这个女人也同样欲火焚身。再多一点火，珀利觉得她的体毛都会突然迸出火焰。她带着癫狂的放纵在他身上起起落落，床垫弹簧发出尖叫，手枪的黑色枪把在他汗湿的手中变得溜滑。扳机上的手指只要抽动一次，就有六分之一的机会让金吉尔·拉弗朗斯的脑浆喷溅得满墙都是；而这，珀利在迷狂中朦胧意识到，正是这场游戏的美妙之处，也正是驱使这个女人达到狂喜的高潮的原因。

他听到一个声音，像是从地球中心传来的一声低吟，仿佛地狱之门正在一片吱嘎声中开启。还有一个声音，像是远处有人在敲锣，声音越来越大。他花了好一阵子才听出来，是一列火车正在从斯通菲尔德的镇中心穿过，就在几条街外。窗玻璃哗哗作响，老旧的木

---

[1] 一种巧克力口味太妃糖，1907年开始在美国生产。

制窗框发出咯吱声。整座房子都像是要兀自发疯,在一阵激烈挣扎中把自己抖成一片瓦砾。在这动作与噪声的大漩涡里,手拿转轮手枪的男人仿佛受到感召想要主动扣下扳机,因为他反正已经离它那么近了,非常近,于是随着又一声炸响,金吉尔·拉弗朗斯的头上爆出一团火焰,这位自以为既热辣似火又冷若冰霜的妙人儿就此走完了一生。这个念头和这幅画面如此强烈,竟一瞬间把他推到了极限,于是随着从牙缝里发出的一声吼叫,他把屁股从床上顶了起来。在他身上,那个女人颤抖着拱起后背,几乎像要断了一样,她紧闭双眼,汗水在她脸上闪闪发亮。火车咣啷咣啷地一路穿过斯通菲尔德,仿佛一场由一百个铁壶铁锅打着转形成的风暴。

火车轰隆隆地开走后,金吉尔坐在珀利身上,一把把手枪从她脑袋边上推开。

珀利想要说话,虽然他胸口起起伏伏。过了一会儿,他终于喘过气来。"你做爱不多,是吗?"

"不多。不过每次我做,都会很怪异。"金吉尔接过他手里的枪,从弹巢里清出唯一一颗子弹。然后她从珀利身上下来,拿着枪和子弹来到手包旁,把它们放好。做完这一切后,她回到床上,躺在他身边,头没有枕着他的肩膀,而是枕在另一个枕头上。

他们躺在那里,听着彼此的呼吸。过了好一阵子,金吉尔说:"你多大?"

"三十二。"珀利回答。虽然这可能是个粗鲁的问题,可他还是问了:"你呢?"

"三十四,"金吉尔没有丝毫犹豫,"你结婚了?"

"没有，从来没有。你呢？"

"现在没有。结过。两次。"

"有孩子？"

"没有。"她说这话时就像是这个念头让她突然肚子痛。于是她又强调了一遍："上帝啊，没有。"

在进一步冒险试探前，珀利等了几个心跳。然后问："那把枪是怎么回事？那东西能让你兴奋？"

"当然。你没觉得吗？"

"有吧。"他不得不承认。他又严肃地补充道："要是我的手指在扳机上一打滑，那就没那么兴奋了。"

"可是并没有，"金吉尔说，"明白吗，就是这么回事，珀利：押下赌注，然后赌赢它。别的事情也一样：让一部分的你自己受到控制，不论你在干什么或者想什么，不论你在哪里，不论你的家伙在谁那里面或者谁的家伙在你的里面……永远要让你自己的一部分待在……嗯，远处，我猜可以这么说。就像是你从别的地方看着，而不是你就在现场。你今晚已经尝过这种滋味了……也可能要等到明天上午才能明白，我得说。对你有好处，珀利。让你变坚强。"

"让我变坚强干什么？"珀利问。

"干什么都行，"金吉尔回答，"你永远也不知道绕过街角会遇到什么。"

"日出，我猜。"

"是的，"她说，"日出。我也想尽早从镇子里溜走。"她从床上起来，珀利看着她捡起睡袍，穿上，遮住她曲线饱满的身体，"要去睡一会儿了,"她告诉珀利,"我自己的房间。六点半楼下碰头。你方便吗?"

"方便,可以。"

"那么,好吧。"她走到柜子旁,拿起她的手包,"你也睡会儿吧,明天就靠你了。"

"这就睡。"

她在门口停了下来,久久地、坚定地看着他。"你打算追灵车追到什么时候?"

"快到头了,我估计。"

"你还有计划?"

"眼下没有。"珀利承认道。他耸耸肩,"我过得挺好的,大部分时候。不过会有别的机会出现的。我只需要找到它。"

"它会找到你的,"金吉尔说,然后她冲他露出微笑,"睡个好觉。"她拉开门闩,打开门,把它从身后关上,然后就看不见了。

珀利在床上多躺了一会儿,回味着事后的愉悦,然后他起身锁上门。金吉尔所施加的暴力让他感觉有些骨头像是脱臼了。他几乎像是跛着一只脚似的走回床边,躺到床上,在他沉沉睡去时,他能听到的只有一点最轻微的枪声回响。

手表上的时间是差一刻六点,珀利在粉色的晨光中发现了两件事情:一、他放在柜子上的帕卡德轿车钥匙不见了;二、就在他匆匆忙忙穿上衣服时,他发现他的白色西裤右腿,刚好在鞋子上方,有两滴血迹。其中一滴略小,差不多有图钉那么大,可是另一个要大一些，形状像一只海马。

他自己的血涌到脸上，他牙关紧咬，嘴唇紧闭，匆忙间把衬衣扣子系错了两次。他猜想金吉尔要么是在拿出手枪时，要么是在把它收起来的时候，就把钥匙放进她的手包里了。他检查了自己的钱包，发现所有的钱都在；他有些惊讶这个婊子居然没把钱包一并顺走，不过话说回来，这样做的话，也许她一离开，他就会注意到钱包从柜子顶上消失了。

他穿上衣服，只是没有戴帽子系领带，拉开门闩时还在提左脚的鞋子，然后一路小跑地下了楼。他克制住冲动，因为就算知道自己被耍了，他也还是需要小心，不能乱了阵脚。他押了押外套，挺直了肩膀，让两条腿迈着庄重的步伐带自己走下楼梯。

"早上好。"珀利来到一楼，希尔达·内文斯说道。这声招呼里没有一丝感情，既不友好，也没有敌意。这个面色冷漠的女人，穿着一件棕色格子长袍，扣子一直扣到喉咙上，几乎把她整个人都包裹起来。她正在用一根鸡毛掸子打扫摆放陶瓷铃铛的架子。"起得真早。"她评价道。

"是的，夫人。"珀利给了她一个温和的微笑，而在他脸上的面具背后，他的大脑正在以每秒九十英里的速度狂奔。他的眼睛扫过整间屋子，寻找金吉尔·拉弗朗斯的蛛丝马迹……她的包，一顶帽子，什么都行。他却一无所获。

"咖啡馆提供早餐。"希尔达·内文斯一边说，一边转身继续小心翼翼地掸着灰，那样子就像是一位女王在小心打理她无价的钻石珠宝藏品。

"呃……我说，夫人……我有些糊涂了，"要怎么说呢？只管开足马力，全速前进吧，他告诉自己，"我本来想搭霍尼卡特医生和拉弗朗斯小姐的便车去什里夫波特，"女人停下动作，转身面对他，珀利想要后退几步，因为她的目光像是穿透了他，看到了树林里的一场谋杀，不过他还是站在了原地，"他们还在这儿吗？"

"那位女士，"希尔达·内文斯语带讥讽地说，"四点钟左右就把我们叫了起来。似乎是要出去看看医生，他昨晚吐了，就在车里睡了。那位女士把他留在车里，可是他似乎并没有好多少，于是她付了两人的账单，继续上路了。格洛弗说要帮她把行李搬出去，可是她说总共只有两个包，她拿得动。所以她付了钱，两人都离开了，就是这样，"她耸耸肩，"我觉得挺好，她身上的香水味让我头疼。"

"啊。"珀利说。他刚才的声音有没有劈叉？他想象自己感觉到脑门上凝出汗珠。

"还有，"希尔达·内文斯接着说，同时用她那双猫头鹰一般黑洞洞的眼睛责备他，"我得为你昨晚在房间里干的事情多收你一美元。"

"夫人？"

"你抽烟了，"她说，仿佛是在说你昨晚开枪杀了个人，"至少一根，"她补充道，"我们起来给他们退房时，在走廊里都能闻到。所以我要在你的账单里多收一美元，要是你再这么干，明天还要多一块钱。"

"好吧，"这话听起来像是在咕哝，于是他又说了一遍，"好吧。"

"亨利这会儿已经开工了，要是你想给他个电话的话，"她用鸡毛掸子指了指刷着黑漆的桌子上的电话,说,"电话簿在最上层的抽屉里。"然后她背转过身去,开始全神贯注地为她的小陶马掸起了灰。

电话铃响到第四声时,布拉德接起了电话。不行,帕特娄先生。我在等我在什里夫波特的供货商的消息。可能是今天,也可能是明天。我一开工就通知你。你看这样合适吗?

"哦,当然,"珀利阴沉沉地回答,同时他发现自己正在盯着自己裤腿上那块海马形状的血迹,"哦,好的,这真是太好了。"

"咖啡馆正在供应早餐,"他把听筒挂回到架子上,希尔达再次对他说,"一日之计在于一顿丰盛的早餐。"

放屁。珀利心想,可是他冲着希尔达露出一个亲切的微笑,回答说:"谢谢您的好心。"一想到自己中了一个婊子杀人犯的邪,他感觉就像是一把灼热的刀子扎进了他的脖子根。他绝不能就此善罢甘休;要是他还想继续像男人一样喘气,那他就一定要找到那个女人,拿回他的帕卡德轿车,并且展开某种形式的复仇。他可以想办法一路追踪她……想办法,不论她藏在哪里,他都要找到她的踪迹。

他立下誓言,既是对自己,也是对着任何碰巧听到他起誓的神明。

一个想法突然冒出来,狠狠地擂在他的肚子上。

"内文斯夫人。"他一边说,一边调整身体平衡,以便遮住裤腿上那两块扎眼的血迹。女人停下掸灰的动作,转身看向他,疑惑地一挑眉毛。珀利接着说:"我觉得我需要一些衣服。"他对着女人笑了笑,又耸了耸肩,像是在说,他只是个又可怜又诚实的旅行者,因为一辆破车而遭了霉运,"我想这附近有商店吧?"

"当然,"女人回答,"你昨晚去咖啡馆时可能就路过过。从理发店那里再往前走两个门。十点半开张。"她的目光上下打量着他的衣服,"不过店里可没有这样的东西。都是些工装裤、工作服这类男人穿的衣服。"

"那都是正派男人的衣服,我一点也不介意。"珀利说。

"好吧,这样的话,你在那里就能备齐行头。"她又皱起了眉头,一瞬间珀利觉得她已经看见血迹了,可是紧跟着,他的恐惧又消散了,因为女人又直勾勾地看着他的眼睛,"给你一句忠告,"她小心翼翼地说,"在店里盯紧钱包,千万别让文森特·李宰了你。你穿着这身行头进去,他会把你当成给他送钱的凯子的。"

"谢谢您的提醒。"

"文森特·李跟他那个当治安官的兄弟一样坏,"希尔达·内文斯一边说,一边重新忙活起来,"一个烂豆荚里的两颗豆子。"

珀利原本正要迈步上楼,这时一下子意识到,穿着一条裤腿上有血迹的白裤子,去逛治安官的兄弟开的服装店,这绝对不是明智之举。他无法向内文斯夫人解释自己为什么不能像普通顾客一样走进那家商店,可是他也不能就这样大摇大摆地在镇子里四处走动,因为尽管这两处血迹很小,但它终究有可能引起别人注意⋯⋯也许就在咖啡馆里,只要他想吃东西,那他就非要去那里不可,直到那个乡巴佬布拉德修好他的车子,然后他就能逃离这个跳蚤窝一样的鬼地方。

他只用了三秒钟就确定只有一个方法能让他摆脱困局,于是没有多作犹豫,他采取行动了。

第五章

他要找的就是这扇门。门上有两个脏乎乎的铁制数字,一个是三,一个是七。

三十七,遭雷劈。他站在门前,握紧拳头,心里想。

不过他一点也不怀疑金吉尔·拉弗朗斯随时都有可能被雷劈死,虽然,眼下,他拥有对她的优先处置权。而且天哪,他是真的想亲手让她遭到报应啊。

他敲门了。一……二……三。掏出你的肝。他等了几秒钟,然后脸贴着门说:"什里夫波特警察,威利小姐。请开下门。"他又补充道:"我们在消防逃生梯底下安排了人,希望你能——"

门闩被拉开,门打开了,动作一气呵成。

她站在那里,五英尺六英寸高,全须全尾地站在那里,然而要不是他早就知道金吉尔·拉弗朗斯此时化名拉娜·赖·威利,那他可能根本认不出她来。她把头发染成了沉闷的赤褐色,她穿着一身灰色带深蓝色条纹的连衣裙,显得既保守又通情达理,她那双香槟色的眼睛——显然,这双眼睛很难伪装——正沉着冷静地打量着他。她戴着一副牛角边框眼镜,是那种古板的图书管理员的必选款式。她化的妆很淡,既没有抹口红,也没有涂指甲,丰满的胸部拘束在胸罩里——那副胸罩里一定缝着钢圈。她轻轻一扬下巴,她一只手搭在屁股上,她静静地说:"找我花了你不少时间。"

"嗯?哦,我——"

"进来,"她对他说,"隔墙有耳。"

这便是找到这个八天前把他晾在斯通菲尔德镇的女人后三十秒内所发生的事情。珀利站在她位于得克萨斯街克莱门汀旅店的公寓里,旁边就是河水浑浊的红河上的装卸码头和库房。此时是八月十一日湿热的下午,外面的空气让人窒息;桌子上的电风扇搅动着空气,来回摆动着让一股凉风吹过珀利的脸颊,就像一只看不见的柔软的手在轻抚着他。

金吉尔·拉弗朗斯——因为珀利觉得这个名字最适合她,既矫揉造作,又无比傲慢——插上门闩。她朝他转过身,她的后背倚着门,她的手背在身后,她沉默地注视着他。不知何处有一座钟发出咔嗒咔嗒的声响,河上有一艘拖船鸣着汽笛。珀利站在屋子正中央。脑门上的脉搏有力地鼓胀着。他原本是要来把她蹂躏一番,然后拿走他的帕卡德车钥匙的;他原本设想自己进来这里——破门而入,不得已的话——然后揪着她的头发,也许还要打烂她的嘴唇,让她明白自己是要动真格的。原本就算她哭喊求饶对他来说都不是问题,他会让她跪在自己的脚边，反复说我是个撒谎的婊子，我连个屁都不如。在这之后，在他看来，他们就算扯平了。

她开口了。

"我正打算给自己做一份博洛尼亚香肠三明治呢。你想要吗？"

珀利为她的镇定感到惊奇。如果她是个男的，那她的卵蛋早就拖到地上了。"我已经受够你的花花肠子了。"他说。

她耸耸肩。"我需要吃点午饭。"她走过他身旁，不知羞耻，仿佛他俩既没有杀过人也没有发生过背叛；她走到角落的小厨房和炉灶旁，她那种无所谓的态度让他无从招架。他的脸涨得通红。他伸手想要一把抓住她的头发，把她拖倒在地，可就在这时，她突然停下脚步，看着他的手，她的眼神让他的手还没碰到她就僵住了。

"我看你穿得就像迪克·特雷西[1]，"她指的是珀利这身深蓝色西服、白色衬衣和黑色领带，一身沉稳装束搭配一顶黑色绅士帽，"不过我一下子就听出了你的声音。你是怎么过了泰迪那一关的？"他还没来得及回应，金吉尔就用手戳了他一下，"楼下那个登记员。他很会守住这个地方。所以你是怎么做到的？"

珀利想照着她的脸来一下子。他想看她下嘴唇肿胀开裂，流出血来，想有那么一小会儿让眼镜片后面那双能把人看穿的眼睛看起来像是裂成几瓣，然后趁她还在震惊失神的时候把她摔到地上踩住

---

[1] 美国长篇连载漫画《迪克·特雷西》里的虚构角色，是一个智勇双全、枪法奇快神准的天才警探。

她，让她知道这里谁才是老大。

然而，他没有让她知道自己费了多大力气才找到她，而是用手掏出了钱包，把它翻开，露出一个亮闪闪的什里夫波特警察探长的徽章，编号511。

她赞赏地轻轻吹了一声口哨。"这东西花了你多少钱？"

"一百美元，在波西尔当铺的小黑屋里从一个家伙那里弄来的。不得不百般小心才接触到他。"

"漂亮。所以……你到底要不要香肠三明治？"

"我想要的是撕烂你这张骗人的嘴，然后拿回我的帕卡德轿车，谢谢你。"

金吉尔发出一声短促又刺耳的笑声，珀利差点没忍住把她的牙打掉。她一转身，几步来到冰箱旁，打开冰箱，取出一块包在棕色包装纸里的博洛尼亚香肠。"那辆帕卡德，"她一边说，一边划了一根火柴，点着煤气灶，"在这件事上，我救了你的小命。"

"真的？我不信。"

"当然。"她拉开一个抽屉，拿出一把刀，有条不紊地切起香肠来，"我忽然觉得……也许让你开着死掉的医生的车子四处乱逛并不是个好主意。我是说，万一出状况了的话。"她抬头瞥了他一眼，"你要几片？"

"少说废话。"珀利说。

"三片给我，三片给你。哦……对了，去把那边书架上的信封拿起来。看见了没？"

他看过去。那是一个刷成深棕色的小书架，在墙面的映衬下有些发红。书架顶上平躺着一本书,信封就在这本书上。

"去吧,它又不咬人。"金吉尔把香肠片放进煎锅里煎了起来。

他朝书架走去,不过他并没有把自己的后背让给她。信封上用小而清晰的手写字体写着"珀利"。他把它拿起来,注意到信封下面这本书的名字叫《人类心理学的秘密》,作者是莫里斯·福纳罗伊博士。

"打开它。"金吉尔催促道,然后她就在冰箱里翻找起来,仿佛屋子里只有她一个人。

珀利撕开信封。里面是一些二十元和十元的票子……一共三百美元。假钞?不是,他的手指告诉他,纸张摸起来没问题,颜色也是政府印发的钞票颜色。

"就像我说的……三片给我,三片给你,"金吉尔提议,"我把帕卡德卖了六百块钱。我一直都替你把这笔钱好好保管着。"

珀利不知道该说些什么。从他嘴里冒出来的是,"我买这个该死的警徽花了一百美元,为这个我就该让你出点儿血。"

"可你还是赚了两百块呢,珀利。而且这个警徽是笔好买卖。更别说以后你还能用得着它呢。我喜欢辣芥末。你能吃吗?"

"我看你他妈就是疯了。"他说。

"干吗这么说?"她朝他转过身,微微露出一点牙齿,给了他一个鄙夷的笑容,"很多人喜欢辣芥末。"

他一时语塞,并且彻底被信封里的票子打败了。金吉尔重新把注意力放到煎香肠上,与此同时,珀利则四下打量起这个地方来。这里基本上就是一个房间,不过空间很宽敞,两扇对开门后面有一张竖直收起来的墨菲床¹;还有一道窄门,后面一定是间储藏室;厕所虽小,看起来却很干净,厕所门开着,露出里面贴着黑白两色瓷砖的墙壁。珀利真希望也有一间自己的厕所,可是迪克西花园一层楼只有一个厕所。他很快就发现这地方是多么地整洁有序;家具不算新却也不算破烂,她有一台落地式收音机,铺在地上的深红色地毯也没有磨到露出下面的底布。总的来说,金吉尔·拉弗朗斯,或者叫拉娜·赖·威利,或者管她究竟是谁呢,她虽不富裕,却也过得不错,尽管珀利自己也习惯让一切保持井然有序,但她在这方面显然比他还要高出几个档次。

"你需要戴眼镜?"珀利看着她在灶台上忙碌,问道。

"平光玻璃,"她说,"我在做些研究。"

"研究什么?怎样搞一家秘书学校?"

"没。"她回答道,却没有再多说什么。锅里的香肠嗞嗞作响,"我做了一壶甜茶在冰箱里,"停顿片刻之后,她说,"让自己有点儿用处,给咱们倒两杯茶。水杯在右边的碗柜里。"

有一瞬间他差点儿要大笑起来,不过他还是忍住了。他原本是要来胖揍她的,结果却被邀请共进迟来的午餐……而最疯狂的是,不论这个念头如何让他肚子里翻江倒海,他居然就这么欣然接受了。那天他不得不从内文斯店里的楼梯上摔下来,并且假装扭伤了脚脖子,他真希望自己至少能为这事给她一拳。哦不,我觉得没有断,夫人,不过的确疼得要命。我想我今天没办法走太远了。上帝

---

1 又名"壁床",一种一头用铰链连接,能够掀起来竖直靠墙收纳的折叠床。

啊……我真的至少需要一条裤子……这可真是尴尬啊！您觉得……也许……可以的话，那就真是帮上大忙了……要是我把钱交给您的丈夫，把尺码也告诉他，他能不能去店里帮我买一条？我会很乐意多给他一美元的……而且我发誓，再也不在屋子里抽烟了。不用叫医生，只要休息一阵子就没事了……我想我能自己回房间的，谢谢您的好意。

他真是一看见希尔达·内文斯就想用脚踢她的牙齿。不过格洛弗当真去店里给他买了一条极不合身的工装裤，晚些时候内文斯夫妇还从咖啡馆帮他带来一些炖牛肉和饼干，所以他跟这个该死的世界相处得还行。

"因为你，我可是吃了不少苦头，"他对着灶台前的女人说，"我在那个跳蚤窝里多待了四天。你猜怎么了？我在那里的最后一晚，他们在咖啡馆里说，有个人的猎狗在树林里发现了一些烧掉的衣服，这件事十分古怪，因为那几件衣服看起来十分漂亮，里面还有一件马甲。"

"嗯，"她回答，"你听见我说茶和水杯了吗？"

他感到一阵气馁。实际上感觉就像是空气正从他的肺里跑出来，带着轻微的汽笛声，就像一辆远方的蒸汽火车。他站在屋子中央，一直保持着他那副挑战的姿势……直到她朝他瞥了一眼，嘴角微微一翘，说："宝贝儿，现在好些了吗，这口恶气算是出干净了吗？"

"天哪。"他说。

"打住打住。要是你想留下来吃午饭，就把帽子摘了，脱掉外套。我今天可不想跟该死的迪克·特雷西分享我的香肠。"

不可思议的是，他居然照做了。珀利心想，她一定是有操控他的思想的能力。他发现自己不由自主地去碗柜那里拿了杯子，然后一下子彻底明白了，她其实一直都在盼着他找到自己。"你怎么知道我会一路追过来？"他盯着金吉尔的后脑勺问。

"我并不知道。不过我给了你足够的线索来让你开始寻找，不是吗？我还告诉了你我接下来要用的名字。名字不完全一样，不过很接近了。我得帮你增加一点挑战的难度。对吗？"

"这不合理，"他说，"你在耍什么花招？"

"我在想把你这份装盘子里，还是用餐巾纸就行？"

"餐巾纸就好。我问你话呢……你在耍什么花招？"

"冰块在冰箱里，"她回答道，听起来几乎像是在唱歌，"面包在面包篮子里。要关注当下，珀利。"说完，金吉尔摘下眼镜，转身对着他露出一个让人目眩的微笑。那笑容里没有一丝恶意的阴影，珀利一时竟觉得自己看到的完全是另一个人；他能把她想象成一个天真的、对这个世界一无所知的女店员，而自己就是她同样天真的情郎，正捧着自己在来时路上摘的花束，在商店外面等她。看到这一幕几乎让他感到震惊。她竟能如此迅速地改变自己的模样，就好像那个微笑调整了她面部骨骼的位置，让她看起来那么柔软，简直连一块果汁软糖都咬不开。他感到一阵战栗传遍全身，他忽然意识到，出现在自己面前的并不是金吉尔想让他看到的夏日花园，而是一片流沙沼泽。在那一瞬间，他差一点就要转身夺门而出，把那见鬼的帕卡德和见鬼的打人复仇以及所有乱七八糟的事都抛诸脑后，可是金吉尔大概从他脸上看出了他的心思，因为当她重新把注意力放到煎锅上时，她用一种丝绸滑过锦缎的声音说："你有没有兴趣平分二十万美元？"

快走。珀利心想。

可是他没有动。

"你听见我的话了。"她的声音压过锅里的嗞嗞声。

又过了好几秒钟，珀利才重新让舌头动了起来。"我可不想去抢联邦银行。"

"唉，反正他们也破产了，"她说，"出锅了。面包在哪儿？"

他们坐在窗边的小圆桌旁吃着三明治。窗外是一片河景。珀利一直等着她继续说二十万美元的事情，可是她并没有。相反，她说起了新奥尔良，说她去过那里好几次，像是那种她会在某个时间点想要住上一阵子的地方，那里有那么多漂亮的老旧建筑，还有装有铁艺栏杆的阳台……还有，当然，密西西比河的景色可比红河有趣多了，因为那里的河运交通要繁忙得多——

"你是在考验我吗？"珀利突然问道，"给我线索让我找到你，还有刚才这一通废话。你在考验我，看我能不能通过？"

她抿了一口冰甜茶，一扬头，让电风扇的风吹到自己。"没错。"她说。

"杀死医生也是？那也是个考验？"

"那个，"她说，"是逼不得已。必须把这块绊脚石搬开。留着他到处乱说不安全。"她晃动着杯子，让里面的冰块叮当作响，又对着声音偏过头去，就像是这声音搅起了什么美好的回忆。"不过，没错，我想如果你愿意的话，也可以说它是一次考验。你看，当初你走进那个地方，表明你是谁，我就想，'哎呀，来了个自以为圆滑的方榫头'。我一眼就认出来你是个骗子……这一点只要不是彻头彻尾的傻子，在任何人看来都有点儿太明显了，而且你应该很高兴，那么多容易上当的家伙的确都是傻子。可是后来……你挺身而出，帮助我们解围，整个过程干净利索，我就想，'嗯……现在看，也许这个家伙有些潜力。也许。'心想我应该给你个机会，看看你的本事。"

"你的意思是，看我能不能杀人？"

"看你懂不懂逻辑，"金吉尔纠正道，"我说过了，我喜欢赌博。所以……我在你身上打了个赌。"

"结果如何？"

金吉尔吃完三明治，舔干净食指上的辣芥末，然后回答道："你刚才问我在耍什么花招。看看窗外，角度大约……哦……二十度。"

珀利不得不从桌子前站起来才看得到。他透过窗户，看向阳光普照的外面，看向大街对面、无精打采地流淌着的红河沿岸的码头、工场和仓库。"好的，"他说，"我要看什么？"

"有一面仓库墙上用红漆写了个名字。看见没？念出来。"

"鲁登米尔，"珀利说，"那又怎样？"

"你从来没听说过杰克·鲁登米尔？"

珀利转过头来，他的眼睛被强光晃得难受。"在我听来像是咳嗽药。"

"哈。"金吉尔毫无笑意地说。她坐在那里，盯着他看了好几秒钟，珀利觉得这种强力的审视几乎是在他的皮肤下面爬行，要看清楚他的内部构造的基底；他猜想不论这场赌博有没有收获，这双香槟色的眼睛都在向她的大脑发送最后的信号了。这时，金吉尔站起身来，走到窄门的储藏室前，打开门，从最顶层的架子上拿出一个带锁扣的小金属盒。她把盒子放在两人的玻璃杯之间的桌面上——两只杯子因为装着冰茶，杯壁上挂满水珠。她嗒的一下打开锁扣，顶起盒盖，珀利看见里面装着一摞剪报。

"大约十五年前，"她说，"杰克·鲁登米尔在什里夫波特这里开了一家船运公司。他干得很不错，不过他被这条河限制住了。于是他把他的仓库和几条拖船留在这里，自己却搬走了，拿了些钱，去了新奥尔良，在那里做起了生意。"她挑出一份剪报，展开来，给珀利看。标题写着"鲁登米尔赢得令人垂涎的合同"。"他刚刚从政府那里拿到一份船运合同，替民间资源保护队在密西西比河上来回运送建筑材料[1]。"她说，"价值超过一百万美元，《财富》和《福布斯》杂志上都这么说。俄克拉荷马州塔尔萨市[2]的兰道夫建筑公司的某位私人秘书光是笑得好看一点，再对着这里的生意人摇摇尾巴，就能打听到一大堆消息。"

"哦，"珀利说，"这就是事情的起因，嗯？好的，也就是说，这位名叫鲁登米尔的先生腰包满满的。祝贺他，不过就像我问过的，你在玩什么把戏？"

金吉尔微微一笑，把登着这位驳船老板的胜利的剪报重新叠好，放回盒子里。"鲁登米尔的妻子名叫简，"金吉尔说，"他们有两个孩

---

[1] "罗斯福新政"期间，美国政府吸收失业青年从事造林、筑路、森林防火、土壤保持等工作，从而缓解就业压力和环境危机。

[2] 美国俄克拉荷马州塔尔萨县县治，1921年发生白人攻击非裔的塔尔萨种族屠杀。

子,小杰克,八岁,还有妮拉,十岁。假设每个孩子都值十万美元,要是他们两个被……不妨这么说……借走一段时间?"

一阵沉寂,只有电风扇的嗒嗒声响个不停。与此同时,这个念头慢慢沉入珀利的脑海。

"我有些想法,"金吉尔接着说,她的声音既安静得瘆人,又坚硬得像钢筋水泥,"只是一些想法。不过我相信这事儿可以做。你看过《纽约时报》吗?"

"没看过。"他听见自己说,感觉就像是另一个房间里的幽灵。

"我在图书馆里读过,"金吉尔说,"三不五时地他们就会在头版登出一个小方框,告诉你某某被绑架的孩子——或者管他是谁呢,未必总是孩子——被送还给了他们的家人。我说真的。有时候能列出五六个名字。简直成了他妈的流行病。"她耸耸肩,"不过……这些小方框从来不说他们支付了多少钱。他们不想你知道这些。免得让人有想法。"

"你就是从那上面想到这个主意的?"

"我四个月前一来这儿就在琢磨这件事了。我看见那个用红色字母写的大号名字,就在想这人是谁,有没有机会赚上一笔。于是我开始读报,我调查他的生意,他的妻子和孩子。发现他们早在女儿出生前就搬去了新奥尔良。然后就在我跟着霍尼卡特一起上路几天前,他跟民间资源保护队签订合同的新闻出来了。"她歪着头,像是要从另外一个视角观察他。她的眼里闪着灼热的光。"绑架林德伯格家孩子的第一封勒索信要价五万美元,然后涨到了七万。鲁登米尔家的小崽子,每人都应该支付十万美元……这点儿钱他六个月就能赚回来，伤不到他一根汗毛。"

"当然，"珀利鼻子里轻轻一哼，说，"他和他的保镖们会让到一旁，由着他们被人当街掳走。你觉得他们不会安排三四个保镖看着孩子？"

"也许会，也许不会，"金吉尔回答，"嘿，我知道还有很多问题需要解决。咱们可以边走边看，如果认定这件事做不成，那咱们就把它划掉赶紧跑路。不过想想这笔钱吧，珀利。想想办法把那两个孩子弄到手，拿到这一大笔钱，找个地方把他们丢在路边，然后咱们直奔墨西哥。想想看，让它进到你的脑子里。"

"丢了他们？"珀利问，"就像你丢掉医生？"

"不是！见鬼，不是！咱们拿到钱，就把孩子放了。活的。但是要把他们放到一个无法轻易找到电话或者求救的地方。这只是个常识。然后……墨西哥。"

她快步来到珀利身旁，伸出两只手，按在他胸前，双眼像是被身体内部的大火照亮……不对……不只是大火……可以称之为熊熊烈焰。

"我的确考验过你，"她说，语调轻柔，像是在对他耳语，"我把你晾在斯通菲尔德，想看看你会如何反应。我知道你会来找我……我是说……我希望你会。我本以为你会雇个私家侦探一路追查，可是你不想让别人牵涉进来，不想让别人发现你为什么要找我。对了，我知道你其实可以编造一个足够圆满的故事，可是我同样知道你会亲自上门来揍我一顿。所以你费尽心思弄了个警徽。你一路碰壁，珀利……可是你找到我了。你通过了考验。明白吗？"她的手拂过他的衬衣前襟，她的眼睛一刻也没有离开过他的眼睛，"我必须找到一个靠得住的人……能帮我思考……想出办法。当然还有很多工作要做……可是你和我……咱们能办到，只要把咱们的头脑和智慧用在这上面。二十万美元，珀利。你这辈子都不会有别的机会完成这样的成就。永远都不会有。而且你知道吗？你需要我，就像我需要你一样。是的。"她点点头，"你需要我。"

珀利说："我可不需要在监狱里度过二十年人生——"

金吉尔用一根食指按在他的嘴唇上，封住他的嘴。"别人，"她坚定地说，"思来想去，然后放弃这个念头。很多人都会这样。那些远不如你我聪明的人。你只要看看报纸就能明白这一点。那么……我不能一个人做成这件事……我也无法想象你在接下来的二十年里一直追着灵车跑。你说呢？"

珀利没有回答。他也不必回答，因为金吉尔从他脸上就能看得出，他很清楚，继续追着讣告售卖那些装在白色纸盒子里、因为太热而变得鼓胀的《圣经》根本卖不出个光明前途。那些该死的盒子曾经不止一次地让他想到自己的棺材，想到人们怎样把他装进去，然后把他放进墓穴里——一切就都结束了，伙计。

"也许这就是答案了，"金吉尔说，她的脸似乎离他又近了些，"也许是，如果一切顺利的话。你和我……等咱们再深挖一番，咱们会知道这桩买卖是否值得一试。"

"我想你已经知道了。"

"现在还没有。我需要你来帮我制订这个计划。"

珀利盯着地板，因为他不知道该让眼睛往哪里放。他又听见了她的呼吸声，仿佛她就在他的耳边。

"给我看看那个警徽。"她说，于是珀利掏出钱包递给她。金吉尔拿着钱包来到窗边，这里光线最充足，她花了好一会儿，从各个角度检查起来。"这东西是真的吗？"

"应该是真的，是的。"

"这背后有故事？"

"没有。只是一个价值一百块钱的市探长的警徽，我只知道这些。"

"嗯。看起来挺真的。"金吉尔合上钱包，把它还回去，"所以，"她说，带着一点微微上扬的轻快语调，"你怎么想？"

珀利没有马上回答，不过他的脑子已经开始全速运转了。他有胆量走上这条路吗？不过……她说的没错。如果这条路看起来像个死胡同，他们大可以停止行动，赶紧退出。二十万美元。值得为此继续前进，哪怕只是一小段路吗？他说："恐怕不会跟半夜里抓走林德伯格家的孩子一样，那是个婴儿。而你要对付的是两个大嗓门的小崽子。"

"当然。所以咱们要想想看，怎样才能在大白天把他们带走，而且不能让他们哭喊着找爸爸。"

"祝你好运吧。"

"应该是祝我有个好计划，"她纠正道，"不过这是一场豪赌，一点儿没错。我不知道你是怎么想的，我可是有些受够了只能勉强糊口的生活，受够了吃苦受穷，我知道你肯定也一样。你和我……我们有天赋，应该同心合力。就此作罢就太可惜了……情况就是这样，早晚有一天,会有个远不如你我有天赋的家伙尝试绑架那两个孩子的。"她停下来一会儿,珀利看她两眼放光的样子,知道她一定是想到了什么事情,"你知道,也许要耍的就是这个花招。"

"也许要耍什么?"

"动动脑子,你这个拉皮条的!也许……如果有别的什么人正在制订绑架计划……"她露出一丝细微而致命的微笑,让这句话悬在半空中。等这句话余音消散,她斩钉截铁地问:"你要不要加入?"

"要是我说不,你就杀了我?"

"如果你是我,你又会怎么做?"

"疯了。"他咕哝道。可是他的思绪已经飘到了墨西哥。在国境以南,十万美元足够过上无比优渥的生活了。有很多地方可以让人——独自一人,或者带上一个女人——从此消失,享受自己的劳动果实,再也不用回头。十万美元。谁见过这么多钱——除了无耻的银行家、同样无耻的商界大佬,还有……好吧,没错……像他自己和金吉尔·拉弗朗斯这样的赌徒。他站在一片沙滩上……白色的沙……蓝色的水……远方有一条渔船……也许身后山上还有一座漂亮的石头别墅……还有保险箱里的钱,随时准备花出去,买下随便什么他想买下的东西。然后他又想到了克莱门汀旅店里的住处,电风扇一边吹着风一边吱嘎作响,还有眼前这个女人,正在给他一个他想都不敢想、一辈子也只有一次的机会。他说:"我加入,直到咱们撞到墙上了……到那时,我就退出。"

"我偏巧十分擅长想办法要么绕过墙,要么直接穿过去。"金吉尔回答。

"走着瞧吧。"

她挑了挑眉毛。"这么说……在这件事上，咱们是搭档了，对吗，目前来看？"

"目前来看。"珀利重复道。他仍然很不自在，尽管墨西哥酷热迷人的沙滩的确唤起了他的想象。

金吉尔点点头。她把金属盒子放回到储藏间高处的搁板上，又在一个像是毯子一样的东西下面翻找一通，当她转回身来重新面对珀利时，她手里拿着那把又小又丑、把霍尼卡特医生从这个世界上送走的点三八转轮手枪。

她转动弹巢。

"咱们庆祝一下吧。"她说。

第六章

她撒谎了。

自从两天前她把这个安排告诉他以后，这个念头就一直在他脑子里，并且在从什里夫波特开车到新奥尔良四百英里的路上一直让他烦躁不已。此时在南壁垒街巨大的联盟车站里，他正和金吉尔一起坐在一条长椅上。这地方充斥着香烟和雪茄的烟味，用来擦黑白大理石瓷砖地面的清洁液的浓烈甜味，还有一种让珀利联想到雷暴过后的清新空气的气味，他猜想这有可能跟火车旅行的繁忙喧嚣或者火车本身的金属味道有关。那些火车停在外面四条轨道上，坐在那里喷着蒸汽，活像一头头闷闷不乐的熊。天花板上有两台巨大的电风扇搅动着空气，人们的说话声慢慢变成低沉的嗡响和回声，通往铁路的拱门外面，金属物件互相碰撞发出的咣啷声。红帽子们——帮助乘客搬运行李的黑人——灵活地来回奔走工作着；他们身穿笔挺的带金色纽扣的深蓝色制服,当然,头上还戴着鲜红色的帽子。珀利抽着烟,心想红帽子们其实可以成为优秀的士兵,因为看样子他们就算在睡觉时也都保持警醒,哪怕是那个老得仿佛早在内战时期就已经当了爷爷的家伙。

一个大喇叭噼啪作响,一个男人的声音抑扬顿挫地通知从孟菲斯开来的伊利诺伊中央铁路列车已经到站,不过这不是珀利和金吉尔要等的那趟车,所以这根烟抽完后,他把烟蒂在他腿边那个深棕色烟灰缸里摁灭,然后又点了一根。从他们来到车站开始,金吉尔一直默不作声地陷入沉思,他动作中的某些东西不知是惹怒了她,还是让她回过神来,她说:"你还在生闷气?"

珀利并没有立刻回答。他看着一个年轻的红帽子推着一辆小车,车上堆着六个行李箱,在他身后跟着几个身穿夏装、头戴平顶硬草帽的白人绅士,小车和绅士后面又跟着几个妆容漂亮、讨人喜欢的女人,他们正要去什么地方旅行。珀利心想,虽然经济跌进了沟底,而且这沟底全是黏糊糊的烂泥巴,可是那些有钱人还是可以毫不费力地决定去北方享受更凉爽的天气。他希望这些来来去去的人,这些一路留下崭新钞票香气的人,当他们的火车脱轨时,他们能被成吨的灼热钢铁压死。有那么一会儿,脑海里的这些画面让他沉醉。

此时正是八月中旬,天气仍旧热得要命。这里热气都被封住,空气酷热厚重,密西西比河看起来就像是混着泥沙的棕色浓汤,倒映着一成不变的毒辣阳光,沾上河水都不会觉得凉爽,而是会感觉皮肤像被烫得要从骨头上脱落下来。珀利心想,地球上大概没有比新奥尔良更热、更像地狱的地方了。在这样的酷暑当中,开车从什里夫波特来到新奥尔良绝不会是一种让人愉悦的体验，哪怕是开着一辆黑色福特A型四门城市轿车。这辆车是他和金吉尔一起从卖帕卡德赚来的钱中拿出一百美元买的。金吉尔对他解释说，一辆新车——也没那么新，是1930年款，四缸发动机，已经开了三千英里——对他们想到的任何计划都很重要，而且那辆奥克兰折价卖了二十美元，这已经是一个了不起的价钱了，所以这笔买卖不亏。这辆福特轿车没有一丝磕碰痕迹，看起来很漂亮，金吉尔说人们会根据你开的车来判断你是什么人，这一点珀利也觉得很有道理。

他在椅子上换了个姿势，对着熙熙攘攘的联盟车站吐出一个切斯特菲尔德[1]牌的烟圈，然后恼怒地说："是啊，没准儿我就是。"

"哎呀，快别闹情绪了，"金吉尔环顾四周，看见附近没有人，不会被人听见，然后对他说，"你多大了，还在裹尿布吗？"

"听着，"珀利对着金吉尔的脸说，他看见自己恶狠狠的语气使得她嘴角往后咧，就好像一阵罡风刮过她的脸颊，"你从来没有说过分成。你说的是平分。"

"要是没有帮手，别说分成还是平分，它连大粪都不是。"金吉尔回敬道。

"我不认识这个小混混！你就这么把他叫来入伙，我该怎么想？"

"你该明白我在做对工作有利的事。"金吉尔停了下来，等一对老夫妇从长椅前走过，他们身后跟着一个瘦得像芦苇草的红帽子，他正灵活地推着一车子行李。她把注意力放回到珀利身上，凑到近

---

[1] 一个香烟品牌，名称来自弗吉尼亚州的切斯特菲尔德县。

前，凑到香烟的烟雾里。"咱们需要三个人。你和我，光咱们俩做不成这件事。"

"而你并没有告诉我，你在把我拉进来之前就已经给你那个该死的外甥发了电报，这可真棒。"

"我的外甥是个可靠的劳力，"金吉尔说，"他有力气，咱们用得着。而且我是在和你谈过之后才发的电报……在我想到这个计策之后。行吧，你想为平分还是分成继续聒噪，悉听尊便，可是这个计划需要唐尼。"

"放屁。"珀利哼声道。

"他会当个好牲口的，"金吉尔说，然后她伸手把切斯特菲尔德香烟从他手指间摘下来，吸了一口，又通过鼻孔喷出两道烟，"咱们晚些时候再讨论分钱的事，等所有事情都安排妥当。放松，珀利。总有一天你会很高兴有唐尼来帮忙的，我他妈的向你保证。"

"我猜你把整个设想都在电报里说了，所以西联[1]把整个计划都他妈看得清清楚楚。"

"你心里清楚得很。我告诉唐尼这里有个工作机会给他。他只需要这些就够了。他会编造一些理由，告诉我姐姐他要来新奥尔良，他能糊弄过去。"

"听起来像是你以前就使唤过他。"

"当然，不然我干吗要在这里等他？就像我说的，他是一头好

---

[1] 即西联汇款，1851年在纽约成立，以前主要业务为收发电报，现在主要业务为国际汇款。

牲口。"她又深吸一口烟,然后把烟还给珀利,脸上还挂着冷冰冰的微笑。

"你姐姐也掺和进来了?"

"说不定。她不知道也没有损失。反正,别把我姐姐扯进来,她有自己的事情要做。"

"你一定来自一个操蛋的家庭。"珀利一边说,一边用牙叼起香烟。

"难道你不是?"一瞬间她的声音和姿态都变了样子;她用手背抚摸着他的脸颊,声音就像个小姑娘在隔壁的冰淇淋汽水店里对着她的男朋友喋喋不休。"哦……宝贝儿伤心了闹小情绪了因为大坏蛋金吉尔觉得这份工作还需要第三个人……而现在宝贝儿在这里大嘴巴乱喷一通却没想过金吉尔也在心里盘算着怎样才是对他最好。难道不是这样吗,亲爱的小鸽子?"

"闭嘴。"珀利把她的手拨开,可金吉尔咯咯笑着继续用手摸他的脸,仿佛他不自在的样子是马克斯兄弟[1]在电影《小菜一碟》里猛攻弗里多尼亚之后最搞笑的戏剧演出。

珀利感到血气上涌,就在事情要变得一发不可收拾的时候,大喇叭里,广播员开始播报从杰克逊开来的亚祖与密西西比河谷铁路列车正在驶入二号轨道。

"咱们的小伙子来啦。"金吉尔说着,最后一次轻轻拍了拍珀利的脸颊。她站起身来,珀利也站了起来。她拍了拍珀利的肩膀,"你

---

[1] 马克斯兄弟,由五个亲兄弟组成的著名喜剧团体。

在这儿等着，我去接他。"

"为什么？这样你就能提醒他不要当着我的面叫你的真名？"

"我知道你有脑子。留着吧，以后再用。"她转过身，直奔通往铁路的拱门而去。珀利起身正要跟上，转念一想决定还是不要逼得太紧；他又坐回去接着抽烟，仔细思量着一个事实：今天的金吉尔·拉弗朗斯，头发暗淡无光，妆容毫无魅力，屁股也不摇晃，那身带有淡紫色条纹的深紫色连衣裙样式保守，任何人看见她都会以为她是个学校老师或者图书管理员，是来车站接她老迈的爷爷的。

她真厉害。珀利心想。他把烟抽完，看着车站里来来往往的人们，时不时地看一眼拱门，那里时不时有蒸汽飘进车站里，像四处游荡的鬼魂。

又过了一会儿，他看见金吉尔和一个二十出头、只带了一个破破烂烂的棕色行李箱的年轻人一起走了过来。她小声地对他说着话，脸上一副沾沾自喜、心满意足、岁月静好的表情。他们快走过来时，珀利摁灭烟，站了起来。这个年轻人——金吉尔说他名叫唐尼·贝恩斯，不过这个名字同样存疑——长相十分粗糙，活像个满脸皱纹的原始尼安德特人，下巴巨大而突出，低矮的额头上顶着一丛留得很长的红头发，脑袋两侧的头发却被剃光。他大约五英尺八英寸高，肩膀宽阔，屁股很窄，一副很能打架的样子。实际上他突出的眉弓下面，一双眼窝深陷的眼睛已经在左右逡巡，像是找个由头就要跟人大打出手。看他的衣着，肯定不是个花花公子；他穿着一双棕色靴子，深棕色的裤子，两个膝盖上打着颜色更深的棕色补丁，上身穿一件普通的蓝色工作服，袖子卷了起来，露出粗壮的小臂。随着两人越走越近，珀利看见这个小伙子的眼睛紧盯着他，只一瞬间，信息就像通过心灵感应一样被翻译过来：只要我愿意，我能把你打出屎来。

珀利脸上露出笑容。"这么说，"两人一走到能听见说话的距离，他就轻快地说，"这位就是唐尼！"

唐尼没有微笑。他看着珀利伸过来的手，多停了一两秒，然后握住它，用深棕色——近于黑色——的眼睛狠狠盯着珀利的脸，同时加大握手的力度，直到珀利觉得自己的手都快要被捏断了，不过他脸上始终挂着微笑。

"你好。"唐尼说。他的声音就像满是细沙污垢和老泥的密西西比河——要是这条河能开口的话。一张嘴，他露出了一颗银色的门牙，珀利觉得他的其他牙齿全都又黑又破，一定是他跟别的穴居人打架，啃咬他们难以下咽的肉造成的。

"路上顺利？"金吉尔问。

他耸耸肩，表示自己是个沉默寡言的男人。

"饿了？"

"能吃点儿。"

珀利心想这一带的马都得小心了。他觉得这个混混能把一整匹马啃得只剩骨头，也许他就是因为啃骨头才把牙齿弄坏的。

"回去前，咱们可以找个地方喝点儿啥。"

唐尼点点头。他上下打量金吉尔好一阵子。"我发誓你看起来大不一样了，"他说，"都认不出你来了。"他眨几下眼，像是想要增加一点说服力,"好了,既然你叫金吉尔,这个家伙叫珀利,那我该叫什么?"

"唐尼就挺合适。"她对他保证道。

唐尼·贝恩斯转而打量起珀利来,众人沉默了好几秒钟。突然,唐尼朝着通往南壁垒街的出口一挥手,动作粗暴,他的行李箱撞上了一个推着空车子从旁路过的红帽子。这个红帽子一个趔趄,车轱辘一歪,在地板上发出一阵刺耳的声响,唐尼·贝恩斯大吼一声:"看着点儿,黑鬼!"

是珀利刚刚见过的那个身材消瘦的年轻红帽子;这孩子大概还没到二十岁,唐尼只要用力吹口气都能把他细长条的身体吹倒在地。可是这个孩子做了一件他不该做的事情。他稳住身子,然后抬头看向唐尼。尽管小伙子的眼睛里满是惊恐和迷惑,但这是在错误的时间对着错误的人做的一件错事。

唐尼的脸一下子从脖子往上一路变得通红,很快冲到了火一样的发际线,那颜色像是能把他的头发点着了。

"你看什么,黑鬼!"唐尼咆哮道。他握紧一只拳头,上前一步,珀利明白这出戏还没开演就已经砸了。

"冷静些,海因茨。"金吉尔用安静又平和的语调说,她的一只手没有按住他的肩膀,而是拂过他的心口,像是安抚它的狂跳。她站到唐尼和红帽子中间说:"放轻松,放轻松。"

"不准看!"唐尼厉声道,古老肮脏的河流说话了。他自己的眼睛冒着地狱一样的火光,死死盯着倒霉的红帽子,他浑身颤抖,仿佛随时准备推开金吉尔,让自己像子弹一样激射出去。

这时,红帽子垂下目光,看着地板,用沉静又谦卑的语气说:"是的,'先桑'。"他走向已经滑到几步开外的小车。他弓着窄窄的肩膀,像是准备随时承受后背上的一拳,他正了正头上那顶歪了一点的红帽子,然后推着小车走远了。

"放轻松,"金吉尔近乎耳语地说,"结束了。算了吧。"

"这黑鬼想试试我敢不敢打他!"唐尼说道,声音太大了,有几滴唾沫沾在他的下嘴唇上。"看我把那杂种打出黑屎来!"

"结束了。"金吉尔重复道。她慢慢地来回抚摸着他的心口,像是在平复他的心跳,"别人都在看着咱们呢,唐尼。咱们可不希望这样,因为咱们不想引起任何不必要的关注。对吗?"

唐尼没有回答,他浑身颤抖,体内的暴虐仍然在努力想要冲出来。

"我想我得换个苦力了。"珀利说着,伸手去摸他那包切斯特菲尔德香烟。光是这句点评和这个动作就足以让唐尼牙关紧咬,闪着那颗银色尖牙,向他逼近一步,因为这小子需要打架,就跟所有人都需要呼吸一样。"哇哦,冷静,麦克斯·拜尔,"珀利恶狠狠地笑着说,"你敢惹我,我就把你的脑袋崩掉。"

不知是因为提到了如今的重量级拳击冠军,还是因为珀利说最后这句话时的温和态度——还有那种有条不紊的、表示他说话算话的态度——唐尼的怒火似乎被浇灭了。金吉尔挽着唐尼的胳膊,半是稳住他,半是护着他,领着他走出火车站。愤怒的血色开始从他脸上退去。

*海因茨,她刚才这么叫他,*珀利打着火,心里想道,*海因茨番*

茄酱[1]。挺适合他。看来这种场面她已经见过太多次了。他对着天花板吐出一口烟。他跟在他们身后，带着一点笑意，说："希望你知道自己在干什么，金吉尔宝贝儿。"

"闭嘴。"她言简意赅道，然后三人走出火车站，走进晃瞎眼的太阳地里。

---

1 即亨氏番茄酱。

第二部

奥尔奇德与铁头乔的儿子

第七章

正如科蒂斯所料，老螃蟹来了。

科蒂斯听见老螃蟹擦得锃亮的皮鞋踩在大理石地面上的咔嗒声，然后老螃蟹来到他身边，几乎胳膊肘贴着胳膊肘，科蒂斯继续推着小车往前走，不过他知道要不了几秒钟——

"给我站住，年轻人。"老螃蟹说，他的声音又生硬又老气横秋，像是从时间的坟墓里传出来的，足以让怀表停止嘀嗒，当然也就足以让科蒂斯·沃特福德·梅休停下脚步。"看着我。"老螃蟹说，科蒂斯照做了，于是老螃蟹那张脸——也许是因为饱经那片黑色大陆[1]上最黑的土地的摧残磨砺，那是一张干瘦的、沟壑纵横的脸——显得十分巨大，尽管老螃蟹比科蒂斯还要消瘦，而且比他矮两英寸。

---

[1] 即非洲，尤其是指撒哈拉沙漠以南的非洲。

"你撞上了那边那位绅士,"他说,"引起了好大一通乱子。"

"'先桑',我刚才只是——"

"你撞上了那位绅士。"老螃蟹打断他,科蒂斯看见他那双眼白泛黄的老眼珠子微微地往上一翻,又朝左一转,看向二楼。楼上泛着绿色的玻璃窗后面,老板肯定正双手扶着肥硕的屁股注视着楼下,他的光头肯定也朝一边偏着,像是在捕捉身下这片王国里的每一句耳语。"引起了混乱,"老螃蟹接着说,他的声音虽然安静,却像他的表情一样严厉,"我不喜欢在我的房子里出现混乱。"

科蒂斯知道自己无话可说,只好说:"好的,'先桑'。"

"说对不起。"

"对不——"

"不是对我说,"老螃蟹说,"对我的房子说。"

科蒂斯抬起头,看着天花板上的电风扇。"对不起。"他向宏大雄伟的联盟铁路车站道歉。

老螃蟹点点头。他把长满皱纹的手放到一只耳朵后面,"听见了吗?他说:'留神你的脚步,这样就不会再有没长脑子的白人撞上你,害你看起来就像个手舞足蹈的傻子了。'"那双眼睛又朝上一翻,科蒂斯看见那张脸松弛下来。老板已经不在窗边了,他手下的红帽子头头已经给出了严厉的警告,生活可以继续了,这让他感到心满意足。

"笑死我了。"大聪明一边说,一边大步流星地从旁边经过。他正在帮一个穿蓝条纹泡泡纱西服的男人拖着两个大行李箱。

老螃蟹示意科蒂斯跟自己再走一段,两人走过大理石的地面,他们头顶上,电风扇吹着风,给等车的旅客带去凉意。"你今天干得怎样?"老螃蟹问。

"一美元二十美分。有个家伙给了我三十美分。"

"嗯,赚得不少。可别一晚上就在小酒馆里花光了。"

"不会的'先桑'。"是老螃蟹——温德尔·克雷伯[1]先生——教会他当个好红帽子的诀窍,还教会他要把"先生"和声细气地说成"先桑",好让所有白人旅客都明白无误地知道这个词是在表达服从和尊敬,绝无其他意思。说话一定要和气,老螃蟹告诉他,脑子要快,别管闲事,不管谁对你恶语相向,都只把它当耳旁风,听见了吗?

是的先桑,好的先桑,我听见了。

"任何事都别往心里去。"两人一边走,老螃蟹一边说。他抬头看看右边售票处上方墙上的大钟。下一趟伊利诺伊中央铁路的火车还要一小时四十七分钟才进站,不过其实他和科蒂斯不用看时钟或者怀表就知道。在这里工作两年,科蒂斯早就把时刻表记在了心里,而老螃蟹早在1911年三月就在这里当门房了,早已熟知这里每一块橡木墙板里的每一颗沙粒,水泥月台上的每一条裂缝,还有车站和南壁垒街之间铁轨下面的每一颗灰石子。白人经理来了又走,门房、售票员和红帽子被雇来又被解聘或是去世,可是老螃蟹就像是个永恒的存在,如果有谁能宣称车站是他的"房子",那这个人一定是克

---

[1] 原文"Crable",所以有螃蟹(crab)这个绰号。且crab有"爱争吵、坏脾气的人"的意思。

雷伯先生。

那个暴脾气的绅士撞到科蒂斯的部位——一个行李箱撞在了左下方的肋骨上——感觉撞出了一块淤青，晚些时候也许会有些严重，不过在这个星期六的下午，他所想的只是世界一切正常，于是他很高兴地听见老螃蟹问："今晚有安排？"

"哦，是的先桑，有的。"

"很高兴，听起来。"

科蒂斯有些惊奇。通常老螃蟹除了告诫他们别去小酒馆，礼拜日早上要去教堂外，根本没兴趣知道他在车站外面的事情，可是这会儿他竟然主动问起科蒂斯在高兴什么。这也是一种释放，因为这一整天里科蒂斯一直想告诉别的红帽子——大聪明、蛐蛐、雨点儿和普伦蒂斯（一个新来的，还没有起绰号）——可是这一整天一直在忙，大家都没有时间，似乎也没有兴趣听他说。而现在，有人竟然主动敲开了门，科蒂斯赶紧跳了进去。

"我一下班就要去参加一个生日聚会，"他说，"艾娃·哥顿快要到十八岁了。"

"哦，科蒂斯给自己找了个女朋友。"

"还不算，不过……我一直在努力，"他露出笑容，脸色像被两根蜡烛照着一样亮了起来，"你看，她真的特别漂亮，而且我觉得她有点儿——"

"很好。"老螃蟹说。他把一只坚定的手放在科蒂斯的肩膀上，随着这一次触碰，科蒂斯意识到刚才飞快打开的门此时也同样飞快地关上了。"你留神这些背着危险的小背包的白种人，听见了吗？"

然后老螃蟹的目光投向车站正对大街的大门，科蒂斯看见他做了个鬼脸。那双见多识广的眼睛眯缝起来。"哦，哦……麻烦来了。是你的朋友，我相信。"

科蒂斯转过身去。刚刚进车站的是罗迪·帕特森。他穿着一条深棕色的锥形裤，上身是一件带橙色条纹的衬衣，系着一条黑色的细领带，脚上穿着一双双色皮鞋，鞋头尖得能像切黄油一样切开热烘烘的沥青路面。罗迪发现自己被人注意到了，于是立刻露出个大大的微笑，同时摘下他的绅士草帽——帽子饰带上还翘着一根染成橙色的羽毛。他一脸明媚的笑容，大步流星地走过来，眼睛一时不离科蒂斯，科蒂斯心想：哦，不要，可别再来了。因为罗迪来这里只可能有一个原因，而这个原因绝不会是要坐火车。

"这家伙真是名声在外啊，"老螃蟹嫌弃地一撇嘴，说，"你想要甩掉他，我发现。"

"你好呀，长腿。"罗迪对科蒂斯说。然后，用一个安静些的声音说，"好啊，克雷伯先生。我能耽误你的小伙子几分钟吗？"

"年轻人自己决定，别问我。"老螃蟹盯着那双双色皮鞋，"天哪，黑鬼，"他说，"你是追着哪个拉皮条的抢了他的漂亮鞋子？"

"全都是老样子，"罗迪一扬他的美人沟下巴，带着一丝受伤的自尊说，"一模一样的老样子。我可是新生一代，你看不出来？"

"我听说你最大的本事就是能生。你找个营生赚钱就没工夫给自己和那么多姑娘惹麻烦了。"

"探戈舞得两个人才能跳呢，克雷伯先生。"

"哪天你在舞厅里挨了枪子儿，记得我提醒过你。"老螃蟹意识到自己在这儿已经没什么用了,因为他并不想旁听罗迪·帕特森找科蒂斯要说的事。"五分钟,"他对罗迪说,同时伸出五根手指,在罗迪琥珀色的眼睛前动了动,"我们这儿是火车站,不是探戈舞厅。别忘了,科蒂斯……要记得明天上午去教堂,你大概得多听几段《圣经》。"他朝着这个特雷米区的花花公子投去最后一瞥极其鄙夷的目光,然后他一旋踵,带着美国陆军司令般的威仪,走开了。

"一点儿都不肯脏了他的灵魂!"罗迪奸笑着大声说,不过老螃蟹对他已经无话可说,于是就这样了。然后罗迪把全部注意力都放到科蒂斯身上,他那张帅气的脸变得扭曲而痛苦,双眼像是快要流泪了。"长腿,"他用沙哑的声音低语道,"我这次可把自己坑惨了。"

"你挖的坑多着呢。"科蒂斯轻轻地叹了口气说。

"不,我这次是认真的!艾莉彻底把我赶出门了,还换了门锁,非要把我扔出去。科蒂斯……我向上帝发誓我爱那个姑娘,没有她我就完了。"

"你早该想到这些的……说到底,这次是谁?"

"'十点'的萨蒂·莫内特……可是这不重要,科蒂斯。艾莉知道我的。她知道我会到处偷吃。活见鬼,明明大家都偷吃!"

"不对,"科蒂斯说,"并不是大家都偷吃。你只是为了你自己才想要相信大家都偷吃,就好像这样一来你就也能名正言顺地这么做了。"

罗迪发出一声又像咕哝又像擤鼻子的怪响。他一只手捂着嘴,像是要捂住进一步暴露情绪的声音,手指上的几个银色戒指在上方窗户投下来的光柱里闪闪发亮。"我向全能的上帝发誓,"他放下手来说,"我想和艾莉结婚,想当个正经人。可这是我的天性,科蒂斯。见鬼,那些女人追着我,又是笑又是跳的,你说我该怎么办?"

"你该对一个女人保持忠诚。也许你还没有找到这个人。"

"哦,我找到了,就是艾莉!那个姑娘让我光芒万丈,我知道我也让她变得灿烂。我从没见过她这样的人,我知道以后也遇不到了,可是……可是……我遇上大麻烦了,科蒂斯朋友。那个该死的巴亚德说我坏话,往我头上扣屎盆子。求你了……求你了,我以前可从来没这么求过人……求你去跟艾莉谈谈,让她消消气。难道你不愿意帮你的老朋友这个忙吗?"

自从罗迪从圣路易斯大摇大摆地来到这里到现在,三个月的老朋友。柯蒂斯想。而在这三个月里,他已经两次受命帮罗迪摆平他和艾莉诺·考德维尔(即艾莉)之间的事情。他们和科蒂斯都住在特雷米区,就隔着几栋房子。"这次她不会听我的了。"科蒂斯说。

"哦……这就是你不了解你自己了,"罗迪动手理了理科蒂斯的领带,尽管领带本来就笔直地垂在他那身崭新的白色衬衣前面,还有个蒸汽火车头形状的小领带夹帮着固定。所有红帽子用的都是这种领带夹。"大家都愿意听你的,科蒂斯。他们很自然地就会这样。你身上的本事……我没有的那种本事,你却有很多。能把酸水变成甜酒。能把谁都看不上的泥巴拿来,从里边变出一块块金砖来。"

"这次的事情太过分了,你还是收拾东西,装车搬出去吧。"

"你知道我在说什么。看看你是怎么帮我——"

"帮过*两次*了。"科蒂斯说。

"好吧,帮过两次了。看看你都是怎么做的,只要过去就让所有事情都平顺得跟中国丝绸似的。而且你知道的,她那脾气一旦上来就很难搞定。可是你……"罗迪笑着摇摇头,摆出一副说不清真假的钦佩样子;他实在是太会拍马屁了,科蒂斯实在是无从分辨。"你能让她去嚼石头,还以为那是块石头硬糖。而且不光她一个人!我知道你是怎么救人于危难的,满特雷米都传遍了。"

"我什么都没有做。"

"上个月沃特兄弟俩因为五金店的事情闹翻了,他妈妈跑来求你让他们和好,你也什么都没做?我说的就是这个。"

科蒂斯耸耸肩。"我只是能帮上忙的时候帮一把,仅此而已。"

"你有这方面的天赋,伙计。大家都来求你帮忙,就是因为大家都知道你有这个天赋,能调解争端解除误会,不让事情变得更糟。你瞧,这对你来说那么稀松平常,你都没把它当回事。"

"你现在可以把我下锅了。"科蒂斯说。

"哈?"

"我现在可浑身都是黄油,足够没过六只小龙虾了,所以继续,把我煎熟了吧。"

罗迪大笑起来。这突然爆发的笑声大得近乎枪响,声音在车站的墙壁间回荡,引得几个等车的旅客向这位红帽子和他的朋友侧目而视。科蒂斯心想老板大概又要隔着泛绿的玻璃窗往下看了,此时他真希望老螃蟹能赶紧过来,跟他们讲一通不喜欢在他的房子里出现混乱的道理。

"我会去跟艾莉谈谈的,"科蒂斯说,他只想赶紧把罗迪打发走,"这次你想让我怎么替你开脱?"

"说我是无辜的，只是基普·巴亚德满嘴谎话的受害者。"

"她会知道这其中不全是假话的。最好承认其中最严重的部分，然后看看怎么办。"

罗迪的大笑声早已散去，此时他的微笑也一并不见了。他皱起眉头，眉心处出现两道深深的皱纹；这个舞会小子不喜欢自己刚刚听到的内容。

"相信我。"科蒂斯说，他意识到自己总是要重复这句话，来安抚那些找他帮忙或者寻求建议的人，如果每重复一遍他都能拿到一个五分钱的硬币，那他也许早就不用当红帽子了。

罗迪紧皱的眉头慢慢松弛。"当然。我当然相信你。一直都信。"

"我明天去见她。今晚有约。"

"哦，真的？约女人？"

"呃……我要去艾娃·哥顿的生日聚会。我星期三见到她时，她邀请我来着。我太想去了，我都没想到她会——"

"你享受你的好时光吧，长腿。"罗迪说着，拍了拍科蒂斯的肩膀。然后他转身就向出口走去。"千万不要做我不会做的事情！"他停下脚步，咧着嘴，会心一笑，"或者说，千万别做我会做的事情！谢谢你听我说这些！"说着，罗迪·帕特森戴上他那顶翘着橙色羽毛的绅士帽，走出联盟车站，仿佛他要赶上的那列火车正在南壁垒街边冒着蒸汽。

"行李正在外面等着呢，小子。"一个年轻人一边说，一边大步流星地走过来，科蒂斯真担心自己会被他那双双色牛津皮鞋踩翻在地。这人穿着一身蓝色西装，那颜色在科蒂斯看来就像是世间最冰凉的池塘里的水。跟在他身后的女人正无精打采地左看右看,她的香烟插在一个珍珠母烟嘴里。

"好的先桑,马上。"这位倾听者说完,就推着小车继续工作了。

第八章

相信我。

骑着他那辆刷成银色、带黑色橡胶握把的自行车，科蒂斯·梅休一下一下地踩着脚踏板，穿过渐渐深沉的夜色，去参加生日聚会。他努力想让自己因此而高兴起来，可是他做不到，而这都是他自己的错。

相信我。这句话是他今天下午在火车站对罗迪·帕特森说的。为什么，他问自己，他能信得过罗迪，却完全信不过艾莉·考德维尔？毕竟他认识艾莉诺小姐的时间远比认识罗迪的时间长，而且他知道她是个又漂亮又正派的年轻女人……所以为什么他会说服自己再给罗迪一次机会，而他明明知道……唉，也许罗迪对别的某个姑娘来说正合适，可是他跟艾莉诺小姐根本不合适，而且不论是谁说了什么，都不能改变真实生活。

所以……该怎么办？

他蹬着车，沿着壁垒街向东，速度不算太快，但也没有磨蹭。星期六的傍晚，车流正在慢慢汇集，开始了它们日常的走走停停大游行。因为有些人仍旧驾着马拉大车，或者像他一样骑着自行车，所以这条大道并不是最好走的，不过这是他平常的上下班路线，所以他还是选择走这条路，直到过了运河街[1]，在那之后，他就贴着法国区[2]一直往北走，然后在北壁垒街和尼科尔斯州长街的路口向左转，进入特雷米近郊[3]。城市的街灯渐次亮了，城中心大些的建筑上数量众多的方形眼睛里亮起了灯，红色、蓝色和绿色的霓虹灯光也在沉沉暮色的映衬下开始流淌。空气闷热，微风吹拂着科蒂斯，他从中嗅到了各种混杂在一起的味道，这种味道他太熟悉了，这是新奥尔良的芬芳吐息：壁垒街和格雷维尔街路口附近的西蒙尼的露天花店的玫瑰和其他花朵的芳香气味；再往前走，是德拉福斯夫人面包房里的饼干、糖霜蛋糕和糖粉甜饼的甜美温暖气味，他经常在回家的路上来这里给妈妈买点儿东西（尽管今天肯定没有时间）；中央咖啡馆烘烤售卖的浓咖啡的香气，他就是从那里过运河街的，自行车会跟四条有轨电车的铁轨磕碰，发出"咣啷咣啷"的八种响声；接着是法国区尘土飞扬、亦苦亦甜的香气，其中混杂着各种生活的香料气息，汽车和数量不多的公交车的金属与尾气味道；然后是马

---

[1] 新奥尔良的一条主要街道，是该市最古老的街区法国区与较新的美国区之间的边界。
[2] 新奥尔良市最古老、最著名的街区。1718年新奥尔良建城时，原先的范围就集中于今日的法语区。
[3] 始建于19世纪初，是新奥尔良市最古老的居住区之一，起初是该市"自由有色人种"的主要聚集区。

粪的泥土味，这是交通系统和清洁工人日常工作里的天然成分；最后是河里飘来的泥腥味，在八月的暑热里膨胀得像是一团黄云，飘进百年树龄的橡树里，变成金灿灿的蜘蛛网上闪闪发亮的蛛丝。

这就是他的城市和他的世界，科蒂斯熟悉并热爱从南壁垒街的联盟火车站到北德比尼街他家之间的每一个街区，因为他能感知到这里的每一个生命和每一段历史，也能感知到自己与这里如何融为一体。他把自己看作新奥尔良市重要的一部分，就像其他的红帽子一样；他帮助人们从这里前往那里，又从那里回到这里，他让行李不停地运转，在某种程度上也让火车不断前进，难道还有什么使命能比像这样为人们服务更高尚吗？

他的自行车后面拖着一辆带三个橡胶轮子的小木板车。车上是他的深蓝色西装外套，仔细叠好，用牛皮纸包好，免得沾上灰尘，牛皮纸包上面放着一个用白纸同样小心翼翼包装好的小礼物盒子，还系着一条金色的缎带。盒子是他亲手包好的，里面装着他给艾娃·哥顿的生日礼物。

刚才在联盟车站那间由老螃蟹严格管理、所有红帽子存放制服的更衣室里，科蒂斯冲了个澡，洗掉火车带来的沙尘，然后穿上自己带到车站的漂亮衣服：熨烫平整的深蓝色裤子、浆洗一新的白色衬衣和星期四刚买的崭新的蓝白两色领结。他的鞋子黑亮黑亮的，就和他这个人一样。他一边打领结，一边看着洗脸盆上方方形大镜子里自己的脸——幸亏有邻居哈蒙·厄特利帮他一番捯饬，因为他的妈妈面对这个难题，两手一摊，就回床上睡觉去了。

镜子里的科蒂斯就是一副刚满二十岁的年轻人模样，说真的，远不如罗迪·帕特森帅气，不过话说回来，他的脸也不像"没牙仔"大下巴库姆斯那样丑得令人发指。他长相普通，科蒂斯心想，尽管大家都说他的眼睛又大又亮，笑起来也很好看。他的牙齿很好看，不过也没有他想到的另一个家伙那么好看。唉，他已经习惯了普通，这样又有什么不好呢？他的妈妈总是说，让你的个人魅力透过脸表达出来，然后她会说，有时科蒂斯回头看她时，她能从中看到他爸爸的影子，然后她会难过，于是又回到床上去了。

他在裤腿上夹了许多夹子，这样裤腿就不会绞进车链子里，也不会被它弄脏了。他轻快地蹬着车子，一阵嘈杂的爵士乐迎面扑来，像是从一家俱乐部敞开的大门里发动的突袭。夺目的霓虹灯给街道都涂上了红蓝色彩。他意识到自己心跳越来越激烈，不是因为蹬车太累——蹬车根本不累，而是因为他在想今晚的事情。被邀请参加艾娃·哥顿的生日聚会！他本以为她根本不知道自己还活着呢。有一次艾娃出来散步，他大着胆子，脖子后面冒出一层冷汗，骑着车在她身边停下来，打了声招呼，从那以后，每天他路过她家时都会放慢速度。他还记得艾娃起初有点儿冷冰冰的，不过紧跟着他报上了自己的名字，于是她露出一个很有兴趣的眼神，说，科蒂斯·梅休？我好像听说过你。你是个重要的大人物吗？科蒂斯则笑了笑，耸耸肩，说，不是，我就是我。

她真是好看呀。面容秀气，也那么好闻，就像把肉桂和丁香装进梅森罐子里，放在太阳地里晒热的味道。而且她总是戴着好看的帽子，科蒂斯从来没见过她不戴白手套的样子，尽管其实在那天之后也没见过她几次，而且都只是隔着大铁门瞥见她坐在门廊里荡秋千，或者坐在花园里的小桌子旁一边喝柠檬水一边和另外两位年轻女士聊天。不过星期三的早上，他骑着自行车路过时，艾娃从门后叫住了他，所以她一定是在等科蒂斯，同时他意识到艾娃早就注意到他每天早上都会路过这里，而这更让他感到无比地喜悦。也就是在这时，在这里，艾娃要他来参加星期六晚上七点钟开始的生日聚会。

当然，我一定到，艾娃。无论如何都不会错过！

而且送什么礼物也很容易想到。他们第一次见面时，有一只黄色的蝴蝶一直围着他们飞啊飞的，像是从某个引人入胜的故事里飞出来的造物，像是在用一根根看不见的绳索将他俩捆起来，让他们越靠越近。然后这只蝴蝶先是落在艾娃的帽子上，然后落到科蒂斯的肩膀上，科蒂斯说，*哎呀呀，是谁派你来偷听我们之间的悄悄话的？* 这话逗得艾娃笑出声来。所以科蒂斯很容易想到，他要找个蝴蝶样式的胸针让她戴上，于是星期四下班后，他骑着自行车在宽阔的运河街上的店铺来来回回寻找，最后在一家叫克雷斯的店里找到了小小的珐琅蝴蝶胸针，翅膀上还嵌着金色的莱茵石，简直太完美了。有一点贵，的确，但是完美。

快到尼科尔斯州长街的路口了，也许是刚才车子骑得快了一些。他向左转弯离开壁垒街，近乎飞了起来，于是他不得不从两辆汽车中间钻了过去，气得两位司机一起直按喇叭。他蹬着车，向着目的地一路北去，街道两边是特雷米近郊富人区的大房子和小农场，全都被砖墙和大铁门保护着。艾娃·哥顿的爸爸在这个区有两家百货商店。每个人都知道，一旦说起芜菁、黑眼豆和猪脸腊肉这类日常主食的价格,哥顿先生是个讲公道的人。他的生意头脑让他在这个世界上发家致富,所以科蒂斯看见前面哥顿家的大宅子外面停着其他上流家庭的黑色大轿车;一瞬间,科蒂斯觉得特雷米世界的这一部分实在是高高在上,远不是他所能及,可是转念一想,他得到了艾娃的直接邀请,于是压下心中那一点点忐忑,下了自行车,取出包好的外套,拆下裤腿上的夹子,像个绅士一样,推着自行车,走完最后几码路程。

花园上方用绳子系着许多紫色、橙色和绿色的纸灯笼,蜡烛在沿着门廊扶手排布的灯罩里燃烧,门廊几乎绕了这座两层小楼整整一圈,而这座建筑本身也像是向外迸射着光芒。在敞开的大门口,科蒂斯站到一群穿着打扮时髦的年轻名流的队伍里。这些人他一个都不认识。他们向身穿礼服站在门口的管家出示了各自雕版印刷的请柬,然后逐个进门。科蒂斯来到这人面前时,管家看着他的自行车,仿佛这是一条从密西西比河的烂泥里拖上来的臭烘烘的大鲶鱼。

"请柬?"管家问,浓浓的白眉毛冲着布满皱纹的额头一挑。

"呃……没有,先桑,不过我是艾娃小姐本人邀请的。"

"名字?"

"科蒂斯·梅休。"

"啊,"管家思索了几秒钟,说,"请绕到厨房入口去。在那边。"他用戴着白手套的手指着一条消失在灌木丛后面的石板小径。然后他把注意力放回到后面等着进来的两个人,他们已经递上了请柬。

厨房入口? 科蒂斯想要问,可是他身后的人越来越多,推着他向前走,于是他推着自行车走上那条小路,然后绕到房子后面。灌

木丛另一边还有一道大门，同样敞开着，他听见有人说话，还有年轻的笑声，还能瞥见一个环形庭院里的其他宾客。那个庭院里同样亮着五颜六色的纸灯笼，灯光映在一支乐队的铜管乐器上闪闪发亮，这支乐队正在装饰着紫色、绿色丝带气球的舞台上做着准备。他正准备进到庭院里，这时，敞开的大门不远处，一个穿着红裙、身材苗条、有八分之一黑人血统的女人从一扇门里出来；她妆容精致，头上戴着一个镶着宝石的冠状头饰，目光先是注意到了那辆自行车，然后才看到科蒂斯本人。

"你也是来演出的吗？"她问。

"哦……夫人……我是科蒂斯·梅休。我是——"

"把你的车子停到那边那棵树旁，然后直接进去。"她指一指那扇门，便从科蒂斯身边走过，只留下柠檬味香水的味道和急匆匆的态度。

科蒂斯停好自行车，把礼物盒子从小车上拿出来，理了理领结，抚平衬衣前襟。然后他进了门，来到一间忙碌的厨房。长长的灶台上，好几只锅子冒着蒸汽，使得厨房里云雾缭绕，三个男厨师正在忙个不停，还有一个系着白色围裙、包着海绿色头巾的胖女人正在一边监督他们，一边像军士长一样大声地发号施令。面对迎面扑来的噪声和蒸汽，科蒂斯一下子感到汗流浃背、萎靡不振。女人的目光看向他，脸上露出怒容，像是十分不情愿让他打搅自己。

"你是谁？"她问。

"科蒂斯·梅休。"

"哦……你是那个……"她看见礼物盒子，"这是什么？"

"是我送给艾娃小姐的礼物。"

"大可不必,"她说,不过她还是伸手把盒子接了过来,"我会亲手送给她的。你的桌子安排在庭院里。"一阵丁零咣啷声和嘶嘶声引起了她的注意。"鲁夫斯先生!"她怒吼道,"你是准备做浓汤还是泥巴干?"

"我的桌子?"科蒂斯问,"我想我不是——"

"听着,小子!"女人作势要像一艘战列舰一样朝他冲过来,把他碾到脚底下,"我可没时间跟你磨牙!来了六十个人,马上就要端上更多浓汤、小龙虾、炸鸡和意大利肉丸!快出去干活!"

科蒂斯退到一旁。似乎有什么地方搞错了,可是他也不知道究竟是哪里出了问题。女人转身离开,科蒂斯看见她把装着蝴蝶胸针的礼物盒子放到高处的一块搁板上,不让它影响厨房里的工作。他正准备再次开口——尽管他也不知道该说些什么——但他想想还是算了,心想等进了庭院,找到艾娃,就能把事情讲清楚了。于是他离开了,与此同时,身后那个女人开始斥责厨师把玉米球炸得太硬了。

庭院里,衣着光鲜的公子哥儿和大家闺秀们正围坐在餐桌旁,桌上摆着厨房里正在陆续端上来的第二轮和第三轮大拼盘。科蒂斯先是看见一匹毛色斑驳的小马,脖子上系着一根紫色丝带,拴在一根杆子上。然后他把目光放到了他有生以来所见过的,也是他能想象到的人类双手所能做出的最大的生日蛋糕上。这个大家伙有三层,每一层都很高,上面都铺着紫色和绿色的糖霜,就像一座蛋糕做成的大教堂,蛋糕上面插着十八根等待点亮的白色蜡烛。蛋糕放在一个平台上，周围是几个装满冰块的大铁桶，两个身穿燕尾服的仆人正用芦苇编织的大扇子扇着风，让蛋糕再凉一点，同时赶走苍蝇。还有一个水晶潘趣酒碗，里面装着泡沫丰富的绿色液体，另一个仆人正在为客人的水晶酒杯斟酒。乐队快要准备好了；低音鼓的正面印着乐队的名字——"先锋"。鼓手用小军鼓和低音鼓敲出几个音节，小号手舔舔嘴唇，用手帕擦了擦号嘴。

在那边，在乐队和小马中间有一张小桌子。桌子后面有一把椅子，前面有两把。桌面上盖着一块白布，中间放着一颗水晶球，水晶球旁边有一块手写的牌子，上面写着"命运大解密"。

这是给他准备的吗？科蒂斯心想。这是什么鬼把戏？一定是哪里出错了……哪里搭错线了……哪里……

他迷迷糊糊地穿过庭院朝那张桌子走去。宾客们正忙着大吃大喝、高谈阔论，他们任由他穿过人群，仿佛他是宴会上的一个幽灵。快到桌边时，一张脸出现在他面前，面带微笑。她穿着金色的长裙，戴着珠宝头饰，光彩照人。她还是那么漂亮。

"嗨，科蒂斯，"她说，"你都准备好了。"

"你好。"科蒂斯说。他口干舌燥。他不得不费尽力气把注意力放在她身上，因为他能听到和感觉到自己头上的脉搏像低音鼓一样跳个不停。"听我说。"他说。

"什么？"可是她在打量周围，望向别处，看看还要去哪里和谁见面。尽管她的眼睛闪闪放光，但科蒂斯知道这闪光与他无关。

"我想——"

"哦，是普雷斯顿！快去吧，科蒂斯，我打赌很快就有人要来找你了。"

她正要走开,在那可怕的一瞬间,科蒂斯浑身动弹不得,可是他知道自己不能坐到那张桌子旁,装模作样地做那块牌子上所说的事情,甚至不该参加艾娃·哥顿的这个生日聚会,不该跟系着丝带的斑点小马、准备就绪的先锋乐队和人力无法烤制的蛋糕待在一起。

"艾娃小姐!"他说,这句话在这一片欢歌笑语中就像一声凄厉的哭号。

艾娃朝科蒂斯转过身来,这一回,她似乎也没那么好看了。

"什么事?"她问。她的声音里有什么东西刺痛了他。

"我……不是算命的。我想说……我觉得……你把我跟别人弄混了。"他看着艾娃慢慢地眨了眨眼睛,她脸上仍然挂着微笑,不过那是个无意识的笑容,没有任何意义。"我不会算命。"他说。

艾娃只是继续空洞地冲着他微笑。

"我不会,"他重复道,"那不是我。"

"哦。"艾娃说。那一抹微笑褪去了。她用纤细的手指摸了摸喉咙,像是刚刚吞下一个难以下咽的东西,"那么……我以为……我是说,我听说……你有某种……你知道……你能知晓别人的事情。"

"不能,小姐。我只是个普通的科蒂斯。"

"哦。"她说,脸上露出一副"那就这样吧"的表情。她的眼睛像是变得更黑了,尽管它们本来就像午夜一样黑,不过可以肯定的是,她眼中的闪光不见了。"那好吧。"她说,然后她迅速扭头看向左边一个朝她走来的年轻人,像打开电灯一样露出一副笑脸。"普雷斯顿,很高兴你能来,我们正准备跳舞呢!"她搭着普雷斯顿的肩膀，普雷斯顿也把自己的手放在艾娃的肩膀上，两人旋即从科蒂斯身边走开了，就像是被吸入了人群。他被扔在原地，注视着两人刚才位置上骚动的空气，宾客们在他眼前晃来晃去，仿佛众多影子的影子。

那些陌生人，他们大笑着，却谁也不正眼瞧他一眼。科蒂斯被他们推搡着，不知在那里站了多久。他只知道自己并不是聚会的一部分，而且自己身上的任何一部分都不会属于这里。突然，乐队爆发出一阵暖场的噪声，身穿亮片西服、四肢修长、头发闪亮的指挥走上前来，把一个喇叭筒放到嘴边，说他想要带领大家为美丽优雅的艾娃·哥顿小姐唱一首《生日快乐》，这个提议引得一众头面人物一阵大呼小叫。

他们还没开始齐唱，一只手在科蒂斯左胳膊肘上方拍了拍，门口那个一脸严肃的管家站在身旁。"有人叫我，"他说，这时乐队指挥用指挥棒比画着数到三，"让你回厨房去。"

科蒂斯走在管家前头，这时先锋乐队的铜管乐器吹响了，人们的歌声——尽管大部分声音连一个镀金痰盂的音符都找不准——扶摇直上，吓得头顶上的橡树瑟瑟发抖，在斑斓的灯光照耀下，科蒂斯觉得这些橡树大概在哥顿宅邸中已经瑟瑟发抖很多年了。

他被带到厨房里，交到那艘女战列舰手里。锅子冒着痛苦的蒸汽，而这艘战列舰仍旧在隔着锅子，对着那几位饱受蹂躏的倒霉厨子倾泻火力。她和那位管家简单说了几句话，不过她没有朝科蒂斯这边看一眼。现在，科蒂斯站在那里，浑浑噩噩，一语不发，也不知道该去哪里，女人的目光投向他，就像一锤子砸在砧板上。她问：

"你想把礼物拿回去吗,小子?"

"不用,"科蒂斯嗫嚅道,又立刻纠正态度,用更坚定的语气说,"不用了,夫人。"

女人没有回答。她在一排锅子前走来走去,查看众人的工作进度,然后她又看向柯蒂斯,用一根手指朝他一勾。"到后面来,给你拿块生日蛋糕。"她说。

柯蒂斯走过贴着棋盘一样瓷砖的地板,跟着女人来到一张小方桌前。女人示意他找张藤背椅子坐下,不一会儿,她把一套黄色杯碟放到他面前,碟子里盛着一块雪白的蛋糕,上面装饰着紫色和绿色的糖霜。跟着是一杯加了冰块的绿色潘趣酒。柯蒂斯接过她递来的叉子。她就站在他身边,身上一股子厨房里的浓汤、小龙虾、炸鸡、意大利肉丸和炸玉米球的味道,这味道早已渗进她黝黑的身体里了。

"从我们上午做的第一块蛋糕上切下来的,"她说,解答了科蒂斯正想开口问的问题,"那东西塌了,堆成一坨,就像一坨夏季雨后的牛粪。只是打个比方。所以这块蛋糕是谢谢你帮忙。"

科蒂斯谢过她,然后吃了起来。不过除了舌头上的甜腻感,他并没有品出太多味道。

"梅休,"女人说,"我以前认识一个姓梅休的,名字叫乔。"

"那是我爸爸。"

"哦——是真的吗?不过你可一点儿都不像他。你妈妈给你吃的吗,小子?有的人瘦,有的人虚,而你比他们还不如呢。"

"我要照顾我妈妈。"

"我记得乔是个大块头。膀大背宽的。哦对的,我记得他。我以前在棉球酒馆工作,在和睦街上,离码头不远。那地方起火了,早就没了。不过我还记得那些粗野的黑鬼,扛了一整天的货,进了酒馆,又笑又叫,好不热闹。你爸爸就在那堆人里。"

"他的事我知道的不太多。"科蒂斯一边说,一边把蛋糕切成小块。

"嗯,"她说,"他出事了。真可怜。"

"蛋糕真不错。"科蒂斯说。他又喝了一通潘趣酒,味道像是加糖的青柠檬汁,再加进去一点嘶嘶冒泡的汽水。"这个也好喝。"他补充道。

"是的。"女人说。科蒂斯也分不清她回应的是自己关于乔·梅休命运的陈述,还是科蒂斯的称赞。她在那里又站了一会儿,看着他吃东西,目光却像是飘向了另一段时间里的另一个地方。然后她说:"吃完了就自己走吧。让你妈妈往你肚子里装些菜豆和玉米面包,免得一阵大风就把你吹跑了。"说完,她就不再理他,转身去忙厨房里的事情了。科蒂斯心想,也许她还要打理这座房子;他能感觉到它沉重地悬在自己头顶上,而他一点儿也不想继续待在这个地方。

一直站在门口的管家打开大门,科蒂斯推着自行车出去了。他脱掉西装外套,叠好,放回小车上。他用夹子夹住裤腿。他没有再回头看哥顿家的房子;他骑上自行车,蹬着车子,离开那些欢笑声,朝马莱街前行。一个孤独的身影穿过黑夜。

第九章

仅仅是拐个弯,过两条街,世界就会变得大不一样。这一点一直困惑着科蒂斯,可事实就是这样。他骑着车快到滨海大道[1]时,脑袋仍旧因为艾娃·哥顿宴会上的迷茫和失望而沉甸甸的。那些有院墙和大门保护的漂亮大房子在这里戛然而止,就像遵从法令一般,于是他蹬着车子,上了东特雷米坑坑洼洼的路面。这里盖着一排又一排的猎枪小屋[2]。这些挤挤挨挨的房子当中有的带有小小的门廊;有的紧挨着街面;有的房子花里胡哨地刷着漆,就像发高烧时做的梦;也有些房子因为年深日久已经掉漆,于是变得白森森的,像是被骨头烧灼后的颜色。偶尔有一块堆满瓦砾的空地,那上面的住所

---

1 新奥尔良一条历史悠久的街道。
2 一种狭窄的长方形住宅,通常宽不过三四米,房子彼此排成一排,房屋前后都有门。

早已烧毁，于是被扔在那里，在一个个潮湿的日夜里变成粉末，长出绿草，像是被大地嫉妒的手拖回到泥土里。街上曾经的人行道早已破败不堪，到处都露出泥土地面。

科蒂斯还有一段路要走。不过快到漂亮王子理发店——店招牌混在前窗上一堆"野根发乳油""百利发乳""塔伯特湾朗姆酒须后水"的招贴广告中间，上面写着"快进来，变漂亮"——那片亮着灯的小岛时，他放慢蹬车速度，停下自行车，因为他还没做好回家的准备。

在理发店内，星期六晚上惯常的扑克游戏正进行得如火如荼。柯蒂斯穿过前门，进入雪茄、烟斗和香烟的烟雾缭绕中时，牌桌上的四人只有漂亮王子抬起头来。

"嘿，科蒂斯！"他说。他那张全神贯注的椭圆大脸迅速绽放出欢迎的笑容，一头白发给这张脸镶上一圈光晕。"过来吧，自己去拿瓶可口可乐！"

科蒂斯照他说的，走到店后面，从装着冰块——此时已经快化完了——的水桶里拿出一瓶。水桶提手上用绳子拴着一个瓶起子，他用瓶起子起开瓶盖，喝了一通，然后在一张通常给顾客坐的红色人造革椅子上坐好，在这里能更好地看漂亮王子、萨姆·拉斯克、瑞吉斯·穆拉亨尼和菲利普·勒撒万打牌。还有两把椅子上坐着杰拉德·盖提斯和特克·汤姆林森，他们俩在一边抽着雪茄，一边聊着什么没人在乎的重大事情。

"押十美分。"瑞吉斯宣布道。

"你押，那我就再押十美分。"萨姆说。

"你们几个一会儿都要输个底儿掉，"王子说，不过他坐在椅子里重重地挪着身子，"科蒂斯，怎么今晚穿得这么整齐？"他问，主要是为了拖延下决心的时间。

科蒂斯也有自己的决心要下。他想把今晚的事情讲给某个人听，可是他又羞于启齿。之所以羞耻是因为他竟然允许自己——或者说，让自己——相信艾娃·哥顿也许是喜欢上他了，或者也许假以时日会喜欢上他，如果艾娃给他这个机会。他知道自己其实早该明白的；那些住在尼科尔斯州长街上的有钱人跟住在特雷米东边的人之间隔着滨海大道，根本不是一路人，傻子才会认为情况可能会有所改变。

"我刚去了个地方。"他笨嘴拙舌地说。

"去哪儿了？"

看来漂亮王子像是在邀请他把这个故事讲出来，科蒂斯心想一吐为快似乎也挺好。于是他打定主意，说："我以为我是被邀请去参加——"

"好吧，二十美分！"王子一边说，一边把两个十美分硬币往前一推，推到桌子中央，同时发出一声愠怒的低吼。"我说，科蒂斯，"他接着说，与此同时，菲利普正仔细盯着手上的牌，"不管你去了哪儿，你今晚看起来都挺漂亮。像你这样的年轻人，在星期六的晚上出门到处逛逛是件好事。菲利普，你要不要给你的牌撒点盐和胡椒，这样你就能把它都吃了？"

"去你的吧。"菲利普傲慢地回答道，不过他已经失去勇气了。他把牌往桌子上一摔，暂时投降。

科蒂斯往后一坐,小口喝着饮料。游戏继续。

"嘿,王子!"特克说。他把没抽完的雪茄从嘴里拿出来,搁在胳膊肘旁边的烟灰缸上。"你什么颜色的?"

"什么颜色?这是什么愚蠢问题?"

"你知道狄娜·方丹在花园区做女仆吧。她告诉厄尔明·扬西几天前有件搞笑的事情……那家的小男孩在她铺床的时候走过来,问她是不是巧克力做的。"

"扯犊子。"

"可不!哦,那家女主人紧张得浑身发抖,说她希望狄娜不要生气,可是狄娜只是大笑起来,她才不在乎呢。不过你知道……我开始思索起颜色问题来。被白人说成是有色人种。杰拉德和我刚才一直在聊这件事。看看那面镜子,说说看,你觉得自己是什么颜色。"

"嗯,"王子一边说,一边偷眼看向那面金色边框的大镜子,"暗黑色,我猜。里面还有一点点红,好像是这样。"

"黑乎乎红扑扑,这样说准确些。"菲利普说。于是众人一齐咻咻笑了起来,只有科蒂斯例外。他虽然也在听他们交谈,可是有一部分心思一直在反复回想宴会上的事情,从各个角度仔细剖析。

"我正想这么说来着。"特克说道。

"正想说什么?"瑞吉斯问,"你什么都没说。"

"那就看看我。"特克坐在椅子上,身子前倾,弄得椅子里的弹簧发出嘎嘣一声响,不过他态度还是很礼貌的,"我就是那种所谓的

'高黄[1]色'。瑞吉斯,你是个高棕色,可是你还有一点儿橄榄色。菲利普,你身上带一点深蓝灰色,在我看来。萨姆,你是个——"

"蜡棕色,有人跟我说过。"萨姆宣布道。

"是的,好吧,我同意,管他呢。杰拉德接近深棕色,就像星期天穿的漂亮西服。那边的科蒂斯看起来就像一杯早上的浓咖啡。咱们当中谁都没有一模一样的颜色,而且区别相当明显。"特克停下来,抽了一口雪茄,然后把烟朝着头顶的灯喷去。"在座各位谁也不是真的黑,我是说。可是咱们都认识韦斯顿·韦弗这样的人,太黑了,太阳光照在他身上,你都能看到蓝色。炉筒子也一样,他肯定是我见过最墨黑的家伙。所以我在想……光是想想咱们有多少颜色吧,咱们全都有颜色。各种棕色,只要你能想得到,从奶油咖啡到貂皮颜色,从淡棕到深棕,还有黄色、红色、橄榄色,然后还有人是那种实打实的黑色,有的人黑得发亮,有人是暗黑色,说都说不完。"

"就和你的嘴一样,"瑞吉斯说,不过也没有恶意,"你到底想说什么?"

特克在椅子上往后一坐,不慌不忙地抽了一口雪茄,仿佛是打定了主意要保守一个秘密。然后他对着大家会心一笑,说:"形容一下白人的肤色听听。"

一阵沉默。瑞吉斯挠了挠头,萨姆则抓了抓自己的灰胡子。科

---

[1] 原文是"high yellow",用来描述肤色较浅的黑白混血儿,其中的"high"表示因肤色相对较浅所以阶级地位较高。这个词带有肤色种族主义色彩。

蒂斯又喝了一口可口可乐,看着众人。最后,王子清了清喉咙,发言了:"我觉着,他们多少有点儿粉。"

"见过有的人太白了,能亮瞎眼。"菲利普说。

"见过有的人近乎红色,"萨姆说,"那些在太阳地里待太久的人。哦,那可真是够受的。"

"这正是我想说的。"特克说。

"那么,恕我愚钝,"王子回答,"你到底想说什么?"

特克大张着嘴,笑起来。"咱们多漂亮啊。"他说,"能说出那么多颜色,可是白人皮肤怎么说?你能想象你低头看着自己的两条胳膊,能看见血液在血管里流动,像有些人那样,他们那么白?光是想想就让我打哆嗦。还有些人只能躲着太阳,一直待在阴凉地方,因为他们受不了日晒?不,不……有时候真是替他们难过。"

"我明天都要哭了,"瑞吉斯说,"听着,我押七十美分。咱们能接着打牌吗,要是你们还要玩的话?"

"我想说的是,"特克又抽了一口雪茄,接着说,"感谢上帝,让'有色人种'这个词里有这么多颜色。"

众人一时都不说话。王子重新洗牌,准备再来一局。然后他静静地说:"还要感谢上帝,让我们有那么多巧克力姑娘。"

"没错!"萨姆的语气有一点过于热切。他坐在椅子上像是陷进去了几英寸。"要是朱黛尔听见我这么说,那么某个人的蜡棕色人皮就要被钉在墙上了。"

其他人大笑起来,大家的注意力又回到牌桌上。科蒂斯的可乐已经见底了,该出发了。他站起身来,把空瓶子放到冰桶对面装空瓶子的木箱子里。"要回家了，"他说，"谢谢你，漂亮先生。"

"别客气。把头抬起来，科蒂斯。可不能那么蔫头耷脑的。"

"好的。"

"替我向你妈妈问好。"

"我会的。"

"希望你一切都好。"杰拉德一边说，一边飞快却又意味深长地看了科蒂斯一眼。科蒂斯明白杰拉德的意思，他不想让其他人知道上周科蒂斯把他从迈尔斯·威尔森手里救出来的事情。迈尔斯在滨海大道另一头有一家修理店，店铺后面做放贷生意。谁要是借了钱没有及时归还，他就照例会派几个壮汉登门拜访。很多年前，他曾经和科蒂斯的爸爸一起在码头上工作过一阵子，所以有科蒂斯担保，他答应多给杰拉德一个星期还上那五美元。

"希望你没有烧掉太多十分钱一支的雪茄，"科蒂斯话里有话，又说，"晚安，先生们。"科蒂斯不等其他人发表评论就出门了。这话在别人听来似乎有些粗鲁，可是只有这样，杰拉德才会记得星期天下午之前他必须拿出五张乔治·华盛顿[1]来，否则烫到他手指头的就不是雪茄烟，而是一块烧红的烙铁了。

科蒂斯跨上自行车，沿着马莱街骑了一小段距离，在滨海大道左转，朝特雷米深处前行。

他骑行在滨海大道路边的老橡树下，路过曼迪厨房咖啡馆，咖啡馆这么晚了仍在营业，店里的餐桌旁坐着几位客人。沿着大道再

---

[1] 一美元钞票上印的是乔治·华盛顿的头像。

往前走,他听见火热的爵士乐演奏里响亮的号声——他来到了妈妈警告他不准逗留的一小块地段,特雷米区的每一位妈妈都会这样警告她们的儿子。路左边是"曼妙田亩",尽管这家亮着蓝色电灯的俱乐部与其说曼妙还不如说粗糙,而且就算加上铺着牡蛎壳的停车场,占地也远没有一英亩;在路的右边,几乎在"曼妙田亩"的正对面,是亮着红灯、同样派头十足的"十点",敞开的大门里传来女人和着狂躁的萨克斯风唱歌的声音。在滨海大道的这一段,隔着一家修鞋店和一家估衣店,科蒂斯这一侧还有一家俱乐部,名叫"好男孩"。这栋低矮的砖石建筑里,黄绿两色的灯光像是在随着音乐和低沉的鼓点一齐跳动。科蒂斯骑着车正往那边前进,这时正门突然打开,从里面吐出来几个人。这几个人像是刚在水泥搅拌机里经过一阵翻腾。他们衣衫不整,走路跌跌撞撞,大呼小叫地彼此搀扶着抵抗重力。科蒂斯绕过他们,以免撞到人,这时他发现罗迪·帕特森就在这群人的正中间,热内娃·巴拉孔正勾着他的肩膀,充满爱意地看着他,罗迪则醉醺醺的,高兴地咧嘴大笑,对着冷漠的橡树举起一壶劣质酒,并且朝天大声嚷嚷。

科蒂斯继续前行,不过他确定艾莉诺·考德维尔已经不想再被罗迪·帕特森耍弄了。他打算告诉她——并且在结束谈话前让她明白——她其实可以过得更好,可是她把时间和感情都浪费在一个一到夜里就流连在不同女人之间的男人身上。科蒂斯当然知道有些人永远都不想看到真相,哪怕这真相就写在他们的脑门上,还是反着写的,方便他们在镜子里看懂,可是他觉得自己必须试一试。他对罗迪说的那句"相信我"让他陷入了两难的境地。

他左转下了滨海大道,来到北德比尼街,把小酒馆的嘈杂甩在身后,进入一片熟悉的宁静里。猎枪小屋挤挤挨挨,偶尔有灯笼在门廊上亮着,一些窗户里闪着烛光,买得起电的人家里享受着一点点更明亮也更稳定的灯光。他一扭车头,来到一座奶油色的房子前,他到家了。房子差不多位于杜曼街和圣安街之间的街区正中间,带有深棕色的装饰。一盏孤零零的电灯发出昏暗的光,从一扇前窗的窗帘缝透出来。科蒂斯把自行车和小车停在狭窄的门廊上,用铁链子把车子锁在刷成棕色的门廊扶手上。他从小车上取出西服外套,把它搭在胳膊上,正要用另一把钥匙开门,门把手却在他手中拧动了。他知道妈妈还没睡,正在等他呢。

"他回来啦。"她坐在她那把柔软的灯芯绒椅子上说道,仿佛是对着房间里的另一个人说话,并且松了口气。

科蒂斯在身后关上门,推上门闩。

"真好看,"妈妈说,"领带还有这全身装扮。"

科蒂斯点点头。"谢谢。"

"正洗耳恭听呢。"

他只是耸耸肩。

灯罩是深绿色的,与其说是让光透出来,倒不如说是把它遮住。漏出来的光线则胡乱打在墙纸的藤蔓花园图案上。

"看来进展不太顺利啊。"妈妈说。声音疲惫而飘忽,听起来像是一直喘不过气。"从你脸上看出来的。"

"我没事。"科蒂斯说。

奥尔奇德·梅休沉默了一会儿,只是看着他。房间另一边的盒式风扇发出嗡嗡的闷响,却只是把热量推来推去。尽管如此,奥尔奇德还是裹着她最喜欢的那条旧毯子,只露出她那张橄榄棕色的脸和瘦削的双手,她的头上蒙着灰色的围巾,双脚藏在毯子褶皱下面,不过科蒂斯知道她穿着那双磨损严重的皮拖鞋,跟平常一样。

"我告诉过你不要送她带别针的东西。"她说。

"什么?"

"别针。"她重复道。然后她轻轻地喘了口气,仿佛光是说出这个词就已经耗光了肺里的空气,"送女孩带别针的东西会倒霉的。我告诉过你。"

"没有,妈妈,"科蒂斯说,"你没有。"

"哦,"她说,"那你也该知道。所有人都知道。我当时看见你要送她的那个胸针,我以为你是想故意把事情搞砸了。"她面露苦相,脸上深深的皱纹变得更深了。她个子瘦小,身体虚弱,颧骨像两把小刀一样想要扎穿她脸上紧绷的肉。她的眼窝深陷,就跟那个灯罩一样,似乎要困住每一丝想要逃出去的光。她才三十七岁,却很容易被人当成是四十七岁。很多人都认错过。"可怜可怜我吧,"她说,"我的背今晚疼得厉害。可怜,可怜。韶华易逝,你要牢牢把握啊。"

"好的妈。"这些话他已经听过上万遍了;他也像这样回答过上万遍了。

"你吃了吗?"

"吃了些生日蛋糕。"

"看来也没有太搞砸了,你吃了有钱人家女儿的蛋糕。"

他深深地吸了一口热烘烘的空气。没等他打住话头,这些话便

133

已经脱口而出。"我到了那边……我以为我是客人,可是——"

"你不属于那里,"奥尔奇德说,"你知道,我也知道。"一只瘦得像影子一样的手在一条皮包骨头的胳膊尽头动来动去,按摩她的脖子后面。"上床时间早就到了,一直等着你回家呢。"

科蒂斯的嘴闭上了。他再次点点头,这也是他唯一能做的了。

"帮帮我,"妈妈说,不过她已经在尝试自己站起来了,"我要到床上去。一个疲惫的女人……牵肠挂肚地等着。"

科蒂斯扶着她。她就像是一小捆木柴,一碰到火就会噼里啪啦地烧起来。毯子里面,她穿的那件褪色的粉色睡袍像烟一样在她身边飘荡。她那双磨损严重的皮拖鞋努力抓着不堪使用的棕色地毯。每迈出一步,她都要浑身颤抖,一脸痛苦,仿佛全世界的痛苦都钻透了她的骨头。"轻一点。"她一边说,一边稍微斜过身子,让科蒂斯撑着自己。和平常一样,科蒂斯觉得自己几乎是把她搬到屋子里。屋子里虽然也亮着一盏台灯,却仍然满屋阴影。

他扶着妈妈上床,让她靠在一堆枕头上。"厨房里还剩了些鸡胗和茶,"她一边说,一边钻进被子里,"自己去吃吧。"

"好的妈。"

"亲亲我。"妈妈说,于是科蒂斯亲吻了她的脸颊。她一只手抚摸着科蒂斯的头发,拍拍他的肩膀,然后叹了口气,看着天花板上的裂缝,像是看着亘古不变的星空。

"晚安,妈妈。"科蒂斯一边说,一边出去。

"你不后悔你去了?"他正要关门,妈妈突然问。

"蛋糕不错。"他露出一丝微笑,回答道。

"又学你爸爸的模样。头铁得很,和他一个样。就算响尾蛇咬了你,你也不会喊疼。"

"晚安。"科蒂斯又说了一遍,不过她还有话要说,而且他知道。

"我不知道我明天还能不能去教堂。我的后背疼得厉害。"

"去外面走走对你有好处。"

"这么热的天?我觉得我都要化了。不过你去吧,告诉大家我下周日无论刮风下雨都会去的。"

又是这样。这是一个重复过很多次的仪式。科蒂斯说:"我会的,妈妈。"在他关上门的同时,妈妈伸手关掉床边桌上的台灯,屋子陷入一片深沉的宁静。

进了他自己的屋子里,关上门,他打开头顶的灯泡,然后点亮自己床边的台灯,给屋子里带来温暖的光。他用刷子刷了刷西服外套,然后把它挂进衣柜里。他的房间一尘不染,床上整整齐齐——每天早上出门上班前都会铺好——每一样东西都在各自的位置上,干净整齐,就像老螃蟹说的那样。他开始脱衣服准备上床,就在这时,他心里有什么东西似乎撑不住了,就像一栋精心建造的房子,地板上出现一道裂缝,并且开裂崩塌。他来到孤零零的窗边,缓缓地坐到椅子上,感觉如果他以后还能动弹,那就一定要让另一个科蒂斯·梅休——一个更强壮、比今晚的自己更有活力的人——来帮他站起来。

他聆听着这个夜晚。有条狗在附近叫唤。那条狗名叫"高手",是路对面的奥布里家的。外面还有音乐……有人在吹小号,断断续续,忽隐忽现,就像是用一台出故障的收音机听的一样,不过科蒂斯知道那是乔治·梅森,他仍然在码头工作,1920年,科蒂斯六岁,他父亲在那个码头遭遇飞来横祸。听着小号的呜咽,你能分辨出梅森先生的心情,而今晚的音乐听起来就像科蒂斯的心情一样受伤。

他用一只手揉着脸。他怎么会这么蠢?居然以为……没错……居然以为自己属于那里。他怎么能让自己觉得自己会在那个世界里受到欢迎?

他需要一个倾听者。哦,今晚他多么需要一个倾听者啊。

他在头脑中酝酿着这个词,让这个词变得强烈而清晰,然后他用他自己的波长把这个词发送出去。对他来说,这个波长和所有用天线发射到空中的无线电频率一样不可思议,只不过这个频率是他的,他拥有它。

喂。他在头脑中说。

他等了一会儿,可是没有反馈。

喂。他又试了一遍,这次稍微加强了些。

还是没有回音。好吧,也许她这会儿已经睡了。有时候他发出呼叫,她也没有回答,所以——

喂。她回复了,尽管在他的脑海里,这句话是他自己的声音,可它听起来还是有所不同……某个抑扬变化,某个重音的不同……于是他知道,她在线上。

你要睡了?他问。

停顿片刻,她说:只是躺下了。

哦,我不想打搅到你。

我其实不困。她回答。

我也是。你今天过得好吗？

又是一个短暂的停顿，然后她说：我弟弟今天挨了一顿鞭子。他横穿马路，去看冰淇淋摊。

哪条街？

好一会儿没有回答。科蒂斯笑了。他当然知道她是个女孩——她告诉过他——还知道她今年十岁，也是她告诉他的，不过她不肯透露她的名字、住在哪里。科蒂斯猜想她住在城里什么地方，因为他觉得自己不可能听到几英里之外的人的声音，不然的话他可能不论白天还是黑夜都会听到其他人的声音，而且很可能是那些根本不知道自己在和别人说话的人。他自己的能力是在他九岁那年开始一点点显现的，所以他想也许那个女孩也是这样，不论她是谁。他们已经像这样断断续续聊过四个月了；当然不是每晚都聊，不过每周都要联系一两次，就像两个快要入睡却还没有彻底睡着的人。有时候白天他也能听见她的声音，不过都是"噢"，或者"该死"，或者"哦不"之类的，就像是她撞到脚趾了，或者把课本掉地上了，或者诸如此类的不顺利，让她说话语气重了些。为了表示尊重，他从来不做回答，除非她先说"喂"，而且如果科蒂斯打过两次招呼后都没有回答，那他也不会再催促。

就是那条街。这个十岁的神秘女孩回答，科蒂斯知道她很聪明，不会再透露什么了，因为她仍然在思考和探索她自己的能力，她很可能还不能稳定掌握它。

你知道我是个真人吧？科蒂斯问。

我爸爸说你不是。他说你是我编出来的，根本没有个科蒂斯。

我妈妈的名字就在电话簿里。我早就跟你说过了。他可以——

爸爸说不准我再这么做了。她说。

尽管在科蒂斯的脑子里是以他自己的声音反映出来的，但她的语气还是很强烈。他觉得女孩的能力也许比他在那个年纪时还要强，而她才刚刚开始学习。他想起自己曾经的困惑，那会儿他还是个小男孩，有一次听见自己脑袋里有人在说话，听起来像是赫莱博夫斯基先生在肉店柜台后面自言自语时所用的那种语言。科蒂斯费尽周折才确认自己并没有疯掉——听到奇怪的语言，还有人在他脑子里说话，而且他知道这根本不是自己脑子里的念头——可是他已经熬出来了，如果运气好又有人指引，这个小女孩也可以。

一大堆运气和指引，他想。不然遇到这样的事情，人会疯掉的。

你做不到的，他回答，你就是有这样的能力，和我一样。

我不想要这个能力，她说，他听见这句话语调颤抖，像是她把这件事当成了一场灾难，或者是一种诅咒，会给她带来一生的困扰。

也许真会是这样，这要看她如何应对。

科蒂斯等了一会儿，让她平复心情，然后他说：我自己今天也算是挨了一顿鞭子。

没有回答。

他等待着。她已经走了。科蒂斯心想，不过他能够保守住自己私密的内心活动，不会发送给她。他也不知道自己是怎么做到的，尽管他能察觉到，他发送思想时用到的是头脑中的一个不同的地方，有点像是他的私人全套无线电设备中的一个不同的电台。心灵感应，图书馆里的书是这么称呼它的，听起来的确像是某种让人骨头扭曲变形的害人疾病。

他不想再打搅她了。她今晚不会再出现了，也许很长一段时间都不会出现了。科蒂斯准备从椅子上站起来。他也该脱衣服睡觉了，因为星期天早上要——

今天出什么事了？她突然问道，谁抽你鞭子了？

科蒂斯停下动作，然后在椅子上放松下来，集中全部能量，把这番话发送出去，送上这段从头脑到头脑的奇异旅程。我想是我抽了自己一顿吧，大体上。我以为我被一个姑娘邀请去参加她的生日宴会了，我有点儿喜欢她。**喜欢过**，我是说。结果她只是想让我去那儿当个傻子。所以我没有待太久。

哦。你给她带礼物了吗？

带了。

好看吗？

在我能负担的范围内，好看。

你没有把礼物留给她吧？科蒂斯没有立刻回答，于是她接着说，你真的把礼物留下了。

是的，留下了。

我去赖恩·巴克纳的聚会，我给他带了个漂亮礼物，结果他在学校里对我态度极差，于是下个星期我告诉他，要是他不好好表现，我就要把礼物拿回来。反正我也不想去参加那个愚蠢的聚会。就是这么回事。

就是怎么回事？科蒂斯问。

不是所有人都配得上拥有漂亮礼物，她回答，就算他们收到了，也压根儿不知道自己得到了什么。

科蒂斯对着墙壁慢慢露出微笑。他说：这一点，我相信你说的对。

安静了十几二十秒，然后她回来了，说：你心情不好，我很难过。

就快过去了，而且实际上，已经过去了。不过我要谢谢你。

我该睡觉了，科蒂斯。

好。我也要上床了。倒头就睡。

他正要解开鞋带，女孩的话却让他停住了。咱们是不是有什么毛病？我是说……这种东西。

这个问题她早就问过好几次了，于是科蒂斯的回答也跟过去一样。咱们只是和别人不一样。咱们没有毛病……只是不一样。所以……要是你肯让我拜访你爸爸妈妈，把我所知道的真相告诉他们，这样对你大有好处。

不行，她也和往常一样说道，我不能这么做。也许以后有机会，可是……现在不行。

好吧，不论什么时候，只要你准备好了，我随时都可以。

晚安。她说。

科蒂斯回答：晚安。这一次，他感到自己与女孩的头脑之间就像是切断了实体联系，原本充满能量、电流嗡嗡响的地方变得一片空白，在他看来，这又是一个信号，说明女孩正变得越来越强大，很可能比他在这个年龄时还要强大。

他猜想如果女孩不让自己帮助她，那她前面的路将会非常难走，可是天知道她爸爸妈妈对这件事是怎么想的。就像他自己的妈妈，一度以为他一下子变傻了，直到他们去见了夫人。

此时此刻，他什么也做不了，于是他由它去了。

科蒂斯脱掉衣服，穿上被他当作睡衣的圆领衫，钻进被子里。他从床边桌上拿起一本书，这本书他几乎每晚都要读，尽管他早就从头到尾读过好几遍了。托马斯·马洛礼爵士的《亚瑟王之死》他怎么读都读不够，尽管他一直不知道书名还有书里的一些单词应该怎么读，但这个小问题对他来说一点都不重要。重要的是贵族骑士的故事和他们的伟大冒险。

他读了一会儿，直到困得看不下去了，于是他关掉台灯，沉沉睡去。

第十章

"鲁登米尔先生,请见谅,有个人要见你。我告诉过他你正在忙。"

杰克·鲁登米尔,四十四岁,以他名字命名的蒸汽船货运公司的老板,伸手按下桌子另一边的对讲机通话按钮。"爱丽丝,"他干巴巴地说,"维克多和我*真的*很忙。我说过不准人打扰。清楚了吗?"

没有回答。鲁登米尔看了看他的公司律师维克多·爱德华,耸耸肩。突然,办公室的门打开了,没有按照惯例敲门然后等待许可。爱丽丝·特里维连走进来,手里拿着一个棕色的马尼拉纸信封。她说:"对不起,先生,可是那人坚持要我把这个交给您。"她把信封放在鲁登米尔面前的深绿色记事本上,挨着他和律师刚才正在研究的合同文件。"我告诉他你在跟人谈事情。他说——"说到这里,她顿了顿,因为杰克·鲁登米尔是个好老板,给的工资也很高,不过当他下达命令时,他希望别人能够遵从,而此刻她在老板那双浅蓝色的眼睛里看到了一道闪电,像是随时都能把惹毛他的人烧成灰烬。可是她没得选,她必须说下去。"他说他不亲自见到你就不会离开,哪怕是等上一整天。他说他要和你单独见面。"

"他娘的他以为自己是谁,该死的休伊·朗[1]吗?他是怎么过了罗杰那一关的?"

"德拉克洛瓦先生打电话告诉我,这个人非常强硬,一点都不夸张。他跟我说他要放他上来,让我来决定怎么应付他。"

"我可没有时间听这些废话!"鲁登米尔把信封推开,可他的手指摸到信封里有个硬东西,感觉像是块金属。他的好奇心跳了起来,咬住了他。"真他妈的见鬼了!"他说道,然后他撕开信封,想看看里面究竟是什么。

又过了几秒钟,他用克制的语气说:"维克……咱们休息一下,好吗?"

"那里面装的是什么?"

"以后再谈。"鲁登米尔不容置疑地回答,这是一个信号,于是维克多从椅子上站起来,溜走了。这位年近六旬的律师有着老政治家的庄重气质,他盖上了他的白色派克钢笔,站起身来,从他的办公室与鲁登米尔办公室之间的门离开了。维克多一关上门,鲁登米尔就对爱丽丝说:"他叫什么名字?"

---

[1] 美国民主党籍政治人物,曾任路易斯安那州州长、联邦参议员。他在1935年宣布参与竞选总统,不久遇刺身亡。

"他不肯说。"

"好吧，该死。好吧，告诉他我可以给他十分钟时间。下次你再不敲门就进来，我就得踢你的屁股。"爱丽丝离开后，鲁登米尔从撕开的信封里掏出什里夫波特警探的警徽，放在他的记事本上，盯着它看，以确保他看得清楚。虽然他在那里还有一些规模有限的生意，但他已经离开什里夫波特将近十一年了；这回可能是有什么事呢？

没过多久，那个警探就大步走了进来，就像这地方是他的一样。这人中等身材，不是很有气势，比六英尺二英寸的鲁登米尔要矮四英寸。他穿着深蓝色的西装，白色衬衫，系着黑色领带，戴着一顶黑色的绅士草帽。一身谈正事的打扮，鲁登米尔想。这个人长相帅气，带着一丝阴柔，像个年纪大了的唱诗班男孩，不过他眼神冷酷。事实上，他的眼睛里有一种死气，让鲁登米尔觉得很不舒服，鲁登米尔顿时感到脖子后面有一种不祥的刺痛。

"谢谢你。"警探对爱丽丝说，但爱丽丝站在原地，看着她的老板，直到鲁登米尔挥手让她离开。"请把门关上，夫人。"警探指示道，而她本来也正想这么做，于是比平时更用力地关上了门。

鲁登米尔既没有站起来，也没有主动与那人握手，警探也没有主动伸出手。两个人都没有一丝笑容。

"我叫约翰·帕尔，"警探说，"这是我的名片。"他把名片从钱包里摸出来，放在记事本上，和警徽放在一起。

鲁登米尔花了几秒钟审视它。白色的小卡片上用黑色的字母印着"约翰·奥斯汀·帕尔"，什里夫波特警探，警徽编号511，下面是警察局长的名字,丹尼·迪尔·贝泽尔,还有警察局的地址,以及电话号码OR7-1572。

警探拿起他的警徽,把它放进他的大衣内袋里。大衣敞开时,鲁登米尔看到他系着一个肩背式枪套,里面似乎插着一把点三八转轮手枪。

"我从什里夫波特过来,开了一夜的车,今天早上才到这里,"男人说,"我又热又累,而且心情不好。我知道要进来见你很困难,我不得不威胁了楼下的那个家伙,但这件事非常重要。我没有给其他人看我的警徽,也没有告诉他们我是谁,我想几分钟后你就会感激我的。"

"这是怎么回事?"

"一个绑架阴谋,先生,"这个被金吉尔·拉弗朗斯叫作珀利的人说,他一直在维持着自己的注意力,尽管鲁登米尔办公桌后面巨大的景观窗户让他大受震撼,这扇景观窗户将密西西比河和码头的景色尽收眼底,公司的蒸汽船正在那里装卸货物。"你的孩子有危险。"

"我的孩子?什么?"

"我们收到消息,"珀利继续说,"有人计划绑架你的两个孩子。你有一个女儿,十岁,一个儿子,八岁。对不对?"

"等一下!打住!"鲁登米尔举起一只手,仿佛要一把抓住时间本身并且拖住它。警探那双硬邦邦的死人眼冷冰冰地盯着他。"你是什么意思,你们收到消息?"

珀利摘下帽子,走到独立的竹竿衣帽架前——鲁登米尔自己的泡泡纱西服外套就挂在上面。他把帽子挂在一个挂钩上,然后站在那里,透过那扇巨大的窗户,看着鲁登米尔产业的宏伟景观。

机灵点儿,在他离开什里夫波特之前,金吉尔曾对他说,能不能让他相信,就看你了。我们会做好我们的工作的,但你必须拿出正确的态度,说正确的话。

听着,他回答道,我这辈子都在为这件事做准备。万一出了岔子,我就离开……但是我知道到时候该说什么,该怎么做。

"帕尔警探,"鲁登米尔的声音里透着紧张,"我在问你呢。"

这个计划定下来还不到一个周,就在唐尼抵达联盟车站之后。这是金吉尔头脑风暴想出来的,但珀利加入了他自己的元素。我要让他看到枪,珀利说,这样能大大刺激到他。

他到底害不害怕?他腋下正在出汗,不仅仅是因为天热,而是因为他与其说害怕,不如说是亢奋。当他第一次看到那座巨大的灰石建筑时,看着那块巨大的牌子,上面写着"鲁登米尔航运公司",他就意识到他们要钓的鱼有多大。那是一条大鱼,拖拽它时用力要恰到好处,不然的话,它要么会溜走,要么就会转身朝他冲来,像咬住用作诱饵的虾一样把他撕成两半。害怕吗,并不……但这桩买卖的风险很高。也许他的肠子会时不时地抽搐一下,但他不敢让自己的语气里混进一丝焦虑。他是约翰·帕尔警探,一个硬汉,带着一把点三八转轮手枪,并且知道怎么使用——曾经用过,而且不止一次。如果他能让自己相信这一点,那么让这个名叫杰克·鲁登米尔的瘦高条儿——不过是个穿裤子一次只套一条腿的普通人,和所

奥尔奇德与铁头乔的儿子

有被罚骑铁轨[1]的流浪汉没什么两样——相信自己就是小菜一碟。

"上周一,"珀利一边说,一边盯着在斑驳的早晨天空下像是披着棕色盔甲的河流,"我们逮捕了一个被指控闯空门的当地人。他有前科,服过一阵子刑。这次他大概要在安哥拉监狱里关上大概十五年。他一听说判决结果,就开始告密了。似乎是想和地方检察官做个交易……帮他破坏绑架你孩子的企图,以此获取减刑。"珀利把他的注意力集中在鲁登米尔身上,这人尽管已经四十四岁了,看起来却还跟他在路易斯安那州立大学当篮球运动员时一样健壮;鲁登米尔的头发是红棕色的,修剪得很整齐,两鬓有几丝灰发。他那张棱角分明的脸上因为操心生意而长出皱纹,但他似乎仍然身体健康,而且头脑敏锐。他穿着一件浅蓝色的衬衫,袖子卷到小臂上方,露出虬结的肌肉和鼓起的血管。他的领带是红蓝条纹的,领带扣松松垮垮,像是遵循了生意人那种打了领带却并不刻意在乎的习惯。

"这个重刑犯,"珀利接着说,并且为自己一时兴起用到这个词而暗暗高兴,"在一个与他同样完犊子的圈子里厮混,我希望你能原谅我的用词,可这个人就是得这样形容。"

鲁登米尔点了点头。

我已经拿捏住了他。珀利想。金吉尔在他身上下足了功夫……这位曾经的路易斯安那州立大学篮球运动员,出了名的满嘴脏话,而现在,两个男人在用同样朴实的语言交流。

---

[1] 骑铁轨是18—19世纪美国常见的一种私刑手段,即让受刑人骑在一段铁轨上,被人扛着游街,或带到城外扔到路边。

"所以这个混蛋想做个交易,争取减刑,"珀利说,"他听到一些小道消息,说是有人密谋绑架你的孩子。"

"他听说了什么?"

"眼下他什么都不肯说。"

"所以你也不知道他说的是真话还是假话?"

"还不确定。"珀利顿了顿,以达到效果,然后他说,"你想冒这个险,认定他在撒谎吗?"

鲁登米尔没有回答。他看着自己放在面前记事本上的双手,两只手的手指像是在自行其是般地掰着指关节。

"我们之所以在这件事上如此大动干戈,"珀利压低声音说,"是因为这坨屎可以选择任何人来撒谎。什里夫波特有的是公众人物,都可以被他说成是绑架阴谋的目标……或者说,他们的孩子是。如果他在撒谎,那他为什么选择你的家人来撒谎?"

"因为我他妈的有钱,这就是原因。有时这也是一种负担,我这就能告诉你。但是老天哪,你就只知道这些吗?这个狗娘养的不想被关进安哥拉?"

"不止这些。他提到了一些我们知道的名字。其中一个我们认为是去年阿肯色州一个医生妻子被绑架的案子里的从犯。此外,他还告诉我们一些关于本地区其他盗窃案的有趣事实……帮助我们在有人受伤之前抓住了几个我们一直在寻找的人。他说等检察官同意交易了,他会告诉我们更多事情,现在的情况就是这样。"

"这些名字你都知道。你为什么不把他们抓起来,把他们拷问一顿?"

"我们正在追捕,先生。只是时间问题,我们会把他们一网打尽的。"

鲁登米尔坐回椅子上。"我的上帝,"他轻声说,好像刚刚才意识到事情的严重性,"绑架我的孩子?"

"如今的世道,这种事情时有发生。"珀利一边说,一边看着那人的脸因为忧虑而变得清晰的皱纹和茫然的表情,珀利真希望自己可以拔出枪来,把这个路易斯安那商人的光辉形象轰到另一个世界。鲁登米尔是多么愚蠢啊,竟然觉得自己很聪明!这就像是一个瞎子被骗走下悬崖,偏偏他还相信只要往下走一点点就能得到一双新眼睛。

在下一瞬间,鲁登米尔恢复了理智,他强大的人格力量又冲了回来。他说话了,声音刺耳。"你已经让这里的警察和你一起工作了,对吗?"

"啊,"珀利说,"这就是问题所在。"他抓着鲁登米尔办公桌前的空椅子,把它转过来,让椅背对着鲁登米尔,然后坐下。现在到了一切都要靠珀利的才能的时刻。金吉尔也为这个故事贡献了一些智慧,但要让它发挥作用,就得看珀利的。不过就算不成功,他想他仍然可以全须全尾地离开大楼。他冷静平和地说:"我们不想让这里的警察参与其中。"

"什么?"

"和我没有给任何人看我的警徽的原因一样。我们想让这件事保持低调。"不等鲁登米尔再次开口,珀利继续说下去,"贝泽局长已经把这个案子交给了阿伦队长,所有警探的头子。阿伦队长让我来这里，进行接触，并且负责这一头的工作。我们不希望发生的事情，先生，就是让这件事登上任何报纸。"他不得不停顿几秒钟，在这几秒钟里，他在脑子里过了一遍他和金吉尔一起拼凑起来的整套说辞，发现它的确毫无破绽。他抱着胳膊，靠着自己面前的椅背。"我们可以控制什里夫波特的记者，"他说，"但我们控制不了这里的。恐怕你也做不到，何况这种故事很容易炸开锅，并且很快就会谣言满天飞。"

"这是坏事吗？"

"可能是这样。假设这个混蛋在撒谎。好吧。可是外面什么人看到了这个消息，于是生出这个念头，觉得也许他可以自己动手，尝试绑架你的孩子。或者别处某个从未想过绑架任何人的人心想也许不妨一试。这些事情就是这样发生的。一个人模仿另一个人，特别是如果他们的目标这么……这么他妈的有钱，"珀利说，并且露出一丝微笑，"不过如今的世道，目标不一定非要那么有钱，"他说，"任何有家室的人都有可能随时被人当街绑架，而且我告诉你，几乎每天都有人这么做——或者尝试这么做。"

鲁登米尔没有任何反应。有那么一瞬间，珀利以为自己不够有说服力，于是他紧张起来……然后鲁登米尔微微点了点头，珀利又放松了。

"我们部门，"他继续说，"可不想对种下任何更多的绑架的种子负责。不管是在这个州还是在别的州都不行。所以，就像我说的，我们可以控制什里夫波特的笔头子，但控制不了这里的。我们只是不希望这件事升级，尤其是在我们问出我们想听到的名字之前。"他看了看手表；现在该开始他今天的拜访全过程中最危险的部分了。"我需要向队长报到，"他说，"介意我打个长途吗？"他朝鲁登米尔左手边桌面上的电话一点头。

鲁登米尔按下了对讲机上的一个按钮。"爱丽丝，给我接长途电话。"大约十五秒后，秘书回复道："接通了，先生。"

珀利拿起听筒。他的手心湿乎乎的。如果这招不起效果，那就没戏了。"接线员，"他说，"给我接什里夫波特，OR7-1572。"他听着电路连接时的各种咔嚓声，等待着。他的心跳得更厉害了。电话开始响起。一声……两声……接电话，该死的。他想，然后她接起了电话。"什里夫波特警察局。你有紧急情况吗？"

这样说是为了应付鲁登米尔想自己打电话的情况。珀利说："露丝，我是约翰·帕尔。请让我和阿伦队长通话。"

"请稍等，约翰。"她回答说，她的角色确实演得很好。

一个短暂的停顿。唐尼接通电话时只说了一句："有事？"

"队长，我在杰克·鲁登米尔这里。我已经解释了情况。你有没有什么话要和他说？"尽管唐尼没有说话，珀利还是说，"好的，长官。"然后把听筒递给桌子后面的人。

现在，珀利知道，轮到那个该死的爱冲动的年轻人了。唐尼到达火车站后不到一个小时，他和金吉尔就在回什里夫波特的车上互相咆哮，因为这孩子本来应该带一百块钱来入伙的，但他只带了三十二块七十四分，还是他从他母亲鞋盒里偷出来的。如果唐尼没有处理好这件事——哪怕这孩子在克莱门汀酒店的走廊里对着公用电话的话筒说话时，金吉尔就站在他身后——那么整件事情都会变得不可收拾,而珀利意识到,他只有在察觉到鲁登米尔已经有所察觉之后才有可能知道这一点。

但就目前而言,鲁登米尔还正在听。然后他说:"谢谢你,队长。这件事把我搞得晕头转向。是的,我很感激。好的,我会的。"

珀利知道,如果唐尼按照剧本行事,那他刚刚应该胡扯了些什么内容。很抱歉,突然告诉你这些。这是很严肃的事情。帕尔警探是个好人,他一定会竭尽全力的。我们都会的,请你放心。

突然,鲁登米尔猛地一打方向盘。"介意我问一下雷·卡利的情况吗?"

珀利感到他那颗剧烈跳动的心提到了嗓子眼;他有一种在雨后道路上以六十英里的时速飙车,突然无法控制转向和刹车的感觉。

"我问是因为卡利局长是我小时候的童子军领队,"鲁登米尔在电话里说,"我猜他几年前就退休了?"

珀利在沉默中等待着。他希望唐尼正在电话另一头说些什么。然后鲁登米尔说:"我想他可能会去南方,因为他喜欢钓鱼。当然,当然。谢谢你帮我关注这件事。但愿别有坏消息。"他把听筒递给珀利,"他想再和你谈谈。"

"是的,长官?"珀利对着电话问道。

"我他妈吓出了一身汗。"唐尼说。

"我会的,长官。谢谢你。"

"亲我的屁股吧。"唐尼回答,然后挂断了电话。

珀利把听筒放回到架子上。等他回到什里夫波特,他一定要大发雷霆,他猜想金吉尔已经在揍唐尼的屁股了。万一有接线员一直在听怎么办？你永远不知道。

"他听起来真是个硬茬。"鲁登米尔说。

"他是的。"珀利想试探一下，确认这个人真的没有一丝察觉，"你说卡利局长是你的童子军领队？我加入警局时他已经走了。"

"你在那里多长时间了？"

"快三年了。我在那年四月份参与调查蝴蝶人[1]的案子。在那之后，我想我什么事情都受得了。"

"是的，我读过那个案子的报道。真他妈可怕。"鲁登米尔皱着眉头看着电话，"我是想问你们队长，我能不能跟谁透露这件事。我的家人或任何人。天哪……我的妻子——简——她总是紧张兮兮的，她会担心死的。我不能告诉她，这是肯定的。我的律师不久前才来过这里。我可以告诉他吗？"

珀利意识到他的态度必须斩钉截铁，因为他不想让鲁登米尔拨打名片上的电话号码，而且名片必须留在他那里。那张该死的名片珀利在打印机里过了八次，金吉尔才说她认为它看起来足够干净，可以拿给任何有眼光和头脑的人看。"我昨天从队长那里得到的指示，"他说，"知道这件事的人越多，报纸就越有可能听见风声。当然，这取决于你，但我的建议是，你至少在这段日子之内不要说出去。"他决定迅速转换话题，"你雇保镖了吗？"

"我的司机。他叫克莱·哈特利，几年前当过休斯敦警察。他受过枪械训练，手套箱里总是放着一把手枪。"

---

[1] 1934年4月发生在什里夫波特的一起恐怖命案。

"他住在你的房子里吗？"

"在车库楼上有一间公寓。孩子们和简不论去哪儿都是由他护送。"

"很好。"珀利说，但他心里想的正好相反。不过，这也在意料之中，而且至少用不着担心多个保镖。现在是他行动的时候了；继续在这里待下去太消耗运气了。他站了起来。"借支笔？"他问，鲁登米尔给了他一支。

珀利把他的名片翻过来，打开钢笔的盖子，写了起来。"我在布罗德街的路易王酒店，十六号房间。"路易王，16号房，他写道，"房间里没有电话，但你可以通过前台联系到我。"他把名片放在记事本上推到鲁登米尔面前。"在阿伦队长命令我返回什里夫波特之前，我要一直待在这里，每隔几个小时就要向他汇报一次。接下来一两天，无论如何都会有一些进展。"

"路易王是个垃圾场，不是吗？"鲁登米尔问，"我出钱，给你找个房间里就有电话的旅馆。"

"谢谢你，先生，但是不行。政策禁止这样……而且，无论如何，要是我的未婚妻发现我把她扔在波西尔城，自己却在新奥尔良住得很舒服，那件事就永远都没个完了。"珀利露出一个让人疑虑顿消的微笑，但这微笑仅仅是挂在嘴上。他自己、金吉尔和唐尼为这趟活儿所凑的钱只能花到这份上，而且什里夫波特来的人无论如何都不大可能住得起高级酒店的。他从衣帽架上取下帽子，再次估算一番码头和蒸汽船的景色值多少钱。二十万美金？看看这个蠢货的派头，这点儿赎金可能远远不够。

鲁登米尔站了起来。"你晚餐有什么安排？"

这个问题让他愣住了好几秒钟。"我还没想过这个问题。"

"如果你不能——或者不愿意——让我支付你的旅馆费用，那么至少今晚到我家来吃晚饭吧。在花园区第一街1419号。六点半左右过来，在门口按铃。你可以见见我的妻子和孩子们。"

"啊。"珀利说。他没有预料到会这样，但这是个很好的进展。"嗯……好吧，但你肯定不会介绍我是什里夫波特的警探吧？"

"你是我的一个商业伙伴。我只说这么多。"

"好吧。"珀利握了握那人伸出的手，"我六点半见你。到那时我可能会有更多的消息。"

"嗯……你也许不应该带着枪。"鲁登米尔说。

"别着急，"珀利回答，"我去你那儿只是吃顿饭。"顺便，他想，他要观察一下那两个孩子，那个曾经的警察、如今的司机，紧张的妻子，房子，还有所有的情况。此外，他还能吃上一顿像样的饭菜，而不必一直吃罐头和偶尔吃一回的博洛尼亚香肠三明治。所以，就像金吉尔或许会说的那样，享受这段旅程吧，珀利，一旦上路，就要自己坐在驾驶座上。

"再次感谢你，约翰。"鲁登米尔说。

约翰·帕尔警探点了点头，戴上帽子，离开了办公室。

鲁登米尔坐下来。他盯着对面的墙看了一会儿。他眼皮耷拉着，右太阳穴一鼓一鼓的。他把帕尔的名片翻过来，用手指拂过上面的字。然后他按下对讲机上的"通话"按钮，告诉爱丽丝给他接通长途电话。

第十一章

就在一个自称帕尔警探的人结束了在鲁登米尔办公室里的会面，钻进他停在华盛顿大道上的黑色福特轿车的同时，科蒂斯正踩着自行车直奔特雷米区的刚果广场。他要去办一件急事。

今天早上，他去上班，还没走到更衣室，就被蛐蛐和大聪明拦住了。老板让你一来就去见他，蛐蛐用他那低沉的嗓音说道，中间夹杂着他的假牙磕碰的咔嗒声。说让你别换衣服了，直接上去。

于是，他把自行车和小车停进更衣室，又过了不到三分钟，他就站在楼上那间有绿色玻璃的办公室里，拥有整个联盟车站的大屁股秃头老板一边嘬着半截雪茄，一边问他知不知道温德尔·克雷伯住在哪里——就在刚果广场旁边的圣安街上。柯蒂斯说他知道，他曾多次路过那座房子。

温德尔今天早上没来，**老板说**，也不接电话。你去看看出什么事了。

这是个令人震惊的消息。就科蒂斯所知,老螃蟹没有一天缺勤过。所以科蒂斯——穿着一身棕色裤子和蓝绿色格子衬衫的便服——两条腿狂蹬车子,在平时的上班路上飞奔,心里确信老螃蟹一定是出大事了。就在昨天,克雷伯先生还在抱怨自己消化不良,说他觉得前天在曼迪厨房咖啡馆吃的那块猪排又回到他的肚子里踢蹬起来。科蒂斯希望他只是消化不良,可是他也读到过,说心脏病可能会以这种伪装方式偷偷发作。

他从上班路上拐下来,瞄准老螃蟹的住处,穿过圣彼得街,进入堪称圣地的刚果广场。广场上有些地方长着草,不过大部分地方的草都被一代代的奴隶和奴隶的孩子和奴隶孩子的孩子踩进了泥土里。从十九世纪初以来,成千上万的他们聚集在这里,办集市,聚会,演奏音乐,跳舞,有时在火把的火焰和月光下,在伏都教的神灵面前狂欢。现在,科蒂斯蹬着车穿过广场,松鼠蹦蹦跳跳地给他让开路,回到头顶上方橡树上的窝里,这时他听见敲鼓和打镲的声音。他看见一个孤独的鼓手在树荫下摆好了架子鼓,正敲着一串节奏,而在他旁边,一个老妇人正在售卖小车上的苹果和橘子,车子旁边,老妇人摆好了一张躺椅,可以让她躺在枝叶繁茂的树底下乘凉。

在特雷米区居民的心目中,刚果广场的确近乎圣地,对科蒂斯来说尤其如此……不过其中缘由和别人的都不一样。

他的思绪一下子飘回到1923年5月的一个傍晚,太阳刚刚西沉,蓝色的阴影开始爬过广场,广场上亮起一盏盏灯,像是在为十一岁的他和他的妈妈标出一条路来。妈妈握着他的手，正拉着他去一个他不愿意去的地方。

那天傍晚也有鼓声，但距离很远；鼓声低沉，来自广场的另一边，小科蒂斯可以看到那里有火把在燃烧，人影在四处移动……但是动作很慢，就像在发烧时的梦中所见一样。奥尔奇德拉着他走向他们的目的地。上个星期天下午，有个戴着大红头巾的年轻女人来到她家，告诉她要去那里。

科蒂斯还是个孩子，但他显然知道是怎么回事。

我想知道，他的妈妈对那个来访的年轻女人说，我家小子的脑袋是不是有疯病。

他看起来不像个疯子。年轻女人稍作打量，然后说道。

他能听见声音，奥尔奇德回答，有时候那些声音甚至不是英语，而且他也听不懂。又有些时候他能听得十分清楚。这种情况到现在已经有两年了，而且一点儿都不见好转。发发慈悲吧，我都已经百病缠身了，这件事简直跟催命一样。

1923年5月的那个晚上，奥尔奇德拉着科蒂斯朝刚果广场东侧走去，那里的橡树高高耸立，树枝虬结交错。早在第一个奴隶拍着鼓面，向往回到非洲的绿色山丘时，这些树枝就已经很古老了。暮色越来越深沉，科蒂斯看见其中一棵树下有三个人影；一对油灯摆在一张小牌桌上，泛红的油灯灯光照着他们。有两个人坐在帆布椅子上，剩下一个人站着，又过了一会儿，科蒂斯看清了他们是谁，他的双腿一下子僵住了。他的心怦怦直跳，脚后跟像是扎进了土里，可是彼时彼刻——漫长的九年前——他的妈妈尚有一些力量和决心，她一路拖着他走，就像拖着一条五爪鱼钩上不停翻腾的鲶鱼。

他知道他们是要去见一个能帮助他的人，这是听奥尔奇德说的，他本以为又是去看医生，不过现在他明白了，她是要拖着自己去向最强大也最古怪的、把整个特雷米区都笼罩在自己阴影之下的两个人物寻求帮助。

夫人和她的丈夫，月亮先生。实际上，科蒂斯从来没有在大白天里看见他们出来过，所以也许他们只有借着惨白的月光，和油灯灯芯上轻轻摇曳、崩着火星的红色火光，才能投射出他们的影子。

可是他们就在那里。站在他们身后的是那个戴着红头巾的年轻女人，见奥尔奇德和科蒂斯——一个拖着鬼哭狼嚎的另一个——过来，便迎上前去。

"科蒂斯先生来了。"他听见夫人说。她声音温和，不知为何让他想到了清凉的水，可是他大受震撼，因为这辈子还从没有人叫过他"先生"，而且他不知道自己是否乐意被这位伏都教女人如此高看。

在场的另一位先生从椅子上站起来，对着奥尔奇德和科蒂斯稍一欠身。"你好。"他得体地说，可是科蒂斯觉得他的声音就像闹鬼的房子里干枯的骨头发出的嘎嘎声。

"我把我的孩子带来了。"奥尔奇德说道，就好像他们需要被人提醒似的，她把科蒂斯往前一推，像是放弃了一份礼物。

科蒂斯重新站稳，像个雕像一样站着，看向那两个人。在油灯的灯光下——那灯光像圣路易斯一号公墓里的红眼睛幽灵一样飘忽不定，夫人和月亮先生就像是两个衣冠楚楚的鬼影，只不过他们的样子都太真实了。

据说夫人生于1858年，也就是说她那年六十五岁。这里灯光昏暗，她戴着一顶宽边的紫色帽子，于是整个脸庞都笼罩着一层神秘的阴影。科蒂斯以前从未近距离见过她，所以并不知道她长什么样子。不过他听说过不少传言：她曾经是个奴隶，内战前和她妈妈一起从种植园逃出来，躲进沼泽里，在新奥尔良下游的河口一个麻风病人、逃犯和其他奴隶的聚居地长大，在那里，伏都教的神灵们找到了她，并指定她为他们的一员。他听过的传言可比"不少"多多了，比他想听的还要多：她在圣路易街的家里养了一条棉口蛇，还叫它"姐妹"，因为它给她讲过许多秘密；她有一个大行李箱，里面装满了和他差不多大的小孩子干缩的脑袋，而这些孩子都曾愚蠢地从她家前院怒放的巨鼠尾草、风车草和巨大的曼陀罗花组成的绿墙后面走过；她的房子上空和周围有紫色的发光球体不断盘旋，充当着幽灵守卫，据说有时在夜里可以看到这些球体像蜘蛛一样爬过屋顶。

骇人的故事还有很多。科蒂斯注视着这个形似枯瘦女人的可疑身影，这些故事在他脑海里挥之不去。她戴着一顶紫色帽子，穿着一身紫色裙子，瘦骨嶙峋的手臂末端一双瘦削的手上戴着一副紫色手套。她有着非洲最深处、未被白人探险家玷污过的蓝黑色皮肤。

如果说夫人让人害怕，那么科蒂斯觉得月亮先生简直就是让人毛骨悚然了，尽管他是一位彬彬有礼的绅士。当然这并不是他的错，不知是天生如此，还是因为生病，他的半张脸是淡黄色的，而另外半张脸仍然是黑人模样，两边脸的交接线是一串驳杂的斑点，从额头向下，延伸过高挺的鼻梁，直到灰色的下巴，不过这些斑点并不容易看清。他也是个瘦高条，穿着一套惹眼的黑色修身西服，系着一条点缀有红色方块的黑色细领带，戴着黑色高帽和黑色手套，每个手腕上都戴着一块表盘闪亮的手表。他脖子上戴着一条项链，项链上挂着一个镀金的十字架，大小与特雷米区的炖锅里煮过的最大的猪蹄子相当。

"过来点儿，小伙子。"夫人说。

科蒂斯没有动，直到奥尔奇德又朝前推了他一把，可即便如此，他的双脚仍然像是钉在了近乎神圣的土地上。

"我听说，"夫人在帽子底下说道，"你说你听见你自己的钟楼里有声音，发出声响的却不是你自己的钟，咱们不妨这么说。"她的头朝一旁微微一偏，"是这样吗？"

"告诉她，"不等科蒂斯想好怎么回答，奥尔奇德就说道，"快点儿，这会儿可不是扭扭捏捏不说话的时候！"见科蒂斯又在犹犹豫豫的，奥尔奇德便对这位伏都教女人说："他不知道，他这个毛病都快把我折磨死了，夫人！我的背……不好……身体一直很弱……身上担子又那么重，实在没办法弄明白——"

"梅休太太，"夫人语气轻柔地打断她，"德里昂夫人正在煮一大锅秋葵浓汤，你要不要过去看看，看她有没有看着火？"她等待着，直到奥尔奇德点点头，"去告诉她，我说了'鸡棍子'这个词，她准会哈哈大笑，并且免费请你喝一碗汤。"她瞥了一眼戴红色头巾的年轻女人，又看向月亮先生，"你们俩和她一块儿去吧，让科蒂斯先生和我单独待着。快点儿，去吧。"她朝着奥尔奇德挥一挥戴着手套的手,像是拂去桌子上的饼干渣。

年轻女人动作顺滑地走上前去,挽住奥尔奇德的胳膊,月亮先生则一把抓起靠在椅子上的一根黑色手杖。

"跟她说实话,科蒂斯。"奥尔奇德说,这句话是一道命令。她再一次把忧伤的目光投向夫人,垂下嘴角,"你知道我六年前没了丈夫,"她说,"我是说码头上的那次意外。"

"我全都知道,"夫人回答道,"我当时就为你感到难过,我现在也为你难过。去吧,给自己弄一碗汤,开心点儿。"

奥尔奇德还要说什么,可是年轻女人轻轻地拉了她一下,于是奥尔奇德最后看了科蒂斯一眼,眼神中带着一丝急切,然后由着自己被拖走了。月亮先生拿着他的手杖,蹭着科蒂斯从他身旁经过,在空气中留下一道檀木和柠檬的香气。

三人都去了德里昂夫人的汤锅摊子那里,夫人深深地吸一口气,然后吐出来。"现在咱们能谈谈了。"她说道,语气里带着一丝解脱。她朝科蒂斯扬起脸。科蒂斯看见灯光照着她高耸的颧骨,骇人的鼻梁和祖母绿色的双眼,这双眼睛把科蒂斯吓了一跳,因为它们看起来就像是一双熊熊燃烧、拥有暴烈能量的酒精灯,仿佛只要她愿意就能把什么东西彻底烧毁。

"我猜,"她说,"你早就听说过有关我的各种传闻。能吓得小孩子做噩梦的传闻。你知道我在说什么。"

科蒂斯强迫自己点点头。

"咱们这会儿不是要回顾那些……"她停下来,寻找合适的词句,然后说,"捕风捉影。"她说:"我想知道那些声音的事。你妈妈担心坏了,你知道她是爱你的,不然你也不会站在这里。哦,听……是不是很好听?"蛐蛐们叫了起来,橡树丛里传来"啾啾……吱吱……"的声音,那是夜晚的昆虫从白天的酣眠中醒来时的叫声。

科蒂斯不由得打了个哆嗦,尽管空气又湿又热。他强压下心中的莫名恐惧,因为现在该他说话了,而且他也没有必要继续隐瞒。"我其实并不是……能听见声音。"他说。夫人没有作声,于是他继续道:"我听见的是我自己的声音。只不过……很难讲清楚,有点儿……我知道我听到的是别人的话。我是说,用的是我的声音。我认得这个声音。只不过……所说的内容……并不是我在自言自语。这一点我很确定。"

"你很确定?"她问,听起来像是一句反问。

"就算没有上帝降临来告诉我,我也十分确定,"他回答道,又觉得这样说话实在鲁莽,于是补充道,"请原谅,夫人。"

"那你又凭什么这么确定呢?你妈妈说,声音是从你爸爸离开这个家以后才开始出现的,她觉得是那件事情让你的脑子出了问题。说她带你去看过两个医生,可是他们都说那是你的想象,很快就会消失。说她想尽办法也不知道该怎么治好你,并且日复一日都快把她逼疯了。所以你凭什么能这么确定?"

科蒂斯感到忍无可忍;这个伏都教女人说话的方式,那语气里像是在大把地往外蹦辣椒,让他自己的辣椒浓汤也沸腾了起来。"我听见有人在用别的语言说话,"他说,"我猜是市场上的达内利先生说的唉大利语。"

"是意大利语。那个词要这么念。不这么念会显得你很没有文化。"

"好的，夫人。"他回答道，又一耸肩。"我一个字都听不懂。它就这么出现了，然后就再也没有听到过。"

"不过还有别的声音。"

"有时候。其中有一个声音听起来非常遥远……某个人对着别人大喊大叫，听起来像是这样。是个男人，说了一堆脏话。"

"你怎么知道是个男人？"

科蒂斯又一耸肩，不过夫人在等他回答，于是他回答道："他说某人应该来吃他的那玩意儿。"

"哦。"她是不是在偷笑？看不清，有帽子遮着。

"不过我分得清那人是男是女，"他继续说道，"我也不知道该怎么说，就是说话语气上的一点儿差别。"

"那么你能分辨距离吗？"

"有些声音比别的声音大一些。我是说……我并不能听完整。它们就是凭空出现又凭空消失。"他正了正肩膀，直视着她，"这并不是在我爸爸走的时候开始的。那时候我才八岁。我开始听见声音是在九岁。"

"你能回答那些声音吗？"

"我不知道，夫人，我从没试过。"

"你现在能试试吗？在你头脑中说点儿什么，看看我能不能听见？"

"好的，夫人。"他说，然后他闭上眼睛，默念你好。他看到的不是这个词，而是一团模糊的金色虹彩从他的脑袋里飘出，逐渐提速,越来越快地离开他,直到它像是长出了翅膀,像一只灵巧的鸟儿一样飞过树林,消失了。

"没听见,"夫人说,"再试试看。大声点儿,你可以的话。"

他照做了,这一次他紧紧闭上双眼,咬紧牙关,把这个词想象成一声穿越空间的呼喊,于是——你好——像一个模糊光团一般飞走了。

"听不见。"夫人说。

"我已经尽力了。"科蒂斯承认道。

夫人沉默不语,广场上的橡树丛里却充满生气勃勃的响动,夫人像是在聆听,仿佛其中的小生灵们像她的蛇"姐妹"一样,在向她倾诉秘密。"他们管你爸爸叫'铁头',不是吗?"她问。

"是的,夫人。"

"知道为什么吗?"

"不知道,夫人。"

"那场意外,我听说,焦油桶从装卸台上掉下来,先是砸中他的头,然后砸断了他的肩膀和肋骨。可是他的头就像是铁做的一样,连个印子都没留下。真的,他一定是长了个特别结实的脑袋。"

"我猜是吧。"科蒂斯说。

"过来。"她告诉科蒂斯,尽管他觉得自己已经站得非常近了。她开始摘下手套。在科蒂斯——不情不愿地——遵从吩咐的同时,她把双手放在他的头上,抚摸着他的颅骨。"你头疼吗?"她问。

"不疼,夫人。"

"你知道明天会发生什么事吗,还有后天?"

"不知道，夫人。"科蒂斯回答道。他差点儿被这个问题逗笑了，因为如果他昨天知道今天要来这里，那他早就假装肚子疼，然后赖在床上了。

她的双手一直在他头上摸来摸去。她的手指就像铁条一样。"我要告诉你一件事情。我跟这里的某个人有些过节。另一个女人。她不怎么喜欢我。我要默想她的名字，你来告诉我有没有听见它。开始吧。"

科蒂斯聆听着，却只听见树上的声音。"没有，夫人，我没听见。"

"那好吧。我在盘算要不要马上离开新奥尔良。想到了三个可以定居的地方。都是些安安静静、没有纷扰的好地方。我在想这几个地方的名字。你能说出其中的一个吗？"

"不能，夫人，"他说，"我做不到。"

"呵。"她回答，语气里既有恐慌又似乎有一丝确信。她一只手摸过他的前额，指尖掐进肉里，然后检查似乎就结束了。"你见过鬼魂吗？"

科蒂斯摇摇头。"没有，我猜和所有人都一样。"

"不对，"她说，"我可不觉得你和别人一样。去德里昂夫人那里，把你妈妈叫回来。顺便给我带一杯秋葵浓汤来。"

科蒂斯照做了，奥尔奇德、月亮先生和戴红色头巾的年轻女人回到夫人这里，夫人接过装秋葵浓汤的杯子，月亮先生则坐回到他的椅子上，让黑色的手杖靠着他的膝盖。

"怎么样，夫人？"奥尔奇德忧心地问，"他是什么毛病？"

夫人花了点时间,用一把和杯子一起拿过来的小木勺吃了几口秋葵浓汤。"我来给你讲个小故事,"她开口了,"我还是个种植园里的小姑娘时,厨子的女儿——十三四岁吧,我记得——说她在和一个在布斯卡罗尔的人聊天,那个地方和我们那里相距大约七英里。她说她听见他说话,两人就在她的脑子里互相聊天。信不信由你,反正她说他是个老头,是个木匠,而且突然间,她就精通了锤子、不同类型的锯子,还有各种木材、榫卯接口和木栓……反正是些除非真正的行家告诉她,不然她绝不可能知道的事情。没错,我们的确有个为种植园工作的木匠,可他是个白人,有自己的家庭,而且他住得很远,从来不耍滑头。最后萨维娜的木匠朋友不再说话了,她猜想他要么是搬走了,要么就是死了。所以……我从那时候就听说过这种事情,可是我要告诉你,这种情况非常少见。你的孩子没有一点儿毛病,梅休太太。他似乎有一副好心肠,还有个比大多数人都老成的灵魂,看起来是个好孩子。我发誓,一点儿毛病都没有。你只是有了一个倾听者。还小,还在成长,不过都一样,一个倾听者。"

"一个什么?"

"我说了……你的儿子是个倾听者。我也是这么称呼萨维娜·麦凯布和朗森·纽伯瑞的。我只认识两个,不过我听说过其他倾听者的传闻。就像我说的,他们很少见。"

"一个倾听者,"奥尔奇德重复道,科蒂斯看见妈妈一脸木然,仿佛脑壳被木槌敲了一顿,"这到底是什么意思?他到底疯了没有?"

"没有,"夫人说,"要是你不能理解我说的话,想想收音机。你架起天线,它就能接收不同电台放送的信号。我也不懂到底是什么原理,不过显而易见的是,有些电台就是比别的电台信号更强。你的孩子有点儿像收音机,他能接收其他倾听者的信号……只不过我打赌他们大多数人都不知道自己究竟是怎么回事,他们只是觉得自己该进精神病院,因为他们能接收到不属于他们自己的念头。就算没进精神病院,我估计他们的爸妈也会觉得他们脑子有病。你的儿子并没有听见其他倾听者的声音,因为那可是件稀罕事,不过他能接收到一些念头……从各种地方冒出来的信号,像收音机信号一样飘在空中,不过你需要另一台收音机才能接收到。"

"我们没有收音机。"奥尔奇德说。

夫人叹了口气。她又吃了几勺浓汤。"梅休太太,"她用月亮先生从浓汤摊上帮她带回来的纸巾擦了擦嘴,"我也不知道这究竟是怎么做到的。我猜没人知道。你的孩子能在多远距离上听见另一个倾听者的声音?我想他也没有一点儿头绪。他又是怎么知道自己听见的是个男人,女人还是孩子?唉,他好像知道,可他说不出来。这种能力是会随着时间变强,还是会逐渐消退,直到某一天彻底消失?甚至有人能引导这种能力吗?如果能,怎么做?"她让这些问题悬在半空中,"我也没办法告诉你更多,"她又停了片刻,用嘴唇发出一串噗噗声,像气球撒气一样,这才接着说,"有时候我真希望我们没有收音机。查尔斯总是摆弄那个东西,还整天整夜地用耳机收听节目,简直让我抓狂。你这个星期打算听什么?"她问月亮先生。

"交响乐团要演奏一个很好听的曲子,叫《荒山之夜》,"他用他那干巴巴的声音说,"简直让我起鸡皮疙瘩。"然后他咧嘴一笑,嘴巴几乎把他的脸分成两半。

"简直等不及要看看他们接下来会折腾出个什么来,"夫人接着对奥尔奇德说,"或者……也许我可以等等。不过说到这位科蒂斯先生,你用不着担心。他没有疯。实际上,他有一种会让别人嫉妒的稀罕能力。"

"对不起,"奥尔奇德回答,然后又用她那种压抑的语气,更加用力地重复道,"对不起。我就是忍不住担心我的孩子!要是他这么受折磨,那他以后可怎么办?除非是疯子,不然谁会嫉妒这种东西?听见别人怎么想的?这个样子既不自然也不正常,这是往我身上又压了一份负担。上帝知道,乔走后给我留下怎样的沉重心情,让我背上了多么沉重的压力!所以,对不起,夫人,可我就是不能把它像过期的报纸一样丢到一旁!上帝啊,别这样!"

科蒂斯看见夫人那双绿色眼睛在他身上停留了几秒钟,然后她安静地说:"带他回家吧,梅休太太。欣赏他和这份上帝为他挑选的礼物吧。以后让他吃好点儿,让他身上多长点儿肉,让他更像他爸爸一点。"

听完这话,奥尔奇德后背一僵。她像是拔高了几英寸,在泛红的灯光下,她的脸瞬间变成一副冰冷的面具。

她说:"他永远都不会像他爸爸。"

那天夜里很晚的时候,科蒂斯躺在自己房间里的床上,那个声音出现了——声音缥缈,像是远方传来的一声耳语……你好,向你回以问候。

此时此刻，科蒂斯一边沉浸在九年前那件往事的回忆里，一边蹬着车，离开刚果广场，来到圣安街上一座整洁的白色猎枪小屋门前，把自行车和小车停好，走上两级水泥台阶，敲了敲门。

没有人回答。

科蒂斯又敲了敲门。"克雷伯先生？"他大声叫道，然后，再大点声喊，"克雷伯先生？我是科蒂斯！你没事吧？"

屋子里是不是有一点闷闷的动静？刚才有辆汽车经过，所以听不太清。

突然门后传来了一个生硬而老迈的声音，仿佛是从时间的坟墓里爬了出来，而此刻时间已经追了上来，掐死了它，把它变成了一个颤颤巍巍的可怜东西。

"走吧，科蒂斯。求你了。你走吧。"

"出什么事了，先生？"他紧接着又问，"你生病了吗？"

"走吧。"

"不行，先生。是老板派我来看你的，我自己也想来看看。你尽管待在门后，反正我没看见你就不会走。"科蒂斯等待着。又等了一会儿，他说："开门，先生。你知道这样做是对的。"

他又等得更久一点，握紧拳头，准备一直敲门敲到天荒地老。不过就在这时，门锁一转，门开了，一个像是温德尔·克雷伯，却形容萧索、眼眶凹陷、病恹恹模样的人眯着眼睛看向阳光普照的门外。

老螃蟹没有看科蒂斯。他垂下视线，然后又看向门外，仿佛光线让他痛苦。"那好吧，"他说，"最好把自行车锁上，我们这儿有人转眼就能把它偷走。"

科蒂斯花了点时间,从小车上拿出锁和铁链,把自行车锁到一根从屋顶贴着外墙垂下来的排水管上。他走进昏暗的前厅,被烧煳的食物和陈腐的香烟气味顶了个跟头。所有百叶窗都被拉上了,不过光线还是透过帘片之间的缝隙透了进来,铺在地上就像一面破碎的金色玻璃镜子。老螃蟹一直后退到一张棕色椅子旁坐了下来。椅子旁边有一张桌子,上面放着半瓶四玫瑰威士忌和一个几乎空了的杯子。一只绿色的陶瓷烟灰缸里堆满烧尽了的手卷烟头,其中一个烟头还在冒着缕缕青烟。

科蒂斯把身后的门关上。随着眼睛慢慢适应了屋内的昏暗,他逐渐看清,老螃蟹穿着一件白衬衣,下摆耷拉着,露出内裤,因为这位红帽子的首领没有穿裤子。老螃蟹的脚上穿着一双饱经岁月蹂躏的老旧皮拖鞋。眼前的老螃蟹坐在椅子上,伸着双腿,靠着椅背,闭着眼睛,脸朝着天花板。

"我觉得你把什么东西烧煳了。"科蒂斯说。实际上,他被眼前所见惊呆了,不知道还能说什么,因为他这辈子从未想到竟会看见克雷伯先生是这样的状态。

"本来想烤点玉米饼,"老螃蟹睁开眼,拿起闷燃的香烟,抽了一口,"不太顺利。"

"克雷伯先生……这是怎么了?"

"怎么了,"他眼神空洞,重复道,"是这个世界怎么了,科蒂斯。这地方糟透了。它就这么……哄着你,一天又一天,然后……你觉得一切都那么顺心、那么轻松,于是你想看看以后的日子将会走向何方……就在这时……就在这时……它就给你重重地来一下子。"那张布满皱纹的脸转过来,眼窝凹陷的眼睛像是要把他吸进去,嘴角露出一抹微笑,却让人无法直视。"昨晚我收到一份西联电报。时间是八点十七分。在这之前,我这辈子都没有收到过一份西联电报。唉,我昨晚却收到了一份!"声音疲惫而干哑;他把香烟插进笑容狰狞的嘴里,然后盯着天花板。"我收到了一份。"他轻轻地说,科蒂斯看见泪水开始顺着他的脸颊慢慢滑落。

科蒂斯把另一张椅子拖过来,和他并排坐着。他心想,现在最好还是保持安静,只要倾听就好。

"电报!"老螃蟹突然说,像是在半梦半醒间突然惊醒,"上帝……耶稣啊……一份电报。给了我一个电话号码,让我打回去。远在芝加哥。"他伸手去拿装威士忌的酒杯,喝了一口,又把它放回桌子上。科蒂斯还注意到桌子上有一张小照片,上面是一个笑容灿烂的小姑娘,穿得像是要去参加礼拜日的教堂活动。

"他们说是炸弹爆炸,"老螃蟹解释道,可是他一直把香烟擎在嘴边,仿佛他是在对着香烟,而不是房间里的另一个人说话,"定时炸弹……装在路边的车里。昨天上午,远在北方的芝加哥。她刚好从洗衣房里出来,爆炸了……把她带走了。她总是喜欢让衣服干干净净,整整齐齐。那么新鲜。你明白吗?她说:'爸爸,要是雏菊不新鲜,那它还有什么用?'她的妈妈和我,我们都知道她一定会长大成人的。会去很多地方。黛西[1]是那里的一名学校老师。你明白吗?"

---

[1] 原文"Daisy"有"雏菊"的意思,同时也可用作女性名字。

"明白，先生。"科蒂斯说。他以前就知道老螃蟹有一个女儿，而他的妻子大概六年前就因为癌症去世了，不过这是他听别人说的，因为克雷伯先生不是那种喜欢随意说自己事情的人。

"把她带走了，"老螃蟹接着说，"还炸死了另外四个人……还炸伤了六个还是八个，那边告诉我的。他为什么要告诉我这些？这样我就会觉得不是只有我承受着全世界的痛苦了吗？说他们认为罪魁祸首要么是黑帮成员，要么是邦联分子，要么就是法西斯主义者。管他们是谁呢，你觉得这真的重要吗，科蒂斯？"

"不重要，先生。"

"妈的一点儿没错，不重要。你知道，我以前从来没有收到过西联电报，这辈子都没有。"

科蒂斯点点头，老螃蟹又喝了口酒，把烟抽到让科蒂斯担心会烫到手的位置——这只手精瘦而有力，正是这只手安排着各种时间表，掌管着站里的一切。

老螃蟹用一只手捂住脸，发出一声仿佛行将离开这个世界般的呻吟，他颤抖着，开始抽泣，断断续续地，就像一个对生活公平的信任被打破了的孩子一样。科蒂斯看着烟头掉落到地毯上。他把烟头捡起来，在烟灰缸里摁灭。然后他伸出一只手，想扶着老人的胳膊，心里却犹豫起来，因为他不知道两人地位不同，这样做合不合适。不过他认定这样做是对的，于是他还是这样做了。

老螃蟹一把抱住科蒂斯，紧紧搂着这个年轻人，号啕大哭。

科蒂斯也用胳膊抱着克雷伯先生的肩膀。他的心里满是悲伤。他知道他可以告诉克雷伯先生，上帝应许了天国里的美妙往生，告诉他所有彼此相爱却天各一方的人都将在金色的海滩上相会；他知道他可以告诉克雷伯先生，他的女儿已经在等着他了，并且在另一边的土地上为他准备好一个地方……可是这些话他一句也说不出口，因为他也知道克雷伯先生本身就虔信宗教，可即便如此，关于上帝的旨意，仍然有着许多人类无法解释的谜——其中之一就是，在五月底的一个清晨，祂为什么会允许芝加哥的一枚定时炸弹爆炸，杀死一个来自奥尔良、到那里帮助孩子们学习成长的女人。

科蒂斯觉得克雷伯先生知道自己终将会再次见到他的黛西——也许要不了几年了——可是失去亲人的痛苦太可怕了，这一点谁都无法否认。因此科蒂斯一直沉默着，让老螃蟹在哭泣中释放一点悲伤，可是听他哭泣的声音，还是有太多的哀痛没有宣泄。

屋子另一边小桌子上的电话响了起来。

"不，"老螃蟹说，他靠着科蒂斯的肩膀，声音含糊，"不。"

"有可能是芝加哥打来的电话。"科蒂斯告诉他。

"打过了……他们这周晚些时候还会再打过来……等他们做好安排以后。安排，他们是这么说的。"

电话铃继续响个不停。如果不是芝加哥，那科蒂斯知道是谁了。"让我来接吧，先生。"老螃蟹没有再反对，于是科蒂斯轻轻抽身，站起来拿起听筒。"克雷伯家。"

他猜对了。"梅休？那边出什么事了？"

"呃……哦，先桑，克雷伯先生感觉不太好。"

"他怎么了？"

"他……抱歉，先桑，等我回去会告诉你的。我能请你帮个忙吗,先桑?既然克雷伯先生状况太差了,他能不能休息一两天?"

"休息一两天?"

"是的先桑。我觉得他需要休息。另外……这一两天工资全额照发。我想这样就没问题了。"

"哦,你是这么想的?"这句尖酸的讥讽从叼着雪茄的嘴里冒出来。

"是的。"科蒂斯回答,声音里有着安静的坚持,每当他需要不仅仅倾听,还要有所行动时,都是靠着这种坚持修复许多家庭的争吵、受伤的情感和破碎的心。

一段长时间的沉默。

"好吧。休息两天,工资照发。告诉他吧。还有,告诉温德尔……我们这里需要他。没有他,我们管不好这个地方。"

"谢谢你,先桑。我会转达的。"

科蒂斯挂上电话,重新坐到老螃蟹身边,握着他的手,看着他的脸,告诉老螃蟹他要去厨房里给他弄点吃的,问他中午想吃点什么。克雷伯先生过了片刻才回答,不过接着他又说他昨天还剩了些黑豆汤,如果不嫌麻烦,科蒂斯可以把它热一下,他还可以切点儿芹菜和一大颗洋葱一并放进锅里,如果不算太麻烦的话,科蒂斯能不能多待一会儿和他一起喝一碗汤?

科蒂斯说没有比这更让他乐意的事了。吃完午饭,在回去工作前,科蒂斯还要骑车穿过五个街区,前往克雷伯的教堂——那里比科蒂斯自己的教堂还要远两个街区,去告诉那边的人,他们应该过来陪陪他。

上午的时间一点点过去。联盟车站里的火车来来去去，带着人们来到这里，又带着他们离开。和所有城市一样，这座城市用它自己的方式呼吸着、生活着，与此同时，在圣安街上的一座小房子里，一锅黑豆汤正在炉子上冒着泡。

第十二章

是的，区区二十万美元赎金根本不够。

珀利一边开着福特轿车，沿着两边都是富人豪宅的第一大街向南行驶，一边心想。太阳快下山了，影子越来越长。时间接近六点半，珀利正赶去赴鲁登米尔的约。他换掉汗湿的白衬衫，换了另一件白衬衫，但他仍然穿着深蓝色的西装，打着领带，戴着绅士帽，这是他的侦探装扮；他没有带他的肩背式枪套，手套箱里有一把点三八转轮手枪，里面装着六发子弹。

该死！他想。这条街上全他妈是钱。他相信，国家经济状况如此糟糕，但凡是买得起如此气派的豪宅的人，一定都没少干缺德事。一定是这样。他敢打赌，鲁登米尔为了那份政府合同，肯定正在桌子底下给某人塞钱，不然就是在敲诈某个官僚。过这种日子的人不可能干净。道路两边有的是带有高塔的城堡，有的是门前立着柱子的种植园房屋，那些柱子有他的车子那么粗。高高的屋顶下，高层的窗户捕捉到了太阳的最后一丝光亮，又把它反射到珀利的眼睛里。棕榈树、橡树和柳树一起分享着修剪整齐的绿色草坪上的空间，至少是他隔着大门能看到的这部分，因为几乎每座房子都被七八英尺高的石墙或砖墙保护着，有的墙上还爬满了常春藤。偶尔能看到一块牌子，上面写着"小心恶犬"。锻铁大门外铺设的车道拐下街道，通往豪华的私人领土。白色和黄色的石头，红色的砖，马赛克珐琅和图案繁复的瓷砖拼成的装饰，花销比珀利这辈子见过的钱还要多的墙漆……这真他妈的伤风败俗，就是这样，他想，就凭这个理由，二十万美元根本不够。

到了。靠近第一大街尽头的地方，有一扇门上有一串黄铜做成的小数字，在这周围一片浮夸的争奇斗艳当中显得那么恰到好处地低调内敛：1419。

这一刻到来了。珀利发现自己内心有一丝颤抖。他的衬衫里面又出汗了。只要他露出一丁点破绽，那他们就全完了，或许连他也不得不杀出一条路来，才能从那个漂亮的骨头堆里逃出来——隔着大门、透过环绕四周的橡树，他能看到那座种植园风格的双层豪宅，从头到脚都是白色。台阶顶上的前门廊——叫"游廊"，对吧？——看起来和高级酒店的舞厅一样大。他现在必须非常、非常小心；他必须调动他的每一种本能和本领，尤其要小心克莱·哈特利，那个司机和前休斯敦警察。他越是想着哈特利，就越是紧张。一个前警察会闻到绑架阴谋的味道吗？他那双鹰眼能够一眼就识破这个什里夫波特的侦探其实是一个狂咬指甲、强作镇定的骗子吗？

他明白自己马上就要知道答案了，因为就在他把车停在门口并且下车的同时，一个身穿黑色制服、淡蓝色衬衫、戴着司机帽的人就从保护着鲁登米尔庄园的白色石墙后面走了出来。

"帕尔警探。"那人说道。他声音沙哑，带着浓重的得克萨斯州那种黄沙漫天的口音。"克莱·哈特利。下来接你，省得你按门铃了。"哈特利朝着门边墙上的按钮一点头。按钮的上方有一个支架，上面挂着一个入耳式的电话听筒和一个金属话筒格栅。珀利还是第一次见到这种东西，他知道肯定花了一大笔钱。他感到脖子后面出汗了。哈特利正在解开门闩，打开大门。大门铰链没有发出任何声音。

"把车开进去，我和你一起，开到房子前停下。"前警察说道。

"当然。"珀利是不是听见自己声音里有一丝颤抖？"没问题。"他说，更加用力地掩饰这个失误，又立刻后悔不该如此，因为他不想演得太过火。他上了车。他仍然可以给福特车挂上倒挡，夺路而逃。他大可以独自一人开车去墨西哥，在那里找份工作，然后——

不行，这就是他的工作。这一直都是他的工作。不论是好是坏，他都早就与这种生活结婚了，何况他已经吃了那婊子不少亏，所以现在该轮到她来付账了。而要想她付钱，上帝啊，就得像摘果子一样弄走那两个可人儿的孩子，从而摆平这个有钱的狗娘养的。

他咬着牙，把车挂上前进挡，开进了敞开的大门。他停下来等着，哈特利则关上并锁好那个悄无声息的铁门，然后副驾驶座的门打开了，这位前警察屁股蹭着灰色布面，坐了进来。

珀利瞥了哈特利一眼，心里一惊。真是前所未见，这人脸上有一道长长的伤疤，从他的左眼角一直划到他的下巴轮廓上。左眼有一种呆滞的虚假感；那东西直勾勾地盯着前方，甚至当右眼在眼眶中转动时也是如此。一个玻璃眼珠，珀利意识到；好吧，他想，这不就足够了？至少两只眼睛是同样的棕色，不过他敢打赌，孩子们肯定喜欢在午夜来临时梦见这只死鱼眼。

"有问题？"哈特利问，因为珀利停了足有半秒钟，太久了。

"没有。"珀利踩下油门，福特车开动起来。

"鲁登米尔把整个故事都告诉我了。"哈特利慢悠悠地说。

整个故事。珀利可不觉得自己喜欢这个说法。他抢先一步问道："你怎么想？"

哈特利没有回答。在两次心跳的时间里，珀利总结了自己对这个由牛仔警察转行的司机的印象。这人瞎了一只眼怎么还能开车，这让珀利感到费解，不过显然鲁登米尔对他的技术评价很高，以至于敢把他妻子、孩子和他自己的命交到这双指节扭曲的手上。当初发明"骨瘦如柴"这个词的人，脑子里出现的一定是这样的瘦子形象吧。珀利估计他在五十岁上下，像一块坚韧的皮子，而且毫无疑问，这人身上的肉已经变得像老皮革一样了。哈特利有一张沟壑纵横的脸和一个鹰钩鼻子，下巴像铁打的一样。好眼和玻璃眼都深陷在布满皱纹的干涸的眼窝里。珀利又瞥了一眼那道伤疤。肯定是把半张脸整个豁开了，他想。在休斯敦当警察，真是个艰难的工作。

"贝洛森林。"哈特利突然说。

"嗯？"

"你在看我的伤疤。听见你脖子响了。贝洛森林战役[1]，1918年6月6日。"

"哦。是什么打中你了？"

"一块炮弹皮，一角硬币那么大。给我划开好长一道口子。"

珀利忍不住问出口。"你的眼睛。我是说……会让你难受吗？"

"不会。也不会让孩子们难受，要是你想问这个的话。让你难受了吗？"

"我没事儿。"

哈特利没再说话，直到车子在房子正门台阶前的环形车道上停下来。珀利关掉引擎，哈特利则发出一声咕哝，这表示他有话要说。"你跟鲁登米尔先生说的事，"他说，"我有些拿不准主意。"

珀利等待着。炽热的引擎发出咔嗒……咔嗒……咔嗒的声音。

"要不要告诉这里的警察，"哈特利接着说，"似乎他们可以保护孩子们，安排人日夜守着房子。这可能是件好事。可话说回来……考虑到如今有那么多的绑架案，我理解你们部门的想法。所以我说，眼下就顺其自然吧。"他转过头来看着珀利，珀利却察觉到自己根本不想盯着那只玻璃眼珠，可是那个冷冰冰、直愣愣的该死玩意儿在逼迫着他。"我跟你说实话，"哈特利说，"任何人敢在我的眼皮子底下动这两个孩子，我就当场弄死他们，我才不管什么法庭和监狱。我以前是海军陆战队的枪炮中士，曾经在手枪射击比赛中获得过三条励带。要是你觉得好奇……所谓的单眼视觉会得到补偿。"

---

[1] 第一次世界大战末期的一场战役。

"这我就放心了。"珀利说着,心里想,再吹,我就拿冰锥把你另一只眼睛挑了。

"不客气。"哈特利一边说,一边打开车门,下了车,"还有时间,咱们应该聊聊这件差事。"

这件差事?哦,是啊。"你以前是休斯敦的警探?"

"当了十年警察。我喜欢干这行。"他抬头看向房子,"老板来了。祝你吃好。"他点点头,冲着正在走下台阶的人点一下帽子。

"谢谢你,克莱。地方好找吗,杰克[1]?"鲁登米尔看起来像是刚洗过澡,他穿着一件奶油色短袖衬衫和一条棕色裤子。

"几乎不可能错过。"珀利挤出一丝微笑。他从车里出来,在身后关上车门。他看了一眼哈特利,发现司机慢悠悠地朝右边走去。珀利心想一切正常,没有警报响起,而且就算哈特利闻到味道,打算溜达回来把福特车彻底检查一遍,他也早就确认过车里没有任何可能引起怀疑的痕迹。

鲁登米尔和珀利握了握手。"很高兴我们能共进晚餐。"在说接下来的话时,他压低了一点声音,"我对简说的和我对公司律师说的一样……你是来向我推销一些新的冷藏船运货柜的。我觉得维克多根本不信,但是只要我没让他问,他就什么都不会问。进来吧。"上了三级台阶,他又回头问道,"你在拉法耶特安顿好了?"

"安顿好了。我都不知道居然还拉了电话线。"

"必须这样。没道理让你住没有电话的酒店房间。"

---

[1] 原文Jack,在这里其实是对John(约翰)的昵称。

珀利在下一级台阶上站住了。现在该挥出另外一拳了。"实际上,我四点钟左右接到阿伦队长的电话。我们知道名字了:恩里克·奥尔西。我们知道他。一个潜在的勒索犯,一直想让芝加哥黑帮青眼相看。过去几周里,你有没有雇过意大利人?"

"什么?意大利人?"鲁登米尔在上面一级台阶停下来,就挨着门廊。他那副自信满满的姿态被一根带尖刺的棒球棍打得粉碎。他的脸垮了下来。"我不……呃……我不确定我们有没有——"

"咱们的客人来了!"前门突然打开,一个身穿黄绿相间的印花夏裙、面带微笑、圆润迷人的女人飘然来到门廊。"杰克,让帕尔先生进来吧,现在太热了,不要站在那里叽叽喳喳地谈生意!帕尔先生,我们在客厅里准备了一些加了薄荷的冰茶,来吧!"她示意男人们进屋。珀利走近她时,她对他热情地笑了笑。她可真是个美人儿,一张漂亮的椭圆形脸蛋,被栗色的鬈发包围着,一双温柔的棕色眼睛闪烁着老南方的热情。他觉得他可以当场把她掀翻了。

可是他跟着她进屋时,只是让自己微微露出一丝笑意,同时在想象中撕碎她的衣服和内衣,把她的两腿分开,就像把一个饱满多汁的甜瓜掰成两半一样。"谢谢你,鲁登米尔太太,"他说,"我非常喜欢喝冰茶。"

把心思放在工作上,这天下午两人通电话时金吉尔说,当你走进那座房子时,你最好做足了准备,你最好小心点儿。

你以为你在跟谁说话呢?他问,一个新手混混?我可不是唐尼·贝恩斯,亲爱的。

我告诉过你了……唐尼·贝恩斯今天帮了你大忙,宝贝儿。他跟鲁登米尔足足打了三分钟电话，告诉他为什么让他为你那个该死的酒店房间买单是违反警局规定的，而且他演得跟黄油推销员一样顺滑。所以等你回来后不妨亲自谢谢他，反正你房间里有电话，还不用我们出一分钱，这样挺好。

嗨呀呵。珀利说完就挂掉了位于圣查尔斯大道高贵奢华的拉法耶特酒店424号房间里的电话。房间里有干净的亚麻布和青柠香皂的味道，有一扇窗户，可以看到熙熙攘攘、车水马龙的大道。在与鲁登米尔会面后，他用路易王酒店的公用电话——那里的确是个垃圾场——向金吉尔通报情况，发现鲁登米尔打了什里夫波特警察局的假号码，金吉尔早就料到可能会发生这种情况，所以她和唐尼在克莱门汀酒店的走廊里守着电话多待了半个小时。

鲁登米尔先是要求与贝泽尔局长通话。接线员"露丝"说，局长正在参加市议会会议，不过他想和阿伦队长谈谈吗？就像珀利听到的一样，这孩子做得很好，不过话说回来，金吉尔当时一直站在他身边，可能还随时准备在他说了不该说的话时踢他的卵蛋。唐尼以阿伦队长的身份试图说服鲁登米尔不要支付酒店房费，不过最后他说他会在午餐后向贝泽尔局长反映情况。于是，金吉尔随后给路易王酒店的前台留了个信，让珀利给家里打电话，珀利则在下午早些时候给鲁登米尔的办公室打了个电话，向他表示感谢，说局长答应了，就这样，这套把戏就算完成了。但那张写着假电话号码的名片仍然是个隐患。他们必须在鲁登米尔亲自拨通电话之前把事情办完，免得克莱门汀的其他住户可能拿起听筒，告诉打电话的人他要么喝醉了，要么是脑子有问题。

关键在于，金吉尔说，要让鲁登米尔相信你是他眼下唯一需要的警察。顺便提一下，我找到一个名字，让你激他一下。意大利名字，就和那些最著名的黑帮分子一样。这样能让他心生恐惧。你来编个背景故事。

是谁的名字？

某个死掉的老画家，生活在大概三百年前，金吉尔告诉他，在图书馆里的一本艺术书里找到的。所以好好给他化化妆，小甜饼。他不会在意的。

"今年夏天可真热！"简·鲁登米尔一边说，一边引着珀利穿过豪宅高高的门厅。珀利觉得似乎所有的东西都是由浅色木头制成的，地板上铺着蓝、金两色的东方地毯，一道铺着蓝色地毯的宽大楼梯通向二楼。一座华丽的老爷钟静静地嘀嘀嗒嗒，显示着时间的流逝。屋内的空气中弥漫着黄樟树的味道，也许还有等待他的薄荷茶的味道。他感到目眩神迷……说是目瞪口呆更准确些；他以前从未踏入过这样的房子，而现在他确信鲁登米尔是个骗子……一定是的，所以才能负担起这样的生活。"我想在什里夫波特也一样吧。"简说着，在通往右边房间敞开的双开门前停了下来。

"约翰，我跟她说过你是从什里夫波特来的，"鲁登米尔说，也许说得太快了，"不过我不想拿生意上的琐碎事惹她厌烦。"

"我丈夫觉得我的脑子装不下他生意上的琐碎事。我倒想看看他能不能应付我们家里的琐碎事，能不能照顾几天我们的孩子。马维斯，你能把咱们客人的帽子放好吗？"一个黑人女佣此时已经从楼梯另一边的门里探出身来，"约翰，你要不要把外套和领带都摘了，好舒服一些？在这里不必这么正式。"

珀利把他的绅士帽递给女佣。"我还是留着外套和领带吧，谢谢。"不知为何，他觉得穿着全套的警探行头更舒服些，"不是想显得正式，"他说，"习惯如此。"

"没问题。进来吧，客厅里总是更凉快些。"

的确如此，因为淡蓝色的天花板上，一个木头叶片的巨大电风扇正在慢悠悠却高效地转动着。客厅墙壁都刷成白色，并且摆满了书架。白色壁炉壁架上方有一面巨大的金边镜子，珀利觉得这面镜子让他自己、鲁登米尔和他的妻子，以及可能所有照镜子的人都显得比他们本身更年轻、更优雅；他的倒影甚至让他看起来有几分内里朽烂破败的贵族气质。客厅里家具的精致程度简直跟他在电影里看到的一模一样——富人邀请普通人参观豪宅，然后发生各种曲折情节；沙色的地毯上有一张玻璃面的咖啡桌，桌子周围摆放着两把浅棕色的皮革休闲椅和一张白色的沙发，沙发拥有一道近乎半圆的曲线。珀利渴望陷进皮制的休闲椅中，所以他选中最近的那把，心想将来他在墨西哥豪宅中首先要添置的就是一件类似这样的东西。能够坐在这样一张椅子里，透过窗户看着蓝色的海湾，不再有烦恼，不再为生存而拼死拼活，这真是太适合他——

"喝茶吗？"简已经走到一张餐柜桌旁，用一个银水壶往一只高脚杯里倒了几乎满满一杯，现在她用钳子把银质冰桶里的冰块装进杯子里。"要加糖浆吗？"

"要，谢谢。加一点就好。"简把杯子拿给他，他说，"你们的房子真漂亮。"

"谢谢。我们确实很喜欢它。"她把手中的另一杯茶递给她丈夫，然后回到餐柜桌旁给自己做一杯。

从他坐的地方，透过一对窗户，珀利所看到的不是蓝色的墨西哥海湾，而是鲁登米尔家绿色的草坪、橡树和保护庄园的高大石墙。这该死的地方是一座堡垒，毫无疑问。他今晚的任务是深入进去，在房子里踩点，找出可能存在的薄弱环节。但这可不会像当初有人绑架林德伯格的孩子那样，搭个梯子爬上窗户，就把婴儿从摇篮里抱出来了。不可能。这里有一座堡垒，有一个有玻璃眼珠的前海军陆战队神枪手做保镖，有两个大嗓门的大孩子，还有那堵该死的墙。你怎么可能在胳膊底下夹着两个又踢又叫的孩子进进出出？

他想起金吉尔和他说过的话：*所以咱们要想办法，看怎样在大白天把他们掳走，并且让他们不会大呼小叫地找爸爸。*

*祝你好运吧。*他记得自己是这么说的。

珀利离开什里夫波特前，金吉尔抓住他的衣襟，亲吻他的嘴唇，用她那双香槟色的眼睛盯着他的脸，用她那种既苛刻又娇媚的语气说：*别空手回来。*

"真是好茶，"他一边小口喝着茶，一边说，脑子里却一直在想着任务，"是的，什里夫波特也一直很热。不过这就是路易斯安那，不是吗？"

"约翰，也许你认识我父亲。"简一边说，一边挨着鲁登米尔坐到弧形的白色沙发上。珀利小心翼翼地不让人发现自己正盯着她的双腿。"耶格尔·格兰迪尔？"她提示道，"代理律师？"

珀利感觉自己脸上一僵。她正微笑着看着他，等待他的回答。

过了大约两秒钟,他意识到这也许是一个警探至少应该听说过的人——也许是个检察官或者辩护律师——可他要是知道该如何回答才见鬼了。

这时,混不知情的鲁登米尔却打起了圆场。"亲爱的,这世界上,或者说在什里夫波特,并不是每个人都知道伟大的格兰迪尔家族的。"他责怪道。又对珀利说:"他是比彻姆木材公司的律师,你没有理由听说过他的。"

"哦。不认识,这有点儿超出我的专业领域了。"他心想自己脑门上也许正挂着亮晶晶的汗珠,尽管自己就在电风扇下面吹着习习凉风。他又喝了一口冰茶,为茶水的冰凉感到庆幸。*放松*,他告诫自己,这里没有什么是你不能应付的。

"约翰,杰克跟我说,你有一个未婚妻?"简问道,"我们能看看照片吗?"

他瞥了鲁登米尔一眼,却看到这栋房子的主人正一脸茫然地凝视着不知什么地方。仍旧在想恩里克·奥尔西的事情。珀利猜想。等他们可以私下交谈时,他就必须得像金吉尔所说的那样,把这个敲诈者的形象描绘出来。必须指出他们要对付的不单单是一个人,而很可能是一个四人或更多人的团伙,还要指出什里夫波特的消息说,奥尔西此刻就在新奥尔良的某个地方。

"你带着照片的吧?"简催促道,"在钱包里?"

鲁登米尔回过神来。珀利知道原因:要是警徽也在钱包里,他可不想让简看见它。"简,别闹了!你这是在审讯咱们的贵客!要是约翰准备好了,他会给咱们看照片的!是不是该上菜了?"

"实际上,"珀利脸上挂着温和的微笑说,"我原本有一张照片,可是艾玛不喜欢,说显得她太像城里人了……而她骨子里只是个乡下姑娘……没有一点儿城里人的派头,我喜欢这一点。所以……我听她的,把它从钱包里拿出去了,因为她知道别人会要来看,可她不想……"他停顿片刻,假装在寻找合适的词,而这个词已经在他脑子里了。"装模做样的,"他说,"她答应我下星期另给我一张。"

简赞许地点点头。"你可真是个绅士,而如今,这样的品质已经不多见了。"

珀利听见一阵低语。

声音来自门口大厅。他朝那边看过去,看见一张小脸和脑袋飞快地从敞开的门边缩了回去。"孩子们,进来和帕尔先生打个招呼。"简说。又是一阵低语,却没有人动弹。

"妮拉!你和小杰克都进来。"鲁登米尔的语气像是个严厉的父亲,"大方点儿,快。"他又用柔和的语气补充道。

女孩首先进来,她的小弟弟在她身后,隔着几步距离。

所以就是他们了。珀利冲他们微笑,看着两个长腿站着的十万美元。

十岁的女孩在她这个年纪里算高的,身材瘦长,可能是遗传自她篮球明星爸爸的体形,但除此之外,她几乎是她母亲的一个缩影。她有着和她母亲一样的栗色长发,一样的鹅蛋脸,一样的精雕细琢的鼻子,却有着她父亲的浅蓝色眼睛。差不多和这个房间的天花板一个颜色。珀利心想。妮拉·鲁登米尔穿着一件粉色衣服,衣襟右侧缝着一朵丝质玫瑰,她的表情有些不自在,向珀利表明她也许宁愿穿背带裤也不愿意穿这种带荷叶边的衣服。

八岁大的小杰克和他的父亲很像,除了有一双她妈妈的棕色眼睛。

珀利觉得这孩子看起来像个小混混,会把蜥蜴偷偷带回家,放它们到处乱跑,只为享受鸡飞狗跳的乐趣。珀利敢打赌,这个小家伙肯定让他妈妈十分抓狂。小杰克有一头红棕色的头发,比他爸爸的头发要浅一些,看厚度显然根本没法用梳子打理好,因为他整颗脑袋都乱蓬蓬的。在珀利看来,这发型就像是有六只红尾松鼠和一两只海狸正在那一头乱发里打仗。小杰克穿着笔挺的灰色长裤、闪亮的黑皮鞋和一件带领扣的白色短袖衬衫,他一边盯着珀利,一边咬着下嘴唇,那样子让珀利觉得他其实是想把嘴皮咬破,把血吐得满屋子都是。

"我们的小淑女和野蛮的印第安人,"简说,"说你好,孩子们。"

孩子们照做了。珀利也回以"你好",同时一直保持着得体的微笑。

他恨这两个小崽子。

他们是他在生活中所厌恶的一切:生活的不公平、残酷无情的命运轮盘——把好运分给富人,把厄运分给穷人——上层社会虚伪的清高和假模假式的正直。生活的泥泞曾经让珀利饱受困顿之苦,并且时不时地让他陷入令人麻木的绝望之中。而所有人都清楚的是,鲁登米尔正是靠着这样的泥泞发财致富的。哦,不,鲁登米尔并不干净,他心想,一点儿也不干净。而这两个孩子,他们微笑着站在这儿,站在电风扇下,在这个豪宅堡垒的客厅里,他们将要让他们的父亲为自己的罪行付出代价。他们要让生活付出代价,珀利心想,因为现在是时候让命运的轮盘眷顾一个在婴儿时就被抛弃的人、一个时刻都要忍受空气中的绝望腐臭的人了。

哦,是的,他暗暗发誓,同时他看着这些笑容,却觉得那不是微笑,而是冷笑,因为这两个有特权的小混混闻到了他身上那股肮脏的工人阶级的烂桃子味道,这个该死的房间里的每一个人都要付出代价。

"妮拉,"他轻快地说,同时把所有这些念头都锁在脑袋里,就像把狮子锁在笼子之中。"这个名字有些与众不同呀,不是吗?"

"想告诉他吗,亲爱的?"简催促道。

刚才在外面窃窃私语的也许就是这个女孩,不过她在生人面前一点都不胆怯。她看着珀利的脸,落落大方地说:"在我出生前,妈妈疯狂迷恋香草[1]饼干。而且……她喜欢蘸着辣椒酱吃。"

"这就是她老是欺负我的原因,"小杰克声音尖厉地说,"吃了太多——"他住口了,因为他的姐姐在他后脑勺上拍了一巴掌,于是他的双眼恶狠狠地瞪着她。

"嘿!"鲁登米尔厉声说道,"不许这样!"他朝珀利笑了笑,又一耸肩:"他们放假太久了,都没了正形。不过,他们下周一就要开始回学校了,所以再过四天,这里就会大不一样了。"

可不是嘛。珀利心想,他又看了看这两个孩子,这次看见他俩的眼睛被封了起来,绿色的钞票像舌头一样从嘴里耷拉出来。突然,

---

[1] 香草(vanilla)的后两个音节就是妮拉(Nilla)。

一个主意击中了他；这个主意如此简单，让他几乎无法呼吸。他觉得自己像是听见了命运轮盘转动的声音，不过这也可能只是风扇晃动产生的声响。"他俩都上同一所学校吗？"

"是的。哈灵顿学校。"

珀利点点头。他又看了孩子们一眼，这次他们的脸变成了一堆腐肉，上面爬满了苍蝇。"学校离这儿多远？"

鲁登米尔的回答有些迟疑。"三英里左右吧。"他已然明白这位来自什里夫波特的警探在暗示什么。他喝了一口冰茶，说，"住手！"此时的小杰克刚刚伸手飞快地捅了他姐姐一下。

一个黑人管家进来宣布晚餐准备好了。珀利看着两个孩子元气满满、蹦蹦跳跳地去了餐厅。

*别空手回来。*金吉尔这样说过。

他心里默想：*明白。*

第十三章

我叫德维恩。你叫什么?

科蒂斯。

你是我的天使还是恶魔?

我只是个小孩儿。

一个小孩儿?你是白人还是黑鬼?

我是个黑人。

这就行了。和我的黑鬼天使聊天。你多大?

十一岁。

我六百六十岁。在这里他们不肯把我的信给我。我的很多信都被他们烧了。我见过他们这么干了。闻见了烟味儿,所以我知道这是真的。嘿,我需要从这里出去。你在听吗?

在。你在哪儿?

眼下我在地狱里。他们在玉米地里烧我的信。

我在新奥尔良。你在路易斯安那州吗？

你的声音变弱了，我听不清你说什么了。

我问你是不是在路易斯安那州。

我就在这儿，当初是他们把我带来的。斯塔福德嚼烟叶，但我不嚼，让我犯恶心。听着……科蒂斯……你能来把我弄出去吗？我要回家，可他们不让我回家。

你在哪儿？

我在这儿，就在这儿。我也受不了他们的狗屁药片了。米拉觉着她可爱得不得了！没有什么是一把刀不能解决的。我得离开这儿回家，有人打算偷我的狗。

那次头脑中的对话已经过去九年了，科蒂斯躺在卧室里的床上，床头灯亮着，他那本《亚瑟王之死》躺在一旁——他回想起很久以前的德维恩，于是把书放在那儿了。他听着雨点敲打着窗户。河对岸的远方传来空洞的雷声。从星期天下午开始，雨就一直断断续续地下着，而此时是星期二晚上将近十点半，西边仍然能听到雷声。至少热气已经散了，不过蒸腾的水汽并没有好到哪儿去。

德维恩回应的是那天夜里在刚果广场上，夫人让科蒂斯发出的那一声"你好"。随着两人断断续续的谈话，十一岁的科蒂斯渐渐明白了，原来德维恩被关在路易斯安那州某地的精神病院里，但他并不知道究竟与他相距多少英里。科蒂斯拼凑着他的画，猜测那家医院更像是关押精神病人的监狱，而德维恩一定是跟那个犯罪的精神病人关在一起的，因为他经常谈论米拉和那把刀，以及某天晚上晚饭过后，那把刀是如何被一个从墙里出来的"黑色东西"放在他手里的。

这可真奇怪，科蒂斯心想，他居然通过聆听一个精神病院里的杀人犯说话，学会了如何磨练强化他的精神耳朵和声音。两人的交流持续了将近一年，直到科蒂斯察觉到德维恩不仅拒绝吃药，而且已经开始对其他囚犯使用暴力。似乎德维恩认为那个"黑色东西"已经进入医院，附在一个又一个人身上，并且计划杀死他。不久以后，德维恩就沉默了。科蒂斯不知道是真的有人杀死了德维恩，还是医生们对他做了什么，摧毁了他的心灵感应能力；他也永远不会知道，那家医院究竟叫什么名字，到底在哪里。

可是他们就在那里。别的倾听者，和他一样。很难说清楚，他们当中有多少人已经被这种能力折磨得发疯，却根本不知道这究竟是怎么回事。

他听见妈妈在她的房间里咳嗽。一会儿她就要让他给她拿一杯水了。一向这样。她到底病得有多严重，除了她自己，没有人知道。不管谁劝她去看医生，她都不听。她不是说背疼，就是胃疼、腿疼，或者头疼得厉害，都看不清东西了。她可不像乔·梅休一样有一颗铁头，科蒂斯听着轻柔的雨声，心想。他打听到那件事是真的，在和睦街码头，一个焦油桶从卸货平台上掉下来，先是砸中乔·梅休的头，然后撞上他的肩膀，造成三处骨折，又压断了两根肋骨。事情是这样的——夫人点燃了他对爸爸的好奇心后，他从漂亮王子他们那里打听到的，因为奥尔奇德一个字都不肯说——医院里的医生说，乔的脑门上被砸出一块淤青，但是他的颅骨没有受伤，也就是在那时候,医生给出一句"肯定长了个铁脑袋"的评价。科蒂斯记得他的父亲有着熊一样壮硕的体格,在屋子里走来走去,用一双粗壮的胳膊一把把他抱起来转圈,一直转得他眼冒金星,然后又把他放下,动作轻柔得像一个吻。

他记得在一个夏季的周日下午,在那次事故发生前两个月,他的爸爸妈妈——那时候多幸福呀——带着他去刚果广场上听乐队演出。他们慢悠悠地穿过喧闹的市场区——人们在这里卖些草帽、手杖、藤椅之类的东西——科蒂斯抬起头,看见一群鸟从一棵老橡树上腾空而起,飞走了。爸爸突然把一只巨手放在科蒂斯的肩膀上,用他那隆隆的低沉的声音问:"你觉得你的小鸟是什么颜色的?"

"什么?"

"你的鸟。那个在你身体里飞来飞去,人们称之为灵魂的小东西。你觉得它是什么颜色的?"

"乔!"奥尔奇德——那时候比现在年轻得多,也更有生气——白了她的丈夫一眼,"不许胡说!"

"在我爸爸和他爸爸还有在他之前的所有爸爸看来,这不是胡说。"乔说,"真的,夫人!每个人的灵魂都是一只鸟,都想自由地飞翔。生命的完整就在于给翅膀松绑,让它摆脱所有世间负担和所有那些把你绑在这上面的东西。"他用一只大靴子在泥地上跺了一脚,腾起一团尘土。

"这是伏都教的说法。"

"才不是。在我比科蒂斯还小的时候,我认识一个基督教传教士,也说过一模一样的话。说我们的灵魂起初都是巢里的幼鸟,既没有斑点也没有颜色,要我们自己来给它画上斑点和颜色,如此一来,当我们在接下来——"

"当着咱们孩子的面说这些可不合适。"

"说什么?说接下来?我的天哪,女人,他去了那么多次教堂,要是他到如今脑子里都不知道生活的真相,那某人可就太失败了。"

"棕色的,和我一样。"科蒂斯说。从一被问起来,他就是这么想的,因为在他看来这么想十分合理。

"不一定非要和你的肤色一样,"乔回答,"知道我觉得我的鸟是什么颜色的吗?亮红色,翅膀是橙色的。这些年来,我一直在好好地给它上色。哦……也可能在它肚子上有一些黑色斑点,不过除此之外……没错,亮红色,橙色翅膀。"

"胡——说——八——道。"奥尔奇德说。

"再说说你妈妈的鸟,"乔一边说,一边冲他儿子飞快地眨眨眼睛,"肯定是阴沉沉的灰色,翅膀是临近午夜时最深的蓝色,只不过她有一个黄色的大嘴,一开一合——啪!——像个捕熊夹。"

"你在说胡话了!我才不是那样!"奥尔奇德一拳打在爸爸的右肩膀上,同时脸上却挂着微笑。

"科蒂斯!"乔的声音像隆隆的低语,仿佛一列货运火车经过身边,"咱俩一起,在你妈妈的鸟身上弄点儿鲜红色、橙色之类让人眼花缭乱的颜色,成交?"

"成交!"科蒂斯说着,和爸爸一起伸出手来。

雨水敲打着科蒂斯的窗户。雷声低沉,仍旧遥远。科蒂斯心想不知道圆桌骑士在下雨天如何穿着亮闪闪的盔甲到处走动;雨点敲击铁皮屋顶的声音不会让人分心吗？

他爸爸的身体花了好久才康复，可是乔·梅休变成了一个沉默的人，仿佛笑声变成一个十分陌生的东西。科蒂斯觉得也许虽然他的头骨没有裂开，可是他的鸟翅膀已然受伤。过了一段时间，他又回去工作了，可是一切都和过去不一样了。科蒂斯后来听说铁头乔连他过去一半的工作量都完不成，于是老板把他调离码头，安排他去仓库里码放轻一些的箱子和包裹。乔·梅休开始疏远他的妻子和儿子，也疏远曾经的那个自己。在随后的那些年里，科蒂斯觉得他爸爸为自己的日渐消沉而感到羞耻，他因为命运和一个掉下来的焦油桶而变得不复从前。

铁头乔养成了远足的习惯。有一天晚上，他走后再也没有回家。

科蒂斯听见妈妈在咳嗽。很快她就要叫他了，让他去拿一杯水。

科蒂斯，你醒着吗？

他花了几秒钟才让思绪从自己身上抽离出来，投入他可以回答的频段。他的私密广播，他想……接收这个信号，然后发送出他自己的。

*醒着。**他说**。*

你在干什么？

正躺在床上，看书，听雨声。

*我这里也在下雨，**她说**，你在看什么书？*

讲亚瑟王和圆桌骑士的故事的。你知道这个故事吗？

我听说过。很久以前的故事，是吗？

*是的，**他说**，一点儿没错。*

她安静了一会儿，然后问道：克雷伯先生现在好些了吗？

周五晚上，科蒂斯告诉她克雷伯先生的女儿遇害了，因为老螃蟹的绝望一直萦绕在他脑海里，于是科蒂斯不得不另外找一个地方安放它。多少好些了，他回答，他又回来工作了，不过他后天要去芝加哥。他们给他买了张往返车票。

这样挺好。

是的。好笑的是……克雷伯先生几乎一辈子都在围着火车打转，可这才是他第三次坐火车。

你呢？我是说，你坐过火车吗？

没有，科蒂斯说，我从没坐过。

我们坐过几次。我的家人和我。去年我们去了纽约市。

哦。那没准儿我还帮你搬过行李。

再一次陷入沉默，不过科蒂斯仍然能感受到她在场的能量，就像他脑袋里有电流轻微的嗡嗡声。她说：要是你看见我，你会认出我吗？

你会认出我吗？

我不知道。大概不会。

我也一样。所以你和你的家人径直穿过联盟车站，而我压根儿不知道。

这可真是不可思议，她说，像这样聊天，还有既认识某些人同时又不认识他们。

的确是个谜，这一点毫无疑问，科蒂斯同意道，可这是只属于咱们俩的谜，不是吗？

是的。

科蒂斯又听见了雷声，这一次稍微近一些。她走了吗？没有，她仍旧在那儿。

我还有一个谜，她说，是关于我爸爸的。

他怎么了？

他……她没有说下去，像是在决定要不要吐露这件事情，不过科蒂斯知道她会的，因为在这个雨夜里，她需要一个倾听者。他在担心什么事情，她说，是一件不好的事情。我以前见过他担心的样子……他有很多事情要操心，生意上的……可是这件事不一样。我跟妈妈说了，妈妈说她也看出来了，可是她说这是因为……唉……更多生意上的事情。可是我觉得这次不一样，科蒂斯。然后……还有一件事。

什么事？

上周四，我们请了爸爸一个生意上的朋友来吃晚饭。帕尔先生，这是他的名字。嗯……今天哈特利先生来学校接我们时……我们开车路过公园，然后……我们经过路边的一辆车……我看过去，发现坐在驾驶座上的正是帕尔先生。然后帕尔先生一路跟着我们到了家门口。我把这件事告诉了哈特利，他说我看错了。看走眼了，他原话是这么说的。我又把这件事告诉爸爸，他也说我看错了。可是我知道我看见的是谁，而且我知道今天帕尔先生从学校一路尾随我们到家。

这的确有点儿蹊跷，科蒂斯说，他干吗要这样做？

我不知道……可是……我把这件事告诉爸爸，他却说是我的幻觉,然后他变得有些烦躁,说他很奇怪我居然没有看见科蒂斯跟到我们家。他还不许我在妈妈面前说这样的话,因为她本来就很焦虑,因为……你知道……这件事情。

你弟弟也看见帕尔先生了吗?

没,我一个字也没跟他提。

"科蒂斯?"是妈妈的声音,虚弱却不容回绝。

你爸爸那么担心,我很难过,科蒂斯说,不过一切都会过去的。他会挺过去的。

我只想知道帕尔先生为什么跟着我们回家。我觉得哈特利先生和爸爸都知道原因,可他们不肯告诉我。

"科蒂斯!我要喝水!"

我要走了。我妈妈在叫我。你觉得你能睡着吗?

我试试看……不过我脑子里总觉得这事很不对劲。

"科蒂斯!"呼叫声传来,带着一丝愠怒。

妈妈要生气了,科蒂斯说,快要炸毛了。真的,我得走了。别让自己担心得睡不着觉,你明天还要上学呢。晚安吧。

要是我睡不着,咱们能晚点儿聊吗?

当然,他回答,晚安。

"科蒂斯,你聋了吗?"

晚安,她说,又接着说,谢谢你。然后她消失了。

"来啦!"科蒂斯冲着隔在他和母亲之间的墙喊了一声,然后起床来到穿堂。奥尔奇德在她门后说:"今晚把漂亮杯子拿过来。"然后她又咳嗽几声,催促着科蒂斯。

"好的妈妈。"科蒂斯回答。他走进小厨房,打开头顶的电灯,伸手去够高高的架子,漂亮杯子就放在一块方形的深蓝色天鹅绒布上。杯子在他手里沉甸甸的,杯底一圈有很多菱形切面。他从水龙头里接水时,水管发出一阵短促而尖锐的声响。他把杯子拿进房间递给妈妈,妈妈正坐在床上,靠在一堆枕头里,床头灯的印花灯罩在黑暗中投射出一道灰尘翻飞的光柱。

"这么久,"奥尔奇德抽了抽鼻子,说,"你刚才没听见?"

科蒂斯把漂亮杯子递给她,然后打定主意,说:"我在跟人说话。"

"我没听见你打电话呀。"

"不是打电话。"

奥尔奇德拿着漂亮杯子的手在嘴边停了下来。然后她喝了点水,包着头巾的头向后一仰,仿佛又遭受了生活的死敌一次重击。"天哪,"她说,"可怜可怜我吧。"

"你不会觉得它已经消失了吧?"

"我不想知道。现在不想知道。"

科蒂斯心想要不要告诉她对方是个十岁大的小姑娘,有一个做生意的父亲,还有一个司机名叫哈特利,每天接送她和她弟弟上学,所以她一定很有钱,而且住在某个漂亮别墅里。可是他并没有,因为这样说太刻薄了,而且他妈妈并不想知道。"还需要什么?"他问。

"和我一起待一会儿,"妈妈说,"可以吗?"

科蒂斯点点头。他在床对面那把旧椅子上坐下来,椅子有着深浅不一的斑驳灰色,在他单薄的身子底下一沉。

"还在下雨。"妈妈说。

"是的。"

"一到下雨天,我就难过。听起来怪孤单的。"

科蒂斯沉默着,他知道妈妈还有话说。他想听她说话,让她把憋在心里的一切都吐出来,而这些心思,他的妈妈从未理解过。

她又喝了一口水,用瘦削的手指转动着漂亮杯子。"你爸爸,"她安静地说,"就是在下雨天里向我求婚的。你知道吗?"她等科蒂斯摇摇头,不知道。"是真的。我们从舞会里出来,走在街上。天开始下雨,我偎依在他身边,因为他就像是……就像一座大山一样,我感觉自己受到了保护。哦,而且他舞跳得真好,以他那个块头来说。可是我记得……在雨里……我紧紧地搂着他,于是他低头看着我的脸,吻了我。就在那一刻……就在那一刻……他还没问我,我就知道我是他的了。我知道我不可能属于别人。然后他说了那句话:'奥尔奇德,你愿意让我做你的丈夫吗?'这句话……一个女人永远都不会忘记。总有一天,你也会有你的机会,去向某个姑娘说这句话的。然后……我想我们会重新幸福起来的。"

"好的,妈妈。"科蒂斯说。

"真是难啊,"奥尔奇德说,"眼睁睁看着一个人离你越来越远。这就像是……一次小小的死亡,我想。你使劲儿地想……你该怎么办,好让一切恢复正常?你明明想哭,却要大笑,然后你看着屋子另一边你爱着的那个男人……却只看见一个幽灵站在那儿。哦……听见雷声了吗?像是直接从咱们的房顶上滚过去。"

科蒂斯说:"我真希望我能做点儿什么好让你感觉好一点,妈妈。

要是你让我带你去看——"

"不看医生,"她打断道,"不看。太花钱了。花了那么多钱带你去看医生,到头来有什么用?"

我就是这样,我也没办法,他想这样说……可是如果高贵的圆桌骑士处在他的位置,他们会怎么说?眼前这个躺在床上的女人像一个根本无力保护自己的生物,他们绝不会让她多受一点伤害。于是他回答:"我请得起给你看病的医生,妈妈。"

"够呛,"她说,"上帝啊,我们现在只能勉强度日,你还想把钱扔给没用的医生?"

科蒂斯没有回答,因为她不想听到回答。

"我太累了。"她说。

"那我帮你躺下睡觉。"

"不忙。还不忙。"奥尔奇德把漂亮杯子里的水喝完,"跟我说说,"她停顿片刻,"你是怎么……你知道……听到东西的?我是说……你是怎么在脑子里跟人说话的?"

科蒂斯本来正想起身,这时却又重新坐回吱嘎作响的椅子里,因为他妈妈以前从来没有问过这样的问题。他思索片刻,然后整理出一个答案。"站里……有一个红帽子……我们叫他'大聪明'……他能把舌头像卷毛毯一样卷起来,而别人怎么也做不到。他能卷三四层。其他人都不行。我都想不出他是怎么做到的,可对他来说,这很自然。我五年级的时候……有一个叫诺亚·沃尔科特的小男孩。有一天在操场上,我看见他手里抓着一只马蜂。还有好几个小孩也看见了,他并不是在故意炫耀。他把那只马蜂攥在拳头里摇晃起来,像摇骰子一样……然后他把马蜂放进嘴里。可是它一直没有蛰他。他张开嘴，马蜂就飞走了。我记得……他说不论是马蜂、虎头蜂，还是随便哪种能蛰人的东西都怕他，他从来没有被蛰过，也永远不会被蛰。"

"然后，"科蒂斯接着说，"有个叫波利的，我们都叫他'美人[1]'，他在车站里工作过一阵子。你还记得我跟你说过他吗？"

"不记得。"

科蒂斯一点也不奇怪，因为他妈妈根本没有听。

"哦……波利状态好的时候，十次有九次能说中下一个进站的人——不论是从街上进来还是从站台进来——穿什么衣服，更别说来的是男是女还是小孩儿了。他会说：'下一个进来的人打着黄色领结，穿蓝色衬衣和一双双色皮鞋。'然后那个人真是这样。不然就是：'要进来的是一家子，男人穿一件灰色西服，女人戴一顶花帽子，小男孩穿着一双白色长筒袜。'然后他们就来了，和他猜的一模一样。而在其他时候，波利似乎连鞋带都系不好，甚至不会直着推小车。后来他开始变得精神恍惚，只是站在那里不知盯着什么东西，于是老板只好把他开除了。你不记得我跟你讲过这件事吗？"

"你没讲过。"奥尔奇德说。

"那我可能记错了，"科蒂斯告诉妈妈，可是他知道自己没记错，"我想说的是……生活里充满了各种只有上帝才能解答的谜团。我们根本没办法穿透这层帷帐。我也不知道我是怎么做到的。它就长在

---

1 波利（Beauley）与美人（beauty）的英文拼写和发音很像。

我身上，我只能这样说。"

"跟你说话的……那个人是抓住了这个能力，还是想要把它丢掉？"

"她抓住了它。要是你觉得我找到了个女朋友，那我要告诉你，她才十岁，还是个白人。她家还有个司机。"

"可怜可怜我吧。"奥尔奇德喃喃道，不过她没再听他说话了。她正在打量着漂亮杯子，杯底那一圈菱形切面闪闪发光。"沃特福德水晶，"她说，"一位来自英国的有色人种绅士送给我外婆的，很久以前的事了。我妈妈把它作为结婚礼物传给了我。你的名字就是这么来的……科蒂斯·沃特福德。像这样的杯子非常少见，我猜。和这个杯子同一批的货物，到如今几乎都要么碎了要么丢了……除非它们是在博物馆里。我用这个来做你的名字，是因为我一直觉得它真是一个漂亮又稀罕的东西。你看见了吗？"

"我看见了。"科蒂斯说。

"唉……白人发现你能在脑子里跟别人说话……你到最后肯定会进博物馆的，"奥尔奇德说，"到最后你的脑袋会被装进他们的展柜里，在这之前他们会把你的脑子弄出来，切成片，做研究。白人都是这样。把东西拆开来研究，然后它就坏了。"

"我会离博物馆远远的。"科蒂斯硬挤出一个微笑，回答道。

"他们会把你从我身边拖走，他们会找到这里的。然后我就失去你了，就像我失去你爸爸一样。"奥尔奇德的水已经喝完了；她伸手把漂亮杯子递给科蒂斯，科蒂斯则从椅子上起身接过它。"洗干净，"奥尔奇德说，"把它擦干，放回原处。"

"好的，妈妈。"

"不过听我说……我在想，我们应该去趟农场。和爸爸妈妈一起住一段时间。也许可以搬过去和他们一起住。天知道我多么不想放弃这个房子，可是也许是时候了。"

"我觉得这对你来说是个好主意，"科蒂斯说，"可我不能去，妈妈。我喜欢我的工作，我不能放弃它。"

"整天搬运行李，你还不能放弃它？"

"我在帮助别人，"他说，"我帮助人们从这里去往别处然后再回来。这才是我的工作。"

"说得好像有多了不起似的。"

"对我来说，"科蒂斯说，"就是这样。"

奥尔奇德长长地叹了口气。"真是个铁头，"她说，"和你爸爸一样。"

"我觉得你这是在夸我，要真是这样，那我就收下了。"

"那就去忙你的吧。没别的事了。"

科蒂斯花了点时间替妈妈把被子理平整，又帮她躺好睡下。突然，妈妈抓住他空着的那只手，把它贴在自己的脸颊上。

"我没有照顾好你，儿子。"她的声音中含着郁结，"我对不起你。"

科蒂斯用手捧着她的脸颊。"没事儿的，妈妈，"他轻柔地说，"别胡思乱想了。"

妈妈握着他的手，他也由着自己的手被握着。

等到妈妈松开手，科蒂斯问："要我把灯关掉吗？"

"不用。"妈妈说,她的声音缥缈。她盯着窗户,雨水从窗玻璃上一股股地流下。"不用,我想让灯再亮一会儿。"

"那好吧,晚安。"

"你也晚安。"她等到科蒂斯快要走出房门,又说,"我爱你,儿子。你爸爸肯定会为你感到非常非常骄傲的。"

科蒂斯花了一点时间才整理好情绪做出回答,因为这话从妈妈的嘴里说出来,有着沉甸甸的分量。"谢谢你,妈妈,"他说,"我也爱你。谢谢你,今晚听我说话。"

"我只有这两只耳朵。我的脑袋可不能像你那样工作。"

他轻轻地关上门,去厨房里把漂亮杯子洗干净后擦干。他把杯子放回上层架子原来的位置,在那块方形的深蓝色天鹅绒布上。他回到自己的房间,一边接着看古代骑士的故事,一边注意着他的朋友会不会因为需要他而回来找他。她没有——至少,今晚没有——于是最后,他看完红城的哈蒙斯国王之死,沉沉地睡去了。

第十四章

成功的关键在于两点：时机，还有销售的艺术。

珀利坐在福特轿车的驾驶座上，雨水从灰沉沉的天空落下，敲打在挡风玻璃上。车子停在路边，挨着一座小公园，在哈灵顿学校南边，距离一个街区，和周一周二下午停在同一个位置。福特轿车的引擎一直运转着，雨刷不停地扫来扫去。珀利看了看手表。现在是下午三点十二分。哈特利随时都会开车经过。

"紧张吗？"金吉尔问。她早就从副驾驶位置上溜下去，半蹲在地上。

"我没事。"他回答道，不过他真希望能有时间抽根烟；他倒真的有几根蝴蝶牌卷烟，他真想把它们一口气抽完。

"那你挺不错。我的后背都他妈快断了。"后座的唐尼说道，他也蜷着身子躲在那里。

珀利对金吉尔说:"别忘了枪在——"

"手套箱里。记着呢。"她冲他露出一个紧绷的笑容,眼睛却眯缝着,目光冰冷,"只管干好你的工作,警探。其他一切都很顺利。"

珀利不停地看向左边的侧视镜,然后看看后视镜……侧视镜,后视镜……侧视镜,后视镜。孩子在哈灵顿学校上学的富人家庭,他们的豪车一辆辆地从福特轿车旁经过,仿佛一支高傲的游行队伍,可是哈特利那辆长长的栗色1933年奥兹摩比旅行轿车仍然没有出现。珀利双手握着方向盘,做好准备,只等哈特利一经过就把福特轿车开出路边。侧视镜……后视镜……侧视镜……后视镜。

时机,还有销售的艺术,两者都取决于他。如果一切顺利,从现在开始,也许用不了十分钟,这桩买卖就做成了。突然,他希望这辆车子能坚持住;他这阵子用车用得太狠了,先是在周五半夜开车回到什里夫波特去接金吉尔和唐尼,然后立刻掉头把他们带到新奥尔良,除此之外,他还开车带着他们来到这儿,然后到沼泽小镇肯纳附近绕着庞恰特雷恩湖北上。此刻时间正在一点点流逝。他又看了一眼手表,发现从他上次看表到现在才过去几分钟……就在这时,他突然看见那辆奥兹摩比轿车巨大的进气格栅出现在他的左侧视镜里。哈特利闪了一下他的头灯。栗色的汽车速度稳定地从旁边驶过。妮拉·鲁登米尔是不是回头透过后车窗看了一眼福特轿车?是的,她看了。她还在看吗?同样是的。

她发现我了,珀利心想。他估计她昨天或者今天早上就看见他了,不过这不重要。该行动了。

"我们上。"他说。他等到哈特利在前面拉开大概四个车长的距离,然后他把车子从路边开出,保持距离,跟了上去。在上周末,他用尽办法让鲁登米尔觉得,在哈特利接送孩子上下学的时候,让这位什里夫波特来的警探开车支援是个绝好的主意。问题在于,不能让他们知道自己被盯梢——"监视",以防奥尔西一伙有任何企图,珀利是这么对鲁登米尔说的——免得让他妻子精神紧张,所以珀利早上把车停到与花园区的豪宅相隔几个街区的地方,又在下午把车停到哈灵顿学校几个街区外的路边,不过女孩还是发现了他。没关系,反正也用不着继续伪装了。不过……还是得说服那个老玻璃眼,因为要是他的手摸到了手套箱里的手枪,那这个绑架行动就泡汤了,没准儿有人脑袋还要开花。

"该死!"唐尼咕哝道,"我他妈的腿抽筋了!"

"给我忍着。"金吉尔的语气里全是寒意,"等他车子一停,你最好做好行动准备。"

"前方右转。"珀利报告道。雨刷来回扫过满是雨水的玻璃。他加快速度。"我可不想闯红灯。"他把自己的想法说了出来,金吉尔则言简意赅地回答:"要是你把他跟丢了,我今晚就活吞了你。"

"我不会跟丢他的。要是他发现自己在前面开得太远,他会慢下来的。星期一和昨天就是这样。他昨天改变了线路,不过这两天我们都——见鬼!"一条棕色的狗刚好从福特车正前方蹿过马路,差点儿撞上前保险杠。

"怎么回事?"唐尼大叫道。

"把头低下,"金吉尔说,"跟我相比,你那儿可是舒服极了。"

"我们没事。街上有条狗蹿了出来。好了……他就在前面。刚好看见他的刹车灯亮了。我刚才想说……这两天他都是从那片仓库区转过去，所以我估计他今天还是会走那边。"

"你最好猜对了，大聪明。"

一听这话，他的太阳穴鼓胀起来。"你最好手脚利索点儿，小甜饼。顺利的话，咱们几分钟内就该动手了。"

他握着方向盘的双手湿乎乎的，心脏怦怦直跳，不过他发现自己并不害怕。与其说是别的，相比起来他更多的是感到兴奋。确切地说是振奋，他想。到目前为止，这次行动最困难的部分是在一次电话中让鲁登米尔相信，尽管有消息说奥尔西已经来到了新奥尔良，但是向本地警察报警仍旧不是最符合他利益的选择。我在警队里有个朋友，做了好几年的警探，珀利对他说，我打算跟他说明情况，他会做一些私下的调查，让整件事情保持低调。包在我身上。

今天他们必须采取行动了，因为给杰克·鲁登米尔的包票只能维持到这么久，珀利感觉自己的手段马上就要用尽了。

他们穿过一片小房子和几块空地，然后进入一个由低矮的方块建筑组成的仓库区。几辆卡车从一旁驶过，但除此之外，这段街道上只有福特和奥兹摩比这两辆车。"就到这儿吧。"珀利说，他踩下油门，闪起大灯。几乎就在同时，他看到哈特利的刹车灯亮了。这辆旅行轿车放慢了速度。珀利说："准备好了吗？"

没有人回答；也不必回答。他们准备好了，时间到了。

珀利从左边追上哈特利，放慢福特车速，轻轻往右边一别，让司机只得贴着路边停车。哈特利和他并排着停下车子，与此同时，珀利做好准备，从金吉尔头顶上伸手摇下车窗。

司机的窗户也摇了下来。"怎么回事？"他问，语气里透着紧张。

"听着，"珀利用轻松的语调说，"妮拉早就看见我了，所以这个把戏到此结束了。不过你的左后车胎正在漏气。我好像看见上面扎了个钉子。"

"我感觉没问题。"

"你可能需要到加油站里停下来，检查一下。来吧，去看一眼，然后再做打算。"珀利飞快地下了车，迈步穿过细雨，绕到奥兹摩比的左后方。

哈特利一动不动。

"见鬼。"金吉尔蹲在原处，轻声道。她在等着听到司机打开车门的声音，可是他并没有。

"我看见钉子了。"珀利一边说，一边心想他必须让这个杂种下车，马上。

"我可以到家了再换轮胎。"哈特利回答。

"随你便，克莱，"珀利说，这是他第一次叫这个人的名字，"大概能撑住。"他又看了一眼这个所谓的扎破了的轮胎，一边默默地咒骂一句，一边开始绕过车子回到福特上去。再过十五秒，备用计划就要被迫实施了，而哈特利的手套箱里有手枪，奥兹摩比又锁着车门，备用计划根本就是一桶狗屎。

"你们几个车子出毛病了？"一个男人的声音叫道。珀利被吓得掉了五年阳寿，他看到大约二十五码外，一处金属房檐底下站着一个穿着工装裤的男人。这处房檐是从一个仓库的装货平台上方突出来的，那人正抽着烟在下面避雨。

珀利大声回答:"轮胎出了点儿小问题,不过我们能对付!"

哈特利突然打开车门,于是珀利又短了一年寿命。哈特利让发动机继续空转。他疲惫地说:"好吧,让我瞅一眼。"

珀利后退几步。他看向奥兹摩比的后车窗,看见妮拉和小杰克脸贴着脸,凑在窗前看着这场戏。小女孩的眼睛仅仅盯着他,眼神中的警惕让他想起得克萨斯州的那个小女孩,那个指出他在金版《圣经》上拼错名字的乔迪,那个小狗被烧死了的乔迪。

哈特利绕到车子后方去检查轮胎,与此同时,珀利把手伸进西服上衣里面,握住肩背式枪套里那把点三八转轮手枪的枪柄。也就在同一瞬间,金吉尔打开她那一侧的车门,动作麻利地溜到奥兹摩比的驾驶座上。唐尼紧随其后,开始下车。

珀利想抽出转轮手枪。

击锤挂在了什么东西上。

唐尼踉跄着从福特后座里出来,却撞上奥兹摩比的车身。"见鬼,脚麻了!"他大喊道。

珀利看见哈特利浑身一紧,就像闻到气味的猎狗一样。车子里面,金吉尔已经打开手套箱,检查确认这把点四五史密斯威森转轮手枪的六颗子弹装满了,准备把司机的这件武器递给唐尼,而后者似乎正在与地心引力做斗争。哈特利猛一转身,一只好眼和一只玻璃眼都死死盯着珀利;哈特利脸色变得铁青,就在这时,珀利近乎粗暴地从枪套里扯出点三八手枪,并且用枪口抵住他的肚子,让他的脸色越发铁青。

"进去——"珀利的声音干巴巴的,于是他只好再试一次,"坐到后座上去，和孩子们坐一块儿。"

"快点儿，动起来！"金吉尔喝道。唐尼接过她递来的手枪，把它握在腰间，一瘸一拐地绕到奥兹摩比的副驾驶位置。

珀利看见哈特利仰起脸看向那个仓库工人，后者仍旧抽着烟，仿佛浑然不知正在发生的事情。雨水滴到司机的帽檐上。他嘴巴颤抖，想要张开。珀利又拿枪捅了捅哈特利的肚子，同时让自己背对着仓库。"你这样死掉毫无意义，"他的脸贴着哈特利的脸说，"不论有没有你，我们都会把孩子带走。"

哈特利只是瞪着他，颤抖的嘴皱了起来。他开口了，声音却沉稳而冷静："我会亲手送你下地狱的。"

"您先请。"珀利朝着奥兹摩比抬了抬下巴。他又看见妮拉正隔着窗玻璃盯着他。他真想让那双眼睛喷出血来，可她的表情仍旧平和，虽然带着疑惑，似乎还不知道发生了什么。

哈特利转过身去，让珀利的枪顶着他的后背，钻进后排车座。一进车里，就迎面看见唐尼·贝恩斯正握着自己的手枪，而唐尼坐在副驾驶座上，从而让所有人都在他的掌控之中。珀利关上哈特利身边的车门，大步走回福特轿车。他坐到驾驶座上，开车离开，金吉尔则开着奥兹摩比紧随其后。

"把他们弄到手啦！"唐尼欢呼道，"他妈的，我们把他们弄到手啦！"

"要开很久呢，伙计们，"金吉尔说，"都坐好，放轻松。"

妮拉和她弟弟都穿着校服，深蓝色外套配白色上衣，女孩穿一条深蓝色裙子，男孩则是一条熨得笔挺的深蓝色裤子。外套的胸前口袋上绣着华丽的金色徽章和代表哈灵顿学校的白色"HS"[1]字母。妮拉虽然困惑,却还没有抓狂,小杰克则张着嘴,出神地盯着年轻人手里的手枪,那把枪动来动去,就像蛇头一样来回摇晃。"出什么事了,哈特利先生?这些人是谁?"妮拉问,"为什么帕尔先生在这里?"

"咱们会没事的。"哈特利告诉她。他把一只粗糙的手放在她细皮嫩肉的手上。他盯着拿枪人的脸。"我想请你不要在孩子们面前说脏话。"他说。

唐尼一时间像是被说傻了,随后他像驴叫一样大笑起来。他笑个不停,直到金吉尔伸手在他膝盖上捶了一下。"把注意力用在该用的地方。"她说。于是唐尼不再出声。

两辆车一刻不停,转向西北,朝着环绕庞恰特雷恩湖的沼泽地带驶去。

---

[1] 哈灵顿学校(Harrington School)的英文缩写为HS。

第 三 部
湖边小屋

第十五章

　　柯蒂斯正在把两个看起来非常昂贵的鳄鱼皮行李箱——行李箱的主人是一个头戴灰色绅士帽、身穿棕褐色雨衣的年轻人——搬到轨道区，这时他听见有什么东西在低喃。只是一阵低喃，像是一些词被搅和在一起却无从分辨。他不确定这是他脑子里的声音，还是正在上车的340次列车乘客弄出的动静。

　　火车头嘶嘶地喷着蒸汽，金属车钩咣啷啷地连接在一起。鸽子扑棱着翅膀，在顶棚的金属横梁之间飞来飞去。他想，在火车积蓄蒸汽的同时，人们兴奋地交谈着，小车在砂砾路面上滚动着，还有滚热的机器同样在吵个不停，差不多世界上所有的噪声都在联盟车站——

　　*科蒂斯。*那低喃声来了。

　　声音轻柔。轻轻一触，随机散去。

科蒂斯倾听着，同时任由脚步自动地带着他沿着火车向旅客所在的车厢走去，到了之后他会祝他旅途愉快——这是他的习惯——然后把箱子交给行李员，好让他们开始接下来的旅程。

他又迈出去四步，这时那声音击中了他。

科蒂斯给我爸爸打电话车上这人这人控制住了哈特利先生我不知道我们要去哪儿她说是要去滑冰让大家放心——

击中他的声音力量之大，就像是在他脑门上狠狠地打了一拳。他的头向后一仰，膝盖一软，把两个行李箱丢在地上，猛地瘫倒在水泥地面上。

科蒂斯科蒂斯救救我们科蒂斯车上这个人他拿着枪。

"你没事吧？滑倒了吗？"年轻的旅客问道，不过他是个白人，所以他始终保持着距离。

科蒂斯无法集中注意力，对那个声音和年轻旅客的问话都无力回答。

他的头像忏悔节上的鼓一样哪哪响个不停，可他还是发出了一声虚弱的问话：什么？

我是妮拉鲁登米尔我爸爸是杰克鲁登米尔有人绑架了我和我弟弟求求你了科蒂斯求求你了。

什么？他再次向外发送思想。这是在犯蠢。此时他知道周围全都是人，蛐蛐正要伸手扶他起来，可是科蒂斯像个布娃娃一样浑身无力，他甚至无法抓住蛐蛐的手。

*我是妮拉·鲁登米尔，*她再次说道，科蒂斯自己的声音说着妮拉的话，就像一颗炸弹在他脑袋里炸开花。*小杰克和我。他们要把*

我带去什么地方。

谁？他问道，带你们去哪儿？

她发出的信息虽然力道已经减弱了，却仍然急切，而且近乎杂乱。两男一女。帕尔先生也在这里。我坐在哈特利先生的身边。我不知道他们要带我们去哪儿。

你说……给你爸爸打电话？他的名字是杰克·鲁登米尔？

是的科蒂斯是的……这个人有枪，正瞄着我们。

"抓住我，站起来，科蒂斯。你没事儿吧？"蛐蛐在问话，此时新来的普伦提斯正弯下腰来帮忙。

上帝啊！科蒂斯心想。然后，他对妮拉说，你被绑架了？是这样吗？

是的科蒂斯……给我爸爸打电话……通知他……求你了……

因为起初的几声喊叫中那能把头脑烫熟的能量，此时她的声音听起来几乎疲惫不堪，她发送的声音也开始逐渐消退。科蒂斯说：我这就去，妮拉。电话号码是多少？

"科蒂斯，站起来！"

OR2-42……不对，等会儿……OR2-24……我没法思考，我的头疼得厉害……OR2-2461……这就是电话号码……

好的。冷静下来，不要恐慌。我这就给你爸爸打电话。

她安静下来，既像是她的能量用光了，又像是让他去打电话。科蒂斯挣扎着想站起来，老螃蟹和那个新人普伦提斯以及大聪明一起帮忙。他的跌倒引起了一阵混乱，不过还没有混乱到影响时刻表的程度；火车引擎仍然在上汽，乘客们仍然在上车。老螃蟹对年轻的旅客说:"你可以继续上车了,先桑,我们会料理好你的行李的,谢谢你在这里好心帮忙。"他朝那人露出一个微笑,把他打发走了。

普伦提斯肉嘟嘟的脸上张着大嘴,拖腔拉气地说:"虽然我不是医生,不过在我看来,长腿感觉很不舒服。"

"谢谢你的专业意见,医生。我现在没事儿了。"

"医生。"大聪明窃笑道,于是普伦提斯的新绰号诞生了。

"我得去打个电话,克雷伯先生。"科蒂斯说。他感到脸上和脖子后面因为冒汗而有些刺痒。"我没事,我只是需要打个电话。"

"医生,把这些行李搬走。"老螃蟹的语气表明他希望这道命令最好马上执行。医生赶紧照办,同时老螃蟹也让大聪明忙自己的事去,然后扶着科蒂斯的肩膀,直视着他的脸。"你有什么事要这么着急忙慌地去打电话?"

"我就是要打,先生。我现在没办法解释,不过……这真的很重要,我发誓。"

"好吧,好吧,你用不着发誓。刚才摔伤了没?"

"没有,先生。只是要去打个电话。"

老螃蟹点点头。"那就去吧,"他说,又问,"你有零钱吗?"

"有的先生,我有。"

老螃蟹松开他的肩膀。科蒂斯离开月台,急匆匆地回到站里,朝着最右边的红帽子更衣室走去。更衣室里隔着衣柜的墙上有一部投币电话。科蒂斯在脑子里牢牢记着电话号码;他把硬币塞进投币口,一只手颤抖着拨出号码。

"鲁登米尔家。"四声铃响过后,一个女人接起电话。她的口音中带着克里奥尔语的抑扬顿挫。

"我要找杰克·鲁登米尔先生说话。"

"鲁登米尔先生在办公室。你要留个口信吗?"

"呃……你是鲁登米尔夫人吗?"科蒂斯问。

"我是鲁登米尔家的用人,"对面回答道,"鲁登米尔先生正在参加一个俱乐部聚会。你有什么事吗?"

"我需要办公室电话号码。你能告诉我吗?"

"稍等。"她回答道,大约过了十五秒,她带着电话号码回来了。科蒂斯谢过她,把另一枚硬币塞进投币口,拨打号码,接电话的是一个带着商务腔调的白人女人,她说:"鲁登米尔船运公司,请问你要接哪里?"

科蒂斯又说了一遍他要和杰克·鲁登米尔通话,然后被问到电话是否有预约。他回答没有,不过他有事情必须让鲁登米尔先生知道。"请问怎么称呼?"对方问。科蒂斯告诉了她,然后她说:"我这就帮你接鲁登米尔先生的秘书,请不要挂机。"

他等待着。

*我正在想办法呢,妮拉,我正在想办法。*他发送出去,可是妮拉没有回答。

接着,出现了另一个白人女人硬邦邦的声音:"鲁登米尔先生办公室。是梅休先生吗?"

"科蒂斯·梅休,是的,女士。我要和鲁登米尔先生通话,马上。"

"他出去了。你打电话有何贵干?"

"听我说……拜托,女士……他真的出去了吗?因为这件事干系重大。"

过了片刻,对方才回答:"是的,他真的出去了,我估计他就算回来,起码还要过一个小时。如果你要留个口信,我一定会帮你转达。"

科蒂斯想开口,可是话才到嘴边,他就赶紧忍住了。他怎么知道谁可以信任?正在和他说话的这个秘书没准儿也参与其中了。绑架者有可能就来自这间办公室。他必须退回来,仔细思考,他的脑子里仍然一片混乱。

"我晚些时候再打电话。"他说完,就挂了电话。

他把听筒放回支架上,就在这时,科蒂斯猛地生出一种感觉,他必须采取行动,必须做点儿什么,因为每浪费一秒钟,绑匪就多一秒钟时间跑得更远。他感觉自己简直喘不过气来,他的心脏仍旧疯狂地——甚至危险地——跳个不停。他至少必须试一试。

他从裤兜里掏出最后一枚硬币,把它塞进投币口。他拨了个0,接线员接通了,他用尽可能平静的语气要求接通警察局。

"哦,鲁登米尔先生!没想到你回来得这么快!"

船运帝国的主人刚刚走进他的办公室外间,雨衣搭在胳膊上,灰色绅士帽仍旧沾着雨滴。他朝爱丽丝一耸肩,说:"我现在知道为什么上两次商改局[1]的会议我都没参加了。真他妈无聊。演讲结束后

---

[1] 即商业改进局,成立于1912年,是一个非营利性的行业自律组织。

是餐会,然后我在法国人酒吧又被赛勒斯·凯利扣了他妈的一个小时。"商业改进局的会议,每月一次,从来都不是他喜欢的外出活动。"我本来想回家,可是我还有工作要做。有谁打过电话?"

她从便签簿上撕下一张纸来,上面用她那漂亮的笔迹写着名字、电话、事由和来电时间。

他扫视着名单。所有人他都认识,除了一个。"科蒂斯·梅休?这是谁?"

"我不知道,先生,他没说有什么事。"

"三点二十二分打来电话?也没留下号码?"

"没有,先生。"

鲁登米尔又看了一遍名单。孟菲斯的里奇·布坎南需要今天下午回他电话……麦克·奥玛拉可以等等,肯·桑德费尔德也可以等……可是这个科蒂斯·梅休到底是谁?他的注意力总是被拽到这个名字上:科蒂斯。

这是他的名字,爸爸。我能在脑子里跟人说话,真的,他的名字就叫科蒂斯。

巧合罢了,他想。小姑娘有着她奶奶的狂野想象力,这就是一切的根源。

他对爱丽丝说:"让我休息十分钟,然后给我接通里奇·布坎南的电话。"他走进办公室,关上门,挂好雨衣、帽子和西装外套,然后近乎瘫坐在办公桌后面的椅子上。通常他会一旋椅子,带着拥有这一切的骄傲俯瞰带有他名字的码头和仓库,可是今天他似乎怎么也提不起这个劲头。都是因为奥尔西的破事,整日整夜、每分每秒地担心两个孩子的安危让他筋疲力尽。要是帕尔不能尽快——比方说再过两三天——拿出点儿结果来,他就打电话给什里夫波特的贝泽尔局长,让他派更多人手来处理这件事。要么这样,要么就去找本地警察,去他妈的记者吧,他们想印什么就——

他的对讲机响了。

"还没到十分钟呢。"他回答,语气略带严厉。

"先生……有个人打电话来,说有话要跟你说。他不肯告诉我名字,可是他说他是替一个叫帕尔的警探打来的。"

有大概三秒钟,鲁登米尔像被冻住了一样坐在那里。他不喜欢这句话里的味道。紧接着,所有血液像是又冲回他的四肢和脸上,他觉得自己像猎狗耳朵里的虱子一样鼓胀起来。

"把他接进来,"他说,然后他等了五秒钟,拿起听筒,"我是杰克·鲁登米尔。"

"下午好。"那声音说道。声音又闷又低沉,近似于沙哑的耳语,让鲁登米尔一瞬间感到脊背发凉。"你的两个孩子、那个什里夫波特的混蛋和你的司机都在我们手里。他手套箱里真是放了把好枪。"

鲁登米尔无法回答。他出不了声音。他感到眼前一阵发黑,心脏怦怦跳得厉害。

"我只打这一通电话,"来电话的人继续说,"明天凌晨一点钟,你要带二十万美元到肯纳镇桑达斯基路上一座钓鱼码头的尽头。在锯木厂路右转就到了。把钱装进一个纸箱子里带过来,箱子要盖好,但是不准封上。长宽高都不能超过五十英寸。你一个人来,不准带警察,不准让我闻见警察的味道,并且不准带武器。我们不希望有任何人受伤。只要你照我说的做，那么所有人都能各回各家。听明白了吗？"

鲁登米尔，这个多年来在历次交易谈判中无往不胜，并且由此获得巨量财富的人，此时虽然拼尽全力，却说不出一个字来。

"听明白了吗？"那个怪异的闷声逼问道。

鲁登米尔吸了一口气，强迫自己出声说话；这声音孱弱而胆怯，全然不像他平时听到的声音。"等……等等。我的孩子都还好吗？求求你……不要伤害他们，好吗？"

"他们都很好。剩下的就看你了。只要有警察跟着你，或者出现我们不喜欢的情况，那么孩子就死定了。听见我的话了吗？"

"我听见了，"孱弱而惊恐的声音回答道，"可是……听着……我没办法在一点钟之前凑出这么多钱。工作日马上就要结束了。我有……我有一万五千美元放在家里的保险柜里。我可以先把这笔钱带过去。"

"哈。"绑匪说，可那并不是笑声。片刻停顿后，那声音继续，"好吧，咱们把时间定到星期五凌晨一点钟。不过听着，先生……你要把那一万五千美元也装进箱子里，作为这场麻烦的补偿。听见了吗？"

"好的。"鲁登米尔说。

"码头尽头，桑达斯基路，星期五凌晨一点钟。到时候见……不准带警察，不准带枪……箱子里装二十一万五千美元……一切都要顺顺利利的。"

咔嗒。线路挂断，那人消失了。

鲁登米尔坐在那里，电话仍旧贴着他的耳朵。血液在他的脑袋里奔腾。忽然他咒骂自己刚才没有对那个人——奥尔西本人吗？——说他想跟妮拉和小杰克通话，也没有问清楚要在何时何地接他们回家。在这样一个关键时刻，他的谈判技巧却辜负了他，而他也意识到，自己将永远背负着如此的失败。可是……他必须立刻行动起来，尽可能地掌控一切，尽管他已经对太多方面失去了控制，至少他多争取了一天，来把钱凑齐。二十一万五千美元……二十一万五千美元……他情愿支付任何代价，只要能让孩子们平安回来。

他放下电话听筒。要怎样才能筹来这么多现金呢？维克多……维克多能帮他解决这个问题，而此时此刻他需要——

对讲机再次响起。

"喂？"他的声音再次紧张得连他自己都听不出来，这一声肯定把爱丽丝吓了一跳，因为她并没有马上回答。"什么事？"他问，听起来像是他打算用牙齿撕烂谁的喉咙。

"先生……呃……一个名叫阿尔伯特·安吉内利的警探打电话找你。要我把他接进来吗？"

"什么？"

"有个警探打电话找你，他叫——"

"好吧，好吧。"鲁登米尔说。他感到汗水顺着胳膊内侧淌下来，办公室的四壁像是在慢悠悠地围着他一圈一圈地旋转。"把他接进来。"

"鲁登米尔先生？"电话里传来一个洪亮而热诚的声音，"我是中央车站的安吉内利警监。你今天好吗?"

"糟透了。你怎么样?"

"嗯……我本人,挺好。很抱歉听说你有麻烦。生意上的?"

"警监,我这里忙得很。我能帮你做什么?"

"我们想请你澄清几个问题,"安吉内利说,声音里仍然带着笑意,"大约十分钟前有人报警说你的两个孩子今天下午被绑架了。是真的吗?"

如果说刚才办公室的墙壁是在绕着他转圈,那么此时它们就是停了下来,开始向他逼近。

鲁登米尔的头脑飞速运转。是现在就把整件事情都告诉这个警察,让孩子们面临生命危险……还是不要这样?

"鲁登米尔先生?"安吉内利催促道,阳光开朗的声音里多了几分严肃的味道。

"谁告诉你的?"他问。

"唉,说来也很蹊跷。我们接到一个联盟车站的红帽子打来的电话,那人名叫科蒂斯·梅休。我这会儿正在看报告呢。他说你的孩子被两男一女绑架了,其中一个男人有一把枪……只不过他无法告诉我们,他是怎么知道这件事确实发生了的。我们叫他待在原处,我们这就去把他带到这儿来。这事儿是真的吗?"

做决定的时刻到了。他必须在他一团乱的大脑崩溃前拿定注意。

"安吉内利警监,"鲁登米尔说,"这……真是一派胡言。我孩子这会儿都在家里,和他们的妈妈在一起。"

"你确定?"

"确定。我……"天哪，这是要撒多大的谎啊！"我刚刚和我妻子说过话。他们都在家，十分安全，就跟每天下午放学以后一样。"

"嗯。这样一来就更奇怪了，你不觉得吗？"

"我的想法是，"鲁登米尔说着，用手指抹去脑门上细密的冷汗，"这个叫科蒂斯·梅休的是个疯子，不然他就是想得到我的某种关注。我不知道……人心很难琢磨的。"

"可不是嘛。你认识这个家伙吗？对了，他是个黑人，所有红帽子都是。他是不是跟你有什么恩怨？"

"就我所知，我从来没见过他，以前也从未听说过他。"

"那就真是让人费解了。"

鲁登米尔没有说话，警监也一样。鲁登米尔的视线正在变得模糊。他担心再过几秒钟他会要么尖叫起来，要么干脆昏过去。

经过一段无比煎熬、近乎永恒的时间后，安吉内利终于说话了。"那么我们到底要不要派车去把这个人接过来呢？我是说，光是像这样报假警本身就可以算是一种犯罪了。我们应该把他在这里关上一阵子，直到我们——"

"不，不，"鲁登米尔打断他，可是他努力让自己听起来不慌不忙、不以为意，"我可不想浪费时间、金钱和精力。请容我问一句……这个有色人种是不是喝多了？嗑药了还是怎样？我怀疑这些黑鬼一旦沾上威士忌、碰了毒品，他们看见的可不只是粉红色的大象。"

"很可能是一堆麻烦，一点儿没错。"

"我很高兴你不必在这件事上白费力气。"

电话里一阵哗啦哗啦的声音。鲁登米尔听出来，这位警监正在剥一块口香糖，他再次开口时伴随着嚼口香糖的声音。"你可是个无比重要的人物，鲁登米尔先生，"他说，"我读过你拿下新合同的消息。"

"是我的公司拿下的。"他修正道。

"当然。可是能赚不少钱呢。我也相信这个故事还会登上许多别的报纸，也许会一直传到加利福尼亚。你知道，我想见你已经有段时间了，亲自和你握握手，感谢你为帮助新奥尔良和重振整个国家而做出的努力。我想我可以哪天晚上到你府上，见见你和你的家人？"

"我们会很乐意邀请你来的。"鲁登米尔说。

"干脆今晚如何？"安吉内利一边嚼着口香糖，一边问。

鲁登米尔胃里一阵抽搐。"不行……我妻子……简……和我……还有孩子们……我们今晚都要出去吃晚餐。都已经计划……哦……一个星期了，我猜。"

"明白了。那么，下周？"

"好的。下周正合适。"

安吉内利继续讲个不停，鲁登米尔却觉得自己随时都会吓掉魂。

"我来跟你讲一讲绑匪都是怎么回事，"安吉内利说，他的声音里没了热情和笑意，"外面有不少卑鄙而绝望的人，鲁登米尔先生。像你这样的体面人根本无法想象，几乎每一天，都会有人在某个地方绑架别人，勒索赎金。哦，世道艰难，我知道，但这还不是全部。只有在极少数时候，受害者在赎金支付后还能活着回来。哦是的,绑匪们总是说,别让警察掺和进来,否则事情会很难收场,可是……事情横竖都会很难收场。现在……有些绑匪作案只是为了钱,当然,可是还有些人这么做是因为……唉,咱们这么说吧,他们生来就是干这一行的。他们的卑鄙品性逼着他们寻找发泄的途径。他们喜欢作恶时的快感,喜欢掌控全局的感觉,觉得自己理当受人尊敬,哪怕为此不得不从街上掳走几个孩子。这时你要对付的就不再是你我这样的人类了,鲁登米尔先生。你要对付的是一群畜生,只要拿到钱,他们就能毫不迟疑地割开一个小女孩的喉咙。或者……只要这样合他们心意,不论有没有拿到钱,他们都会这么做。这就是现实,先生。"他停顿片刻,才继续说下去,同时牙齿咬得口香糖咯噔咯噔地响,"那么……你有没有什么事情想跟我说?"

整个世界静止了。

鲁登米尔说:"没有。"

世界再次向前倾倒。

"你说,你的孩子都在家?"

"安吉内利警监……咱们讲讲逻辑,好吗?"鲁登米尔坐着椅子一转身,俯瞰着码头和仓库,船只和河流和城市,而这一切似乎都变得不值一提了。"逻辑,"他用力地重复道,"一个联盟车站里的红帽子怎么会知道我的孩子今天下午被人绑架了?怎么知道的?他还说他不能告诉你,是吗?那他难道会……读心术?除非……他不会读心术,他不过是个……我不知道,一个闹事的,或者疯了,或者……就像我说的,嗑药磕多了。不然你怎么解释他的说法?"

"确实让人困惑。"警监说。

"知道我今晚打算干什么吗？"不等对方回答，鲁登米尔就进一步说道，"我打算抱抱我的孩子，亲吻我的妻子，然后我们就出门，吃一顿期待已久的家庭大餐。"

"真不错。你打算在哪儿吃？"

"当然是阿尔诺餐厅。"鲁登米尔赶紧回答。

"听说是个不错的地方。虽然比我的预算贵了几块钱。好吧，那么……我想我应该让你继续工作了，是吗？"

"这里的星期三总是很忙碌。"

"好的，先生。那好吧。这样吧，我把我的电话号码留给你，等你定好了哪天晚上我可以过去见见你的家人，你就通知我。你看合适吗？"

"没问题。"鲁登米尔用他那支黑色派克钢笔在便签簿上写下号码，可是他的手抖得厉害，字写得几乎无法辨认。

"那么，我想就这样吧。很抱歉，让你费心了。"

"这是你的工作，警监，我很欣赏你对工作的自豪感。谢谢你打电话来。"安吉内利挂了电话，鲁登米尔像一颗出膛的子弹一样开始了行动。他站起身来，敲了敲维克多的门，打开门，发现公司律师的办公室里没人，维克多可能在大楼里的某个地方。鲁登米尔穿过办公室朝他自己的办公室走去，脚下一个趔趄，于是他靠在墙上稳住自己，弄得一排排装在相框里的表扬信和奖状——包括好几张来自商业改进局的——在钉子上一阵晃动。

他打起精神，到办公室外间吩咐爱丽丝取消打给瑞奇·布坎南的电话，接着去找维克多，让维克多立刻过来见他。然后他转身返回他自己的办公室,并且关上门。他走进他自用的小卫生间,同样关上门,把两个水龙头都开到最大,俯下身子,把难吃的鸡肉、土豆泥、豆角、秋葵、乳酪饼干和山核桃馅饼的残渣一股脑吐进马桶里,直到嘴里吐出血来。他大口地喘着气,下方污浊的水变成了暗淡而浑浊的红色。

第十六章

"这是把真枪吗?"男孩问。

"货真价实。"唐尼说。

"证明给我看。"男孩挑衅道。

唐尼差点儿就打开弹巢给小杰克·鲁登米尔看里面的子弹,可是他忍住了。反正金吉尔也不会让他这样做;她都准备好抽出一只握着方向盘的手来捶他的肋骨了。"现在你有个机会,"她咬牙切齿地说,"证明你比一个三年级的小屁孩儿更聪明。"

"四年级!"小杰克几乎怒不可遏地大叫道,"我跳级了!"

"安静。"妮拉用手抓住弟弟的胳膊让他冷静,与此同时哈特利也用自己的手按住她的手。"你们要带我们去哪儿?"妮拉问开车的棕发女人。

"通布图[1]。现在闭嘴，也让他把嘴闭上。"

"我不怕你，"小杰克嘲讽唐尼，尽管枪口正对着他的脸，"我爸爸会找到你，用鞭子抽你的屁股！"

"你可真是个滑稽的小王八蛋。"唐尼一边说，一边咧着嘴，露出一个狡诈的笑容。

"拜托了，先生，"哈特利说，"注意你的用词。"

手枪的枪口转而对准了哈特利。年轻人凹陷的脸颊上涌出一层红色。"不用你告诉我该怎么说话，蠢货。嘿，我敢打赌，要是把你那颗玻璃眼抠出来，你的眼窝子看起来肯定像个屁眼儿。你这么干过吗？说话！我问你话呢！"

"别惹他们。"金吉尔说。雨下大了，雨刷越发奋力地工作着。在他们前方，笔直的灰色道路两边是矮树林和多刺的灌木丛，偶尔冒出一间棚屋，里面可能有人居住，也可能是空的，无法判断。"我们马上就要到地方了，别骚扰他们。"

"别什么？"

"别没事儿惹他们。"

"谁的嘴好臭，"小杰克说，随即又补充道，"我盯着你呢。"

"你跟我，"唐尼用近乎下流的语气对男孩低吼，"咱们一会儿可有好多乐子呢，我可以现在就告诉你。"

"别理他，"金吉尔命令道，"我是认真的。你给我有个成年人的样子。"

---

[1] 西非马里共和国的一座城市，位于撒哈拉沙漠南缘，尼日尔河北岸。

唐尼用嘴唇发出一串响屁一样的声音，不过没有再说什么。

妮拉·鲁登米尔的脑袋排除了被这两人绑架、又有一把枪在她面前晃悠所带来的冲击，她意识到自己似乎突然之间长大了，如果没有别的原因，那一定是因为她要保护她的弟弟。仿佛一瞬间，那些洋娃娃、漂亮衣服和过家家的茶话会都已经离她远去了；一个十岁孩子的所有阳光灿烂的游戏时间似乎都变得像她此时的爸爸妈妈一样遥不可及；她还意识到，哈特利先生也无法保护他们了。光这一点就是一个可怕的念头，可是她知道这就是事实。"你们想从我们身上得到什么？"她问，尽管她已经想到，肯定跟钱有关。

"只是做几天客人，"开车的女人说，"仅此而已。"

妮拉继续追问："你们想跟我爸爸要多少钱？"

"反正他能出得起。你真是个聪明的小姑娘，不是吗？"

"我知道你们为什么绑架我们。"

"你确实知道。"金吉尔正透过雨水寻找前方右侧的一座老旧谷仓。过了谷仓再走半英里有一条土路——今天成了一条烂泥路，一定要小心翼翼才能避免让轮胎陷进去。珀利去了梅泰里的西滨海大道，要用那里的雷克萨尔药房的电话亭打个电话，然后买些他们用得着的东西，而他们要在那条烂泥路上和珀利会合。

他们路过一块木制路牌，上面用白色油漆写着：欢迎来到肯纳，一座未来之城。路牌后面三十码处又有一块牌子，小一些，仅由几块木板钉在一起，然后固定在木桩上。那块牌子上用歪歪斜斜的红色字母写着"第二届年度响尾蛇大赛，9月1日星期六，中午评判，凯尔索公园"。

"你看见了没？"唐尼问金吉尔，"响尾蛇大赛是个什么玩意儿？"

"一群红脖子怪胎跑去树林里抓响尾蛇，"她回答，"然后用它来搞比赛，谁抓的最多最大谁就胜出。然后他们就把蛇都炖了吃掉。"

"真的？见鬼，这可真恶心。你吃过蛇吗？"

"吃过。"

"什么味儿的？"

"像鸡肉，"金吉尔说，"只不过是蛇的口感。"

妮拉闭上眼睛，这样更好集中精神。和往常一样，紧接着仿佛有一股微弱的电流流过她的身体。她之所以知道这种感觉是因为她五岁那年把一个叉子插进墙上的一个插座里，那次触电害她进了医院，让她至今都清楚记得那种剧痛带来的激烈震颤。不过这种感觉没有那么极端，冲击没那么强烈，但它每次都会出现。她向他发出呼唤。*科蒂斯，快回话。*

过了几秒钟，他才回答。每当妮拉和她说话并且他像这样回答她时，她总会在自己脑海里听到一阵安静的噼啪声，就像她妈妈喜欢用留声机播放的那些唱片一样——都是些听起来很古老的钢琴曲，作曲者的名字听着都像外国人，起初她以为是贝多芬、肖邦和莫扎特，直到去年哈灵顿学校的音乐老师开了古典钢琴家的课，她才把这个问题弄清楚。

*我在，妮拉。*他回来了，妮拉很高兴他叫了她的名字，这让她觉得他就在自己身边。

*我们在肯纳镇，*她说，*在一条很长的公路上，两边都是树林。*

你给我爸爸打过电话了吗？

对不起，我没能联系上他。我报过警了，他们说会告诉他，而且他们正在往车站这边赶过来，一会儿就来接我。

好的。他知道了就好。

这会儿他应该知道了。别怕，他很快就会来救你了。

我不怕，妮拉回答，也许她其实是害怕的，可她不想让这个女人和男人看出来，而且哈特利先生结实的手正握着她的手，这也让她能够一直假装勇敢。我想结束这件事情，我担心小杰克。

很快就会结束的，我敢打赌。

"嘿，维斯塔，我觉得这孩子睡着了！"

妮拉睁开眼睛。拿枪的男人正咧着嘴冲她笑。

唐尼瞥了一眼金吉尔，从她暴怒的目光和微微露出的牙齿中看到，自己刚刚唤醒了一个魔鬼。"他又不在这儿，所以有什么打紧的？"唐尼问。她摇了摇头，把注意力放回到路上。她那不祥的沉默足以告诫唐尼，下次再敢叫她的真名，那他的卵子就要保不住了。

"就在这里拐弯。"金吉尔说。

我们正在从主路上下来，妮拉对科蒂斯说，又颠簸……又泥泞。马上要进树林里了。

好吧，他说，我留在这儿陪你。

烂泥路两旁都是滴着雨水的森林，金吉尔大着胆子尽量往远处开，然后停下车子。她关掉引擎。

"咱们为什么停下来？"小杰克问，这次他的声音里有了一丝战栗。

"我们打算把你拖进树林里,活剥了你的皮,"唐尼从牙缝里说道,"我们要把你的皮扔到树上,然后把你的卵子切下来,把它留着做……"

"好吧,够了,"金吉尔插话道,"别废话了。"她又对其他人说:"我们打算坐在这儿,等一小会儿。大概十五到二十分钟。"

我们在等,妮拉告诉科蒂斯,就在车里。

等什么?

"你们在等什么?"她问女人。

"听着,孩子,"金吉尔一边说,一边在驾驶座上拧过身子,打量着妮拉·鲁登米尔,"你应该把嘴闭上,因为你开始让我心烦了。唐尼……咱们的司机朋友在想……只是在想……要不要去够车门把手。看见他是怎样整个人向前蜷着身子,像是做好冲刺准备了吗?哈特利,不等你打开车门就会挨上一枪,而在外面没有人会听见枪响。"

"你错了,"哈特利面无表情地回答,"我绝不会离开孩子们。"

"哦,一个英雄。好吧,好样的。是因为当英雄才让你丢了眼睛,留下这道伤疤的吗?"

"这是我自己的事。"

科蒂斯,妮拉说,男人的名字叫唐尼,女人的名字叫维斯塔。

还有一个人叫什么?

那个人叫——

唐尼从座椅上方伸出空着的手,捏住她的下巴,打断了她的思路。这个举动把她吓了一跳,让她脑袋里一阵翻江倒海,和科蒂斯断了联络。

"你可真是个漂亮的小姑娘,"唐尼直勾勾地盯着她的眼睛说,"你长得像你妈妈吗?"

小杰克一把抓住唐尼的手,像一只嘶嘶叫着的野猫,狂暴地想要让他放手。金吉尔命令唐尼放开小姑娘,唐尼却大声嘲笑小杰克白费力气,就在这时,小杰克一口咬住他的手。唐尼像碰到火炉一样猛地把手抽回来,继而又大笑起来,仿佛这是他平生所见最了不起的喜剧。

"女士,"哈特利静静地说,同时伸手绕过妮拉,把他的手指伸进小杰克外套的领子后面,"你就不能管管你的猴子吗?"

一瞬间唐尼的脸涨得通红,就连眼白都似乎闪着红光。他的嘴抿成一条线,一下子笑不出来了。他扳下转轮手枪的击锤,枪口直直地瞄着哈特利的脸。

"别闹了,"金吉尔说,那语气就像是让别人把野餐篮上的苍蝇轰走,"他就是喜欢引你上钩。哈特利,如果我是你,我肯定不会一直这么做,这可是个危险的把戏。唐尼,放开击锤,快点儿。照我说的做。快点儿,放开它。"

"只要五秒钟就能杀死这个独眼王八蛋。"唐尼郑重其事地说。他的声音因为这个热切的念头而颤抖。

"你就别添乱了。"金吉尔对他说,她声音轻快,仿佛并不在意,"现在把击锤放开,大家都理智起来。"

八岁男孩的虚张声势支撑到头了,小杰克突然间浑身颤抖着崩溃了,哭泣起来。"我想回家……回家……想回家……"他哭喊着把头埋在姐姐的肩膀上。妮拉唯一能做的只有抚摸着他的头发,说出年纪轻轻的她所能想到的最愚蠢的话。"咱们很快就会回家了,我保证。"

唐尼把击锤扳回原处。他怒视着克莱·哈特利,后者的独眼则冷漠地瞪回来,而他的玻璃眼球却似乎闪着狂暴的杀意。

科蒂斯刚才还在仔细聆听妮拉继续说下去。他刚想呼叫她,这时车站里一个身穿棕色西装的男人和一个穿着淡紫色外套、帽子上插着一根黑色尖羽毛的女人径直来到他面前,把两个包放到他脚边。然后他们看着他,像是能把他看穿一样。男人双手叉腰,说:"喂,你是不是在这里工作的?"

"是的,先桑,请见谅。"科蒂斯说。下一辆车还要等将近一个小时才出发,所以他把两人的包提到了四十英尺外填写行李标签的桌子旁,并且得到一个镍币作为劳动报酬。他用手碰了一下红帽子的帽檐,说:"谢谢你,先桑。"然后他听见蛐蛐在他背后说:"那边那个就是科蒂斯·梅休。"

科蒂斯转过身,朝他走来的是一个身材纤瘦、长相出挑的白人。这人——岁数有点大,也许刚过六十——戴着一顶清爽的绅士帽,穿着一身熨烫笔挺的灰色西装和一件白色衬衣,系着一条带小白点的黑色领带。他迈着轻快的步伐走过来,蛐蛐则冲着科蒂斯耸了耸肩,转身去忙自己的事了。

"科蒂斯·梅休。"白人走到他的目标面前,一边说,一边上下打量着科蒂斯,从擦得锃亮的鞋尖一直看到深红色的帽子顶上。

"是的,先桑,是我。"

"我奉命带你离开这里,去见一个非常想见你的人。"

"会是谁呢,先桑?"

"科蒂斯?"老螃蟹刚才一定是看见蛐蛐把这个人领进来了,所以才会冒出来给他解围,他虽然站在一旁,却几乎是处在两人中间。"你在接待客人吗?你是今天的旅客吗,先桑?"他一边问,一边用目光寻找着他知道并不存在的行李。

"我要把这个孩子带离这里一会儿。"对方回答。

"哦,是吗?哎呀……看他正在工作,而且在他下班前,我们还有好几趟火车进站出站……我不知道怎么安排才能让他走。"

"嗯。"那人说,因为恼怒而撇了下嘴。这时他从外套内兜里掏出一个薄薄的钱包,抽出一张印有亚历山大·汉密尔顿头像的钞票[1]。他把钞票凑到老螃蟹的鼻子底下挥动几下,仿佛是在散播金钱令人沉醉的芬芳。"我猜你是管这些红帽子的,"他说,"这样能让他在今天剩下的时间里自由活动吗?"

老螃蟹没有看钞票。他礼貌地笑了笑。"先生,"他言辞犀利地说,"如果你不把这张小绿纸片从我面前拿开,那我也许会忘记我是一个绅士,而你是个白人。"

"哦,这么说,你想要二十美元。"

"你能告诉我这究竟是怎么回事吗?"老螃蟹问科蒂斯,仿佛另一个人干脆人间蒸发了。

---

[1] 指十美元纸币。

"不能。"那人坚决地说。

科蒂斯一下子明白来人是谁了。"你是从警察局来的？"

"没错。"

"嘿，嘿，嘿！"老螃蟹皱起眉头，他脸上的每一道褶子都仿佛变成一条无底的沟渠，"这跟警察有什么关系？科蒂斯，你惹上麻烦了？"

"没有，先生，不是我，是——"

"这是公务。"那人说道。他把十美元钞票塞进老螃蟹西装的前胸口袋，"拿着这个，把事情办妥。你能做到吗？"

"我……想我……科蒂斯，在老板面前我能替你说话，可是……警察？你就不能告诉我到底是怎么——"

"他不能。"那人抓起科蒂斯的左胳膊肘，"快走吧，车子正等着呢。"

老螃蟹一路跟着他们来到车站入口。门外，雨一直下个不停，把街道和人行道变得泥泞不堪。"科蒂斯！"老螃蟹喊道，"需要我的话，需要任何东西，给我打电话。有零钱吗？"

"有，"科蒂斯说，"谢谢你，克雷伯先生。"

"好的。晚些时候我会打电话给你，了解你的情况，听见了吗？"

"我听见了。"科蒂斯说。身穿笔挺的灰色西装、头戴清爽绅士帽的男人领着他，朝一辆汽车的右后车门走去。这辆车子虽然挂满雨珠，却依然黑得发亮，轮胎带有白色侧边，车上的镀铬部件即便是在这样阴云密布的天气里依然晃得人眼睛疼。车门早就替他打开了，科蒂斯几乎是被推着坐到长毛绒面的棕色后座上，而在座位左边坐着一个四十五六岁的精瘦男人。这个人棱角分明的脸转向科蒂斯，科蒂斯觉得他那双淡蓝色的眼睛里含着某种既是希望又是恐惧的东西。他有一头红棕色的头发，乱蓬蓬的，需要打理，两鬓则有一丝灰色。他穿着一件卷起袖子的普通白色衬衣和一条深棕色的裤子，既没有戴帽子，也没有穿外套。

"去哪儿？"司机坐进驾驶座，发动引擎，启动雨刷，问道。

"只管开车吧，维克多。"

精美的汽车平稳地开出联盟车站，沿着南壁垒街向西行驶。

"我叫杰克·鲁登米尔，"坐在科蒂斯身边的人说，"在你开口之前，我要你告诉我一件我女儿的事情，一件除非……除非你像她说的那样和你聊过天，否则你绝不可能知道的事情。"

"比方说，先桑？"

"比方说……等她长大了，她想当什么？"

"我以前从来没有问过她这个问题。"科蒂斯看见那人慢慢地眨了眨眼。然后他说："我可以现在问问她，不过我没办法同时进行两场对话。一直都是这样。"

鲁登米尔唯一的回应是几乎难以察觉地点了点头。

*妮拉，*科蒂斯一边呼叫，一边直视着她的父亲，*妮拉，你听见了吗？*

过了几秒钟，回应来了。*我听见了，我们正坐在这儿，我不知道是在等什么不过小杰克哭了起来真是太可怕了我不知道该怎么办我只能——*

*慢点儿，*他说，*你都慌了手脚了。做几次深呼吸，这样很可能*

有帮助。

"你打算什么时候问她？"鲁登米尔开口了，可是科蒂斯并没有理会他，而是专注于那个女孩。

我觉得我现在好些了，她回来了，拿枪的那个人——唐尼——他把我吓坏了，科蒂斯。好像那个女人都是好不容易才让他没有对着哈特利先生开枪。

科蒂斯发送道：妮拉，我这会儿正和你爸爸在一起，还有一个叫维克多的警察。别着急，先回答我这个问题……等你长大了，你想要干什么？

什么？你在问什么？

你爸爸在测试我。你能回答这个问题吗？

我……说过我想当个护士，可是爸爸说我这么聪明，完全可以当个医生。

好的。我现在就告诉他，所以我……收音机里节目结束时他们是怎么说的来着？我要暂停广播一小会儿啦。他说。

科蒂斯！科蒂斯！告诉爸爸我们都没事！告诉他我爱他！告诉他我们都很害怕不过我们都会平安回家的，我知道我们会的！

这就告诉他。科蒂斯说，然后他感到两人之间的能量慢慢退散，就像收音机明亮的电子管慢慢变成一道柔和的辉光……没有彻底消失，却在逐渐消退。有几秒钟，他眼前像是蒙了一层迷雾，而他也只得等待它消退。然后他说："妮拉说要我告诉你他们都安好，她爱你，他们虽然害怕，但她知道他们会平安回家的。至于那个问题，她说……她想当护士，可是你说她那么聪明，完全可以当个医生。"

说完这番话，他停了片刻，补充道："这一点，我完全同意。"

杰克·鲁登米尔像是一动不动地坐了很长时间，可实际上科蒂斯的心脏只跳动了十几下。然后鲁登米尔抬起双手，顺着两颊往上摸，直到把手插进蓬乱的头发里；他身子前倾，脸几乎贴到膝盖上，科蒂斯起初以为这个人要呕吐了。他又这样一动不动地停了几秒钟，在雨刷器的声响和汽车引擎的隆隆声里，科蒂斯听见他发出一声可怕的喘息，然后就沉默了。

鲁登米尔重新坐起来时，他的眼袋发灰，整张脸都垮了下来。"告诉我，"他用虚弱的声音说，"你怎么能……像那样和妮拉说话？是不是……我是说……我知道你们这些人都跟伏都教之类的东西有关系……我也根本不在乎这些，你想做什么就做什么……可是这件事，是这样的吗……有人对她下了伏都咒语？"

"不是的，不是这样。完全不是这样。"

"我的女儿……我的妮拉……她没有疯。她的脑子没有一点儿问题。"

"是的，没有问题，"科蒂斯说，他察觉到鲁登米尔几乎是在看他敢不敢不这样说，"我的脑子也没有问题。有好长时间，我妈妈都以为我有问题。弄得我自己都开始有点儿相信了。"

"你是说这就像是……天生的？我以前可从来没听说过这种事！"

"我不知道这在多大程度上算是天生的。也许是超自然现象。可是妮拉的脑子没有任何问题，这一点我可以保证。"

"这么说……"鲁登米尔费力地把自己的想法组织成语言，"这么说你能在你的脑袋里听见她的声音？她也能听见你的？"

"不是的，先生，"科蒂斯回答，放弃了那种恭顺的柔和语气，因为他知道在这里不必如此，"准确地说不是这样。我并不能听见声音，但我能听见语言。她听我也是一样。她告诉过我。"

"我的上帝啊。"鲁登米尔喘着粗气说。在科蒂斯看来他像是几乎要晕过去了。"我以为……我妻子和我都以为……你是她编造出来的，就为了气我们。然后她一直这样……还告诉我们她在和你说话，你还回答她……我们以为……也许她真的有什么毛病。我的上帝，怎么会有这样的事情？"

"杰克？"维克多一边开车一边说，"忍不住听到了一些。和你之前告诉我的内容一致。我是作家厄普顿·辛克莱尔的忠实读者。读过他写的东西吗？"

"哈？他跟这有什么关系？"

"四年前他写了本书，并且自费出版了，书名叫《心灵广播》，是讲他妻子的心灵感应的。这类事情尚且没有定论，而且还有很多疑问，不过……它是在以太中传播的，姑且这么说吧。"

"才不是什么以太呢——管它叫什么的，"科蒂斯说，"这是真的。"他发现他们正在联盟车站附近漫无目的地兜圈子。"咱们不是要去警察局吗？"

"不是，"鲁登米尔说，"咱们不去警察局。"

"开车的是个警察，不是吗？"

"不是。别管他是谁。我想知道我的儿子和女儿在哪儿。她有没有告诉你？"

"告诉了，先生。在肯纳。他们在树林里的某个地方停了下来。"

她说他们正坐在车里等着。"

"等什么?"

"我不知道,先生。我想她也不知道。"科蒂斯决定不提枪的事情,不过他决定告诉鲁登米尔他所知道的绑匪的名字。"有个男人叫唐尼,还有个女人叫维斯塔。她说哈特利先生也在那儿,还有帕尔先生。"

"他是什里夫波特来的侦探。不过她没说过还有一个男人吗?"

"说了,先生。我不知道他的名字。"

"他们一定是在等他,"鲁登米尔说,"他就是给我打电话的人。我敢打赌,他们肯定会把孩子们从那里带到某个事先准备好的藏身处。"

"我能不能问一下……咱们干吗不去警察局?"

"那个电话,这就是原因。"鲁登米尔再次用一只手摸过他的脸,向上一直插进头发里,"那群狗娘养的——那些绑匪说,如果我让警察掺和进来,他们就杀了我的孩子。我相信他们会的。他们想要二十万美元,装进纸箱子里,在周五凌晨一点钟送到一座钓鱼码头的尽头。"

"二十一万五千美元。"维克多提醒他。一辆慢吞吞的马车刚刚变道,挡在车子前面,于是他冲着马车按了下喇叭。

"是的。二十一万五千美元。维克多是我公司的律师。他能帮我把钱弄来。而你,科蒂斯……在我把孩子们平安接回来之前,不准你离开我的视线。心灵感应,心灵广播,管它叫什么呢……你是能让我跟妮拉保持联系的唯一途径,所以你要跟着我。"

科蒂斯点点头；这显然很合理，可他还是要问："那我的工作怎么办？要是不回去，我会丢掉——"

"你去年挣了多少钱？"

"我去年干得不错，"科蒂斯说，"挣了快五百美元。"

"我给你三倍的五百美元。等这件事情结束了，不管是要说服谁，我都会亲自替你求情。这样满意吗？"

"满意，先生。这可是一大笔钱。我希望能把大部分钱交给我妈妈，再分一些给克雷伯先生，就是管理红帽子的那个人。"

"随便你怎么处置。我只想和妮拉保持联系。你现在能和她说话吗？告诉她我会把她和小杰克救出来，让她不要担心。"

"能，先生，我这就说。"

鲁登米尔看着科蒂斯的脸；这张脸上并没有什么变化，尽管眼神似乎有一点疏离。除此之外，在与妮拉交流时，他和此前的模样毫无二致。对鲁登米尔来说，这就是个谜，而他既没有时间也没有精力去破解这个谜。眼下最迫切的事情是弄到钱，并且想办法告诉简出了什么事，而且不能让她崩溃。等他一把科蒂斯带进家门，他就得告诉她。要是简已经从她的慈善俱乐部聚会回来了，她肯定早就在想孩子们为什么这么晚还没有到家。

"还要我继续开车绕圈子吗，杰克？"维克多问。

"不必了，"鲁登米尔重重地叹了口气，说，"该回家了。"

维克多掉转车头，转进花园区，然后穿过灰沉沉的雨幕。

第十七章

珀利开着福特车在泥泞的林间小路上一停下来,金吉尔就迅速从奥兹摩比里钻了出来。她几乎不等珀利从车里出来就扑了上去。

"怎么样?"她问。

"一切顺利。他都信了。"珀利刚在雷克萨尔药房旁边的电话亭里,用一块手帕捂住电话的话筒来掩饰他的声音,并且尽量用一种沙哑的低语提出要求。"这里怎么样?"

金吉尔没有理会这个问题,因为她已经做好了出发准备。"东西买齐了吗?"

"买好了。"他绕过车子,打开副驾驶车门。座位上有两个纸袋子,一个是雷克萨尔药房的,里面装着几盒棉花团和一卷绝缘胶带,另一个纸袋子则是药房附近一家市场的。

"这些杂货是干什么用的?"金吉尔语气变得尖锐起来。她刚才查看了第二个袋子，看见四个猪肉豆子罐头、三个苹果、一大块面包、一些火腿碎、两瓶可口可乐、三盒好家伙爆米花、一卷厕纸、一把带锯齿的菜刀，还有一个酒瓶罐头两用的开瓶器。"你买的东西比我要你买的多一倍。"

"我觉得我们可能用得上。"

"你觉得，"她撇着嘴说，"你觉得。"

珀利挺直了肩膀。他已经准备好让她大发雷霆了。"有一个小插曲，"他看见她的脸一下子绷紧了，"鲁登米尔要到周五凌晨一点钟才能把钱带来。他说他凑不到——"

"胡说八道。"金吉尔插嘴道，她的眼睛里满是怒火。她凑过来，两人的鼻子都快贴到一起了。"胡说……八道。"她咬紧牙关，"你是要告诉我，你多给了他一天时间才上钩？"

"我只能这样。他——"

"哦，去你妈的！你他妈的疯了吗？你让他脱钩了！见鬼，我跟你说过……要是他装可怜说拿不出钱来，你就给他施压！告诉他如果他不能一个子儿不差地按时出现，我们就会在一点零五分把两个小崽子的耳朵割下来！哦，见鬼……哦，见鬼……别告诉我你把事情搞砸了！"她双手叉着腰，开始一圈圈地从车子旁走过湿漉漉的草地又走回来。她不停地摇着头，盯着地面嘟囔"见鬼，见鬼……见鬼，见鬼"，全然不顾雨水打湿她的头发。

"得了吧，这又不是世界末日。"珀利说。

她停下脚步，突然快步朝他冲过来，整张脸都气得变形，仿佛一把恐惧的利刃，刀尖紧紧顶住他的喉咙。珀利握紧拳头，心想也许他真的有必要动手把这个婊子打回去。

金吉尔在最后关头止住了要打他的势头。一双香槟色的眼睛里火光冲天。"你以为这是参加夏令营吗？"她从牙缝里挤出这句话，"你以为我们是要围坐在篝火旁唱歌吗？你搞砸了，珀利。我还以为你是个专业的！"

"我以前可从来没绑架过谁，"他说，"你干过？"

"我起码知道不该给任何人思考时间！一旦时间太久，他就会想，也许该去报警！而现在，咱们不光要照顾那两个小崽子一整天，还得提防那个天杀的司机！"

珀利说："我让这桩买卖多了一万五千美元的添头。这样也不行吗？"

"不行，不行。"金吉尔抬头看着乌云，像是要在天上找到缓解挫败感的答案。等到她重新面对珀利时，她脸色冰冷，雨水顺着脸颊流淌下来。"你到车里坐着吧。唐尼和我会料理剩下的事情。把枪和那个袋子给我。把刀子放进去。"她接过珀利递过来的点三八手枪和雷克萨尔纸袋，珀利一耸肩，回到福特轿车的驾驶座上，满心欢喜地给她让道。

金吉尔走回奥兹摩比。她打开左后车门，用手枪对准哈特利。"你，下车。唐尼，过来帮忙。"

"你们俩谁要是敢动，"唐尼对妮拉和小杰克说，"你们就等着后悔被生出来吧。明白了吗？"

"我们明白。"妮拉回答。她刚刚听科蒂斯说她爸爸正准备把他们救出来，让他们不要担心。她简直要哭出来了，可是她不能允许自己崩溃，哪怕是为了弟弟也要坚强。她累坏了，她的脑袋里一跳一跳的；她从来没有和科蒂斯进行过这么漫长而紧张的对话，她感觉自己被抽干了。知道能够和科蒂斯——并且通过他与她的爸爸——保持联系，真是万幸，可是她觉得这很大程度上也和她的状态有关，因为脑内交谈只能传递这么远，而她的力气就快耗尽了。

"咱们会没事的。"哈特利下车前告诉孩子们。他面对两把枪和两个绑匪，挑衅地一扬下巴，说："现在想干什么？"

"把鞋脱了，扔到树林里。"金吉尔说。他照做了。"解开外套。"她命令道。哈特利照做，她又叫他解下腰带，同样扔掉。"钱包。"她说，于是哈特利把钱包交给唐尼。金吉尔则接过他的手表，给他搜身，不过没有动他口袋里的零钱。然后金吉尔稳稳地端着手枪说："站着别动，哈特利。唐尼，动手吧。"

唐尼摘下司机的帽子，露出哈特利剪得很短的灰发，然后把帽子歪着戴在自己头上。他打开一盒棉花。"张嘴。"他命令道，然后把一把棉花塞进哈特利嘴里。他用刀子剪下一截绝缘胶带，把它贴在哈特利的嘴上，又用它缠住他的头。接着又是两团棉花按在眼窝里，又用胶带缠在头上，固定住棉花。"把手伸出来，握在一起。"唐尼命令道。胶带缠得很紧，牢牢地捆住哈特利的腕子和双手。虽然他的手指还有几英寸的自由活动空间，可是两根大拇指都被困住了。然后他被领回车里。下一个出来的是妮拉，她也被要求扔掉鞋子，用棉花塞住嘴、蒙住眼睛，并且用胶带固定住，她的手腕和双手也和哈特利一样被捆了起来。

轮到小杰克时，这个小男孩又踢又闹，结果不得不被抓着双腿从车里拖出来。"把这双该死的布朗小子[1]脱了。"唐尼揪着小杰克的头发说。尽管他手里拿着枪,可是左腿胫骨上还是被踢了一脚,疼得他把牙齿咬得咯咯响,眼睛里满是泪水。由于这次大不敬,唐尼猛地松开小杰克的头发,往他脸上狠狠甩了一巴掌,然后把一大团棉花塞进他嘴里,小杰克的腮帮子都鼓了起来。接下来是缠胶带,捂住小杰克的眼睛,所有动作唐尼都竭尽所能地粗暴。

"轻点儿,"金吉尔劝说他,"别把肉票弄伤了。"

"我就该拧断他的脖子。我的腿要肿上一个星期了。"唐尼一把抓住男孩的头发,粗暴地来回摇晃他的脑袋,又在他贴着胶带的耳朵边嘶嘶地说:"哦是的……你和我,以后可有的是乐子呢,小子。"他猛地一扯男孩的两条胳膊,差点儿把他扯脱臼了,金吉尔则扶住小杰克的肩膀,让唐尼给他的双手缠上胶带。

妮拉挨着克莱·哈特利坐在车里,嘴里塞满棉花,蒙着眼睛,双手被绑,尽管满心恐惧,却仍在努力凝神跟科蒂斯说话。*科蒂斯,你在吗?*

科蒂斯没有回应。*科蒂斯?快回答*。她感到喉咙里涌起一阵呜咽;黏糊糊的黑色胶带缠在头上,盖住两个耳朵,此刻她能听到的只有自己的血液在血管中奔涌的声音。

在一段让人痛苦且无比漫长的时间后……*我在,妮拉。你的声音很微弱……非常遥远*。

我太累了……我的头疼得厉害。你还在我爸爸身边吗?

---

[1] 一款男童鞋。

是的。他正带着我回你家。我会一直在他身边,一直到你回家。

他们用棉花塞住我们的嘴,并且蒙住我们的眼睛。他们用胶带把我们绑起来了,我什么都看不见。哦,科蒂斯……我妈妈……她肯定要担心死了。

你爸爸跟我说过了。他说他都不知道你妈妈会有什么反应,可是等我们回家后,他只能告诉她。

我都快要哭了。可我不能哭……就是不能。一旦开始哭起来……我不知道我还能不能停下来。跟我说点儿好消息吧,科蒂斯……说点好消息,这样我就不会哭了。**她说**。

嗯……我以前从来没有问过你这个问题,你长大后想干什么。你怎么会想当护士呢?

她让自己忍住呜咽,把它像吞煤块一样吞了下去。我喜欢学习健康课,她向他发送道,这是我在学校里成绩最好的一门课。

这是个了不起的志向,**科蒂斯回答**,好护士永远都是需要的吧,我猜。谁知道呢?也许沿着这条路,你还会决定当医生。

当医生啊……好像太难了……**嗷!她用一股强力说道,这力量让她的头疼得越发厉害**。车门关上了!现在……他们正在上车……车子发动了。我们又上路了!

好的,妮拉。我这就把最新情况告诉你爸爸。你的声音有些微弱,我想这是因为你想得太多了。只要记住……我在这里,你爸爸也在这里,而且他跟我说过,他正在想办法凑齐这些人想要的钱,然后这件事情就结束了,很快。

好的,**她说,她点点头,可是泪水眼看着又要夺眶而出了**。好的，我会记住的。

"你点头干什么？"是唐尼的声音，刺耳又大声，"我刚才没有问你话。你！小姑娘！我在跟你说话呢！"她感到一个硬邦邦的东西捅了她的肩膀一下，并且意识到那一定是枪管。

"她没法回答，"金吉尔安静地说，又补充道，"蠢货。"她正在跟着前面珀利驾驶的福特轿车，两辆车向右转，上了雨水冲刷着的主路。

"哦。也对。好吧，见鬼……她刚才点头的样子就像是……我也不知道……像是在听谁说话。真是古怪。"

"别拿着枪胡乱比画了，坐好。再过三分钟，我要你按住哈特利的脑袋。不会有人看见孩子的。你专心听我命令，动作要快。"

"是，长官。"唐尼说。他敬了个礼，然后做作地放声大笑，一道飞扬的鼻涕从右鼻孔里喷了出来。

坐在引领这场绑架大游行的福特轿车里，珀利还在因为被那个愤怒的女人一顿臭骂而心烦意乱。没错，他多给了鲁登米尔一天，这样做也的确有危险，可是那一万五千美元的添头总归是个东西啊……不是吗？

"去他妈的。"他说，然后透过树林看见肯纳社区现身了。他们上了锯木厂路，通往镇子的主路。其他的土路和碎石路都在主路右边，通往各式各样的小屋和钓鱼营地。从刚才他们停车捆绑孩子和哈特利——金吉尔说这样做是为了显示他们对受害者的控制力并且让他们在开车穿过镇子时保持驯服——的地方出来大约半英里，竖着一块牌子，上面写着"桑达斯基路"，而路的尽头就是他们事先踩过点、用来丢下赎金的钓鱼码头。

锯木厂路沿途矗立着许多乡间小屋，有些看起来破破烂烂的，简直像是从内战时起就没有人住过了。珀利心想肯纳也许是一座拥有未来的城镇吧，就像之前路过的那块牌子上写的那样，可是这个未来还远着呢。茂密的松树和灌木林给左边的铁路侧线让出空当，铁轨上停着几节看起来破破烂烂的闷罐车厢，苦苦等待着被投入使用，闷罐车后面一百码处有一个小加油站，然后是一片墓地，一座白石教堂，几栋砖房和木屋，还有一片占地两个街区的商业区。有几辆汽车从旁经过，路上还有一辆干草车，除此之外，整个肯纳镇都在这让人倦怠的雨中沉睡着。珀利经过一间咖啡馆，一家五金店，一个招牌上写着"艾维'万有'商店"的地方，一栋建到一半的砖房——门口停着一辆装满砖头的小推车，却见不到一个工人，一座小小的闲置建筑，以前可能是镇上的礼堂，旁边是一座所谓的公园，草长得稀稀拉拉，像是秃头顶上的几根毛，此外还有几栋房子，而这就是整个肯纳了。

树林又合拢起来。右边时不时又出现一条岔路，通向庞恰特雷恩湖畔更多的钓鱼棚屋。珀利从杰斐逊堂区进入圣查尔斯堂区，在跨过两区交界四分之一英里后，他在一条路前放慢了车速。这条路的标记只有路旁杂草丛中的四个锈迹斑斑的圆形炮弹。炮弹路，等文书工作一完成，这条路就会命名为炮弹路，梅泰里[1]的租赁办公室

---

[1] 位于新奥尔良郊区，就在肯纳东侧。

里的人是这么说的。是的,那边是个钓鱼的好地方,不过旁边就是沼泽地,所以你出去散步时千万要随身带着捕蛇棍。

会记住的。金吉尔和唐尼都在外面的车里等他,珀利告诉那个人,希望接下来几天能抓条大鱼,不过主要还是考察这片区域,寻找投资机会。现在似乎正是往那边土地上投钱的好时机。

听起来是个好计划。很抱歉,我没办法租给你一栋室内通水电的小屋。不过话说回来……所有小屋都不通水电。如果你有兴趣,我在猪头角有一个小码头要出手……上次刮大风,码头受了点儿损伤,不过只要花八百美元就能把那里清理干净,然后你就能自封海军上将啦。

等我回来咱们再聊。珀利说,心里想着赶紧办完租房手续——两美元一天,现金预付,三天起租——然后离开这里,越快越好。

他向右转弯,上了炮弹路,开车穿过松树林,途经几个泥水坑,最后在一栋小屋旁停了下来。建造小屋的木头饱经风霜,已经变得黑乎乎的,在雨中像融化的沥青一样泛着光。铁皮屋顶简直像是被山石大的冰雹砸过。垂柳笼罩着这里,湖边杂乱地长着些松树,从树枝断裂的残迹来看,上次那场风的确不小。小屋后面有一个茅厕,一条小路跨过一个四英尺高的土堆,通向钓鱼码头,珀利早就注意到那里朝左边倾斜,很不稳当。码头旁边有一个收拾鱼用的齐腰高的橡树桩,旁边是一个煮鱼用的火坑。这地方可比拉法耶特酒店凄凉多了,相形之下,就连路易王都那么让人向往……不过这里很偏僻,只有他们几个人,而这一点才最为重要。

金吉尔把奥兹摩比停好。她和唐尼下了车,然后着手把哈特利和孩子们赶出车子，赶进小屋。半路上，小杰克摔倒了，唐尼揪着他的领子一把将他拎起来，又摇晃几下，这才推着他继续走。

珀利抱着装杂货的袋子走进小屋，心想愿意租下这种鬼地方的渔夫要么喜欢自讨苦吃，要么就是穷得连法国区十五美分一条的鳟鱼都买不起。前厅里只有几把藤椅，一张满是刀子划痕的桌子，和地板上一小块麻绳编的棕色旧地毯。像是厨房的房间里有一个烧柴的小炉子，一张有绿色塑料贴面的桌子和四把椅子，几个柜子里放着盘子、杯子和茶托、一把黑乎乎的咖啡壶和一盘银制餐具。唐尼昨晚睡的那张只有床垫、没有床罩的小床和床上的枕头靠在小屋后门边上，门外是一道用纱窗封起来的门廊，从一道纱门出去，下几级台阶就是院子了。小屋左右两边紧闭的门后各有一个房间，两个房间都比一个储物间大不了多少。右侧的房间里有一张双层床和一张小书桌。左边的房间则是给新来的客人准备的。伤痕累累的桌子上放着一对油灯、一盏铁路提灯和一个普通的手电筒。窗户上挂着窗帘，上面印着海锚和跳跃的枪鱼图案，窗帘挡住光线，让屋里变得一片灰暗。珀利觉得整个地方闻起来像是湖水曾不止一次淹没了可怜的堤坝，把含有盐分的湖泥留在粗糙的地板缝隙里。很可能真是这样。

"继续走，"金吉尔一边说，一边推了站住的哈特利一把，"唐尼，帮他们把门打开。珀利，拿个手电筒进来。"

珀利把杂货袋子放到桌子上，照她吩咐的做。他们被赶进一个空荡荡的房间，除了角落里的一个木桶，屋子里什么都没有。仅有的一扇窗户里外两边都钉着木板，钉子深深地陷进木板里，就算再绝望的手指流再多的血,也休想把它们抠出来。

"把他们眼睛上和嘴里的棉花取下来,"她对唐尼说,"轻一点儿,别把他们扯坏了。珀利,用手电筒照着他们的眼睛。"

唐尼把司机的手枪别进腰带里,开始工作,结果弄得一团糟,在去掉棉花后,他不得不用厨刀把成团的胶带从他们的头发上割下来。这个过程让哈特利和孩子们像雕像一样站着不动,小杰克的脸上沾满泥巴,因为惊恐而睁大了眼睛。

"手腕上的胶带留着。"唐尼完成任务后,金吉尔指挥道。然后,她对哈特利说:"欢迎来到新家。你们要在这里住上几晚。我猜你们可能住不太习惯,不过我们只有这个。如果鲁登米尔先生愿意乖乖听话,那你们很快就能离开这里,我们估计他一定会*很乖很乖*。"

"这地方比那个人的嘴还臭。"小杰克说。他已经恢复了几分生气。妮拉用胳膊肘捅了他一下,让他闭嘴,可是她知道这无异于想把软木塞放进蜂箱。

"恐怕味道只会越来越臭,"金吉尔回答,她的脸上挂着温和却漠不关心的微笑,"你们能用的只有那边那个木桶了。房间里白天不会太亮,到了晚上就会全黑。你们得睡在地板上了,要是你们想睡的话。哈特利,你看见这扇门了吗?"

"我看见了。"他说。

"门没有上锁。听着……我们本来没打算留你们过夜……所以……我们会把桌子翻过来,用它抵住门,要是我们看见桌子有一丁点儿晃动,或者听见一丁点儿吱嘎声,我们都会不高兴。"

哈特利说:"孩子们很值钱。你不会伤害他们的。"

"嗯，你这话既对又不对。我们不会杀死他们，这是你想说的。至于你……要我估计，你他妈的一个大子儿都不值。事实上，你早就是个累赘了，不是吗？"

哈特利没有回答，因为他知道这个女人的话是多么真实。

妮拉开口了，尽管她心脏跳得厉害，并且觉得自己随时都会瘫倒在地，缩成一团默默抽泣。"帕尔先生，我以为你是我爸爸的朋友。"

珀利花了几秒钟来整理答案。"孩子，我的朋友都在你爸爸的钱包里，我想尽量把它们都搭救出来。要不了多久，我就会把一大堆新朋友装进我的口袋里。到那时，一切就都结束了，你们也能回家了。"

"没错，"金吉尔回答，听起来无精打采的，"就像他说的。"

"用手电筒照着这个混蛋的脸，"唐尼一边说，一边伸手抓住珀利的手腕，让手电筒的光柱照过去，"看看那只眼睛，亮闪闪的！真是古怪……他眯起那只好眼，另一只连躲都不躲一下。"

"够了，"金吉尔说，"让他们先自己待着吧。"

"等等……等等。那只假眼让我他妈的浑身发毛。想着有这么个东西在这里，我今晚在外面怎么可能睡得着？"

"你自己忍一忍吧。"

"忍一忍，忍个屁。我要把它抠出来。"唐尼掏出别在腰间的手枪，朝哈特利迈出一步。司机一瞬间退缩了。

"唐尼！我说过，算了吧。"

"*我说过我要把它抠出来！*"年轻人咆哮道。珀利把灯光照向唐尼，他看见一张被仇恨和狂怒扭曲了的脸，深红色的血液一瞬间从粗壮的脖子漫延上来，让脸颊和嘴唇都肿了一圈，并且让眯缝的双眼闪过一道血红色的光。"*听见了吗？*"他挑衅道。房间里像是陷入了漫长而可怕的寂静，只能听到唐尼刺耳的喘息声和雨水敲打铁皮屋顶的声音。妮拉紧紧搂着弟弟，脑海中没有对科蒂斯说话而是祈求上帝，*救救我们，求求你救救我们。*

"好吧，海因茨，"金吉尔安慰道，仿佛在努力让一头野兽恢复平静，"好吧，放轻松。去吧，动手吧，要是你非这么干不可的话。"

"就是非干不可。"说完这句话，他冲上前去，用手枪抵着哈特利脑袋侧面，并且用空着的手抠进哈特利的左眼窝。哈特利浑身颤抖，却没有反抗。那只手抠来抠去，珀利发觉自己竟然一直用灯光照着这场大戏，因为这一幕蕴含着一种疯狂的病态，让他沉迷其中。这就像是在目睹一场终极侵犯，目睹一个人抠出另一个人的眼睛。伴随着一阵湿漉漉、黏糊糊的声响，哈特利倒抽一口气，唐尼的手从司机脸上那个湿润而通红的窟窿里拔了出来。这一幕令人毛骨悚然……可是在珀利看来，这正是对另一个人类拥有无上权力的昭示，让他忍不住赞叹不已。

"好吧，现在你开心了吗？"金吉尔问。

"我可开心了。"唐尼的语气里带着一点轻佻。他松开拳头，让那颗玻璃眼珠在手电筒的照射下闪闪发光。"这东西还热乎呢。"他又握紧拳头，把它放到耳边晃了晃，像是以为能听到一点声响。

金吉尔出了房间，唐尼带着他的新战利品跟在身后。珀利用手电筒扫过孩子们和独眼克莱·哈特利的面孔。"待着别动，别给我们惹麻烦。"他告诉三人,"事情越早结束越好。"他倒退着出了房间,关上房门。

一束光透过木板间的缝隙钻进这间牢房,不过他们能得到的光照也只有这么多了。妮拉察觉到哈特利先生正一动不动地站在那里,然后她依稀看见他被捆住的双手抬了起来,手指轻轻碰触着空荡荡的眼窝周围。

"对不起,孩子们。"他声音嘶哑,像是刚刚在飓风中嘶吼了一个钟头,"刚才那一幕可不算好看,是吗?"

"疼吗?"小杰克问。

"不太疼。"

"我踢他那一脚就该更重一点。"

"你们俩听我说,"哈特利严厉地说,"不要激怒那些人。你们知道这个词是什么意思吗?"

"我明白。"妮拉说。然后为了让弟弟听懂,她又说:"别惹他们发火。"

"没错。咱们得熬过今晚,不过咱们大概很快就能从这里出去。我们能撑过去的,对吗?"

"对的,先生。"姐弟俩回答道,妮拉比小杰克还要乐观一些。

"这里太暗了,"小杰克说,"而且我想尿尿。"

"木桶在角落里,"哈特利回答,"就算你尿到外面,我想也不会有人在意。"

"你是说……我得在我姐姐面前撒尿?"

"没错。好消息是,这里太暗了,嗯?"

"哦，快去吧，小杰克，"妮拉说，"别为这事儿耍小孩子脾气。"

"只要我乐意，我就尿到你身上。"

"用木桶去，"哈特利说，"去吧，只要走三步就到了。"

小杰克无奈地叹了口气，拖着步子，不情不愿地走过去。

妮拉坐在房间另一头的角落里。她靠着墙，闭上双眼，努力想象自己正坐在家中自己的房间里，可是她想象的画面并不太精确。科蒂斯？她发送道。

科蒂斯几乎立刻回复了她。我在。

你在哪儿？

我和你爸爸都在你家。以前从来没到过这样的地方，简直让我喘不过气来。你爸爸去和你妈妈谈话了。你在哪儿？

在一间老旧到不行的小屋子的房间里。这里面没有光。那个人——唐尼——挖走了哈特利先生的玻璃眼球。我觉得他是个疯子。他发疯时整张脸都变得通红……那个女人叫他海因茨。我猜是因为他的脸色像番茄酱。

科蒂斯没有回答。

你还在吗？她问。

在。你说她叫他海因茨？

是的。

这就有意思了，科蒂斯说，不是好笑的意思，但是有意思。

这里根本没有什么好笑的。我都想哭了，可我不能，不能当着小杰克的面哭。

你知道小屋在哪儿吗？

我不知道我们是在肯纳还是经过了那里。他们用棉花和胶带蒙住我们的眼睛后,他们又开车走了大概十五分钟,不过我们只向右转了一个弯。

这么说你们一定是在湖边了,科蒂斯说,很可能已经经过镇子了。

有可能,我不——

她的注意力被房门上一阵轰隆隆的锤子声打断了,她被吓得倒抽一口气,猛地跳起来,后背磕到粗糙的木板,被撞得生疼。

"你们可不能在里面待得太舒服了。"唐尼隔着房门说,又如枪响般爆发出一阵大笑。

第十八章

在鲁登米尔家豪华的会客厅里,科蒂斯坐在一把垫子松软的椅子上。海因茨。他想。他想起在联盟车站有个年轻的白人男子撞到了他,那人的脸也因为愤怒而变得像番茄酱一样红。当时还有个女人和另一个男人同他一路,那个女人当时就把这位愤怒的绅士称作海因茨。会是这三个人绑架了妮拉和小杰克吗?坏人和好人一样,都会坐火车旅行,所以——

他刚才和妮拉断了联系。他刚要重新呼叫她,这时鲁登米尔走进房间。他面色灰白,一脸疲惫,坐到科蒂斯对面的椅子里。

"我刚刚和妮拉通过话,"科蒂斯解释道,"她说他们在一间小屋里,有可能经过了肯纳,不过肯定是在湖边,因为他们是向右拐下了主路的。"

"用处不大。"鲁登米尔疲惫地说。他的头向后一仰,闭上双眼。

"那边有许多小屋和钓鱼营地。就算我知道究竟是哪座小屋……我也不想做任何可能伤害我的孩子的事情。我们的孩子。"他纠正道。

大概十分钟前，科蒂斯听见楼上传来一阵让人揪心的痛哭声，然后一切归于沉寂。"情况很糟？"他问。

"很糟。她有一些医生开的镇静药，所以我给了她一片，也许她可以睡一阵子。简……在外人面前总是维持着得体的外表，可实际上，她很脆弱。"他睁开眼睛，却眼神迷离，眼睛里失去了蓝色的光泽。"她的父亲是什里夫波特一位有钱的代理律师。人们不知道的是，他还是个酒鬼和虐待狂。他对简和她的妹妹一直都很不好。姐妹俩虽然都能表现得很得体……可是她俩都为小时候受过的虐待而付出代价，至今都在付出代价。任何可能引起平常人称之为焦虑的问题……在她身上都会产生双倍程度的伤害。"

"也许你该叫个医生来？"

"我考虑过。也许我是应该这么做。也许一个好丈夫就该这样做……可是医生会问问题，而简一定会把整件事情说出来，而医生，就算我要求他保守秘密，他也会去报警，或者告诉别人，而别人要么可能报警，要么就去找报社……我不能冒这个险。现在一切都在为星期五的凌晨做准备。不行，我只能自己处置这件事。"鲁登米尔把他那饱受折磨的脸转向落地窗，"我是简的衣甲闪亮的骑士，"他静静地说，"可是我猜……到头来，所有盔甲都会变得锈迹斑斑。"

"我觉得你正在尽你所能地做你认为该做的事。"科蒂斯说。

"是啊。关键在于，万一我们的孩子出了什么事……我也会失去简。她会离我而去，我知道的。到那时……唉，这个世界上所有我觉得美好且值得的事情也就都结束了。"他忽然摇摇头，苦笑一声，"听我说！我和你聊天感觉就像是早就认识你一样！就好像你是家人朋友而不是一个——"他顿住了，嘴却仍旧张着。

"不是一个黑人？"科蒂斯提醒道，却说得很平静，也很有道理。

"不是一个陌生人，"鲁登米尔说，"我才不在乎你是什么肤色。你是我和妮拉之间的联系纽带，这才是最重要的。也许你也是她的衣甲闪亮的骑士。"

"我的衣甲可不算太闪亮。"科蒂斯说。

"好吧，你是个黑骑士，我猜也的确是这样。"

尽管经历了一整天的考验和磨难，这句话还是让科蒂斯觉得太好笑了。他忍不住大笑起来。尽管心情无比压抑——又或许正是因为心情过于压抑——鲁登米尔也忍不住放声大笑起来。随着笑声在房间里回荡，他感到轻松了许多，也坚定了许多。

"明天的安排……"笑声消退后，他说，"维克多一过中午就会把钱带来。然后你和我就开车去找桑达斯基路和那个钓鱼码头。我可不想在一片漆黑中找地方。"他从椅子上站起来，"我最好还是去陪简一起坐坐。听着……你住楼上那间客房。马维斯会带你过去。房间里就有厕所。如果你想吃东西……我们厨房里有的是吃的。马维斯还是个好厨子。牛排、火腿、做三明治的面包……冰淇淋和蛋糕……还有一整个新鲜——"他又停了下来，样子活像个拼尽全力避免一脚踩空掉下悬崖的人，然后他笨嘴拙舌地说，"瓜。"[1]

---

[1] 西瓜曾被美国白人种族主义者用来羞辱、诋毁黑人。

"西瓜？"科蒂斯问。

"是的。就是那个。"

"我的最爱之一，"科蒂斯说着，露出一丝微笑，"整个夏天只吃了两个。"

"你自便，就像我说的，不论你想吃什么，马维斯都能帮你做。"

"谢谢。"科蒂斯指了指屋子另一边桌子上的电话，"我能用一下吗？我最好还是给我妈妈打个电话，她肯定担心坏了。"

"当然，用吧。哦……你能再和妮拉说一下吗，告诉她一切都在掌控之中，过不了多久她和小杰克就能回家了？"

"我这就告诉她。"刚才她话说到一半就被打断了，所以科蒂斯也急着与妮拉恢复联系。妮拉，他发送出去，你还好吗？

是的，她回答，接着又说，还算好吧，我猜。

她发送的消息强度很弱，时断时续，就像一台电池快要耗尽了的设备。科蒂斯说：你需要休息，恢复精力。你能睡一会儿吗？

不行，我觉得我睡不着。

好吧，试试看。这样对你有好处。你爸爸和我在一起。他说让我告诉你一切都在掌控之中，要不了多久你和小杰克就都能回家了。妮拉没有回答，于是过了几秒钟，他问，你能听见我的声音吗？

我听见了……可我吓得要命，科蒂斯。那个叫唐尼的人每隔几……就会砸几下门。也许他们不……睡觉。而且我们都饿了，我们没有……厕所也只是一个……得尽快离开，我想可是至少……一片漆黑。

你需要休息，科蒂斯说，身体和头脑都需要休息。

什么？我听不……什么？

这是个让人困惑的新情况。科蒂斯心想。妮拉身心俱疲，她发送消息时也同样疲惫不堪。要是她不休息一会儿，那他有可能会彻底和她失去联系，而且显然她疲惫的大脑也无法接收到他发送的所有内容。*我得先挂断了，*他告诉妮拉，*我晚些时候会回来，不过求你了……求你了……试着——*

什么？你说什么？我听不……太远了。

*你爸爸说他爱你。*科蒂斯说。说完这句话，他抬头看向鲁登米尔，花了几秒钟重新搞清楚自己在哪里，正在和谁说话，然后说："她说他们没事。说他们做好了回家的准备。"

"我会把他们平安地接回来的。我对上帝发誓，我会的。"

"是的，先生。"科蒂斯说。

"电话随你用。"鲁登米尔对他说。他正要离开房间，却又犹豫了。"我错怪妮拉了……有关她的这个……天赋。还有你的。我就算活到一百一十岁也不可能理解它，但是我感谢你在这里仗义相助，我还感谢你能成为我女儿的朋友。"

"我也感谢她能成为我的朋友，"科蒂斯回答，"她真是个了不起的倾听者。"

鲁登米尔点点头，转身离开房间，科蒂斯坐在椅子里，心想他还是不知道妮拉的能量正在减弱的好，而且如果她没有睡觉——或者至少让她不堪重负的大脑休息——那也许就很难再联系上她了。他估计妮拉大概也知道有些不对劲，以及为什么会这样。这要靠她自己去凭借意志力修复它，科蒂斯觉得她只要让自己的大脑放空，恢复精神能量就好——如果她做得到。

科蒂斯从来没想到过这种能力居然有极限。他不知道自己喜不喜欢这样,尽管他很高兴被人称作某人衣甲闪亮的骑士,可他也很高兴地知道这盔甲上存在裂隙,而且也许有一天这会让他变得虚弱。这让他感觉自己稍微更像这个世界上的其他人,而不像那一晚刚果广场上夫人所说的那样,拥有世所罕见的超自然能力。说到底,他只是个年轻人,一个红帽子,自豪地从事着帮助人们前往目的地又从目的地回来的工作。

他从椅子里起身,踩着沙色的地毯,朝电话走去。

电话响到第四声时,奥尔奇德接起了电话。她已经把自己调教得即使是在情绪最激动的时候说话声音也像是快要死了一样。"喂?"

"喂,妈妈。"

"科蒂斯!哦我的天,你是从监狱里打的电话吗?"

他打量了一圈这个漂亮的房间。"不是。我猜克雷伯先生给你打过电话了?"

"是的!跟我说了整件事情!是谁害你惹上官司的?那个叫罗迪·帕特森的吗,那个爱惹是生非的混混?"

"妈妈,"科蒂斯平静地说,"听我说,行吗?我没有吃官司。我——"

"那你什么时候回家?我担心死了!"

"我……我在做一件重要的事,"他告诉妈妈,"我今晚不——"

"快回家!听见了吗?我给你留着灯,你现在就给我回家。"

"我今晚不回家了,妈妈,"科蒂斯接着说,"明天大概也——"

"你在胡说些什么！好孩子不能扔下生病的妈妈自己整晚不着家，上帝可怜可怜我吧，不行！你听起来都不正常了，和你一起鬼混的人早晚会把你毁了的！"

科蒂斯感觉她和平常一样，又想要控制他，可是今天他丝毫不为所动。"妈妈，我今天必须要——"

"我不想听这些，我不想——"

"听我说！"他说，语气之尖锐把他和奥尔奇德都吓了一跳，因为两人都变得沉默了。科蒂斯整理好情绪，对仍然沉默着的妈妈说："我不想多解释。这件事很重要，我非做不可。我今晚不回家了，明晚也是。这既是为了我，也是为了其他人。你能明白吗？"

她似乎过了好久才回答。

"回家，"她断断续续地低声说，"乔，回家。"

"妈妈，"科蒂斯安静地说，"你需要回到生活中来。你必须振作起来。你没有死，你也没有生病。你想死，想病，可你并没有。你回避邻居，回避教堂，回避所有重要的人。我觉得你必须找一个新起点，妈妈。把这一切都抛开……把该放下的都放下吧。也许你去外公外婆那里是一件好事，对健康有好处。去住几天，去跟别人说说话。然后你就知道外公有多喜欢弹吉他。我敢打赌他肯定会弹很多新歌。"

奥尔奇德没有回答，可是科蒂斯能听到她缓慢而微弱的呼吸，像是想努力让自己咳嗽出来。

"除了你自己，没有人觉得你可怜，"科蒂斯说，"我爱你，所以我要跟你说实话，因为在你前面还有一整个人生，而你总是想浪费掉它。乔已经走了，他不会回来了，妈妈。这才是事情真实的一面，这也是你重新开始的起点。"

过了好久，她都没有回答，于是科蒂斯不得不催促她说点儿什么。"听见我说的话了吗？"

奥尔奇德说："我把灯给你留着，直到你回家。"然后她挂掉了电话。

科蒂斯听着电话忙音，像是要从中拼凑出某种信息。他猜想这个信息就是他的妈妈和平常一样要去睡觉了，而明天也会和平常一样，后天也是一样，没有一丝改变。他要怎样做才能推着她回到生活中来，他也不知道。他把电话听筒放回支架上，走到窗边，看着窗外鲁登米尔家宏伟的豪宅，在他看来这里完全是另一个国度，让渺小的哥顿宅邸相形见绌。雨已经停了，不过一切都在滴着水。天光越来越暗，在阴云笼罩的天空下，世界变成一片更深沉的灰色。他心想要不要再联系妮拉一下，却又打消了这个念头，因为她的电池需要休息，也许他也需要。

身后有人清了清喉咙。他转过身来，看见女佣马维斯正站在会客厅的门口。

"先桑？"她说，语气里带着为了表达恭顺态度而特意设计出的细声细气，"你要吃晚饭吗？"

"要。另外，我不是'先生'，只管叫我科蒂斯就好。"

她点点头，却面带疑惑，因为显然他是这家里的客人，而且，尽管他是个黑人，但他一定是个重要人物，不然他根本不会被允许站在这里。要知道，这座房子里从来都没有接待过黑人宾客，当然就更不曾有过哪个黑人能住进客房里,可是鲁登米尔先生刚刚告诉她,这个年轻人今晚会在这里过夜。她上下打量着他的制服,然后瞥见他放在桌子上的红帽子。"我可否问一下,你是一名士兵吗?"

"不是,我是联盟车站的红帽子。"

"我没听说鲁登米尔先生和夫人要出门呀。"她说。她自己的世界里从来都不包含乘火车旅行。她皱起眉头。"我可否问一下,孩子们今晚去哪儿了?"

科蒂斯猜想她不能逾越规矩向这个家的主人问这个问题,可是问他就没问题。"他们很快就会回来。"他回答。于是她明白自己能打听到的只有这些了,尽管她明明听见鲁登米尔夫人哭得很伤心,一向秩序井然的家里有什么地方不对劲,不过鉴于她的地位,她只能继续履行她的日常职责。她问:"科蒂斯先生晚餐想吃点什么?"

这是一个科蒂斯这辈子都不曾被人问过的问题。

"你来定吧。"他告诉她。

马维斯的嘴张开又闭上,看上去像是彻底迷茫了。科蒂斯心想也许从来没有人给过她机会让她自己拿主意……于是两人站在这间漂亮的房间里,谁都不说话,都因为自己并不习惯的自由而感到别扭,都在指望着对方成为一道转瞬即逝的影子。

夜色降临,漆黑的乡间既没有灯光的污染,也没有汽车在水泥路面上行驶的声音。湖边小屋的周围,蛐蛐、知了和树林里其他昆虫的各种咔咔声、吱吱声、嗒嗒声和嗡嗡声响成一片。空气沉闷,雨停了,在一片湿热中,雾气从庞恰特雷恩湖上升起,慢慢飘过森林，留下星星点点的自己，挂在松树和橡树上，就像脆弱泛黄的旧亚麻布残片。

在伸手不见五指的囚室里，妮拉听见门外传来沉重的桌子被搬动的声音。她好几次尝试入睡却都失败了。两个小时前，小杰克的虚张声势又撑不住了，他在一片黑暗中哭闹起来，直到她在他身边醒来，和他肩并肩坐着。哈特利想让处境好过一点，于是玩起了"二十个问题"的游戏，可是小杰克不肯玩，妮拉也是十分疲倦，无法集中精神。

"都别动。"在屋子另一头席地而坐的哈特利提醒道。

门开了，一道光射了进来。那其实只是一盏油灯里的火苗，却刺得他们睁不开眼。

"三只瞎耗子。"唐尼一边说，一边跟着灯光走进房间。他在身后把门关上，站在原地，用灯光扫过这间逼仄的小房间。"现在这里才是真的臭，"他说，"谁拉肚子了？"

妮拉真想叫这个男人出去，别惹他们，可是她连跟他说话都不敢。

"你是不是该去睡觉了？"哈特利问。

"不急。他们俩在外面后门廊上抽烟，所以我想我该进来看看大家。嘿，你觉得这个怎么样？"唐尼跪在地上，举起油灯，好让哈特利看见他用绝缘胶带粘在脑门正中间、闪闪发亮的玻璃眼睛，"现在我是个三眼王八蛋了。怎么样？"见哈特利不吭声，唐尼说，"我问你话呢，屁眼儿脸……怎么样？"

"挺好。"哈特利说。

"他说挺好,"唐尼咧嘴笑着说,同时用灯光照着妮拉,"我难道不漂亮吗,小姑娘?"

"漂亮。"她盯着对面的墙说。

"太他妈对了。应该说,潇洒。有三只眼,能把你看得更真切,小红帽。嘿,你爸爸叫你什么?"

"妮拉。"

"我的意思是……比方说……一个昵称。我打赌你肯定有个昵称,像是……糖嘴儿,或者甜屁股,或者——"

"你为什么不让我们自己待着?"哈特利说,"我们在这里没吃没喝还不够吗,还要——"

"闭嘴,"唐尼说,他的声音尖厉刺耳,带着让人惊惧的威胁,"要是我想听你放屁,我会把它踢出来的。"他挪了挪油灯,让它整个照着小杰克,小杰克早就紧紧靠着姐姐,绑在身前的双手手指使劲扣在一起。"看看这条小硬汉,"唐尼说,"你一直在哭呢,好汉?"

"没有。"男孩像丢毒镖一样把这句话丢了出来。

"哎呀呀,你在撒谎呀,不是吗?你的眼睛都肿了,就像有人踩着你的脸跳了个舞。你喜欢这个地方吗,好汉?跟你那个有钱爸爸的豪宅不太一样呢。我敢打赌,不论什么玩具、游戏,你肯定想要什么就有什么,不是吗?我敢打赌不论你想要什么,只要你说个名字,它就能送到你手里,连汗都不会出一滴。嗯?不是吗?"

"不是。"

"就是。"唐尼沉默着坐了一会儿,妮拉则因为恐惧这个人而仍然心惊肉跳。"有一件事你那个天煞的爸爸没有做好,小子,"唐尼接着说,"那就是没有教你尊重比你年长的人。你跟我说话时,应该叫我'先生'。"

"那我就不跟你说话了,"小杰克说,"哪儿来的滚回哪儿去。"

哈特利猛地一惊。妮拉用肩膀顶了她的弟弟一下,让他别出声,可是这句话已然脱口而出。

唐尼恶狠狠地大笑几声,继而低低地吹了声口哨。他拿着油灯朝妮拉和小杰克又凑近了些,在离他们不到两英尺的地方蹲下,哈特利则强撑着一阵摸索,随时准备采取行动。

"你,"唐尼对小杰克说,"可真是个难缠的家伙。要是你没有这么惹我生气,那我都要佩服你的胆量呢。嘿,动动脑子!"他一伸手,扇了男孩一巴掌,"动动脑子!"他说,同时反手又是一巴掌。

"活见鬼,"哈特利低吼道,"别碰那个孩子!要是你想欺负人,那就冲我来!"

"不,那样就没意思了。动动脑子!"啪,一巴掌。这一下出手更重,那声音让妮拉胃里一阵抽搐。她心想要是自己能吐到他身上,那他或许就会离开,可是她肚子里根本没有东西可以呕吐。

"住手!"小杰克说,他的眼睛里闪过一道泪光,"我没有——"

啪!这是到目前最重的一巴掌。就着油灯,妮拉看见弟弟呆滞地眨了眨眼,下嘴唇淌出一道血迹。

不等他扇出下一巴掌,哈特利挣扎着站了起来。"好吧,"他说,"你想打架,那就来吧。我就算双手绑着也能把你的牙打下来。"

"是吗?嗯?"唐尼说,于是他站起身来,妮拉看见他涨红了脸,跟着狠狠一拳打在哈特利的腹股沟上。两个孩子的司机倒抽着气,弓下身子。唐尼又一拳砸在他的后脑勺上，发出斧子砍木头一样的声响，哈特利脸冲下栽倒在地。

"救命！"妮拉突然大喊，"救救我们，救命！"

唐尼立刻转回身，俯下身子，手像老虎钳一样一把揪住她的下巴。他那张愤怒的脸鼓胀得像一颗丑陋的行星。他的手指用力捏着，妮拉觉得他简直像是要捏开一个核桃。这时只听"咚"的一声，唐尼松开手，踉跄着后退一步。妮拉身边的小杰克同样脚步踉跄，他刚刚一个头槌顶在唐尼脑袋一侧，力道之大让他自己也直翻白眼。他跪倒在地，身子向前一扑，妮拉惊骇地看见弟弟的血从撞裂的嘴唇溅到地板上。

"见鬼，你想干什么？"门口传来一声尖叫。妮拉被女人的手电筒光晃得眯起眼睛，在她身后是那个背叛她父亲的男人的身影。

"唐尼！"金吉尔厉声喝道，"你这个蠢货！你都对他们做了什么？"

"乐子……找点儿乐子，仅此而已。"唐尼回答。他的声音听起来就像是正在吃一碗玉米糊。"哈特利朝我冲过来，我只好把他放倒。"他来回甩了甩头，止住耳鸣，"小崽子撞了我的脑袋，我只好把他也放倒了。"

"你撒谎！"妮拉吼道，她觉得自己的脸也因为愤怒而涨得通红，"全都在撒谎！他一直在扇小杰克！"

"好了，好了！"金吉尔抬起一只手让所有人保持安静。哈特利蜷着身子躺在地板上，呻吟不止。"你把他怎么了？"

"他没事，没伤太重。嘿，我不想干坐着数身上的瘀子，烦得慌。"

金吉尔把手电筒的光柱对准唐尼的脸。他脑门上那只玻璃眼嵌在黑色胶带做成的窝里闪着光。尽管仍然目光涣散,他还是龇着牙笑了笑,嘴里镶银的尖牙映着灯光。

"你惹我生气了。"金吉尔说。

"好吧,"他回答,"这倒不算难事,对吗?"

房间里似乎闯进了什么东西。珀利感觉得到,就像是另一个存在突然顶着其他人挤了进来。尽管小屋里的空气又湿又热,但他还是感到一股寒意正在啃噬着他的骨头。

金吉尔用手电筒一直照着唐尼那张傻笑的脸。她那灼人的愤怒已经消退,但不知为何,她语气中的冷静让珀利越发感到不自在。她用让人不寒而栗的力量说出两个字:"住手。"

唐尼耸耸肩。"这招对我不管用。"

妮拉守在弟弟身边,弟弟嘴里仍然在流血。小杰克打了个哆嗦,可他既没有叫喊也没有抽泣一声;妮拉觉得他就像是以后再也不会哭了一样,就像是他一下子变得比他的八年人生还要老成。"我没事。"他说,就连他的声音也变得更像个男子汉了。妮拉爬过去看哈特利先生,他尝试着坐起来,却并不容易。

她抬头看着站在她和房门之间的绑匪。"我们需要水和吃的,"她告诉他们,"就不能给我们一些吗?"

"唐尼,"金吉尔说,"去拿些吃的来。"

"干吗我去?"

"因为我叫你去。珀利,看着他们。"她走出房间,去拿厨房桌子上装杂货的袋子。他们已经吃掉了两罐猪肉豆子，喝了一瓶可口可乐，唐尼还啃了两个苹果。她不想打开做三明治的火腿碎，也不想再开一罐猪肉豆子罐头。她抽出一盒好家伙爆米花，把它带回房间。"给，"她说着，把爆米花扔到妮拉和哈特利之间的地板上，"这样应该够吃了。"唐尼拿着一个铁制水壶进来，金吉尔叫他把盖子打开，给他们三个喝一点儿。珀利听见唐尼咕哝着一些愚蠢而且有可能很下流的话，不过这个年轻的混子还是遵从了房子女主人的命令。妮拉先喝了一口。小杰克把头别到一旁，妮拉用姐姐的口气叫他喝一口，于是他照做了。哈特利这时已经跪了起来，他同样一声不吭地从水壶里喝了水。

"好了，"唐尼喂完水，金吉尔说，"鲁登米尔爸爸明天凌晨这个时间就会付钱，所以谁都不会渴死饿死。现在所有人都开心了吗？"她没有等待那个并不存在的回答。"出去。"她命令唐尼。唐尼发出一声虽然很小却让人恼火的轻笑，跟着珀利走出房间。

门关上后，妮拉又听见桌子顶到门上的声音。在这之后，她隐隐听见女人叫唐尼要么去抽根烟，要么去散散步，要么去树林里蹲着，总之让孩子们自己待着。女人使用的语言就算一整箱肥皂也不能把这张嘴洗干净。

"帮我拆开。"小杰克说。

他正在想办法打开好家伙爆米花的包装。他拿住盒子，让妮拉用手指撕开包装纸。最后两人把它打开了，于是可以把挂满焦糖的爆米花从盒子里倒进各自的嘴里。"你想吃点儿吗，哈特利先生？"妮拉问。

"不用，"哈特利仍然十分痛苦，于是有气无力地回答，"你们都吃了吧。"

妮拉坐回去，嘴里嚼着爆米花。要再次尝试联系科蒂斯吗？不行，他也需要休息……而且关键是，她担心恐惧会让她无法集中精力保持联系，担心恐惧会不断膨胀直到让她无法承受。等天亮后她会再次尝试的，而在这之前，她要强迫自己尽量睡一会儿。

"再给我点儿。"小杰克说。

她用指尖颤颤巍巍地捏着盒子，又往他嘴里倒了些爆米花。

"嘿，嘿！"小杰克嘴里含着爆米花叫道。他往地上吐了个什么东西，等他可以边嚼爆米花边说话时，他说："有赠品。"

"挺不错。"妮拉闭上眼睛。和睁着眼睛一样黑。

"我把它弄丢了。等等……在这儿。"小杰克四处摸索的手指在左膝旁边找到了一个小小的纸包。"你觉得可能是什么？"

"能在黑暗中看见东西的眼睛。"

"哦，没错，咱们正好用得着。我拿着它，要是你能撕开它的话。"

"杰克，"妮拉说，然后意识到这是她第一次没有在名字之前加上"小"字，"我在试着休息，好吗？"

"帮帮我。"

"再说吧。"

"为什么？"他问，这是个好问题。

她无奈地叹了口气，睁开眼睛看向黑暗，朝他伸出手去。他们找到了对方，小杰克摸索着让包装碰到她的手指。然后她把它送到自己嘴边，让弟弟拿着它，自己则用牙齿撕开包装。小杰克说："谢谢。"妮拉猜想他要么把它倒在地上，要么会试着用指尖把它揪出来。

过了大概十秒钟，小杰克说："我觉得这是个戒指。是的，是个……戒指……不过这上面还有个东西……有点儿像……一艘火箭飞船……等等，等等……哦，对了……我想这是一个铁皮哨子。"

房间另一头传来哈特利的声音，他的声音仍旧因为受伤而有些刺耳。"别吹它。你说它是铁皮的？"

"是的，先生，我猜是的。有点像金属。反正我也没法吹它，我的嘴唇肿着呢。"

"把它拿过来。小心别弄掉了。"

"好的，先生。"妮拉听见弟弟朝哈特利爬过去，"给。"小杰克一边说一边让哈特利用手指捏住它。过了好久，哈特利悄悄地说："我的左边口袋里有零钱。有一个十美分的硬币。是最薄的那种硬币。你能把它拿出来吗？"

"你想做什么，哈特利先生？"妮拉问。

"别出声。"他小心翼翼地说。然后他继续低声说："这东西像是个巴克·罗杰斯火箭飞船的微缩模型。我觉得这个哨子……是用铅合金做的。不过这上面的接缝处有一条非常小的裂隙。我打算用硬币把它撬开。明白吗，杰克？"他也没有说那个"小"字。"好的。很好……拿住它，我等会需要你帮忙。"

妮拉爬到两人身边。"你干吗要撬开它？"她小声问。

"要试着撬开它，"他纠正道，"要是我能用硬币让裂隙变宽，那也许我就能把金属外皮往后撕，并且把它磨尖。这样如果那个疯子再敢进来欺负咱们，我就有东西可以对付他，直到那个女人过来制止他。"

"这样做明智吗？"她壮起胆子问，"我是说……要是你把他划伤了，他不会变本加厉地欺负咱们吗？"

"我要做的是，如果他再进来找消……找事情，我就让他好好思量思量，"哈特利说，"要是能把接缝掰开，我就能做出一把刀，我想我能把这个圆环部分套在小手指的第一个指节上。虽然用处不大，但我不能干坐在这里眼看着杰克挨揍却不做反击。怎么样？"他问，妮拉意识到他是想得到她的许可继续做下去，因为他的提议虽然很有必要，可也同样十分危险。

她真希望能问问科蒂斯的意见，并且通过他询问爸爸的看法，可是这件事要她自己做决定。

她多想了一会儿，回忆起弟弟被扇耳光时的可怕声音，回忆起哈特利先生被打倒在地、躺在那里无助地喘息的场面有多骇人。

她要自己做决定。

最后，她张张嘴，小声说："好。"

第十九章

珀利觉得自己找到了逃避近乎无休无止的湿热夜晚的方法,那就是躺在双层床的上铺,一门心思地想着墨西哥。刚才在唐尼引出的乱子平息后,金吉尔在下铺又抽了一根烟,然后伸了个懒腰。就着一盏油灯的灯光,珀利忍不住对她说:"我告诉过你他会惹麻烦的。他就是喜欢放横炮。"

"我就需要一门大炮,而不是像你这样的玩具枪,"她说,"我才不管它是横放还是竖放。"

珀利明智地闭上了嘴,金吉尔没有再说什么,于是他闭上眼睛,在脑海中前往墨西哥旅游了。他看见蓝色的海浪翻腾着浪花,拍打着白色的沙滩;他看见蜿蜒的小路通往他位于绿色山巅的豪宅;他听见野鸟在翠绿的树上唱着歌;他还闻到了……钱的味道。这味道有着一种特殊的香气,富贵的气息,自由的味道。等分到他那份钱，他就再也不用在那条该死的路上奔波，汗流浃背地兜售那些带题字的《圣经》，金矿债券，油井合同，律师、银行和投资公司的信件，兜售所有那些用来骗傻子——尤其是那些同样一门心思搞钱的文盲——的冒牌货了。

不劳而获，这是驱动所有骗局的引擎。那些总觉得自己会凭空得到什么好处的人。而他所兜售的从来都只有空气。可是这一次……他真的有东西要卖，到明天这个时候，交易就完成了。他妈的！他想。一箱子现金和所有随之而来的好东西。然后去墨西哥，获得他梦寐以求的一切。

他不知道自己昏睡了多久，不过他被房间的关门声惊醒了。写字台上，油灯的灯芯发着橙色的光。他俯下身，看见金吉尔已经起床了。去上厕所了？那她为什么不带着灯？他看了眼手表，时间是三点二十分。好吧，不论她想干什么，她都是个大姑娘了，肯定能照顾好自己。所以……接着睡觉，如果他睡得着的话。

可他睡不着。他用床单抹了把脸上的汗，过了十五分钟又看了看手表。她还是没回来。现在他在想她到底去哪儿了。去树林里散步？不太可能，他和她说过那个租赁代理提醒他们要随身带上打蛇棍的事情。他估计这附近的响尾蛇大概每年都能杀死八九个人，也许都是在野外工作的黑人。所以高贵伟大的横炮爱好者金吉尔·拉弗朗斯小姐到底去哪儿了？

这件事他怎么也放不下。他猜想她一定是在外面的后门廊，也许又在抽烟，努力在午夜降临的暑热中找到一丝凉风，可还是那个问题，她为什么不带着灯？有猫腻……哪里不对劲，空气中有一股烂桃子般的味道。

他穿着内衣和裤子，一翻身从上铺下来，提起油灯，出门来到前厅。

她坐在角落里，背靠着墙，坐在一把藤椅上。

她琥珀色的眼睛映着油灯的灯光，可是她既没有看灯，也没有看他。她只是直愣愣地看着前方。

她用双手握着一把带锯齿的菜刀举在面前，脸颊和前额上满是汗水。在珀利的注视下，她慢慢地举起刀，在头顶停了几秒钟，然后用力挥下，珀利都能听到刀刃破空时的呼啸声。

"不，不，"她低语着，面容松弛，眼睛盯着某个珀利无法看见的东西，"不……告诉过你……不能这样……不，不……你是谁……你是谁……"

"金吉尔？"珀利问。他向她迈出一步，灯光驱散了她与之搏斗的黑暗，仿佛一种慰藉。

"换成是我，我可不会这么做。"一个安静的声音传来，跟着是牙齿啃苹果的嘎吱声。

珀利一转身，看见唐尼坐在对面的角落里——不是坐在椅子里，而是坐在地板上。他盘着腿，光着膀子，喉咙下面的汗珠映着灯光。谢天谢地，他拿掉了脑门上的玻璃眼珠和绝缘胶带。唐尼又咬了一口还没啃完的苹果，说："你最好还是往后退一步。她很可能会从那把破椅子上起身把你的心挖出来。"

珀利朝唐尼退后一步。他的后背就快贴到墙壁时，他看见金吉尔再一次双手握刀举起来，停了几秒钟，然后以骇人的速度和力量向下挥砍。这一次她的脸上露出扭曲而残暴的表情。"告诉过你了!"她说,只不过仍旧是含混的低语,"不,不……不能这样……你是谁……你是谁……"然后她的脸又垮了下来,脸颊和前额的汗水闪着光,她把刀紧握在面前,身子开始前后摇晃……前后,前后……而那双毫无生气的眼睛始终盯着虚空。

"她怎么了?"珀利问。

"她有时候就是会这样,"唐尼回答,这在珀利听来就像是什么也没说,"我猜这就像是在释放紧张情绪之类的。"

"什么?她是因为担心明天的事情所以进入一种……"珀利甚至不知道该怎么称呼它。她再次低语起来,不过声音又小又难以理解,没准儿是一门外语。"她能听见咱们说话吗?"他问。

"不能。以前她这样时,我曾经坐在那里,叫她的每一个当婊子时的名字,看着她拿着把刀瞎比画笑到不行——而且每次都有一把刀,我猜她闻着味儿就能找到它——所以我觉得她陷入这种状态时根本听不见别人说话。"

"见鬼。"珀利说,与其说是在说话,倒更像是吐了口气。

"是啊。嘿……她有没有拿枪跟你玩过那个把戏?装一颗子弹的那个?"

珀利正要给个肯定的答复,这时他想起来自己是在跟金吉尔的外甥说话。或者说,据称是她外甥。妈的,他怎么会知道这个,除非……?"大概吧。"珀利说。

"肯定玩过。看看她摇晃起来的样子。拿着那把刀,像是随时要把整个世界都捅死。你不可能比我更亲近她,这是肯定的。"他又啃了一口苹果，欣赏着眼前的这场大戏。

"她要像这样多长时间？"

"以前看过持续几个钟头。到最后她会安静下来，站起身，把刀放好，回到原来睡觉的地方。天亮后，她什么都记不起来了。"

珀利跟唐尼隔着几英尺坐到地上，把油灯放在两人中间。他听着金吉尔的呵斥声中那诡异的、起起伏伏的节奏，这节奏中带着残暴的情绪，却仍然只是在喃喃低语。"她怎么就不想让我知道她的真名字呢？"他问。

"她不想让任何人知道。我是她的家人，所以我知道，不过……她就是这样，珀利先生。她觉得不论谁知道她的真名，就有了某种控制她的能量。受不了这种事，我猜。她也没办法在一个地方待太久。"他又咬了一口苹果，看着刀子慢慢举起，停留片刻，然后用能劈断骨头的力量挥下。"她不停地去不同的州和城镇，不停地改名字。狂热地想改变自己，这是我妈说的。只不过她没法改变自己，没办法真的改，所以她总是不停地搬家。不过……经历了那么多，她的确该为自己感到骄傲。"

"经历了什么？"

"她可不想让我说这个。"

珀利掂量了一下他的选项。然后他说："把你能说的都告诉我，我从我那份钱里多拿五百美元给你。"

唐尼嚼着苹果，看着金吉尔，她虽然已经不再前后摇晃了，却仍旧在喃喃自语，盯着虚空。"一千美元。"他说，声音低得像是怕被金吉尔听见，尽管她仍然深陷在她自己的世界末日之中，对房间里的一切都浑然不觉。

"好吧。成交。"

"要握个手，"他伸出一只手，珀利握了握，于是唐尼说，"这样要是你不肯付账，那我肯定会毫不犹豫地弄死你。"

"好吧。究竟是怎么回事？"

"这都是我妈告诉我的，你知道的，所以如果我所说的有不准的地方，那都得怪她。嗯……她十六岁那年生了个孩子。不知道孩子爸爸是谁，我妈说有三四个人都有可能。她想留着这个孩子，于是离家出走了，最后去了亚拉巴马，找了份当秘书的工作，可是……你知道……她还得做些别的工作才能赚够钱。总之，用我妈的话说，她住在'路对面'[1]。我估计每个城市里都有一个贫民窟。有一天……她在她住的地方睡觉……那个孩子——我想那会儿大概六岁了吧——出门去了几个街区外的操场。别的孩子都在那里玩儿，算是个街坊邻居碰头的地方吧，我猜。"

唐尼咀嚼苹果的嘴停了下来，金吉尔又摇晃起来了，尽管她的低喃已经沉寂，那把刀也停止了与空气之间的战争。

"两个富家孩子偷了他们爸爸的汽车，"唐尼接着说，"开出来兜风，然后开进了'路对面'。我猜他们觉得这样很刺激。见鬼，我也干过这种事，我知道是怎么回事。于是他们开着车，一路尖叫，警察则在后面紧追不舍。突然开车的孩子没扶住方向盘，那辆漂亮的豪车一头冲进了操场。没错，撞伤了四个正在那里玩儿的孩子，撞

---

[1] 指的是一个城市或镇子里相对贫穷破败的地区。

断骨头什么的。可是她的小儿子……唉，我妈说车子把他撞得稀烂，五脏六腑都撞碎了。救护车把他送去医院，可是他们过了好久才弄清楚孩子的妈妈是谁，因为她喝断片儿了，正在床上躺着呢。等到警察把整件事情弄清楚，她也去了医院，她的小儿子早就死了……不过其实他过了两天才断气。"

"她可以起诉那家人的，"珀利说，"能赔不少钱。"

"是啊。嗯，她找了个律师，想告他们。很快他们就反咬一口，说她是个不称职的母亲，是她自己喝醉了昏睡不醒，放任孩子去了操场，她要负主要责任。是啊，我妈说他们从亚特兰大请了两位律师，来了个颠倒黑白。然后他们一通操作，结果……金吉尔……丢了工作，也丢掉了剩下的一切，然后被起诉卖淫和滥用毒品，眼看着要进监狱了。我想大概就是在那个时候，她崩溃了，于是他们把她送进了那家医院。"

"哪家医院？"

"布莱斯，在塔斯卡卢萨市。你知道，一家疯人院。"

"精神病院？她在里面待了多久？"

"我听说是两年。他们把她放出来时，也差不多是把她踢出了亚拉巴马州。我想就是在那个时候，她打定主意不能再做过去的自己了。我想也就是在那个时候，她打定主意不能只让男人拥有全世界的权力和财富，不论如何，她也要给自己弄一份。这部分我知道是真的，因为这是她亲口告诉我的。"他啃下最后一口苹果，一口咬到了苹果核，然后把籽吐出来。"好啦。这个故事值一千美元吗，珀利先生？"

"值。"

"让我再免费告诉你一些事情,"唐尼说,"钱一旦到手,她就走了。我不知道你有没有什么今后和她在一起的计划,不过这种事不会发生的。所以如果我是你,我会一拿到钱就立马抽身,去哪儿都行,只要别回头。"

"多谢忠告,"珀利回答,这话是认真的,"你拿到钱以后有什么打算?"

"瞎胡混。"唐尼说。他一挑眉毛。"不然呢?"

尽管珀利并不怎么在乎这个年轻人,但他觉得也许这的确是他说过最真的话了。他站起身来,大着胆子靠近金吉尔,提着油灯在她空洞的眼睛前晃了晃。

"你在玩火。"唐尼说。

金吉尔没有反应,只是在他放下油灯、黑暗再次笼罩她的脸时,她又抑扬顿挫地咕哝起来:"告诉过你……告诉过你……不,不……不能这样……告诉过你……"随即一个奇怪的问题,像是在问她自己,"你是谁?你是谁?"她渐渐没了声音,没有回答。

"我去睡觉了。"珀利告诉唐尼,可是他知道自己就算睡着了也会睁着双眼、耳朵紧贴着墙。他回到双层床的房间,把油灯放在书桌上,爬上上铺,躺下来再次努力想象着墨西哥的天堂,可是他只能看见一片长满荆棘灌木的广阔平原,闻到烂桃子的刺鼻气味。

门开了,吓得他起了一层鸡皮疙瘩。就着行将熄灭的灯光,他看了一眼手表,时间是四点四十三分。他听见她在下铺躺下,随即四周一片静悄悄的,除了他自己心脏的狂跳声。

怕她了?他问自己。

答案是,吓死了。

不过再过二十一个小时,事情就结束了,到那时他就和他们俩都没关系了。提议直奔墨西哥的是金吉尔,不过唐尼所说的话很有道理;金吉尔没有目的地,她只是一路游荡,从一个名字、一桩骗局跳到另一个,这就是她的生活。

"你醒着呢。"她说。

他没有回答。他的呼吸浅得几乎能把自己憋死。过了一会儿,他听见她在被单底下翻了个身,随后不再动弹,而他躺在床上,毫无睡意。驳杂的天光渐渐爬上窗台,穿透印着船锚和剑鱼的窗帘,窗帘上的剑鱼翻腾着,徒劳地、永不停息地想要挣脱鱼钩。

第四部
血知道

第二十章

"你准备好了？"

"准备好了，先生。"

"时间到了。"

大约三十分钟前，科蒂斯和鲁登米尔这样沟通过。现在，随着时间一分一秒地向星期五凌晨一点钟靠近，鲁登米尔开着他的另一辆车——一辆深蓝色皮尔斯箭头轿车——穿过奥尔良的街道，向西北方向前进。科蒂斯坐在副驾驶座位上，他们身后的后排车座上放着一个纸箱，里面装着二十一万五千美元现金，长宽高都不超过五十英寸，箱子用胶带稍稍封起来，却没有彻底封死。

科蒂斯没有换洗的衣服，所以他还是穿着红帽子的制服，只不过把红色帽子留在了鲁登米尔的宅子里。鲁登米尔昨晚几乎整夜没睡，只是在昨天下午他们去寻找桑达斯基路尽头的钓鱼码头回来后打了一个小时的盹。他衣衫不整,精神疲惫,只是靠着紧张的精力独自工作。他本来想让科蒂斯来开这辆皮尔斯箭头,可是科蒂斯说他这辈子从来没有开过车,于是只好作罢。

除了几个夜行者,此时的街道上几乎空无一人。天气阴沉。西北方向的湖面上偶尔闪过几道闪电,强烈的闪光瞬间将周围的天空照成明亮的紫色。鲁登米尔随身带了一壶浓咖啡,他一边在幽静的街道上穿行,一边大口大口地喝着爪哇咖啡。

"告诉她,我们出发了。"鲁登米尔说,一双黑洞洞的眼睛盯着前方的路。

他们一出门,科蒂斯就已经这么做了,不过他点点头,发送道:妮拉,你爸爸让我再跟你说一遍,我们出发了。要不了多久就到。

好的,她回复道,我觉得他们还没有离开。

可是……他们会把你和小杰克带上,是吗?

我不知道。就像我之前说的,他们一整天都把我们关在这间屋子里。

她发出的信号比昨天强了些,这让科蒂斯放心了不少。她一定是得到了一点休息,足以让自己恢复精力。他们白天的几次对话都很简短,因为他不想让她又耗光精力。在白天的谈话中,她告诉科蒂斯他们一整天都没有看见那三个人,而且一整天都没有吃的喝的。

他们来找你们时告诉我,科蒂斯告诉她,我们会在一点钟准时到达码头。

谢谢你,科蒂斯。你能来真是太感谢了。

嗯,我们很快就到,所以你们完全不必担心。

"她怎么说？"鲁登米尔说，让柯蒂斯分了神。

"她说他们还没有出发。"

"是的，我料想他们会让我们在那个该死的码头等上一阵子。不过……多亏了维克多，咱们带够了钱，到时候只管拿钱换人。他本来想一起过来，躲在后排座位上，可是我跟他说，万一他们发现了他——而且他们肯定会检查的——那就麻烦了。光是解释你为什么会同来就已经很麻烦了。"

"你打算怎么说？"

鲁登米尔停下车等红灯。临出发前他告诉科蒂斯，他们一定不能闯红灯，也不能超速；被警察中途拦车可不是计划的一部分，而且这样一来也会打乱他们今天下午制定的时间表。"我就说你是我的司机。他们不会喜欢这个解释，不过他们也不会太在意你。"

科蒂斯知道这句话是什么意思。"你想说，因为我是个黑人？"

"是的，也因为你是个精瘦的小孩儿，看样子根本构不成任何威胁。别要求我在这个当口说话小心翼翼的，科蒂斯。我没这个心情。"

"好的。"科蒂斯说，他既没有生气也没有怨怒，因为这就是他所处的真实世界。

绿灯亮了，鲁登米尔继续行驶在雾蒙蒙的街道上。在夜色和黄色的路灯下，这座城市中著名的老橡树和垂柳看起来就像是蜷曲着的潜伏在路边的龙。

白天时，鲁登米尔给科蒂斯看了一张专业拍摄的照片。照片装在一个银色的相框里，照片上两个孩子手挽着手，微笑着。两个孩子都很漂亮。科蒂斯觉得小杰克长得很像他的父亲，妮拉则看起来比他想象的要小一些。他猜想这是因为他们聊天时，她有时表现得比十岁孩子成熟，肯定比科蒂斯十岁时要老成，他猜想这是因为她——和她弟弟一样——不仅有一个富有的爸爸，而且接受了充分的教育。他想也许妮拉对这个世界的了解比他多得多，尽管他一直努力地通过阅读来周游世界。此时此刻，一件悲伤的事情是，她和小杰克正在接受一项教育：有的人可以多么卑鄙、多么自私，可以如何密谋使诈，尤其是在涉及钱的时候……这些东西在他与诸如罗迪·帕特森和迈尔斯·威尔森这样的人打交道时就已经学到了。

"我想不明白的是，"鲁登米尔又开了半英里后说，"哈特利和帕尔警探都在小心戒备，他们是怎么把孩子们弄到手的。我对上帝发誓，我以为帕尔会更机灵些，不至于让他们在从学校回家的半路上被截走。这究竟是怎么回事？而且他们俩都有枪……我真是想不明白。"

科蒂斯说："我估计他们都不想开枪，以免孩子们受伤。"

"是啊。没错。你知道，为这件事我非常自责。当初那个警探来找我，我该做的第一件事就是多雇三个保镖。可是……他和我说话时的语气……也许我当时并不想相信这是真的。我是说……他自己其实也不太确信。那只是一个不想蹲监狱的下三滥罪犯讲的故事。可是见鬼，我该早点儿采取行动的！当天下午就该多雇佣三个保镖！"他伸手拿起咖啡壶，又灌下一口"燃料"。

"很快就结束了。"科蒂斯说，可是这话听起来并不能宽慰人心，反而显得笨嘴拙舌。

"这一部分就快结束了,"鲁登米尔纠正道,"我的——我们的——孩子被绑架了,任由三个罪犯摆布三十四个小时,我觉得这份后怕可不会很快就过去。简正在苦苦支撑,随时都会崩溃,我也一样。等我们把孩子们赎回来……上帝知道他们会是什么样子……我是说,在精神层面。"

"他们还在坚持。"

"再问问她,他们走了没。"

对此的回答是还没有。

"肯定会让咱们等着,"鲁登米尔咬牙切齿地说,"该死的混蛋,要让咱们干等着。"

他们离开了新奥尔良的郊区,来到通往肯纳的锯木厂路。鲁登米尔向左转,在沉默中向接头地点驶去。科蒂斯透过自己那一边的车窗,看着庞恰特雷恩湖上空的闪电,从云层向大地射出一道道锯齿状的炽热的鞭子。雷声像沉闷的低音鼓一般向他扑来。他的心跳得越发厉害,胃里——装着一个富人家厨房做的火腿三明治——感觉像是要一阵抽搐,把里面装的东西全都喷到这辆装饰精美、散发着皮革香气的车里。

科蒂斯?科蒂斯,我们听见正门打开又关上的声音。我们估计他们出发了!

他们没有把你们也带上?

没有。

"妮拉说她觉得他们现在出发了,"科蒂斯汇报说,"不过他们没有一并带上孩子。"

"我猜他们也不会。他们要先看到钱都拿来了，"鲁登米尔说，"我不知道他们打算怎么交人，但我想要我的孩子今晚就回来。等咱们回家时，我要让他们都和我一起坐在这辆车里，上帝保佑，我一定要把他们带回家。"

金吉尔开着奥兹摩比轿车，在驾驶座上不安地挪动着身子。她咕哝一声，在珀利听来像是低声表示不满。

"怎么了？"他问。

"忘了件事情，"她一边回答，一边开着车子沿着锯木厂路向东行驶，"想不起来是什么。反正有件事。该死的唐尼……昨天晚上……让我彻底失控了。"

珀利什么也没说。两人之间的座位上放着哈特利的点四五史密斯威森转轮手枪，珀利自己的点三八手枪则装在外套下面的肩背式枪套里。他们还带上了铁路提灯和手电筒。一道闪电划过西北方向的天空，一瞬间把车子里面照得透亮，紧随其后的雷声几乎震得珀利骨头颤抖。他的手心湿乎乎的，衬衣粘着后背。他摇下车窗，想让空气流通起来，让自己凉快点儿，可是暴风雨正在迫近，就连流动的空气也显得溽热而污浊。

"这么好的夜晚，正适合去收二十万美元。"金吉尔说，可是这话里听不出一点儿情绪，不论是好还是坏。

"二十一万零五千。"他说。

"是啊。"她让车子偏过去几英尺，用一个轮胎轧过一只偷偷过马路的浣熊，"忘了件事情，"她说，"见鬼，真想把它想起来。"

再过几分钟他们就要经过肯纳了。珀利真想点一根烟,把它一口吞下去,不过他可以等会儿再抽。墨西哥,墨西哥。他想。现在那里已经没那么遥远了。

金吉尔再一次不自在地扭动身子,然后不等珀利多想,这句话就脱口而出:"我记得你说过你没有孩子。"

"嗯?我没有。"

"从来都没有?"

"妈的,没有。我讨厌孩子。不论做什么都只会碍事。"

"啊哈。你的意思不是说你讨厌富人家的孩子?"

金吉尔没有立刻回答。他有没有看见她扶着方向盘的双手握紧了些?看不清。一道闪电划过,将十几支光矛射向夜空,紧跟着是一声炸雷。

他们经过肯纳镇,这地方的人大概一到八点钟就已经上床睡觉了。两条流浪狗在几个垃圾桶周围嗅来嗅去,这便是所有肉眼可见的活物了。

"你在说什么?"金吉尔问。她的声音有点儿过于微弱了,"眼看着就要拿到赎金了,你却在发疯?"

"只是想什么就说出来了,我猜,"他意识到自己一只脚已经踩进棺材了,不如索性来个痛快,"我在想,我希望这趟活儿只是绑架,而不是真的变成某种……哦,我不知道……报复。"

"报复?报复什么?"

"哦……生活,我猜。就像我说的,只是想什么就说出来了。"

"别想了,你害我紧张了。等到了地方,让我来说话。听见了吗?"

"当然,随便你怎么说。"

"很快就到了,"她说,"把我的枪保险打开。"

"为什么?"

"因为,"她回答,她的眼睛死死盯着锥形的大灯灯光落在前方路面的光斑圆心,"我叫你打开。"

他们听见拖动桌子的响声。

门开了。唐尼提着一盏油灯和他床上的枕头走了进来。贴着白色棉质内衣,别在他的牛仔裤裤腰带上的,是一把带锯齿的菜刀的刀柄。

妮拉感觉到她身旁的小杰克尽管十分勇敢,却仍然浑身抖个不停。屋子对面,哈特利慢慢地提起膝盖,顶在自己胸前。

"好呀,伙计们。"在昏黄的灯光下,他咧着嘴笑着说,"过来和你们做个伴,"他的眼睛看向小男孩,"你在这儿感觉怎么样,小子?"

鲁登米尔把车子停在桑达斯基路的尽头,距离锯木厂路大约三百码。他们面前是三十五英尺长的钓鱼码头。右边有两座小屋,都黑着灯,没有住人,鲁登米尔和科蒂斯今天下午透过脏乎乎的窗子看进去时就是这样;左边则是大片的灌木丛和树林。

鲁登米尔关掉车子引擎。他伸手拿起原本放在两人之间座位上的手电筒。他看了一眼后视镜,没看到有其他车子的迹象。他言简意赅地说:"好了,开始吧。"他把手电筒打开,交给科蒂斯。他们下车的同时,又一道闪电划过天空,紧随其后的雷声像抽鞭子一样刺耳。

鲁登米尔俯身钻进后排车座,抱起装钱的箱子。装满钱的纸箱重量超过二十磅,尽管箱子本身只比一个斯泰森帽子的包装盒大一点。箱子里面装了两千三百张五十元、三千张二十元和四千张十元钞票,按照面值分成一摞一摞的,用粗橡皮筋捆起来。科蒂斯跟着鲁登米尔下了车,上了码头。白天,他们看见码头中段向下弯曲变形,还有一道细木条做成的栏杆。一条绳子从码头左侧垂入黑色的湖水里,右边有几根长满软体动物的半截木桩,那里曾经一定有一个老码头,被一场暴风雨冲垮了。

科蒂斯用手电筒照着他们脚下,两人一起走到码头尽头,鲁登米尔放下钱箱。透过木板之间的缝隙,漆黑的、腥咸的湖水映着灯光,被即将到来的暴风雨搅扰着。波浪已经开始拍打泥泞的湖滩了。科蒂斯感受着阴冷的风推着他的后背,他和鲁登米尔面对马路时,风在他耳边呼呼作响。闪电照亮树林,点燃整个湖面,雷声炸响,又隆隆地呼唤着肯纳公墓里的沉睡者。

两人等待着,时刻关注着另一辆车的灯光。

"外面要下雨了,"唐尼说,"听见打雷了吗?我,我还挺喜欢打雷下雨的。你喜欢打雷下雨吗,孩子?还是说,暴风雨让你害怕?"

小杰克没有回答;他的脸一直冲着地面。

"我像你这么大时,见过有个人被雷劈死了,在一个养牛的牧场上,"唐尼一边慢慢地来回晃着油灯,一边接着说,"被烧得焦黑,整个尸体都是。衣服都被炸没了。脸被烧成了骷髅,他就那么躺在那儿,咧着嘴,一副死人的笑容。知道我和我的伙计们干了什么吗?我们用棍子把他的牙敲了下来。他嘴里有三颗银牙。我把银牙拿走了,后来用它换了点儿钱,足够买一包套子了。你见过这类事情吗,孩子?"

妮拉的脸烧了起来,她眯着眼睛,迎着灯光说:"你干吗不让我们自己待着?你们马上就能得偿所愿了。"

"随便问问,小糖嘴儿。我打赌我见过的一些恶心东西,你们这些小崽子就算在最吓人的噩梦里都没有梦到过。"

"去照照镜子吓唬自己吧。"小杰克突然语气尖酸地说。妮拉猛地用胳膊肘捅了一下他的肋骨。"别动我!"他咆哮道。

唐尼无声地大笑起来,却没有一丝高兴的情绪。假笑结束后,他又用油灯照着哈特利。"你怎么样啊,一只眼?你一句话都没说呢。"

"不想说话。"哈特利回答。

"我看未必。这个孩子……他可长了一张大嘴啊。乱喷脏话,像是想把它收回来就能收回来似的。这可是个坏毛病呢,小子。你知道吗?"他用枕头拍了一下小杰克的脑袋,不过只是轻轻一碰。"问你话呢。"他说,然后又用枕头拍了他一下,这次稍稍用力了些。

科蒂斯和鲁登米尔看见有车灯亮了起来。"上帝啊,"鲁登米尔苦涩地说,"那他妈的是我自己的车!"

奥兹摩比一转方向，让车灯顺着码头直直地照着这两个人，强光射得两人睁不开眼。然后车子停了下来，发动机熄火，车灯一直亮着，却没有人下车。

"快点儿，快点儿。"鲁登米尔低声说道。他举起双手向对方示意，同时表明自己没有武器。科蒂斯也举起双手，手电筒的光柱照向天空。车里仍然毫无反应。"我们把钱带来了！"鲁登米尔喊道，声音却被紧随其后的滚滚雷声淹没了。"都在这儿！"他用脚轻踢纸箱。

车子的驾驶员下了车，然后是副驾驶。果然，开车的——身材苗条，也许是那个女人？科蒂斯心想——走到皮尔斯箭头旁，亮起一个手电筒，看向车子后座。然后灯光继续搜索左边的树林，又扫向右边的小屋。第二个人影停下脚步，用身子替铁路提灯挡住风，又用一根火柴点着灯芯。他用聚焦变强的光柱慢慢地扫了一圈。两个绑匪都满意了，便朝码头走来，不过在强光之下，科蒂斯和鲁登米尔都没法看清他们的模样。两人走到一半，站住了。

"告诉过你一个人来，"女人说，"你不太听话呀？这个黑鬼是谁？"

"我的司机。"

"放屁。你的司机这会儿在我们手里。"

"我的新司机。"鲁登米尔说。

"有钱到不会自己开车了？小子，让手电筒一直对着天！听见没？"女人的声音变得严厉起来，因为科蒂斯刚刚要把举着手电筒的手放下了。她重新把注意力放到鲁登米尔身上。"好吧，除此之外，你还算是个好孩子。我们现在就过去拿箱子。你们两个待着别动，大概五分钟后，一切就都结束了。"

"站住！"鲁登米尔的命令语气让两个绑匪停下脚步，"我今晚就要接回我的孩子。你们尽管把钱拿走，但是我要带着我的孩子回家。"

一阵让人不安的停顿。科蒂斯闻到空气中臭氧的味道。闪电就在不远处炸开，让他和鲁登米尔一瞬间几乎能看清那一男一女的模样，更重要的是，他们看见女人右手中的金属反光——那无疑是一把手枪。紧跟着，震耳欲聋的雷声再次炸响。

"你过分了，"女人说，"这可不行。"

"那我什么时候才能接回孩子？"

"我们会告诉你的。首先，我们要点一点票子，确保你没有少了我们的。"

"不行。"鲁登米尔说。

"什么？"

"我说……不行。你要先带我去见我的孩子，然后一手交钱一手放人。我一分钱都不少你的。那样做也太愚蠢了，不是吗？"

"愚蠢的是你站在那里，"女人说，"居然跟我和哈特利的点四五手枪争吵。这才是真他妈的愚蠢。"

鲁登米尔不理会他。科蒂斯感觉汗水正从腋下顺着身体两侧向下流淌。他闻得出马上就要下雨了；暴风雨近在眼前，翻滚着穿过湖面向他们涌来。鲁登米尔说："我要求今晚就释放所有人……我的孩子、哈特利和帕尔警探。听见了吗？"

"哈,"她语气平缓地回答,"听见了吗,帕尔警探?"

科蒂斯看见那个沉默的男人挪了挪身子。然后那人说:"我听见了。"

又停顿了几秒钟,突然,鲁登米尔身子一晃,一把抓住科蒂斯的肩膀才没有让自己倒下。

"现在他明白了。"男人对女人说,在科蒂斯听来,声音里带着一种坏到骨头里的扬扬自得。

唐尼把油灯放在地上,随着下一个雷声炸响,他对准小杰克的脑袋用力一甩枕头。

"放了他。"哈特利说,语气却很平静。

"我并没有太招惹他。对不对,小子?"紧跟着一枕头打得小杰克大叫:"噢!疼!"

"让我们自己待着!"妮拉喊道。

"哎呀呀,"唐尼语气轻松地说,他的眼睛映着灯光,"又来了,你们富人家的小孩儿又想抢走我的所有乐子。"

最后一个字刚说出口,他就挥起枕头,用尽全力打向小杰克的头,紧接着又向男孩扑了过去。他把小杰克的脸按在地板上,把全身重量都压到男孩的头骨上。小杰克惊慌失措,发出一声压抑的哭喊,两条腿疯狂地踢蹬着,惊恐万状之下,妮拉向她的倾听者发出一声尖叫。

"我的上帝。"鲁登米尔喘息着。风横扫他和科蒂斯周围的一切,闪电撕裂着乌云。"哦，我的上帝……不。"

"一点儿没错，"女人说，"把你耍得团团转，不是吗？现在……我们要过来拿钱，你大概是真的习惯了独断专行，不过我建议你——"

突然科蒂斯听不见她的话了。

他的脑海里都是那句狂乱的尖叫。科蒂斯！唐尼在打小杰克！

"小杰克！"他急切地对鲁登米尔说。他不知道还能怎么表达，只好说，"妮拉说他被打了！"

鲁登米尔一阵颤抖。他的脸色变得死灰。他对着绑匪大喊："我的儿子被打了！去你们的，你们这就带我去见我的——"

他朝他们冲过去，才迈出去两步，女人开枪了。

接连两枪。鲁登米尔身子猛地一旋，一把抓住科蒂斯，冲力带着两人一齐向后倒去。第三枪让一颗子弹"嗖"的一声贴着科蒂斯的耳朵飞过，然后他和鲁登米尔撞破栏杆，跌进庞恰特雷恩湖黑暗的湖水中。

第二十一章

"你会放开他的。"

这句话哈特利说得很冷静,与此同时小杰克继续惊慌失措地踢蹬挣扎着,而他的头被压在枕头和唐尼的身子下面。这句话既非威胁也不是哀求,而是一句预言和保证。

在油灯的灯光下,唐尼狂暴地咧嘴大笑。汗水在他涨得通红的脸颊上闪闪发光。他说:"让——"

他没有把话说完,因为哈特利突然跪了起来。哈特利被胶带捆绑的双手从右向左一挥,像一道影子一样砸向唐尼的面部。他小手指的圆环上,巴克·罗杰斯的火箭飞船在接缝处被撬开来,形成一个比哈特利充当工具的硬币还要厚两毫米的参差刀刃,这个刀刃把唐尼的左脸颊和左侧鼻子整个划开,猩红的血液一下子从唐尼身上的可怕伤口喷出,溅到对面的墙上。

哈特利的预言一瞬间变成现实。唐尼像头受伤的动物一样,尖叫一声从小杰克身上向后倒去,压在正发疯似的从他身边爬开的妮拉身上。妮拉向科蒂斯发出的尖叫仍旧像一道火光一样困在她的脑子里。小杰克从枕头下面滚了出来,大口喘着粗气。狂躁之下,唐尼的胳膊肘撞翻了油灯,油灯的玻璃灯罩打碎了,储油罐却没有破裂,燃烧的灯芯在墙上继续投下扭曲的阴影。

唐尼一只手捂住被划伤的脸,另一只手抽出腰间的菜刀,就在这一瞬间,唐尼抓住哈特利向后闪身的瞬间,向他冲过去,哈特利来不及闪躲,菜刀一下子扎进他身体左侧,贴着他的一根肋骨一拧,接着被猛地拔出来,然后又捅进他的下腹部。哈特利只能看到唐尼的牙齿正对着他的脸,妮拉却看见血淋淋的刀子在灯光下闪着亮光。刀子扎进哈特利的左前臂,这时妮拉用穿着长筒袜的双脚奋力踢中唐尼的两个腿弯,使他哀号一声,失去平衡。哈特利往后一仰,撞到墙上,然后再次对准唐尼的脸挥出火箭刀刃,而同一瞬间,年轻人的头刚好要转向妮拉,于是巴克·罗杰火箭飞船参差的刃口划在他左耳下方的喉咙上。这无情的一击化作一团模糊的影子,划过唐尼的皮肉,力量之大让哈特利的小拇指伴随着一声脆响被掰断了。

唐尼发出的声音与其说是尖叫或者哭号,倒不如说是惊恐的倒抽凉气。

他瞪着哈特利,眨眨眼。

然后血液从他颈动脉上的切口喷涌而出,形成一个弯曲的扇面,随着唐尼的心跳越喷越高。唐尼丢下刀子,紧紧握住喉咙,手指用力往里抠,像是单凭按压就能封住伤口。他瞪大双眼,血淋淋的脸上满是恐惧。鲜血不断喷涌。唐尼呜咽着，四处转圈，就像一头野兽试图逃出险境。他被妮拉绊倒，一头栽到墙上，留下一片潦草的猩红印迹。他在慌恐的狂乱中失去了方向，尽管房门就在他身后，距离只有八英尺。他踉跄着迈过仍旧蜷缩在地大口喘息的小杰克。他鲜血淋漓的双手胡乱挠着墙，仿佛要挖个洞钻出去，同时把大量的鲜血喷溅得到处都是。

金吉尔跑向码头尽头，珀利紧随其后。这时一道闪电闪过，距离非常近，他们都能听见空气的嗡嗡声，紧接着，伴随着山崩地裂般的雷声，天空破开一道大口子，狂风大作，巨浪冲击着木桩，暴风雨离开了湖面，雨水拍在他们的脸上。

才过去几秒钟，他们就已经浑身湿透了。金吉尔用手电筒照着码头尽头翻腾的水面。珀利则用铁路油灯的光柱扫过浪涛。

"在那儿！"她喊道，然后对着湖水开了第四枪，可是珀利看不清她的射击目标是什么。装钱的箱子就在他们脚边。"咱们已经拿到钱了！"他在大风呼啸中对她喊道，尽管金吉尔就站在他身边，"快走吧！"

"我打中他了！"金吉尔大喊着回答道。一股股雨水流过她的头发，顺着脸庞流下来。"我知道我打中那个王八蛋了！"

"好的，好的！咱们走吧！"

珀利觉得她好像不太情愿直接拿钱走人，而在他看来这样做才最合理；金吉尔仍旧在用手电筒搜索着水面，同时伸出手枪寻找目标。珀利把油灯放到箱子上，然后把箱子抱起来。"金吉尔，咱们离开这儿!"他催促道,"快!"

终于,金吉尔垂下枪和手电筒。她沉默着转过身,朝停在码头旁边的那两辆车子走去。珀利跟着她穿过倾盆暴雨。他来到奥兹摩比轿车旁,把箱子放进车子后座,告诉金吉尔由他来开车,然后吃惊地看着她一语不发地坐进副驾驶座上。珀利启动引擎,打开雨刷,倒车寻找地方掉头,然后重新开上锯木厂路。

"见鬼!"他说,"我全身湿透了!"

金吉尔没有回答,只是把枪放在大腿上,几乎像抱着婴儿一样抱着它。

"二十一万五千美元!"珀利欢呼道,"他一分钱都没有少给,我就知道!他想要回两个孩子,他才不在乎钱呢。"他不再说话,继续开了一会儿车,然后他忍不住说出了从第一声枪响时就想到的事情,"你就是想朝他开枪,是吗?杀了他,要是你能的话。"

没有回答。

"我想……这就是你没有让他直接放下箱子走人的原因。你想让他待在那里,好让你对着他开枪。当然,他朝你冲过来,给了你一个借口,可是……真的是为了这个吗?开枪打死一个名字上了报纸的有钱人?更锦上添花的是,他还有两个孩子?"

"也许这也是目标的一部分,"她直直地盯着前方,说,"不过主要还是为了赎金。咱们做到了。"

"是啊,咱们的确做到了。"珀利皱起眉头,因为他正沉湎于发财的喜悦中,憧憬着奔向国境以南开始新生活,这时大脑中又有个东西刺痛了他。"我听见就在鲁登米尔发狂之前,那个黑鬼说了句小杰克什么的。你有没有听见什么——"

"哦……见鬼!"金吉尔说,"我想起我忘掉什么了!那个赠品。在好家伙的盒子里。唐尼害得我晕头转向……我忘记从盒子里拿走赠品了!"

"那又怎样?"

"赠品有可能是一把小叉子或者小剪刀……金属做的,边缘尖锐。见鬼!"

"慢点儿!就算是这样又如何?你觉得他们还能用——"

"我觉得唐尼太愚蠢了,不可能不到那间屋子里去骚扰他们。我也说不好。踩油门,珀利,咱们快点回去!"

就在奥兹摩比轿车开走的同时,两个人影相互搀扶着,跟跟跄跄地从波涛汹涌的湖中走出来,在大雨中走上泥泞的湖岸。科蒂斯水性一般,但也足以让自己在湍急的水中一只手挽着鲁登米尔而不至于淹死;码头尽头的湖水只有五英尺深,他的两条大长腿还找到一个支点,他觉得自己真是侥天之幸。他帮助鲁登米尔上了岸,在树林里找到一个勉强的藏身之所,在滂沱大雨中,他让鲁登米尔轻轻靠着一棵柳树,在随风狂舞的枝条下躺好。

"哦,我的上帝,"鲁登米尔颤抖着说,"哦,耶稣啊……哦,我的上帝。"

闪电闪个不停,就着闪电的光,科蒂斯看见鲁登米尔衬衣前襟上全都是血,右边向上一直染到锁骨附近。另一枪一定是擦着鲁登米尔脑袋右侧飞过去了,因为他的前额有血流淌下来,跟雨水混在一起,一道道血水把他的脸变成一张痛苦面具。

科蒂斯喘了好几口气才说得出话来。他的心跳得厉害,整个人都在发抖,不是因为湖水或者雨淋,而是因为被人开枪的可怕经历。他仍然能听见那颗子弹从自己脑袋边飞过的声音。他唯一能想到的话是:"你伤得重吗?"

鲁登米尔发出科蒂斯这辈子听过最难听的咒骂。那人用左手摸了摸自己的锁骨,然后又爆出一句脏话,不过他的声音听起来已近乎疲惫不堪。"估计骨头被打断了,"他说,"右胳膊动弹不了了。见他妈的鬼。那个帕尔……把我算计了。狗娘养的走进我的办公室,把我算计了。"

"咱们必须离开这儿,"科蒂斯说,"给你找个医生。"

"我的孩子们。"一时间鲁登米尔的声音变得喑哑,几乎变成一声抽泣,"小杰克出什么事了?他还好吗?请你……问问她。"

"我这就问。"可是科蒂斯发现这件事说来容易,做起来却很难。他的脑子里一片嘈杂,充斥着枪响和他自己炽烈愤怒的嘶嘶声。他无法集中精神,总也甩不掉那个坏人的那句充满恶意的宣示,现在他明白了。*妮拉,*科蒂斯发送道,可是他不确定自己脑子里如此纷乱,这句话能不能送到她那儿。*妮拉,小杰克出什么事了?*

没有回答。科蒂斯感觉不到心灵广播另一头的她;真空管没有亮起来。

"对不起,先生,"他告诉鲁登米尔,"我这会儿联系不上她。"

"哦,天哪……你说……你不会开车?"

"不会,先生,我不会开车。"科蒂斯顿了顿,擦掉眼睛里的雨水,"我到马路上去找人帮忙。找座房子……找人来帮助咱们。上面那些小屋里肯定有人住。"

"没错。是啊……我不觉得……我还是离开这里的好……该死……觉得我没法动弹了。快要昏过去了,科蒂斯……"

科蒂斯不知道鲁登米尔是不是快要死了;他无法判断他的伤势如何,不过他想至少——也可能是至多——他可以去找人帮忙。"我去找人,"他说,"你坚持住,我很快回来。"

鲁登米尔没有回答,科蒂斯知道该行动了。他在滂沱大雨中站起来,一身红帽子制服淋得透湿,鞋子里灌满了水,他迈步连滚带爬地跑出三百码距离,上了锯木厂路。

唐尼跪倒在地。他正对着妮拉、小杰克和哈特利,尽管鲜血从割断的颈动脉喷涌而出,受伤的脸开始发灰,可那双黑洞洞的眼睛仍旧在说,要是能办得到,他一定要杀了他们。他发出一声低吼,像是说了句什么,又似乎是给灵魂国度的一句警告:唐尼·贝恩斯要来了,他可能会给这座房子里的所有鬼魂一顿胖揍。

他深深地吸了一口气,仿佛这样能让他多活几秒钟,没准儿真是这样。然后他像一条被翻斗车撞了的狗一样,浑身一阵痉挛,脸朝下向前倒去,他仍旧睁着双眼,却已然没有什么东西值得让一具尸体紧盯不放了。他倒在他自己的血泊中,在地板上制造出一片小小的涟漪。

"出去,"哈特利说,"必须出去。"他的脸上已经没了血色。血迹在他腹部的衬衣上漫开。"杰克……你能把油灯捡起来吗?"小男孩吓坏了，愣愣地盯着死人。"杰克！"哈特利想要喊一声，听起来却更像是痛苦的喘息。男孩跳了起来，泪水从眼睛里喷涌而出，一串口水从他的下嘴唇淌了下来。

"我能拿。"妮拉说。她把铁丝提手拨到双手的上面，让它滑到手腕上，然后把它从地上提起来。尽管外面的玻璃罩碎了，但油灯的火光仍然很旺。

"必须出去。"哈特利重复道，"一旦他们回来看见这个场面，一定会杀了咱们。"他刚才一直倚着墙，这时把自己推离墙面，妮拉在他那张独眼的脸上同时看到了可怕的痛苦和强大的意志力。"来吧，杰克，"他催促道，"坚强起来，听见了吗？"

"听见了，先生。"男孩回答，不过他的眼睛里仍然满含着震惊，他的声音听起来也很空洞。

"带着我们离开这里。"哈特利告诉妮拉。

雨点疯狂地敲击着铁皮屋顶。妮拉手上油灯的灯光显示唐尼打开了后门好让空气流通。在屋外的门廊里，他们发现纱门上着门闩，不过哈特利一脚把纱门整个从合页上踹了下去。然后他倒抽一口气，弯下腰去，妮拉看见他不仅伤口流血不止，而且嘴里也在吐血，她用不着成为护士或者医生就能看出，这是个十分不妙的信号。

在滂沱大雨中，下到泥泞的地面虽然只有两级台阶，但对哈特利来说，这两级台阶实在太多了。他摔了一跤，把受伤的一侧压在身下，疼得他发出一阵痛苦呻吟。妮拉俯身想去帮他，这时她听见脑海中出现一团遥远而混乱的话语。或许是一句问话，不过就算是科蒂斯在说话，那他也没有把话说清楚。她既没有时间也没有办法集中精神去回答；眼下她唯一能想到的事情就是让弟弟和她自己尽可能地远离绑匪，同时她也知道，哈特利先生也许会死在她面前。

她什么也做不了，没办法帮他站起来。"我能起来。"哈特利说着，奋起全身力气去尝试。他用极大的努力挣扎着跪起来，就着这个姿势停了几秒，头顶一道电光闪过，雷声响起，雨水浇在所有人身上。然后他真的站了起来，动作缓慢，不仅要对抗伤势，还要顶住暴风雨的重量。他弓着腰，两个手肘压着肚子，像是要捂住内脏免得它流出来。

"咱们走！"哈特利一边说，一边抬了抬下巴，朝左边的树林示意。

"杰克！"妮拉用胳膊肘推了一把弟弟的肩膀，因为他此时正大张着嘴站在原地，像块石头一样一动不动。"走！"她说着，又推了他一下，让他动起来。他最开始的几步像是在胶水中挣扎前进，可是接着他开始朝树林里跑去，全然不顾前方的一片黑暗，随后便像一只野兔一样没了踪影。妮拉提起油灯，帮哈特利照亮前路。两人还没走出二十英尺，哈特利就又摔倒了，这一次摔得更重。

一道手电筒的光从小屋的后门廊照过来，搜寻逃跑的肉票。

"该死！"哈特利说，"我完了，妮拉。"现在门廊上有两道灯光在来回搜索，一道灯光找到他们后，另一道也照了过来。

"我不能——"

"照顾好你弟弟，"他告诉她，"这是你必须——"他的目光飘向一旁，在两道灯光之下眯起眼睛，"他们来了。趁还来得及，快跑。"

妮拉别无选择。她跑起来，跟着小杰克钻入陌生的树林。

"看这儿，"金吉尔一边说，一边走向哈特利，并且把灯光对准他那张失去生气的脸，"看我找到了……一个独眼死人。"

在她身后，珀利用他的铁路提灯照向树林。就在刚才，雨势从最初的倾盆直泻缓和下来，变成了稳定的降雨，透过雨幕，他能看见提灯的灯光扫向远方。

"他们跑不远，"金吉尔说，可是她并没有把注意力从哈特利身上移开，"到处都是泥泞，还有外面的灌木丛……根本跑不远。很可能会摔断了腿，咱们会听见他们哭的。"她与哈特利保持一段安全距离，跪下来，直到这时，哈特利才看见她另一只手里有枪。"你闹出好大的乱子。你是怎么做到的？"

"问唐尼去。"哈特利露出沾满血的牙齿，冷笑着说。

"这可是一条好汉呢，珀利。你说他上过战场？哦，是的，那道伤疤什么的。好吧，在我看来，他大概很快就要死在这儿了。我们把你用来杀死唐尼的刀拿过来了。给他吧，珀利。"她把手电筒放到一旁，把手枪换到左手，右手拿过珀利手中那把沾满血污的菜刀。"看样子他也捅了你好几刀。你是用的这个，还是自己想办法做了把刀？"

"金吉尔，"珀利说，"咱们有两百一十五万美元，可以对半分掉！"刚才他在后面看到另一个要分钱的人死在地板上，兴奋之情几乎无法抑制，但与此同时，他也意识到司机和孩子们已经逃跑了，此刻他的嗜血冲动上来了，而这冲动只关乎正事。"咱们把他干掉然后一走了之！咱们用不着那两个小崽子！"

"错，"她回答，却仍旧死死盯着哈特利，"咱们用得着。想一想，珀利，如果邦尼和克莱德车上带着两个孩子，那些警察还会把他俩打得浑身都是窟窿吗？才不会。咱们要找到那两个小崽子，并且带上他俩。他们就是咱们避免半路被打成筛子的保险。"

"我明白，"他说，"不过咱们会在某个地方把他们放下，对吧？等到咱们快要脱身的时候？"

"哦，是啊。"金吉尔慢慢地用哈特利的裤腿擦着刀子，"咱们会在……某个地方把他们放下。""顺便说一下，"她对哈特利说，"我想我大概把你的主子干掉了。现在……我可不打算在你身上浪费一颗子弹，因为我看得出来，你快要咽气了。我们要去把那两个孩子抓回来，要是到那时候你还没死……你会巴不得自己死了。"她一边说，一边恶狠狠地用力将刀子扎进哈特利的左小腿，然后拧了拧刀身。

妮拉在滴水的树林里追上了小杰克。两人都听见身后断断续续传来的哀号，他们停下脚步，四目相视，他们睁大的眼睛里映着油灯昏黄的灯光。

妮拉打破了紧随而至的沉默。"咱们得一直走下去。咱们要找到一条大路或者另一间小屋，或者找到什么人。"

"是啊。"她的弟弟说，"你觉得他们要拿哈特利先生怎么办？"

"我觉得他们已经办完了。咱们救不了他，杰克。他也会希望咱们继续逃的。"

"是啊。"这句话说得生硬，声音就像是他们的父亲变成了八岁一样，然而声调里还有一分属于这位父亲的儿子的巨大痛苦。

没有时间也没有精力浪费了，姐弟二人都知道这一点。妮拉不知道那两个绑匪会不会追上来，可是她也不能冒险放慢脚步一探究竟。

他们向树林最深处跑去，每一步都深深地踩进草皮和泥地里，与此同时，雨继续下个不停，而在油灯灯光所及范围之外，除了层层笼罩的黑暗，整个世界空无一物。

第二十二章

科蒂斯找到第一座小屋时，雨已经下得时缓时急了。此时他已经向西来到锯木厂路漆黑的路段上，正朝着镇子的方向奔跑。他重重地敲着小屋的门……一下，又一下，第三下，可是里面既没有亮灯也没有人回答。他大喊一声"救命，求你了！"，然后又捶了两下门。还是没有回答。这里一定已经被人废弃了。于是科蒂斯继续跑。

第二座小屋大约在八十码外，在路的左边，科蒂斯发现它时几乎已经从旁边跑过去了。小屋旁边，有一个坐在一堆渣煤砖上的残破的汽车框架近乎隐藏在灌木丛里。科蒂斯穿过马路，跑过草地，迈上门前的两级渣煤砖台阶。他捶了一下饱经风霜的木头门，大喊道："救命！快来人！"

没有回应。

"求求你了！"他又尝试一次，"救命！"他握紧拳头，又砸了上去……突然，他看见前窗后面有一道微弱的光在移动。是有一张脸在透过脏乎乎的玻璃往外看吗？他也说不清。他正要第三次呼叫和砸门，这时他听见门闩往后拉开的声音。

门开了，一把双筒猎枪顶在他的脸上。

"离开这儿！"一个端着枪的老人咆哮道。他是个骨瘦如柴的黑人，秃头，留着白胡子，穿着一件灰色睡衣。科蒂斯看见这人右后侧还有一个同样上了年纪且身体虚弱的黑人老妇，她的头发花白，脸就像一张画在干燥羊皮纸上的路线图。她正举着一盏油灯，发出一点微弱的光。

"求你了，先生！"科蒂斯说，"有个人——"

"我叫你离开这儿！我可不想沾上麻烦！"猎枪在抖动，老人的眼神十分狂躁。他惊恐地左右看看，然后用双筒枪管捅了捅科蒂斯的胸口。"再不走，我一枪崩了你！"

科蒂斯觉得要是他再多说一个字，这个吓疯了的老人也许真会在他身上崩个窟窿，如果真是这样，那对鲁登米尔、妮拉和小杰克又有什么好处呢？他别无选择，只好说："我这就走，先生，我这就走。"他倒退着下了台阶，离开门口，房门砰的一下关上，门闩也被闩上，科蒂斯转身跑回到锯木厂路上。他沿着马路中线再次朝肯纳方向跑去，没过几分钟，呼吸就开始像是在撕扯着他的肺。他又看见一座小屋，不过屋顶已经塌了。他继续前进，雷声在遥远的东南方轰响，闪电一瞬间照亮新奥尔良。雨变得淅淅沥沥的。雾气从路两边湿漉漉的树林里升腾起来。科蒂斯还在跑，这时他看见自己的影子被投到了前方开裂的路面上。

他转过身来。开着大灯的汽车向他驶来。速度很快。

他站在路中央,上下挥舞着胳膊。

不知道开车的是什么人,反正没有踩刹车。

"嘿!嘿!"为了引起注意,科蒂斯一边大喊,一边迎着强光一上一下地跳起来。车子没有减速,反而朝他迎头冲过来。

科蒂斯意识到自己马上就要被撞上了,于是赶紧跳向一旁,与此同时,车子——一辆伤痕累累、沾满雨水的皮卡,车斗里还坐着人——擦着他飞驰而过,科蒂斯估计时速足有五十英里。车子又开出去一百英尺,然后司机一定是站在了刹车上,只有一个能用的尾灯亮了起来,皮卡开始打滑,一瞬间看起来像是车头一歪马上要侧翻了一样。

在这之后,皮卡只是停在那儿,状态糟糕的引擎空转着。

科蒂斯正要重新打起精神跑向皮卡,伴随着一阵齿轮摩擦的声音,车子突然挂上倒挡,飞快地向他冲来。不过司机无法保持直线,于是车子还没来得及打正方向就从右边冲下了马路。

随后皮卡便以一个扭曲的角度停在他身边。

司机早已摇下了车窗。一个手电筒打开了,直射向科蒂斯的眼睛。

"你在这儿干什么呢,小子?"司机问。

科蒂斯看不清那人的脸。听声音像是个年轻人,可是声音生硬而且有点儿吐字不清。他意识到车斗里的人已经下了车,并且脚步跟跄地绕到了他的右侧,距离近得让人不舒服。

"有人需要帮助,"科蒂斯说,"他被——"

"我想就是他了。"另一个人说——另一个年轻、生硬的声音。是皮卡副驾驶座上的人。"大概是他。"

"有人中枪了,"科蒂斯说,"我要把他——"

"你开枪打人了,黑鬼?"科蒂斯右边的年轻人问。这人同样吐字不清,科蒂斯明白了,这三个年轻白人大概是跑出来灌了一肚子私酿的劣质威士忌。

"不,不是我。他——"

"不,先生,"站在右边的那个人说,"跟我说话要说先生,小子。"

"你觉得是他吗,蒙蒂?"

"也许是。查琳说那个人很瘦。"

"求你们了,"科蒂斯说,"听我说。有个人中枪了,他需要帮助。"

就跟没听到科蒂斯说话一样,副驾驶蒙蒂继续道:"她说她在昨天之前从来没见过他。黑鬼在这里逛东逛西的,想找个白人姑娘来糟蹋。"

"没错。"司机对着一个陶罐子猛灌一口,那罐子刚才要么是放在他腿上,要么是由蒙蒂保管着,科蒂斯能闻到一股浓重的劣质啤酒的味道。"在这儿逛东逛西,准没什么好事。"司机说。

"有人中枪了!"科蒂斯近乎恼怒地说,"你们就不能听我说话吗?"

"我们才不管一个黑鬼有没有中枪呢,"站着的那个人说,"咱们在乎吗,老大?"

"不在乎，"司机说，"我们不在乎。"他打开车门，一只手拿着罐子下了车，科蒂斯觉得自己绝对不想和一个被称作"老大"的人离得太近。

可是此时已经来不及了。

"要是你们不肯帮忙，"科蒂斯说，"那我就继续忙我的了。"

"忙他的了，他说。"蒙蒂说。

副驾驶从车上下来了。手电筒仍然照着科蒂斯的眼睛，他只能看得出老大身材又矮又胖，说话语气可鄙。手电筒的光柱本身就像一件武器一样被用来晃他的眼睛。科蒂斯看向左右两边的马路，可是并没有其他人过来。

他感到暴力的冲动正在积累。这三个人正在期待着施暴，而劣质酒只会让他们更加跃跃欲试。此时距离他们当中的某个人率先动手只相差几秒钟时间了。

科蒂斯一转身，拔腿就跑。

"抓住他，菲多！"老大大喊道，蒙蒂则发出一声欢呼。

第三个人——菲多——一定是比其他人速度更快，因为还没等科蒂斯朝树林跑出去十码，他就像疯狗一样扑了过来。菲多一条胳膊锁住科蒂斯的脖子，同时相当可观的体重把科蒂斯冲撞得跌倒在地，摔倒时力道之大，让泥泞的土地都硬得跟水泥一样。科蒂斯一口气猛地从肺里喷出来，就在他翻身挣脱的瞬间菲多又扑了上来，用膝盖压住了他的喉咙。

嘎吱一声。科蒂斯感到喉咙里一阵疼痛顺着后脑直蹿上来，在那恐怖的一瞬间，他觉得自己的脑袋都快爆开了。菲多把他死死压在地上，膝盖用力向下压，让科蒂斯几乎瘫痪。

"他跑不了了。"菲多说。他两巴掌把科蒂斯的手甩开，然后大笑起来，仿佛这种事情他早就干过很多次，并且一直乐在其中。笑过之后，他一拳打在他的猎物脸上，把科蒂斯的鼻子打得血肉模糊，让他一下子失去了意识。

科蒂斯恢复知觉时意识到自己正被人拖着走在马路上。他想要用自己的脚站起来，可是一个恶棍当胸给了他一拳，又一脚踢得他喘不过气来。另一个人一巴掌扇在他的右太阳穴上，然后那人说："嗷，妈的！这黑鬼的脑袋硬得跟铁似的！"

"咱们帮他修理一下。到那边把他拉起来！"

"他可真轻。"

"没吃猪蹄子和狗屎面包。小心麻袋，蒙蒂。"

科蒂斯被从侧面扔进皮卡车斗里。他的右手碰到一个感觉像是粗麻布的东西。麻袋里的东西动了一下，然后他听见不是一声而是一片喀拉声。他挨着麻袋，侧躺在车斗里。咔啦声消停下来。一个年轻人——蒙蒂？——爬上车斗，用穿着靴子的脚拨开科蒂斯的双腿，给自己多腾出一点位置。皮卡的引擎发出一阵不同于麻袋的咔啦咔啦的响声，轰隆隆喷出一阵浓烟，然后科蒂斯感觉到车子动了起来，速度越来越快。

他的脸疼的要命，他能感觉到自己的眼睛肿了起来。他的喉咙似乎也因为肿胀而发紧，因为他要费很大力气，忍受他这辈子经历过的最煎熬的痛苦才能吞咽。他昏过去，又醒过来，刚好听见蒙蒂对着雾蒙蒙的夜色欢呼一声，那声音就像是凶残的土著部落发出的战吼，他们要和每一个黑皮肤的人开战，仅仅是为了享受打仗的快乐。

还有杀戮的快感，科蒂斯在噩梦般的迷蒙中想。他知道这几个人也许会在今天的清晨杀了他，也许会把他殴打致死，然后把他吊在树枝上一走了之。然后……鲁登米尔先生会怎么样，还有妮拉和小杰克？他试着抬起头来，可是他的头至少有两百磅重。他能和蒙蒂谈谈吗？至少说个"请"字，就像试着安抚一头野兽一样？他想尝试一下，可是喉咙撕扯的疼痛几乎无法忍受，他的声音小得都算不上一声刺耳的呻吟，充其量只能算一声耳语。

他嘴里充斥着血腥味。他明白，不论那一下把自己的喉咙伤得有多严重……他都已经失去了说话的能力。

科蒂斯迷迷糊糊地听见老大和菲多的笑声，仿佛他们正要去一个高级的聚会。随后汽车飞驰带起的风把笑声撕扯成了碎片，皮卡继续隆隆地向前开进。

"他们还在追过来。"

妮拉停下前进的脚步，回头张望。弟弟说的没错。她能看见那两盏灯正透过树林搜索他们。他们是不是比上次她回头张望——大概十分钟前？——时更近了些？她也说不准。

"他们不会停下来的。"小杰克说。他说这话就像陈述一个干巴巴的、不容回避的事实，就和妮拉曾经多次听父亲讲事情时的语气一样。妮拉用手腕勾着铁丝提手把油灯挂在身前，就着油灯的灯光看，小杰克变成了一头森林里的野兽，几乎认不出他是一个八岁大的男孩：眼神空洞，浑身是血，也浑身是泥。

"你的样子就像个什么怪物。"她说，就好像在这个糟糕的时刻调笑她的弟弟能让两人从这个可怕关头抽离出来一样。

"哈哈，"他回答，语调却没有一丝起伏，"而你的头发上沾了一坨鳄鱼屎。"

两人同时意识到，这样的谈话起不到一点用处。

"这周围根本没有鳄鱼。"妮拉说，同时向两边晃了晃油灯。她的心都提到嗓子眼儿了。前面的路和后面的路一样，地面泥泞不堪，简直拔不出腿来，低矮多刺的灌木，一丛丛带刺的小棕榈，还有稀稀拉拉的松树，被湖面上吹来的风扭曲成奇怪的形状。湖本身大概在右边二三十码开外，和他们之间隔着灌木丛。宽广的湖面上夜色浓重，没有一星光亮。

可是身后那两盏灯正在追来，妮拉知道弟弟说的对，那一男一女很可能已经杀死了哈特利先生，他们不会就此罢休的。

"咱们必须接着跑，"小杰克说，"你不能把灯灭掉吗？灭了灯，他们就没办法跟上咱们了。"

"我可不想在这里摸黑走路。要是咱们俩有一个人摔断了腿……我都不愿意去想这件事。"她早就考虑过了，并且尽她所能地权衡了各种可能性——包括踩到鳄鱼、蛇，或者，像她爸爸曾经说过的那样，遇到一头在湖边游荡的野猪——这才决定必须亮着灯。她估计有一件他们能做的事情，就是朝左边跑，远离湖边，并且一直朝那个方向前进，就是大致向南或者西南方向逃跑。这样能让他们有更大的机会找到一条公路。可是在这附近几英里范围内有一条公路吗？她不知道。

在刚刚过去的大概十分钟里，她脑子里一直在想的不是在他们身后紧追不舍的一男一女，而是她父亲和科蒂斯怎么样了。

"快跑！"小杰克催促道。

妮拉点点头，不过她花了一点时间让头脑冷静下来，稳住自己，然后呼叫她的倾听者。*科蒂斯？*

没有回答。她觉得自己没有接通他，没有平常那种彼此之间能量流通的感觉，就像听见妈妈播放唱片时那种微弱的哔剥声一样。她不知道是自己没有接通，还是……一个可怕的想法，科蒂斯——还有她的爸爸——要么受了重伤，要么死了。她又尝试了一次，然后是第三次。*科蒂斯，求你了，*她说，*回答我。*

可是她的朋友仍旧没有回应，她站在那里，只听见雨后夜间出没的昆虫的声音，它们"啾啾""嗒嗒"的喧闹声恢复了最大的音量。

妮拉又扭头看了后面一眼。这一回她看清了，那两盏灯的确越来越近。她猜想泥泞的地面一定像吸住他俩的两双赤脚一样，也让那对男女的鞋子拔不出来——也许还更严重——可是该继续前进了。

"好吧。"她对弟弟说，然后两人继续奔逃。

"好了，把他拖下来。"

"咱们他妈的*来这儿干什么*？"

"想到个点子，蒙蒂。你和菲多把他扔到地上。"

科蒂斯被又推又拉地从皮卡侧面翻出车斗，新的疼痛让他备受折磨。落地时他一下子摔在了铺满砾石的公路上。手电筒再次直射着他的眼睛;他只能从左边看见东西,因为右眼已经肿得睁不开了。

"你把他的脸打得够呛啊。"一个声音说,科蒂斯猜测说话的是老大。"嘿,小子!"一只靴子尖粗暴地捅了科蒂斯的肋骨一下。"你今晚都在干什么?"

科蒂斯摇了摇他那两吨重的头,却无力再多做任何表示。他觉得自己在疼痛中听到了点什么;像是一声微弱而含混的科塔嘶(蒂斯)——求(你)。(回)答我。

"他不肯说话。"这是菲多吗?科蒂斯估计菲多大概并不知道自己下手有多重。"准没干好事,不然他早就回家了。咱们拿他怎么办?"

"拉斯蒂·厄普顿和塔特·布里特上周在圣查尔斯大道逮着一个,把他好一顿修理。"蒙蒂颇有些自豪地说,像是在讲一件完成得很漂亮的工作,"把他的牙踢掉了,逼着他像个乌鸦一样一丝不挂地在树林子里乱窜。"

"塔特也有份?"菲多问,"妈的,我前两天还跟他聊天了,他压根儿没提过。"

"没错,他也有份。见鬼,你去问塔特……他还知道有几个家伙在圣坦曼尼把一个黑鬼吊死了呢。"

"我操!真的?"

"真的。趁你还没把酒喝光,给我来一口,你个醉鬼。"

"老大,咱们要修理这个不?我在这儿就能把他的牙踢下来。"

"咱们这就修理他。你和蒙蒂把他拉起来。"

科蒂斯被拉着站起来。灯光刺得他那只好眼睛生疼。他的心怦怦跳得厉害，他能感受到血液从被打开花的鼻子里流出来，顺着嘴唇和下巴慢慢往下淌。

"黑鬼，"老大凑到他的脸跟前说，"我们不喜欢动粗，不过这是你自找的。刚才你在那边简直像是求着挨揍，因为你不知道怎么做才对你有好处。大半夜的跑出来惹是生非。不，我们并不喜欢动粗。"

"去他妈的！我们本来就粗。"菲多说，同时狂热地嘿嘿笑了两声。

"罐子给我。"老大说。科蒂斯听见他咕咚灌了几口酒。"好了，拿着。"他一边跟一个人说，一边把罐子递回去。

然后老大一拳打在科蒂斯的嘴上。他的拳头很硬。

科蒂斯的下嘴唇被打破，下面两颗门牙被打进嘴里。一道红光闪过他的脑海。他两腿瘫软，要不是另外两个人一直扶着，他已经倒在地上了。

"干得漂亮，老大，"菲多说，"换成我也不可能打得更好了。"

"最好看的还没来呢。"老大说。

一阵漫长的沉默，然后科蒂斯听见蒙蒂平静地说："可以把他吊起来，要是咱们愿意的话。"

其他人没有吭声。

科蒂斯的双腿仍然瘫软。他的右手像是自己有主意似的，抬手抓住老大衬衣的前襟，可是老大立刻把它扇开，说："别拿你的脏手碰我，小子！"

蒙蒂说:"我觉得他就是那个偷看查琳的家伙。瘦了吧唧的。我看年纪也差不多。没错,很可能就是他。在这里大半夜的四处乱跑……这样可不对。咱们可以吊死他,只要能找到绳子。"

"有个更好的主意。再给我喝一口。"等老大喝完酒,科蒂斯做好了再挨一拳的准备,可这一拳并没有等来……至少,现在还没有。"把他扒光了。"老大说。

一听这话,科蒂斯挣扎起来。他拼尽全力扭动身子,可没过几秒钟,他就意识到自己根本没有力气。

老大照着他左侧颧骨就是一拳,力道十分凶猛,不知是出自后天训练还是纯粹天生的动物般的凶残,也许两者兼有。这一拳打得科蒂斯的脑袋甩向一边,让他眼前彻底黑掉了。他知道自己摔倒了,知道地上石子锋利的边缘抵在他的脸颊上,然后他就什么都不知道了,直到他听见其中一个人的声音传来:"……穿的是制服?"

"不是当兵的,这一点不会错。"

"会不会是从监狱里逃出来的?也许是个锁链囚犯[1]?"

"不对,"是菲多拖腔拉调的声音,"那样的话他穿的该是条纹衫。"

"好吧,那这他妈的到底是什么制服?"蒙蒂问。

"我他妈知道就好了,"老大说,"没准儿是电影院里的引座员。"

"电影院里的引座员?黑鬼根本没有自己的电影院!有吗?"见没人能给出答案,蒙蒂接着说,"而且大半夜的他怎么会穿着电影院

---

[1] 指在户外劳动时被铁链拴到一起的囚犯。

引座员的制服跑到这儿来?"

"我不知道,我也不在乎,"老大告诉他,"我只知道,就算没有绳子和树枝,也有的是办法吊死他。把他剥个精光,内裤和袜子也脱了。"

"我可不想碰他的裤衩。"

"那就滚一边儿去,我来干。你去那边把那个麻袋拿过来。"

"麻袋?干什么?"

"叫你去你就去。快点儿,照我说的做!"

科蒂斯听见拖东西的响声和一阵窸窸窣窣的声音。他感到自己的内裤被人脱了下来,然后是他的袜子,他想自己一定正一丝不挂地躺在碎石路上。

"把他所有的衣服都扔到车斗上。鞋子也扔上去,"老大指挥道,"麻袋给我,蒙蒂。把他抬起来拖到那边。那边那节闷罐车厢应该可以。"

科蒂斯察觉到他们的手钩住他的腋下,他正被拖着前往他们安排的目的地。他分辨出手电筒的光柱照在铁路轨道上的反光,可是铁轨周围杂草太密,这里肯定不是车站。

"就在这儿。"老大说。

科蒂斯听见闷罐车门被推开的声音,车门滑轮因为久不使用而发出刺耳的响声。

"把他弄上去。"

他又被抬了起来,向前推着翻到破烂的地板上。

"把它拖到那边,靠着墙。"老大指挥道。

途中有人朝科蒂斯的肋骨打了一拳,又用一个指节使劲顶了上去,然后他被丢下来,后背贴着车厢内壁。三个人站在那里,用手电筒照着他,欣赏着他们的杰作。

"好了,"老大说,"把麻袋给我,然后你们两个出去。"

"你打算拿他怎么办?"

"哦,咱们不要吊死他……不过咱们可以让这些蛇来替咱们干活。出去,我要把这一袋子蛇都倒到地板上。"

"见鬼,老大!"菲多说,"你要把十二条蛇全都倒出来?那条响尾蛇怎么办?你可是靠它赢了好几次奖金呢!"

"眼前这家伙就是奖金。等会儿咱们回来把蛇再抓回去……比方说,等它二十四个小时。反正,我总可以另外抓一些的。快退后。"

有个人发出一阵刺耳的笑声。"干他妈的!"菲多说,"过二十四小时,这个黑鬼早就是条死狗了!"

"没错,"老大同意道,"就是这么想的。"

科蒂斯聆听着让人不安的沉默。这沉默间或被一些声响打破,科蒂斯猜想那是响尾蛇在自己和车厢门之间被抖出麻袋的声音。愤怒的沙沙声让科蒂斯脖子后面一阵痉挛。

"晚安吧,黑鬼。"老大说。

"是啊,别被蚊子咬了哟。"菲多说,然后他又发出一阵嘿嘿的笑声。

科蒂斯听见闷罐车门关上了。他听见三人一边大笑一边迈步离开。沙沙声渐渐平息。又过了一会儿,他听见皮卡引擎发动了。车子再次发出轰隆隆的声音,然后是汽车开走的声音……终于,一片寂静。

不过并不是彻底的寂静，因为除了怦怦的心跳之外，科蒂斯还能听见响尾蛇互相交叠着爬过闷罐车地板的簌簌声。它们正在寻找可以爬进去的地方，科蒂斯知道它们发现自己只是个时间问题。

十二条蛇，菲多说。再过几分钟，至少有一两条会爬到他身上来。他会死于响尾蛇尖牙释放的毒液，然后，一切就都结束了。

妮拉，他想着，尽管他什么信号都发送不出去；他的头脑中充斥着疼痛，根本无法集中精神。鲁登米尔也许已经死了……不过妮拉和小杰克怎么样了？

他已经证明自己是一位衣甲闪亮的高尚骑士了，他想。如果情况不是如此糟糕，如果他的脸没有被打得稀烂，那他也许会对着黑暗露出一抹冷酷的微笑，然后他也许会开始啜泣。

然而恰恰相反，他唯一能做的就是背靠着墙躺在那里，等待第一条蛇爬到他身上来……随之而来的将会是尾巴摇晃发出的警告，以及在他毫无保护的肉体上咬一口。

第二十三章

"他们转向南边去了，"珀利说，"想要找到一条公路。"

"咱们得拐个更大的弯，把他们赶回来。"金吉尔回答。她左手拿着手电筒，右手则拿着点四五转轮手枪。"我以为他们这会儿已经没力气了呢。一整天没吃东西，估计也没怎么睡觉。不过也不会太远了。"

珀利点点头。他一直让铁路提灯的光柱照着地面，因为他更加关心自己会踩到哪儿。就在几分钟前，他的右脚踩进一摊烂泥里，被牢牢吸住了，他费了好大力气才把脚拔出来，还差点丢了鞋。地面比平时更软，一摊摊积水渗出来，填满他们的脚印。一摊摊颜色更深的烂泥近乎隐藏在齐膝高的杂草和灌木丛里，珀利担心这些烂泥像胶水一样又厚又黏稠。

"必须在天亮前抓住他们，"金吉尔说，她走在珀利前面几步，不过她也在小心翼翼地找落脚点,"抓住他们,带回去,然后直奔墨西哥。"

"你确定咱们需要他俩?"珀利忍不住问,"他们很有可能会在这里迷路。"他想过也许他和金吉尔也会迷路,不过他不想一直纠结这个想法。只要他们始终待在湖岸附近,他们就能找到回去的路。在他们头顶上,乌云逐渐散开,几颗星星从云层中露出来,不过还没有看见月亮。"你确定咱们需要他俩?"他又问道。

"咱们需要他们。就算鲁登米尔和那个司机没有被干掉,我们还是会有麻烦,但是只要咱们攥着那两个小崽子,警察就得乖乖退后。只要那两个孩子在车里,他们就奈何不了我们。"

"是啊。"珀利说,不过他还是觉得整件事情都更像是金吉尔对富人的报复,而不纯粹是绑架勒索。前提是,唐尼讲述的她的过往确有其事。他看见金吉尔已经开始掉转方向了,朝南偏了一点,好把那两个孩子赶向湖边。他决定壮起胆子,验一验唐尼所说故事的真假。"我说,"他说,"你生过孩子?"

她没有回答。

"唐尼告诉我的,"珀利接着说,"他说你——"

"他是个骗子,"金吉尔打断他,"喜欢骗人,把事情搞得一团糟。"

"所以其实你一直都没有孩子?"

又一次,她过了片刻才说话:"你和唐尼到底是什么时候聊起这些狗屁的?"

"刚聊过。你当时在睡觉。"

"现在我确定他在撒谎了。"

珀利不想多说她坐在椅子上喃喃自语、陷入某种谵妄状态的细节。不过他也不想就此罢休,这件事似乎很重要,有必要弄清楚。"唐尼说……你的孩子被人害死之后……你在一个——"

金吉尔朝他一转身,用手电筒抵着他的脸。

"给我听仔细了,"她说,她的语气就像一把抵在他喉咙上的利刃,"唐尼是个天杀的骗子。他活该落得这个下场,因为他还是个蠢货,不听指挥。就因为他,看看咱们现在的处境。好了,你当初说的对……我不该拉他入伙,可我需要再找个帮手,而且必须是个男的。他是个可悲的骗子,早就该死了。听懂了吗?"

"当然。"珀利说。他嘴上说得轻松,心里却像一根拧紧的发条,随时都会崩开。"用手电筒照着我的眼睛并不能让我走得更快,亲爱的。"

她放下手电筒。"好吧,"她说,"别嚼舌头了。我估计咱们离他俩只有几百码了。这段路,他们肯定走得跟咱们一样煎熬……可能更加煎熬。是的,要想在穿过边境前保住性命,咱们就需要他们。这样的回答你满意吗?"

"满意。"他说。目前看来。他想。金吉尔转过身去,再次出发,珀利跟在她身后。他忽然想到,他大可以从肩背式枪套里抽出点三八手枪,在她后脑勺上开出个洞来,然后带着所有钱独自上路,直奔墨西哥;可她说的对,他们需要那两个孩子。他虽然欣赏邦尼和克莱德,可他并不想到最后和他俩一样,落得个浑身枪眼的下场。不……像这样的断然措施可以延后一阵子。她是个疯子,如果她和他一起到了墨西哥，那他怎么能相信她不会趁他睡觉时一刀插进他的心脏？二十一万五千美元，都归一人所有……见鬼，听起来真不错。

要是他不得不干掉她，那也是出于自卫，不是吗？照顾好自己的未来。

"不管你脑子里在想什么，"她头也不回地说，"打消那个念头。我能感觉到你的想法，珀利。你到现在都还不知道吗？"

"我在想咱们需要留神脚下。"他回答。他被她的评论吓了一跳。

"是啊，"她回答，"咱们的确需要留神，不是吗？"

他的脑海中闪过一幅图画：一颗子弹穿过他的颅骨，并且带着速度线飞出来，就像迪克·特雷西的连载漫画一样。他抹掉了这幅画面，然后一门心思地想如何把那两个小崽子抓回来，也许要对他们动点粗，好让他们感到恐惧。也许对他来说，这才是正经事。

科蒂斯倾听着。

他不知道那些蛇是不是还在动弹，不过它们不再沙沙作响了。他膝盖顶着胸口，双臂紧贴着身侧。他想象着当蛇第一次碰到他时，他会变得像石头一样冷冰冰、一动不动……可是他了解自己，知道当那个滑溜溜的东西碰到他时他会发抖，当沙沙声响起，他会恐慌，然后他也许会跳起来，试着去开门，可就算他真的来到门边，他也会从车厢里摔出去，腿上脚上全都是毒牙咬的伤口，而他等不到任何人知道他在这里就已经死去。

他估计这节闷罐车在这段杂草丛生的轨道上停了很久。人们要过多久才能找到他的尸体？

他的头上和脸上一片火辣辣地疼。他不得不用被打得稀烂的嘴喘气，因为他的鼻子更加稀烂。

妮拉……小杰克……鲁登米尔先生……他辜负了他们所有人。

眩晕一阵阵地袭来。也许只要闭上双眼，他就会陷入昏迷，然后就万事皆休了。一个奇怪的问题在他狂热的大脑中冒出来：遇到这种情况，他最喜欢的那本书中的那些骑士会怎么做？兰斯洛特爵士会怎么做，高文爵士呢？加拉哈德爵士……珀西瓦里爵士……加雷斯爵士……拉维恩爵士……崔斯坦爵士，还有所有其他人……他们会怎么做？

有一件事他能确定：他们绝不会接受失败。

毫无疑问，可那是幻想小说……一个虚构的世界……也许曾经有过一个名叫"骑士精神"的东西，可是这些骑士的故事并不属于真实世界。

然而……如果他们真的存在过……外面还有两个无辜的人正指望着他们前去搭救，他们绝不会蜷缩在这里等着被蛇咬。他们会想尽办法，杀出一条路来。或者……也许……想出一条生路来。

可他几乎无法集中精力想任何事情。他肯定无法集中起足够的精神去联系妮拉。反正，她也帮不了他——她自己就是最需要帮助的人。所以……该怎么办？他意识到，不管怎样，他都最好赶在第一条响尾蛇发现他之前尽快行动。

科蒂斯还有一个问题：这节闷罐车厢里还有什么东西？车厢里是清空的吗？他们把他扔进来时，他没来得及看清楚。那三个恶棍不会在意这些……不过，这里有没有什么能用得上的东西？

要想弄清楚，只有一个办法，而且他必须万分小心。他试着站起来，脑袋里一跳一跳的，胃里则是翻江倒海；他只好稳住姿势，强忍着呕吐的冲动。恶心劲儿过去了，他慢慢地站起来。他的双腿仍然很软。他决定——小心翼翼地——向左边挪，一直挪到角落。

他刚迈出第二步，就听见右边传来沙沙声，距离近得可怕。然后另一条蛇也发出了不祥的警告。科蒂斯回到他的起始位置。沙沙声停了下来。他觉得整个人都被自己的热汗所包裹。毫无疑问，那些蛇能闻到气味；它们会朝他爬过来吗，还是说，会远离他？

科蒂斯别无选择，只能继续探索。他贴着墙，摸索着向右边的角落挪动。一步又一步，他随时准备听见沙沙声响起，可是没有一条蛇已经爬到那边。

他的小腿撞到了一个东西，吓得他差点儿叫出声来。他伸手下去想摸摸看是什么。他的手指碰到了一小堆摸上去像粮袋的东西，也许有三四个堆在一起。他摸索着把手伸向麻袋另一边的黑暗中。他的右手发现了一个倾斜的木质表面，却不是闷罐车的墙壁。两只手一阵摸索，他知道自己发现了一个大桶，他估计桶有两英尺半高。大桶旁边还有两个桶。他试着翻动其中一个，翻动了；这个桶是空的。第二个也是空的，第三个却纹丝不动，里面的东西——可能是钉子——非常沉。

沉到足以压垮它所碾压过的一切东西。科蒂斯意识到。

他尝试着拎起一个粮袋，把它扔向闷罐车中部，可是这个重量让他无可奈何，于是他决定省点儿力气，用来推动沉重的木桶。他必须把木桶翻倒，让它在前面滚起来，然后让它滚向车门，他自己则跟在后面。他的双腿双脚仍然要面对来自左右两侧的风险，但他希望木桶的重量能把路上遇到的蛇通通压死。在这一片漆黑中，他无法看清车门的准确位置，所以这是另一个风险。车门附近肯定有几条蛇……肯定有，他虽然不喜欢这样，但要想离开这里，这是唯一的办法。

他想起曾经听过或是读到过一个说法，响尾蛇就算脑袋被砍掉了也还是能用毒牙咬人。他明白木桶有可能只是压过蛇的身体，碾碎蛇身中段或者尾巴，却把蛇头落下，让它逮到什么就咬什么。

要么硬闯出去，要么待在这里蜷着身子等死。

他开始着手弄翻木桶。肩膀上的肌肉都要撕裂了。既然不论多沉的行李箱他都搬得动，那他也一定能把这东西推倒。汗水灼烧着两只眼睛——一只肿了一半，另一只几乎只剩下一条缝。有一瞬间他绝望了，他担心这个怪物也许是被固定在地板上的。他用肩膀顶，用一只脚蹬着墙，把肌肉里的每一根纤维和铁头乔的血脉中的每一点意志力都推到了极限。

木桶翻倒了，重重地砸向地面，科蒂斯觉得那力道简直能砸开地板。车厢里的十二条蛇开始发出沙沙的致命交响乐。有一个声音听起来和左腿挨得太近。他猛地把腿抽回来，想象自己刚才也许差点被咬到。他来到木桶后面，推着它——又是费了天大的力气，他妈妈绝不会相信他居然有这么大力气——滚向门口，或者说，他尽量估计的门口位置。他估计门里面应该不会有把手，但应该不用费太大力气就能让它滑开……他希望如此，因为他可不想把太多时间用在设法开门上。

有个问题：尽管木桶腰部很粗，但他还是得弯下腰去才能用双手推着它前进。他没办法用一只脚推动这个东西，尽管他真希望能做到。可是……别无他法。科蒂斯弯下腰，脑袋一阵眩晕，于是他只好重新直起腰来，因为他觉得自己快要晕倒了。沙沙声已经平息；他有一个感觉，那些蛇正在等着看他下一步怎么走。

他再次弯下腰，透过牙齿断裂的窟窿，用嘴深吸一口气，然后用手掌顶住木桶，开始推动。

一瞬间，右边响起两个沙沙声。它们不在木桶前进的路径上，所以科蒂斯只能忽略它们，把木桶朝车门方向滚去。在他前方，一条蛇开始发出尖厉且让人厌恶的嗞嗞声。科蒂斯推着木桶滚过去时发出一阵嘎吱嘎吱的声响。木桶底面滚上来，湿乎乎的，突然他的赤足一滑，他猜想自己一定是踩上了蛇的内脏；有什么东西贴着他的右脚扭动起来，一定是这条蛇的一部分身体正在做临死前的痛苦挣扎。

左边又有一条蛇开始发出沙沙的响声，木桶也从那条蛇身上碾了过去。科蒂斯踩到几团疯狂地扭曲挣扎的肉卷，这些肉卷拍打着他的脚踝。有了这些蛇的动静，闷罐车厢里仿佛突然间有了些生气。第三条蛇被木桶碾得稀烂，然后第四条也死在木桶下面。科蒂斯的手上湿漉漉的，沾满响尾蛇的血。另一条蛇从他左脚底下爬走了。他感到一阵尖锐的疼痛拉扯着他受伤的喉咙，仿佛今晚躲掉的私刑绞索正紧紧勒着他。他已经无路可退了；他距离车门只有几英尺，可是那周围一定有更多的蛇。它们愤怒的沙沙声变得越来越强。他不知道木桶有没有压到别的东西，因为他很快就听不到蛇身被压碎的声音了。

沾满鲜血的木桶撞在木头上。他伸出手去……可是门在哪儿？他的手指绝望地摸索着可以抓住的突起物。蜷曲的蛇身抽打着他的左脚，可他并不知道这条蛇是因为痛苦而蠕动还是准备发起攻击。

他的左手食指摸到一个竖直的金属边缘。他用其他手指从下面抠住它，右手也放到下面，用力推——继续用力——随着滑轮发出刺耳的响声，车门开了。然后他踩上木桶，跳出门缝，跳进黑夜。

他们本想向南前进，离开湖边，可是根据那两个绑匪的灯光，妮拉判断绑匪正试图截住他们，而更糟糕的是……湖岸也跟着他们向南弯过来。

就着油灯灯光，妮拉看见树林慢慢变得稀疏，他们前面看起来像是一片平坦的草地，间或有几丛高高挺立的灯芯草。水面映着她的灯光。

"不如放弃吧！"女人在大约一百码外叫道，"这样你们也轻松一点儿！"

"别听她的。"妮拉说，不过她在一片杂草覆盖、深浅难料的沼泽边站住了，一动不动。

"我不听。"小杰克的声音听起来像是快撑不住了。

妮拉能撑到现在仅仅是因为她相信他们会抵达大路或者找到另一座有人居住的小屋。然而到处都看不见一丝其他灯光，透过消散殆尽的乌云,连星星都显得十分暗淡。

"跑不了啦!"女人喊道,"给你们弄点儿吃的,你们会感觉好很多的!"

"他们可真是好人呢,"妮拉苦涩地说,"咱们只能闯进去了,杰克。你准备好了吗?"

"准备好了。"小杰克说。

她出发了,小杰克在她右后方,距离两英尺。她踩着烂泥才走出去六步,水就已经没到了屁股。水花溅到她脸上,她举着胳膊,免得油灯被水熄灭。随着一声惊叫,小杰克一脚踩下去,水淹到了他的胸口。"继续走,继续走。"妮拉告诉小杰克,此时两人正涉水穿过一片看似长满草的开阔地——实则具有视觉欺骗性——水底全都是拔不出腿的淤泥。突然,小杰克又是尖叫一声,跌进水里;水一下子没过他的头顶,妮拉双手被绑,还要护着灯,什么也做不了。小杰克浮上来,一边吐水一边努力让自己站起来,可是他没办法用两条手臂来维持平衡,要站起来并不容易;妮拉意识到她的弟弟很可能淹死在这儿,而她只能无助地看着。

一番努力过后,小杰克稳住身子,急切地说:"我踩到一个东西,那东西跳了起来!我的腿受伤了,妮拉……我的脚脖子疼!"

"很可能是一只乌龟,"妮拉说,同时努力认清目前的处境,"就是这么回事。"

"我不知道……也许吧……我的脚脖子受伤了……崴到了。"

她又回头看了看身后的灯光。那一男一女也将不得不穿过这一片沼泽地带,可是他们个子更高,腿也更长。

"也许咱们该放弃了，"小杰克说，声音里透着痛苦，"我是说……我觉得我快走不动了……而且……我是说……与其在这里和其他东西待在一起，还不如跟着他们。"

"不行，"妮拉告诉他，"和他们俩在一起并不好。"

"反正他们都会抓住咱们。咱们根本跑不掉。"

妮拉摇摇头。她不想听到这个，可是她又担心真是这样。绝望之下，她闭上眼睛，暂时不去理会现实情况。她一边继续涉水前进，一边集中精神想着科蒂斯，呼叫他。*科蒂斯？你在吗？*

她并不期待回答。她猜测科蒂斯和父亲大概出事了。甚至有可能他们俩都——

妮拉。

声音十分微弱，妮拉几乎以为这是她在脑子里自言自语，因为她真的太希望听到回答了。

科蒂斯？ 她又尝试一遍。

我在。 回应还是非常微弱，不过现在妮拉确信这不是她自己心中的期望引起的回响。*你……哪儿？*

她差点儿尖叫起来，可是这样发给科蒂斯的只会是一团杂音，根本无法理解，于是她让自己做了几次深呼吸，放慢语速。*在追我们，*她说，又纠正道，*他们在追我们。他们两个。唐尼死了哈特利先生受伤了我们正*——她又停了下来，重新道，*他们两个在追我们。我们在湖边的一片沼泽里。你在哪儿？*

*在附近，*科蒂斯回复道，*遇到些……麻烦。有些……*

我听不清。科蒂斯，我爸爸在哪儿？

没有回答。妮拉睁开眼睛看看前面的路，前面同样是一片沼泽。左边传来搅动水面的声音，听起来是个很重的东西。她不能让自己与科蒂斯的联系被打断，现在还不行。*我爸爸*，她发送道，*他死了吗？*

科蒂斯没有立刻回答，不过随即传来：*中枪了。没有死……去求救……结果……麻烦。*

这话让她大感震惊，不过她稳住情绪。*你在哪儿？*

*在……地面上。闷罐车。*传来的话让人费解，就好像这段信息在她头脑中加快速度一闪而过，快得根本抓不住。

*他们也朝你开枪了吗？*她问。

……找你。无论如何。一定要……持住。

我不明白你在说什么。

*坚持住，*他说，*一定要坚持住。*

*他们想让我们停下来，*她说，*他们就在我们身后。*

不行。别……抓住你们。别让他们得逞。听见了吗？

*我听见了。*她回答道。科蒂斯的出现让他大受鼓舞，尽管发送的消息非常微弱，但这些话背后的决心仍旧坚定。

我会想办法找……找到你。别让……

*我们会接着跑的，科蒂斯，*她对他越来越微弱的连接说，*一定会的。*

这句话之后，他就再也没有回音了。妮拉心里想着他听起来似乎伤得很厉害……想着她中枪的父亲……她既不能让自己一直想这么可怕的事情，也不能把这件事告诉弟弟。他们唯一能做的就是继续跑在那两束坚决想要追上他俩的灯光前头。

他们从水里出来，走上一道长满杂草、长约二十英尺的小土丘。妮拉看见小杰克脚脖子崴了，走路一瘸一拐的，可她对此无能为力。然后他们继续前进，钻进一片灌木丛，然后水再次没到她的腰和小杰克的胸口。

"你们这样是没用的，孩子们！"帕尔先生，她爸爸所谓的朋友，朝他们喊道。他的语气变得温和了些，就好像他是一个老师，正在轻声斥责他们没有完成家庭作业。"快别闹了！要是你们觉得我们在为唐尼的事情生气……我们没有。他自找的，不是吗？就不该进那间屋子。你觉得我们生你的气吗，妮拉？"

妮拉不想浪费口舌去回答，她估计这正是帕尔希望她做的。

"小杰克！"那人喊道，"嘿，你这会儿肯定又累又饿吧，嗯？"

妮拉听见弟弟一边涉水前进一边痛苦地轻哼一声，不过他也没有回答。

"累坏了，"那人说道，几乎哼唱了起来，"而且饿得受不了。"

"别听他的。"妮拉说。

"我两个耳朵里全是水。"小杰克告诉她。

她真该抱抱他，要是她能这样做的话。

他们继续前进，现在是肩并肩地在水中跋涉，而除了前方长满杂草的沼泽和几十只在灯光下来回飞舞的昆虫，油灯什么也照不到。妮拉又累又饿，她知道小杰克一定也是如此，可是她下定决心如果有必要就走上一整个晚上……尽管弟弟似乎真的是伤到了，因为他已经放慢了脚步，而妮拉无论如何都不能扔下他独自走在前面。

找到你。科蒂斯是这么说的。

她却不抱希望。他受伤了，也许是中枪了。她觉得自己想为父亲和科蒂斯哭泣，眼泪就快要出来了，但她没有时间这样做；她现在是弟弟的保护者，这是她三天前做梦都想不到的事情。而且，如她所知，三天时间可以发生天翻地覆的变化，三天时间里，一个对布娃娃、过家家和枕着软枕头睡觉习以为常的小女孩，如果别无选择，也可以变得——正如她爸爸所言——真他妈的难对付。

她别无选择……她告诉自己，她必须赶在一切终成定局之前变得更加难以对付，让上帝救救父亲和科蒂斯吧，可是她和小杰克能依靠的只有自己。

第二十四章

科蒂斯觉得牙齿被打掉时，自己准是把牙吞下去了。他的喉咙疼得像是牙齿在咽下去的半路上咬了他一口。他没办法用鼻子呼吸，他的右眼几乎睁不开了，左眼也肿得厉害。他的肋骨很疼，两个肩膀关节像着了火，刚才在跳到铁路道渣上时，他的两个膝盖都摔得血淋淋的，他无法说话……还有什么？

哦，对了……他正踉踉跄跄地走在锯木厂路上，浑身上下一丝不挂。

他正朝着肯纳镇前进，应该不太远了。他路过了一个关门的加油站，它的左边有一片墓地。他觉得自己也快要入土了。他不停地在路上来回张望，随时准备一旦有人来——除非是警察——就钻进灌木丛里……就算是警察来了，凌晨两点多的小镇上，一个赤身裸体的黑人又能对一个白人警察说什么呢？就算一丝不挂的黑人有机会开口辩白，他这个黑人也做不到。他试过了，他的声音就像个半死不活的癞蛤蟆呱呱叫。

他伤得厉害，一直在吐血。他并不抱什么幻想，知道自己需要去医院，也许该去急诊室，不过至少，他没有被绞死。而且……妮拉和小杰克仍旧在外面，他们需要他。他究竟要怎样才能救他们？尽管浑身是伤，十分狼狈，但他很欣慰自己能听到妮拉的声音，并且能给她回话，可是如果不知道他们的准确位置，这又有什么用呢？湖边的一片沼泽里，她说，可是她发送的部分消息科蒂斯并没有收到，因为他听到的内容全都断断续续的。

这是一个很大的湖，而且很可能也是一片很大的沼泽，他一边继续走，一边想。他的双手捂着肋骨，因为他觉得有一根或者很多根肋骨正在像尖刀一样扎着他的内脏。他记得他们刚被绑架时他和妮拉交谈过，并且根据他的印象，绑匪绑架孩子们去那座小屋很可能经过了镇子，小屋紧挨着湖边。毫无疑问他们当时就在湖边，不过是在镇子另一头吗？沼泽一定是在镇子另一边，所以这样想很合理……可是距离多远，他毫无头绪。

他需要衣服和鞋子。刚才他踩到六七个啤酒瓶盖，还踩到一只死掉的负鼠。起码他自己没死，而只要还没死，他就一直保持着从绑匪手中救出妮拉和小杰克的希望。

可是……话说回来，在真实世界，而不是衣甲闪亮的骑士、信念坚定的骑士所在的奇幻世界里——因为刚才挨过的那顿毒打，科蒂斯觉得自己的脑子也许已然分不清这两个世界了——该怎么做？

他来到了这座有两个街区的小镇。四周一片寂静，直到一条狗开始朝他一通乱叫，然后另一条狗也加入进来。他不理会它们，倚着墙撑住身子；他想顺着墙滑到地上休息一会儿，就休息几分钟，让双腿放松一下，同时让脑袋里一阵一阵的迷雾散去，可是他意识到，时间是他的敌人。从此时此刻开始，他该怎么办？他能怎么办？

他辨认出一个店铺的招牌：艾维"万有"商店。

万有？也许有衣服？鞋子？

他一推墙，站直身子，朝商店走去。那两条狗仍旧在冲着他狂吠，不过它们并没有凑过来。他透过商店的前窗看进去。没有灯光，他看不清里面都有什么，除了窗前有一个人体模特身穿工装裤，头戴草帽，展示架上有三双女鞋和几只怀表。

艾维小姐一定不会喜欢他要做的事情，可他非如此不可。他看看四周，寻找可用的东西。万有商店的后面有一座尚在施工的建筑，有人把一辆装满砖头的小推车留在了雨里。他走到小推车旁，拿起两块砖头，又回到万有商店的前窗，毫不犹豫地把一块砖头扔向玻璃。砖头砸碎玻璃的声音让两条狗安静下来。科蒂斯把第二块砖头扔向没有完全破碎的那部分窗玻璃，两条狗又叫了起来，科蒂斯把碎玻璃从窗框上抽下来，踩着倒在地上的模特和鞋架爬了进去。

一翻进来，他就不得不停下来把几块玻璃渣从脚上拔下来。一瞬间，他又感到头晕目眩，几乎又要失去意识了，不过他稳住自己，然后四下打量这个地方，并且在灰色的油毡地砖上留下一串血脚印。

在黑暗中，科蒂斯看明白了，这个"万有商店"要么是人们把废品拿来卖的地方，要么是存放死人物品的地方。挂着黄色价签等待出售的都是些摇摇欲坠的旧桌椅、大件的家具、一个滚筒式割草机、陈列展示的锅碗瓢盆、杯子碟子、一架子毛巾床单和……在那里，商店更里边的地方，靠墙摆着一架子看起来像是叠好的牛仔裤和其他衣服的东西。

他一通翻找，发现这些牛仔裤全都大得足以装进去三个科蒂斯·梅休，不过还有两条卡其裤，膝盖上带绿色格子补丁的那条看起来还算合身。他穿上这条裤子，发现裤腰还算贴身，可是长度远远不及他的脚踝。没关系，足够蔽体了。牛仔裤架子后面竖着一架男鞋女鞋。他挑了一双棕色旧工作靴套到脚上；就算不系鞋带也很挤脚，不过当乞丐的就不要挑剔了。还有些挂在衣架上的五颜六色的衬衣，不过他看见三件白色棉质T恤用橡皮筋捆成一捆。他抽出一件T恤，忍着疼痛套在身上，尽管T恤穿在身上松松垮垮的，但他还是很满意。

一辆破旧的儿童玩具马车引起了他的注意。马车旁边是一个大号的娃娃屋，建造它肯定花了不少时间。一张断了条腿的圆桌旁边是一辆白色自行车。这是一辆女士自行车，比科蒂斯惯常骑的车子要小，不过仔细看，他发现车胎里还有气，车链条看起来也没问题。车把上挂着一个芦苇编织的篮子，上面画着红蓝两色的花朵。

那两条狗已经不再吠叫，由他去了，科蒂斯也该出去了。他穿着刚弄来的旧衣服和那双十分磨脚的靴子，推着自行车朝破窗走去。他还没走到窗边就看见一旁有一个饮水台。饮水台上方的墙上有一块牌子，上面手写着"饮水台仅供白人使用"。他走上前去，踩下控制水流的踏板，一道水柱向上喷出，形成一道弧线。他把脸埋下去痛饮一番。喝饱了水,他把自己和自行车翻到窗外来到人行道上。

他应该冒险去敲这附近人家的门吗?他对此十分纠结;他需要警察,但他并不想挨揍或者被一枪打死。他不能说话,也就没有机会为自己辩白,除非他能弄到笔和纸,可这要花多长时间?

他决定骑车穿过肯纳,把每一条通往湖边的路都走一遍,希望能找到停着鲁登米尔的车子的小屋。他不知道那辆车的样子,不过他估计它应该一眼就能看出属于一个有钱人。这样至少能让他有一个起点;在那之后该做什么,他也不知道,也许这压根算不上什么计划,可他能想到的只有这个。他骑上自行车,发现自己的膝盖几乎能碰到下巴,不过这也比走路快得多。嘴里一直在冒血,他把血吐在人行道上,然后蹬着车,向西进发。

真是个铁头, 他想起妈妈说过的话,*和你爸爸一样。*

而且为此感到骄傲。他想。

他那两条长腿蹬着脚踏板,像一位浑身脏污的骑士骑着一匹白色战马,继续着他的探索。

妮拉和小杰克走出杂草丛生的沼泽,走上一片泥泞的滩涂。在油灯的灯光下,左边是一片齐膝高的灌木丛,间或长着一丛丛小棕榈树和歪七扭八的松树,右边则是一望无际的湖面。妮拉回头看向那两道穷追不舍的灯光。她觉得他们应该穿过那片荒野;这样会更往南一些,而且在那个方向他们也许能找到一条公路。"这边。"她对弟弟说,而弟弟因为脚踝受伤已经变得一瘸一拐的了。再一次地,她双手被绑,一点儿也帮不上忙。

那片荒野比乍看上去更加崎岖难走,姐弟俩刚往那边走,就听见一声枪响。妮拉听见子弹嗖地一下从身旁飞过,距离近得吓人,她一下子呆立在原地。

"不行!"女人喊道,"不能走那边,亲爱的!就站在那儿别动!"

"你能跑吗?"妮拉问小杰克。

"我试试看。"

"咱们就留在湖滩上,"她说,"这样你的腿也好受些,可是咱们必须跑起来,我要把油灯扔掉,这样他们就再也不能跟着灯光追咱们了。怎么样?"

"行。"

"好。"妮拉说,"快跑!"说着,她把手腕上的油灯的铁丝把手向左往半空一甩,随即在泥泞的湖滩上跑了起来。小杰克步履蹒跚地跟在她身后,竭尽全力地跟上她。

"见鬼!"金吉尔看着油灯飞上半空又掉进灌木丛里摔个粉碎,咬牙切齿地说。她右手中的点四五转轮手枪的枪管仍然冒着缕缕青烟。"我还以为这一招能奏效呢。好吧,至少他们会一直待在湖边。咱们追上他们。"她在沼泽地里开始涉水穿过最后一片杂草丛,朝岸边走去。

珀利跟在她身后。"对着咱们的保险开枪有点儿冒失啊。"他说。

"我想让他们一直待在那里,直到他们累趴下。他们以为自己很聪明,可是没有灯他们就跑不远,也不会想朝内陆跑了。记住这一点,他们很快就会放弃的。"

"这话你不是半小时前就说过吗?"

"也许吧。"她抬头看看漫天星斗,"还有三个小时才会天亮。再过一个小时,咱们就能抓住他们,然后上路。"

"除非咱们在一片漆黑中把他们跟丢了,"他说,"咱们也许会和他们擦身而过,却毫无察觉。"

"城里孩子,"她回答,此时两人已经来到湖岸,"没了那盏油灯,他们会一直待在湖边,在那里走路轻松些。相信我,珀利。很快他们就会累趴下的,咱们会发现他俩坐在地上等咱们的。"

他想要表达疑义,却什么也没说。他心想等他们抓到那两个孩子他一定要让他们见点儿血,他的脑海中浮现出两个孩子脸上挂满了恐惧、被他一把把往嘴里塞湖泥的画面。他和金吉尔应该带上所有钱直奔墨西哥,可他们却在这里浪费时间;不过金吉尔说的对……他们需要这两个小崽子,以免落得个在高速公路的路障前被打成筛子的下场,因为如果让这两个孩子逃跑了,那他们很快就会找到离开这里的路,并且招手拦车寻求帮助,然后很快路易斯安那州、密西西比州、阿肯色州和得克萨斯州的每一个警察都会接到警讯,而从新奥尔良到布朗斯维尔[1]可是好长一段路呢。珀利猜想如果鲁登米尔和那个黑鬼司机没有死,也许他们已经报警了,而这样一来就更是非要抓住那两个孩子不可了。没有这两个小崽子,也许邦尼和克莱德的惨剧会再次上演。

他跟在金吉尔身后,沿着泥泞的湖滩前进。他们的灯光搜索着前面的黑暗,与此同时,在他们前方大约七十码,妮拉不得不放慢

---

[1] 美国得克萨斯州最南部的城市,位于美墨边境。

速度好让小杰克跟上。

"跑不动了,妮拉,"她的弟弟说,"我的腿太疼了。对不起。"

"没关系,"妮拉告诉他,"咱们——"她停了下来,因为在他们前面,她隐约看见有个东西挡在去路上。没过多久,两人走近了些,那东西变成一条侧翻的破败小船,船身被撕开了一个大洞。他们绕过小船,透过一小片乱糟糟的矮树林,发现还有一艘船——至少是船的前半部分——半埋在烂泥里。隔着第二艘船,还有些东西矗立在湖岸上,在黑暗中看起来就像一座古老破败的城堡的遗迹矗立在星空下。地上到处散落着碎裂的木头。姐弟俩朝建筑走近了些,妮拉差点儿踩到一块只剩半截的招牌。这块招牌钉在两根木头之间,她看到仅存的半块斑驳的招牌上,白底黑字写着:头港。

一道少了几块踏板的木制楼梯,有十英尺高,通向上方的废墟,那座废墟似乎是修在码头的木桩上的。妮拉回头张望,看见那两盏灯正在绕过第一艘破船。她心想不等他们走到这座建筑的另一边,她和小杰克就会被抓住,不过也许这座建筑里面有什么地方可以让他们躲起来。"上楼梯!"她说,然后等小杰克一瘸一拐地先上去了,自己才跟上。楼梯在他们脚下摇摇晃晃,锈蚀的钉子吱嘎作响,其中一块饱经风雨的踏板早已朽烂,软得跟黄油一样,被小杰克一踩就垮掉了,不过他们还是上到这个曾经包着纱窗的门廊。被雨水浇透的地板向右倾斜,屋顶早就被掀掉了。黑色的矩形门洞后面是……什么?一间没有地面的屋子?再往前一步,他们就会一头栽下去,摔到尖锐的碎木头、碎玻璃和钉子上。

妮拉集中精神联络科蒂斯,也许他并没有听,可是她必须一试。

科蒂斯！她发送出去，我们在一个船港里！这里整个都废弃了……叫什么头船港！你能听见我的声音吗？

难熬的几秒钟过去了，然后科蒂斯回复她了。我听见了。

我们要试着——她不得不断开联系，因为她能看见那两盏灯就在楼梯底下，光柱朝上面扫过来。

要试着干什么？他问，可是没有回答。

他正蹬着自行车飞驰在他找到的第二条路上；第一条路的尽头是一个码头和两座黑黢黢的小屋，周围没有汽车。第二条路也一样，也有一个码头和一座小屋……不过码头上似乎系着一条小小的渔船，小屋旁边有一辆老旧汽车……显然不是有钱人的车，不过毕竟是一辆车。小屋里亮着灯吗？是的……他从窗旁经过时瞥见了。然后屋后的一扇门开了，一个人影走出来，拿着一个手电筒和一个别的什么东西，科蒂斯看不清。那人脚步沉重地慢慢走向码头……一个清早出门的渔夫，科蒂斯心想，下完雨出门打鱼。

他敢不敢冒险求助？他非如此不可。

他蹬着车冲上前去，拦在渔夫和码头之间。一听见自行车链子与飞轮链齿的嗒嗒声，渔夫就猛一转身，用手电筒照着科蒂斯。

"是谁？"是个女人的声音，紧绷的声调里透着惊恐。

科蒂斯下了自行车，任由它倒在地上，然后双手举过头顶。他迈步朝那个女人走去。灯光直刺他的双眼。

"站着别动！"女人命令道，"不准过来！"

他停下脚步，放下双手。他想要说话，可是疼痛攫住了他的喉咙,他发出的声音倒像是一声呻吟。

"我的天哪!"女人说,"有人在你脸上跳舞了吗,孩子?"

他一只手捂住喉咙,摇摇头。

"什么?你不能说话?"

科蒂斯又是摇摇头。

"你需要看医生!去医院,我觉得!"她朝他走过来,不过十分小心,"全能的上帝啊,你是怎么走过来的?"她在几英尺外停了下来,放下手电筒。科蒂斯用那只好眼可以看出,她是一个身材虽瘦看起来却很结实的黑人女性,大概六十多岁,穿着一条工装裤和一件烟叶棕色的上衣,系着一条红格子领巾。她戴着一顶十分老旧的棕色帽子,帽子上有一个长翅膀的红马徽章,写着"木兰石油[1]"几个字,帽子下面是一头蓬松的白发。科蒂斯不自在地发现,除了手电筒,她左手还拿着一根五英尺长的木杆,杆头上有一个锋利的铁制矛头。她的腰上有一根皮带,皮带的刀鞘里插着一把骨柄刀子。

科蒂斯指了指她的刀。

"什么?你要这个?"

他点点头。

"你是疯了还是喝多了?"

科蒂斯摇摇头,用右手的手指比了个动作,让她快点照做。

"我可不会把我的刀给你!你他妈准是疯了!"

科蒂斯伸出左手拇指,又用右手食指在上面做了一个干脆的切

---

[1] 一家石油公司,成立于1911年。

割动作。

"什么?你要把拇指切下来?"

又是一阵摇头。他继续做着切割动作。

"见鬼,不行!"女人说。

他猛地将一口血吐在左手掌心里。有点儿稀,不过也足够红了。他扯着T恤下摆,用食指蘸着那一小捧血,在白色棉布上写下"救命"。

女人这才明白他的意思,可是她说:"你被打得脑子发癫了,孩子,不过我告诉你……我用这根杀鳄鱼的矛捅你肯定比你捅我来得快,所以你给我记住了。"她把刀子从刀鞘里抽出来,刀柄冲前递给他。

科蒂斯没有一丝犹豫。他咬紧剩下的牙齿,在左手拇指上划开一道口子。与他已经承受的疼痛相比,这并不算什么。殷红的血涌了出来。他把刀子还给她,用食指做笔,蘸着血做的"墨汁",开始在T恤的下摆上写字。

头港?

"你要去一个船港?是这个意思吗?"

科蒂斯摇摇头,指着歪歪扭扭的"头"字,又用沾满血的手指指向西方。

"猪头港?"

科蒂斯猛地点了点头。妮拉和小杰克准是到了那个地方。

"那里除了一片废墟什么都没有。两年前的一场暴风雨几乎把它拆了个干净。"

科蒂斯指了指自己,又指了指她,然后指了指船,现在他能看见船上装着一台小型舷外马达。然后他又朝西面做了个直刺动作。

"你想去猪头港?为什么?"

他从拇指上挤出血来,在"救命"下面画了一道横线,然后是第二道、第三道,接着写下"警察",又把拳头放在耳边,模仿打电话的动作。

"打电话报警?"

他点点头算作回答。

"没有电话。最近的警察局也要往梅泰里方向走很远呢。你是惹上什么事了?"女人随即意识到他没办法回答这个问题。"真该死。"她静静地说。她看看科蒂斯,又看看她的船,然后又来回看了几眼。"你需要尽快赶过去吗?"

科蒂斯尽最大努力说出声来,却发出一声既刺耳又含混的"尽开"。

"我知道一条穿过沼泽的路,大概要花十到十五分钟。上帝啊,孩子!你的要求可真是太奇怪了,我都不知道……"她放弃了,"好吧,"她说,"等你进了疯人院,你可以告诉他们,这是费·李普做的年度大好事。又或者,没准儿是件坏事。那就走吧,上船。"

"聪明人在前,美人在后,"两人一边用灯晃着上方的楼梯,金吉尔一边说,"你先上去,我鞋子里进了一颗石子。"说着,她弯下腰去收拾鞋子。

珀利迈步上楼。脚下的踏板像海绵一样。他想赶紧把事情了结了,把湖泥糊到那两个该死的小崽子脸上,因为他们惹出这么多麻烦。等他躺在墨西哥的海滩上,山上别墅床底下的箱子里装着十万零七千五百美元——或者,至少,在他买下大宅子后还剩下的管他多少钱呢——他会记起此时此刻鞋子上沾满烂泥的自己的。到那时他就安顿下来,再也不会听到妈妈,一分钱也别给他这类的屁——

一切发生得太快了。

他正要迈开大步跨过一级缺失的台阶,刚把脚放下,那一级台阶的踏板就像融化了一样,他重心一歪,赶紧扔下油灯去抓栏杆,而他另一只脚踩着的踏板就像一颗烂牙一样松脱了,就这样,他一路摔了下去。

他重重地摔在了一大堆碎木头、破木板、玻璃和一根从猪头港搭建完成时起就一直留在湖边的树桩上。他一瞬间就明白了,这座建筑里面有一块地板塌了,然后滑到了楼梯下面,堆在积满淤泥的凹坑里。紧跟着,他右腿膝盖处火烧火燎地疼,并且蔓延到整条腿上,刚才一路摔下来他还差点儿咬掉自己的舌头。

"真可怜,"他听见金吉尔说,"我刚才就在想,这些台阶可承受不住太多的重量。"

他的提灯仍旧亮着,正躺在他左边的什么地方,照着他的脸。他试着坐起来,可是一颗钉子扎进拇指和食指之间的肉里。铁路提灯的光柱离开了他的脸;金吉尔已经弯腰把它捡起来了。

"见鬼!"他满嘴是血地说,"我他妈伤到膝盖了。"

"哎呀。"她回答。

"我觉得我能从这里爬出来。见鬼,真他妈疼!"

"好吧，"金吉尔对他说，"躺一会儿，缓口气。"

"是啊，"他说，"咱们可算把孩子困住了。"

"困住了，"金吉尔说，"是的。一点儿没错。"

珀利听出了她语气中的轻快调调，心中有些不悦。这个调调里有些冰冷得可怕的东西，让他想起了当初她在斯通菲尔德镇子外面的树林里对霍尼卡特医生说话时的语气，说完之后——

"帮忙把我弄出来，"他对金吉尔说，"快点儿，搭把手。"他试着自己爬出来，可是疼痛瞬间从膝盖直窜到脚上。他用手捂住疼得最厉害的地方，发现一根估计有四英寸长的尖锐木头扎透裤腿的布料支棱出来。它像刀子一样扎在了腿弯上。他抽回手来，麻木地看着手指上的血迹，金吉尔也在用提灯照着看。

"这可不妙啊，不是吗？"她问。

"我能走，只要我能站起来。你是要帮我，还是不帮？"

"哎呀……你大概没办法回到车上了，是吗？"

"妈的，我能，我能！"他有没有听见自己哀号？他听见了，这让他感到羞耻。

"那就快点儿吧。要是你能自己爬出来，那你应该也能走路。"

他气急败坏地又试了试，用两条腿踢蹬着困住他的垃圾堆，可是难忍的剧痛让他爆出一身冷汗，他担心自己的膝盖不仅断了，而且被木头匕首刺穿了。"见鬼！"他说，既惊惧又恼怒，"好了，别他妈光站着，来帮帮我！"

"嗯，"她回答，"珀利，"她沉默了几秒钟，说，"你对金吉尔还是不够了解啊，是吗？"

"啊？什么？"

"金吉尔从来，从来，从来……都只帮金吉尔。你直到现在都从未想过这一点吗？"

"你在放什么狗屁？"

"你没办法回到车上。哦，我猜我可以扶你回去，可是这样一来谁能看着那个孩子不让他又跑了呢？"

"那个孩子？嗯？"

"是啊，"她说，"我只要一个就够了。另一个我一进去就处理掉……另外谢谢你让我知道那些楼梯有多不牢靠。看来我得另找一条路进去了。"

"你疯了吗？"他问，可话一出口就后悔了，"你需要我！你不能把我留在这儿！"

"没错。"她说。

珀利听见点四五手枪击锤往后扳的咔嗒声。他的手开始摸索自己的肩背式枪套，可他知道自己不可能及时掏出枪来，而他只要一动金吉尔就会开枪打死他。

"听着，"他说，声音颤抖，"求你了。咱们一起经历了那么多。你说的每一件事我都照做了。是我在料理所有事情。是我把事情做得恰到好处。没有我，你根本不可能玩得转。你知道这是事实！听着……我这就自己爬出来……我站起来，我自己走……咱们去抓那个孩子……随便你想要哪个……然后咱们就直奔墨西哥。听见了吗？"他一边说，一边用左腿蹬这堆垃圾，而右腿毫无反应。他感到眼泪在眼角火辣辣的，他心想——却又不敢去想——她其实一直在耐心地等待机会杀死他，就像当初她在等待机会干掉那个老医生一样。你符合条件，时间也正好。仿佛很久以前她曾这样对他说过。

现在他意识到自己已经不再符合条件，他的时间也用完了。

"墨西哥，金吉尔！"他绝望地哀求着，"咱们去墨西哥，带着所有人都梦寐以求的一大笔钱！墨西哥……摆脱这里的一切，咱们要去墨西哥！"

"去你的墨西哥。"她安静地说道，然后扣动扳机。

珀利看见一团火焰从点四五枪管迸出。紧接着一颗子弹打进他的前额，把他的脑子从颅骨后面崩出去，而在这之前的一瞬间，他闻到了——不是火药燃烧的气味，而是一股烂桃子的可悲的味道。

这个就他所知名叫金吉尔·拉弗朗斯的女人花了点儿时间钻到破损的楼梯下面，从死去男人的肩背式枪套里取出了点三八手枪。她那双有着香槟色眼睛的脸上没有一丝表情。她丢掉点四五转轮手枪，子弹打完了，那把枪也就成了累赘。然后她重新爬出来，站起身子，用铁路提灯打量着摇摇欲坠的楼梯。靠近楼梯正中间的位置有一个巨大的破洞，刚刚死去的那个人就是从这里摔下来的。她心想肯定还有别的办法进去，于是她从楼梯旁退了回去，转向左边，踩着满地木头和被风吹下来的铁皮屋顶，绕到建筑的另一边。

她不得不爬上一小段上坡路。到了坡顶，她的灯光照到一片被清理出来的空泥地。那一定是片停车场，可是在这里，地面与港口建筑高度齐平。一大片屋顶滑落下来，半吊在建筑上方，几乎碰到了地面。那里应该有另一扇门。门两边各有一扇矩形窗户，正对着上方的屋顶轮廓线，两扇窗户都没有玻璃，可是窗子太窄，就算是小孩的体型都爬不进去。灯光照见墙上一块挺过暴风雨洗礼的"享受可口可乐"的牌子，还有一个固定在墙上的温度计，上面画着一条咬钩跃出水面的鱼，从那几十个弹孔判断，这是一个颇受欢迎的枪法练习场所。

她把铁皮屋顶拖到一边，同时小心翼翼地不让它滑下来砸到自己头上，露出原本有门的开口。她用提灯照向里面，看到房间大部分区域还算牢靠，尽管地板和墙壁全都泡水起鼓了，并且长满黑乎乎的霉斑，雨水从破败的屋顶灌进来，到处都湿漉漉地滴着水。就着灯光看不到那两个孩子，可是她确信他们仍旧在这座建筑里的某个地方。她想象自己能闻到他们的恐惧，就像闻到一杯苦酒的刺鼻味道。

她的眼睛里映着提灯的灯光。她迈步走进房间，感受着朽烂脆弱的地板在她的体重下屈服。她握着枪的手垂到身侧，不过做好了准备，以应对不时之需。

"好啦，孩子们，"她带着点儿紧张，似笑非笑地说，"到妈妈这儿来。"

第二十五章

"妮拉,"小杰克低声道,"我脖子上有东西在爬!"

妮拉朝他嘘了一声。不管他脖子上有什么,都不可能比那个刚刚爬进另一个房间,说"到妈妈这儿来"的家伙更可怕。

他们躲在一间厕所里,大小跟他们家里的杂物间差不多。刚才他们从门廊进入第一个房间,发现地板塌了一半,只留下边上一圈断裂的木板,于是用手扶着墙,一路摸索着找到厕所的门。厕所有一块天花板早已被撕开,露出了夜空,地板上也存满了积水。

门是歪的,不过妮拉用肩膀使劲把它顶上了,还用手指把门闩推到插孔里。然后她让小杰克坐到洗手池下面的地板上,她自己则背靠着马桶,双腿弯曲,用脚顶住门。

他们还听见了一声枪响,不过并不清楚是怎么回事……但他们知道女人此刻就在这栋建筑里,而这就已经非常不妙了。

妮拉心想那个女人一定能听见她的心跳,因为在她自己的耳朵听来,她的心脏跳得实在太响了。

我来了,科蒂斯突然给她发送消息,李普吕(女)士说我们五分钟内就能到。

谁?

李普吕(女)士本来要出来抓海龟。我在她船上。我们还有五分钟的距离。他重复道,仿佛妮拉刚才第一遍没有听懂。

那个女人在这里,妮拉说,我们正躲在厕所里。我不知道帕尔先生在哪儿。他们都有枪,科蒂斯。

好的。待在原处,不要动。

你听见我的话了吗?他们有枪。

我听见了。科蒂斯回答。

一束灯光从下面的门缝里扫过,打断了她与科蒂斯通话的专注。然后灯光消失了;然后又回来了,搜寻着。

妮拉听见弟弟倒抽一口气然后屏住呼吸,就好像这样做有用一样。

光线消失了。

"两只小老鼠会藏在哪儿呢?"他们听见女人说,"我想,也许……在这里。"

厕所的门发出安静的吱呀声。妮拉感到自己的脚在微微发抖,猜想女人的一只手按在了木门上。灯光又回来了,对准了门下面和地板之间的扭曲缝隙。

"这扇门上的牌子写着'休息室[1]',"女人对他们说,"你们在里面休息吗?"借着灯光,妮拉看见门把手慢慢地从左转向右又倒着转回来。门又发出吱呀的响声,声音大了一些;妮拉能感觉到女人在推门。"哎呀呀,"她柔声说道,"你们把自己锁在里面了?这样对你们可没有一点儿好处。孩子们,你们害我费这么大力气,可是要让我发脾气啦。一旦金吉尔发脾气,"她说,声音仍旧轻快,"金吉尔就不再像个淑女了。你听见了吗,妮拉,亲爱的?"

在妮拉身边,小杰克在洗手池下面挪了挪身子,想要挠一挠脖子后面。他的头撞到洗手池下面的水管,发出一声空洞的"咚——"。

"这里面一定是闹鬼了呢。"金吉尔说。

妮拉和小杰克听见她的指甲慢慢滑过门板,发出一串吱吱声,她的指甲和手指有可能会被木刺扎到,不过他们觉得她可能压根儿不在乎……也许除了把他们俩从厕所里拖出来,其他的一切她都不在乎。

随后是一片寂静,妮拉觉得自己的心跳声简直震耳欲聋。

接着金吉尔恼怒地尖叫一声,整个人扑到门上。

这一撞凶狠、野蛮,仿佛一头猛兽,吓得小杰克哭号一声,在洗手池下面又撞到自己。妮拉一边尖叫,一边用双脚拼命抵住门,与此同时房门却向内倾斜,木板也在几声枪响中爆开。

---

[1] 此处原文为"Rest Room",字面直译为"休息室",实际指的是厕所。

金吉尔再次撞门，用力之猛让妮拉从膝盖到腿直到全身都一阵颤抖。妮拉咬紧牙关……下一次撞击肯定会撞开门闩，然后那个女人就会对他们下手了。

可是这一撞并没有发生。

"妈的。"他们听见女人咕哝道。

接着他们听到了那个女人听到的声音：一台舷外马达的噪声，正在从远处靠近。

费·李普让船慢下来，然后关掉马达。小船漂向湖岸。"没办法再靠近了，"她告诉坐在船头的科蒂斯，"以前码头留下的木桩会把船壳划开。你得靠自己下船上岸了，要是你非要过去的话。"

科蒂斯迎着手电筒的光束点点头。手电筒就放在船长身边的木板座位上。他费了好大力气，哑声说："（警）察。"

"我去找他们。不过要花点儿时间。你真的要下船吗？"

他又点点头，确认了他的决心。

"该死，"费说，"一定是有非常要紧的事。"她看向猪头港。上面那片废墟里面是不是闪过一道灯光？她拿起手电筒递给他。"不管你打算做什么，这个兴许能用得上。"

科蒂斯接过手电筒。他们有枪。妮拉是这么说的。他这辈子从来没有使用过武器，手里也从来没有拿过任何可能会伤到别人的东西，可是现在……他需要一件家伙，哪怕在面对手枪时并没有太大用处。他俯下身去，把手放在费·李普用来扎短吻鳄、保护她的海龟渔获的锋利长矛上。然后他看向费，等待她的回答。

"好吧,"她说,"拿去吧。"

科蒂斯一只手拿着手电筒,另一只手拿着矛,从一边翻进齐胸深的水里。

"留神脚下,小子。"费提醒他。她等科蒂斯走出去一段安全距离,然后重新发动马达,掉转船头,朝来时的方向折返。

科蒂斯踩着淤泥、石头,经过几根刚刚露出水面的半截码头支柱,涉水前进。他上了岸,站在原地,看着这个他受到召唤赶来的地方。妮拉,她说,我来了。可是她没有回答。

他用手电筒照着前路,走了几步来到一道通向破败门廊的楼梯。他看到梯级破败不堪,根本无法踏足……接着他看见楼梯下方的地面上有一具尸体,正躺在一堆乱糟糟的垃圾上。那人直愣愣地睁着双眼,没有一丝生气,那张脸——曾经十分英俊,简直像个天使——被一颗子弹击中前额,打得不成样子。

这么说来,他心想,现在就只剩下那个女人了。妮拉说过她叫什么名字来着?他不记得了。

不管她是谁,她都十分危险。

科蒂斯忽然想到自己有可能会失败。他的赢面太小了。为了搭救他的朋友和朋友的弟弟而只身犯险,拿着一根古代骑士才会用的长矛,却要对付一把手枪……门儿都没有。可就算他能弄来一把手枪,他也不会对着任何人开枪。他根本不想伤害任何人,他只想带回那两个孩子。

这个坍毁的码头里藏着一个恶魔,他意识到自己很可能根本无力也不想面对她……可是除了他,还有谁能完成这件事呢?

真是个铁头。和你爸爸一样。

是的,他心想,我确实是。

他用手电筒重新照向楼梯上方,这时他看见那个女人就站在门廊上,用枪对准他的脸。

"动手!"就在枪响前的一瞬间,妮拉大喊一声,和小杰克一起从后面扑向女人。子弹嗖的一下贴着科蒂斯的脑袋飞了过去。尽管女人把提灯放在地板上,想吓住他们,但是妮拉听见科蒂斯说我来了,便料到女人——还有帕尔先生?——一定会出去看看谁在外面。

三人一齐从门廊上摔了下来。妮拉从上面撞上金吉尔·拉弗朗斯,小杰克则一头撞上她的腿弯。三人跌进湖水轻轻拍打的泥泞中,距离科蒂斯只有几英尺,而科蒂斯强压着一声惊呼,向后退去。他的手电筒照见三个人影在奋力挣扎,努力想要挣脱,然后女人费力地站起来,一手揪着妮拉的头发,一手用手枪对准她的脑袋。

她的名字,科蒂斯狂暴地想。她叫什么——

"维斯塔,"他说,疼痛撕扯着他的喉咙,"不要。"

听起来就像是从坟墓里传出的呜咽的风声。

女人朝他转过头来。

灯光照着她满是污泥的脸,她像是惊呆了。她张了张嘴,却没有发出一丝声音。她颤抖着,仿佛一个陌生人说出她的真名是一种终极的冒犯,仿佛真相本身就是她的死敌,仿佛这句话用一个尖爪探入她的灵魂,扒出了某个深埋已久,也本该永远深埋的东西。

紧接着,她的脸便因狂怒而变得狰狞。这张脸扭曲成一种足以冻结血液的恐怖，任何人在它骇人的丑陋面前都要惊惧退缩。

可是奥尔奇德和铁头乔的儿子站稳了脚跟。

女人抬手就是一枪，正中他的胸口。科蒂斯受到子弹的冲击，跟跄地退后几步，她走上前去又开一枪，第二颗子弹打中他的左边身子。他丢掉手电筒和长矛，摔倒在地。她迈步走向科蒂斯，击锤咔嗒一声向后一扳，准备对准他的颅骨开第三枪。

随着一声痛苦的叫喊，妮拉在死亡的恐惧中从地上捡起一块薄木片，用手指紧紧捏住，用力一挥，木片一端突出的三颗生锈的钉子猛地扎进金吉尔·拉弗朗斯的脖子里。妮拉的手指松开木板，木板直接挂在了原处。女人发出一声窒息的声响，她朝妮拉转过身来，眼睛里满含着地狱般的烈火，鲜血从她嘴里淌出，流过她的下巴。

转轮手枪像蛇头一样抬了起来。

一个矛尖从女人身后穿胸而出。

科蒂斯这一刺带着决绝的力量，尽管他觉得自己正在迅速变得虚弱。妮拉和小杰克看见矛尖滴着她心脏里的血。女人低头看着矛尖，仿佛那是从她胸口开出的奇异花朵。枪响了，弹头穿入两个孩子之间的泥里，然后手枪从她颤抖的手中滑落。

这个有着无数名字的女人跪倒在地，动作很缓慢，像是在对抗重力和身上的致命伤。她身子前倾，双手撑住地面。血水从她嘴里流淌成一条线。科蒂斯早已重新倒下，此时正向妮拉和小杰克爬过来。女人一阵战栗，她的头从一边转向另一边，像是在寻找是谁刺中了她。

科蒂斯看见她的目光找到并且锁定他。

"你是谁？"她低声问道。

她又再次怒不可遏地厉声问："你是谁？你……是谁？你——"

她的手肘撑不住了，她的脸向前一扑，仍旧张着的眼睛和嘴巴里一下子灌进了庞恰特雷恩湖水和烂泥，她的所有秘密也一同被淤泥掩埋。矛柄竖直地插在她的背上，仿佛一根悬挂胜利旗帜的旗杆。

科蒂斯侧身躺下。

妮拉第一个来到他身边。小杰克想要走过去，可是他受伤的脚踝撑不住了，于是他只好坐下，因为震惊而一脸木然。

"科蒂斯！"妮拉叫道。她看着他狼狈不堪的脸和浑身的血，哭了起来。"科蒂斯！"她说，"科蒂斯……哦……科蒂斯！"她低下头，和他的头靠在一起，任由湖水冲刷着他们俩。

这是我的名字，他回答，可是即便是像这样脸贴着脸，发送出来的消息仍然很微弱，不要慢慢忘了。

"跟我说话！"她乞求道，"求你了！"

我在说话。嗓子已经说不出话了。

"咱们得离开这里……找人帮忙……找人……"

科蒂斯用尽全力开口说话。他觉得这大概是他最后一次全力尝试了。"快了。"然后，又回到他尚能运用的交流方式说，警察。李普吕士……去找他们了。

"妮拉，"小杰克有气无力地说，"我觉得……好像有人躺在那边的台阶下面。"

被枪打死了。科蒂斯说。

一定是帕尔先生。妮拉明白了。他们之前听到的另一声枪响。

那个女人在进来找他们之前把他杀了。

伴随着一阵颤抖和塞满淤泥的嘴倒抽的一口气,维斯塔突然坐了起来。

在科蒂斯、妮拉和小杰克惊恐的注视下,女人挣扎着站了起来。她再次倒下了,然后再次奋力地站起来。她背对着他们,既没有试着转过身来,也没有去动扎透身体的矛和钉在脖子一侧的木板。她开始朝湖里走去,一步又一步,科蒂斯的视野中缓缓降下一片红色雾霭,他一边看着她,一边心想,也许她也是联盟车站里的一位旅客,走过大理石地砖,去赶一趟前往未知目的地的火车。

湖水没过她的膝盖,没到她的大腿,一直到她的腰间,她继续走着。突然,她停下脚步,在夜色和星空之下站在原地。她停了几秒,在湖水的包围之中一动不动地站着,直到最后她以一个近乎优雅的动作仰面倒下,一只手高高扬起,像是要对这个世界做出最后一个挑衅的姿态。她的裙摆在她周围飘摇着,她的身体在水面上轻轻摇摆,就像所有从曾经的活物身上剥落的残骸一样。

都结束了,科蒂斯心想。不论驱动着那个女人的是什么样的邪恶引擎……都消失了。

"她死了吗?"小杰克朝他们喊道,喊声中夹杂着癫狂与恍惚,"她死了吗?"

再也不会伤害你们了。科蒂斯告诉妮拉,妮拉则对弟弟说:"警察马上就到。咱们会没事的。"

"好的……好的……可是她死了吗?"

科蒂斯和妮拉都已然看不清那具尸体了。妮拉不想放开科蒂斯去拿手电筒寻找那个女人；她害怕自己会看见她蹒跚着回到岸上，把他们三人统统拖进水中的坟墓。她说："她死了，杰克。现在闭上嘴，听见了吗？"

"那就去他妈的吧。"他回答，这话听起来和两人的爸爸有些相像。

"我爸爸，"妮拉对科蒂斯说，"他是不是……我是说——"

我离开他时他还活着。我只是……现在不知道。

妮拉估计这已经是她此时此刻能听到的最好回答了。有人把科蒂斯打得够呛，他曾经遭受过折磨，她担心他会在她面前死去。她无法承受——她救不了他，他为了他们俩走了那么远做了那么多，可如今……她唯一能为他做的，就是当一个倾听者。

"他们很快就到了，"她告诉他，"我知道。"

很快，他同意道，李普吕（女）士……她不会让我们失望的。

"送你去医院，"妮拉说，"哦，科蒂斯……要是没有你……整件事会变成什么样？"

没什么好说的，他回答，快要回家了。是的，你们快回家了。

妮拉沉默了，而科蒂斯凝视着头顶的星空。

疼痛没那么难忍，可他越来越冷了。真有意思，这样一个湿热的夜晚，却感觉冷飕飕的。不过到早上了，不是吗？现在几点了？嗯，太阳还要过几个小时才会出来，而妮拉和小杰克都自由了。这才是最重要的事。

科蒂斯并不害怕。他知道警察不会及时赶过来接他的，医院也都离得太远了。是的。他很清楚，就像他很清楚列车时刻表一样。

他觉得自己越来越虚弱；他觉得自己正在离去，仿佛正在消融，正在渗入大地。

不过他完成了一项义举，他心想。在他看来似乎任何义举都需要付出代价。他很乐意为这件事付出代价，而且他对此毫不后悔。他的命换他们的……一点小小的代价罢了，他想。

"坚持住。"妮拉说。她的声音哽咽，因为她也很清楚，"求你了，坚持住。"

我尽力，他回答，可是……我的手指……感觉有点儿累。

"什么？"妮拉问，"我听不太清。"

就连这个也在离去。

他好奇他们是否也会做同样的事。他们。骑士们。崔斯坦爵士……高文爵士……兰斯洛特爵士……迪纳丹爵士……加拉哈德爵士……还有剩下的所有人。他们也会做同样的事吗？他希望，如果他们正以别的样子在别的地方生活，他们可以欢迎他的到来……他们中的一员——或者在那个神秘的地方，他们的鬼魂或者幽灵——也许会站在他面前，说出那句最美妙的话。

进来吧。

"谢谢你，科蒂斯，"少女说道，"谢谢你所做的一切。"

她和小杰克听见警笛声传来时，他正闭着眼睛，但他仍在呼吸，尽管呼吸很浅。警笛声还有一些距离，正在一条通往船港后面停车场的路上。妮拉用指尖抚摸着科蒂斯的脸颊。她在他的耳边说："警察来了！我这就去接他们。坚持住，科蒂斯。求你了……他们来了。你明白吗？"

她听见他的回答，并且惊奇地发现他的回答听起来居然和平时一样有力。

　　我明白。他说。

　　她站起身来。她和弟弟爬上那一小段斜坡，来到停车场。小杰克脚踝本就有伤，刚才又从门廊上摔了下来，此时跛得越发厉害。可是他们都欣慰地看到迎面驶来一辆警车，车顶上的警灯旋转着，投射出如脉搏般明暗变化的红光……不对……有两辆警车，一辆紧紧跟在另一辆后面，两辆警车都开着警笛、亮着警灯。

　　妮拉回头看向湖边，刚好看见了那一幕。

　　后来，她一直都不清楚那究竟是警车上旋转警灯的亮光，还是她自己极度疲惫之下的想象，她也从来没有向任何人说起过，不过她觉得自己似乎一瞥之间看到了一道近乎耀眼的光芒——一道夺目的条纹——不是向着正上方直直飞走，而是向上向外飞去，像一颗流星飞过湖面……可这真是奇怪的一幕，因为那光亮那么小……只是一个小东西……小得就像一只鸟。

　　只一个心跳，它就消失了。

第 五 部

听

第二十六章

是的，魔鬼可以是男人也可以是女人。魔鬼可以是汽车座位上的一根硬弹簧，眼前飞过的蚊蚋，也可以是木质警棍划过牢房铁栏杆的哗哗声。同样的，魔鬼可以来到那辆装有硬弹簧车座的汽车方向盘后面，疯狂飙车，不顾及任何人，给所有人、每个人带来一亿一千万种痛苦，直到这个魔鬼，他开着那辆车，冲出悬崖，在下面的尖石上摔得粉身碎骨。

"然后，"这位曾在1938年的秋天与奥尔奇德·梅休结婚、如今鳏居的卫理公会的布道者说，"这个魔鬼就会逃跑，躲起来，因为魔鬼，他毁掉了这辆车，却从来不会善后。不！是至善的天父赶来收拾残局，把破损的引擎拼合起来，给破碎的大灯换上新的灯泡，给风挡安上新的玻璃。全新的轮胎，让被魔鬼之手——魔鬼顽劣、蹩脚的驾驶——百般蹂躏的车子重新整装待发，再次开上几百上千英里。"

"那么为什么上帝不从一开始就阻止魔鬼坐上那辆汽车的驾驶座呢?"他问路易斯安那州维尔普拉特市挚爱救主卫理公会的会众,"我们都想知道这一点,不是吗?我们忍不住问,为什么?好吧,我只是个凡人,因为无法确知上帝的真实意志,而承受着身为人类的痛苦折磨,但我确知的是:无论你面对的是怎样的残局,不论它看起来有多么糟糕,不论你的引擎看起来有多么破烂,仿佛永远、永远都不可能重新发动起来……上帝都是一个技艺无比精湛的机修工。只要你让他是。如果你放弃了那辆被魔鬼开着冲下悬崖的老旧汽车,那就让上帝来修理它,因为魔鬼……他早就滚回地狱去了。"

1934年10月,奥尔奇德从新奥尔良搬到了维尔普拉特市几英里外的家庭农场。她把鲁登米尔先生作为礼物送给她的两千美元交给她父亲,父亲从中拿出一部分买了一辆急需的新拖拉机。她住进了房子后面她那间旧卧室,在那里变得日渐憔悴,直到有一天爸爸妈妈叫她去参加今年的教会野餐——不然他们就把她装进筐子里,像卖二手洗衣机一样卖掉。她不情不愿地去了,从此一切都变得大不一样。

她和牧师米迦——她叫他米基——成立了一个幸福的家庭,就在教堂的街对面。她成了一个非常能干的室内设计师,教会里的一些女士很欣赏她在这方面的眼光。每当她们来她家里参观时,她们总会不厌其烦地问起那个美丽的杯子的事情。杯子放在壁龛里的一小块深蓝色方形天鹅绒布上,底部有一圈菱形的切面。"我的漂亮杯子,"她告诉她们,"我从来不用它,但我一直把它放在那里……算是一种纪念吧。它叫沃特福德。而且……我觉得永远都不会有另一个和它一样的杯子。就算在以后的世界里也不会有。"

女士们纷纷表示赞同，这的确是一个非常漂亮的杯子。

温德尔·克雷伯也收到了杰克·鲁登米尔先生的两千美元。他拿出其中一部分给自己买了一台品质优良的收音机。他在夜里倾听着这个世界，而在白天，他维持着这个世界的运转。1937年，这位红帽子们的头领以七十二岁的高龄退休。他见过许多年轻人来了又走了，他教导过一些也赶走过一些，因为他最关心的就是不能让他的"房子"里出现混乱。他正式退休那天，他被授予一枚奖章，用来表彰他为联盟车站和车站旅客所做的杰出服务，这枚奖章被挂在那面旅客们匆忙赶路时必会经过的墙上，一直到1954年这座车站被拆毁，好给街对面的新车站腾出空间。

老螃蟹于1941年3月去世，他被葬在圣路易斯一号公墓，与他的妻子和女儿长眠在一起。那里紧挨着刚果广场，近得几乎能闻到广场上秋葵浓汤的香气，能听见广场上铿锵有力的鼓声。

出院后，克莱·哈特利有了一只新的玻璃眼珠，并继续在鲁登米尔家当司机，直到1942年夏天——显而易见地，十八岁的妮拉希望要么自己开车，要么让她的男朋友们给她开车，而十六岁的小杰克同样急不可待地想要自己开车。哈特利——哈特利先生，长大了的孩子们一直这样称呼他——宣布是时候开始新的生活了。他想要游历加拿大，也许他还可以一路北上，前往阿拉斯加。这毕竟是一条畅通无阻的大路，不是吗？他这样对老板说。听完这番退休声明，杰克·鲁登米尔给了他一张一万美元的支票，和一辆侧面镶有木头饰板的全新克莱斯勒城乡旅行车。

小杰克·鲁登米尔被要求接手父亲生意的压力很大。这个问题一直到1945年小杰克在路易斯安那州立大学读大三时才有结果。当时他和几个同学一起去了趟亚特兰大,并且看了一场名字听起来颇有挑逗意味的舞台剧,叫《一吻定情》。这部剧本身并没有多么挑逗,不过其中一位年轻的女演员——名叫索菲·海顿——把小杰克迷得神魂颠倒,让他恨不能立刻见到她。结果他放弃学业,追随海顿小姐去了好莱坞,气得他父亲暴跳如雷,母亲伸手去拿她的药。很快他就发现要在好莱坞有所成就,可比追随父亲的脚步困难多了,可是他拒绝依靠家里的资助……主要是因为他父亲早就断了他的金钱来源。

小杰克在一家公关公司找了一份处理邮件的工作,四年内就有了一间带窗子的办公室。他成了一个能把油漆从墙上骂下来的家伙,以雷厉风行的作风而为人所熟知,不过他也是个既有远大坚定的理想,又能整合许多不同观点的人。"去问小杰克"这句话成了SBMW联合公司里所有人的口头禅,巴特尔家族退出后,公司名字就改成了SJMW联合公司。1959年,他与艾米·维·瓦兰特结婚,后者来自得克萨斯州做石油生意的瓦兰特家族。他们是在达拉斯的一次儿童医院筹款活动中相识的。两人育有两个儿子和一个女儿,小杰克和家人偶尔会飞回新奥尔良,看看老房子和老家样貌,然后在高尔夫球场上战胜那位年近八旬仍能挥杆把球打上果岭的老人。

得克萨斯州某个小姑娘的成长并没有因为在1934年7月一个早晨目睹的可怕景象而留下伤疤——她反而被这一幕激怒,并因此获得了力量。她从此拼命学习，从小学一直到高中，并且赢得了贝勒大学的数学奖学金。她还积极培养组织能力，并把这种能力用于她视作毕生使命的事业中。1955年，三十二岁的乔迪·埃德森·富勒顿夫人——科珀斯克里斯蒂市罗伊·米勒高中的数学教师——与其他五位获奖者一起飞往纽约，他们全都获得了美国防止虐待动物协会颁发的社区服务奖。

即便是在很久以后，妮拉仍旧觉得自己能听见他。

她确信自己能听见脑子里的声音，就像她妈妈以前播放老式古典唱片时的哔剥声，在她看来，这就意味着他们的电源打开了，他们的真空管亮起来了，他们又连接上了。有时候在夜里，她会听着这声音醒来，于是她会在黑暗中发送，你在吗，科蒂斯？我在这里。我在听……

他却从来没有回答。

她从未问过父亲，那个女人的尸体有没有被找到。她坚信是找到了，而这就足够了。就算没有找到，那也只能说明鳄鱼把它撕成了碎片。

所以就这样吧。

十三岁那年她听见有人发出一句"你好"。她回答了，结果发现是一个十岁女孩，名叫丹妮斯·毕肖普，她家刚从孟菲斯搬到密西西比州的格尔夫波特，她父亲在那里的一艘拖船上干活。丹妮斯说搬家前她曾经和阿肯色州芒廷霍姆市的一个年轻人交谈过，他去年参军了，她记得年轻人说他曾经和一个在阿肯色州斯普林戴尔公共图书馆工作的女人交谈过，也就是说外面还有其他和他们一样的人，只不过最好还是保持低调，因为不是所有人都能理解这件事。

妮拉说自己很幸运，她的父母都能理解。她和丹妮斯原本计划见面，却最终没能成行。两人沟通了快两年，她们开着电源，亮着真空管，然后十分突然地，妮拉在对丹尼斯说话或者听她说话时开始出现状况；这就像是她的电池快用完了，尽管她试着给自己时间去恢复精力，也有一些一切都强劲清楚的短暂时间，可她还是明白，信号明显地衰减，而且不会一直都存在。

十五岁那年，妮拉最后一次听见丹妮斯·毕肖普的心灵感应，"声音"渐渐淡去，然后一切就都结束了。

学业开始变得越来越重要。学业，还有在医学领域的涉猎：那些远远超出她的理解能力的期刊和图书，可是她下定决心、坚定不移地吸收着其中的信息。她一刻也没有忘记在湖边的那个夜晚，她跪在科蒂斯身边时感到多么地无助，她想让他活着，却一点办法也没有；这件事曾经给她留下了烙印，而如今，它鞭策着她。

她参加了红十字会的一系列课程，包括紧急救生。这只是开始。

二十四岁那年，妮拉进入杜兰大学医学院。八年后，在满足所有住院医师资质要求后，她成了妮拉·特蕾莎·鲁登米尔医生，又过去三年，她成了罗伯特·霍巴特太太……实际上，是罗伯特·霍巴特医生太太，她的新婚丈夫是一名内科医生，曾作为一名年轻军医在D日[1]涉水登上诺曼底。

1962年5月，两位医生，也是一对夫妇，在特雷米近郊的滨海

---

1 指1944年6月6日，诺曼底战役的第一天。

大道开了一家私人诊所，距离漂亮王子理发店曾经的所在地马莱街不远，再过去两个街区，在那些空旷、废弃的地皮上，早已消失不见的"曼妙田亩"、"十点"和"好男孩"俱乐部里，曾经充满了关不住的欢笑声。

尽管这座城市总是想修改它的名字以纪念南方军将领皮埃尔·博雷加德，但这片三英亩的社区公园仍然被特雷米的居民们称作刚果广场。只不过，许多当地的店铺和咖啡馆都已经消失在老人的记忆里，消失在尘土和铁锈、腐烂的木头和剥落的砖块中。

一排又一排的猎枪小屋还在。

每当有人问起诊所名字的由来时，妮拉·霍巴特医生总是说，那是她的一个朋友。一个对她的生命无比重要的人。一个，她说，她父亲曾经称之为她的衣甲闪亮的骑士的人。事实是，就算过了这么多年，她的父亲——尽管一如既往地脾气暴躁、爱说脏话，尤其是在他打高尔夫球输给小杰克时——仍旧这样称呼她的朋友。

每当说起她这位朋友时，妮拉总是忍不住补充说，他还是一位非常、非常好的倾听者。